Le Paon blanc

« L'homme est immoral parce qu'il a un cerveau. » Cette petite phrase de D.H. Lawrence est significative de la pensée et de l'œuvre de l'écrivain. Pour l'auteur du *Serpent à plumes,* la vie n'est supportable que quand le corps et l'esprit sont en harmonie et qu'un équilibre naturel s'établit entre eux. « Pourquoi n'apprenons-nous pas à dompter le cerveau au lieu de tuer les passions, les instincts, les sentiments ? » Lawrence, toute sa vie, luttera pour imposer ses choix et ses engagements au risque de provoquer autour de lui critiques et scandale. Qu'on se souvienne seulement des réactions suscitées par *L'Amant de Lady Chatterley* qu'il écrit en 1928, dans la villa Miranda, à Scandicci, près de Florence. Lawrence aime l'Italie et c'est dans cet endroit précisément qu'il veut se retrouver au retour de ses voyages à travers le monde. C'est là aussi qu'il se met à peindre. Une certaine « Sainte Famille » provoque un tollé au moins aussi grand que son roman.

Mais Lawrence a une faiblesse. Sa faiblesse c'est l'homme. Brûlant du désir de connaître l'humanité tout entière, il se tourne vers les hommes avec une grande « tendresse ». Il veut les comprendre. D'ailleurs n'avait-il pas songé tout d'abord à donner pour titre à *L'Amant de Lady Chatterley* celui de *Tendresse* ? La société qui se déshumanise le bouleverse. Il a la conviction que ce qui concerne le plus fondamentalement la vie, à commencer par l'expérience charnelle, est menacé par l'acheminement d'une société tournée vers l'industrialisation et la mécanisation à outrance. L'instinct de l'homme alors dépérit, s'atrophie, se vulgarise, son raisonnement intuitif se dérègle. C'est l'asphyxie. C'est la mort.

On peut sauver sa peau, on peut sauver son âme, nous dit Lawrence. Mais cela exige de vivre, de vivre réellement : « Cela exige de l'émerveillement. » Lawrence va vivre effectivement dans l'émerveillement et dans la magie, dans la lumière solaire, dans la conscience spontanée des sources de la vie. Cette « sagesse instinctive » il la trouve chez les Indiens du Mexique. Il apprend leur culte, se familiarise avec leurs dieux et leurs puissances magiques, il recueille « les sauvages mystères » et descend dans les ténèbres. « Il avait des yeux qui savaient voir », écrit Aldous Huxley en publiant la *Correspondance* de son ami après sa mort en 1932.

A l'exception d'autoportraits comme *Amants et fils* (1913), *Kangourou* (1923) et *La Verge d'Aaron* (1922) entre autres, tous les personnages de Lawrence ne sont que des porte-parole de sa philosophie, des « créatures qu'il déplace », dit Henry Miller « comme des pions sur un échiquier. Ils ont du sang dans les veines mais c'est le sang que leur a instillé Lawrence ».

Peut-on parler de philosophie dans le cas de Lawrence ? En vérité,

(Suite au verso.)

il n'échafaude aucun système. Ce serait pour lui le plus sûr moyen d'éteindre toute vie créatrice. Mais il existe une pensée. Elle se résume à une grande ligne de conduite impérative et passionnée : « Le secret de toute vie, c'est l'obéissance : obéissance à l'élan qui naît de l'âme, l'élan qui est la vie même, qui nous incite à des gestes nouveaux, des étreintes nouvelles, des émotions nouvelles, des combinaisons nouvelles, des créations nouvelles. »
C'est le poète qui parle, le poète lyrique, symbolique, allégorique, prophétique, celui que l'on trouve déjà dans *Le Paon blanc,* son premier roman, paru en 1911. Il a vingt-six ans à cette époque et il subit l'amour possessif d'une mère déçue par un mari souvent absent, et alcoolique. Se dresse entre la mère et le fils une autre figure féminine, Jessie Chambers, que l'on retrouve dans *Le Paon blanc* sous les traits d'Emily et dans *Amants et fils* sous ceux de Myriam. Mais à Jessie succède bientôt la sensuelle et aimante Frieda. Elle est fille du baron allemand von Richthofen, épouse d'un professeur anglais, Ernest Weekley et lectrice des théories freudiennes. Pour Lawrence, Frieda va tout quitter, y compris ses enfants, et lui abandonnera son poste d'instituteur... Et commencent les grands voyages... Même si d'autres femmes interviennent auprès de Lawrence, comme Mabel Dodge, une romancière américaine, et Dorothy Brett, une Anglaise peintre, rien jamais ne parviendra à séparer le couple.
Les couples qui se font et se défont semblent être du reste l'un des thèmes principaux du *Paon blanc*. Dans la campagne anglaise, Cyril, le narrateur, observe les êtres qui lui sont chers. Il y a George le jeune paysan cultivé et poète, amoureux de la sœur du narrateur, cette Lettie séduisante et fantasque qui ne répondra pas à l'amour du jeune homme, probablement pour satisfaire aux convenances. Il y a la sœur de George, secrètement éprise du narrateur. Il y a Alice, Leslie, Meg... Mais les mariages ne se font pas toujours selon les élans du cœur !
Lawrence prend son temps pour décrire avec minutie les mouvements de la vie quotidienne, que ce soient les gestes rythmiques du paysan qui fauche ou l'attitude gracieuse d'une jeune fille servant le thé. La vie s'écoule, lente et grave, les saisons passent, l'hiver approche et soudain une inquiétude monte; les jeux ne sont déjà plus si innocents; chacun se terre dans l'attente, comme ces lapins qu'on pourchasse dans les blés et qui, palpitant sous leur fourrure fauve, les yeux brillants, les oreilles rabattues, attendent le coup final du râteau qui les achèvera.
Entre *Le Paon blanc* et *Femmes amoureuses* (1920), dernier vrai roman, Lawrence publiera des récits, des essais, des relations de voyage, des pièces de théâtre, des poèmes.
A l'âge de 45 ans, Lawrence se sait condamné par la tuberculose. Il se fait transporter à Vence, dans le midi de la France. Il meurt le 2 mars 1930. Ses cendres reposent chez les Indiens du Taos.

Nicole Chardaire

D. H. LAWRENCE

Le Paon blanc

ROMAN

TRADUIT DE L'ANGLAIS PAR
JEANNE FOURNIER-PARGOIRE

CALMANN-LÉVY

ŒUVRES DE D. H. LAWRENCE

Dans Le Livre de Poche :

LE SERPENT À PLUMES.
LA DAME EXQUISE.
LADY CHATTERLEY.
L'AMAZONE FUGITIVE *(Série Biblio)*.

PREMIÈRE PARTIE

LES HABITANTS DE NETHERMERE

Je regardais les poissons glisser comme des ombres dans l'étang obscur du moulin. C'étaient les descendants gris des êtres argentés qui avaient échappé aux moines, dans la jeunesse prospère de la vallée. Tout ce coin recueilli rêvait aux jours passés. Les arbres, serrés sur la rive opposée, étaient trop sombres et trop graves pour jouer avec le soleil. Les herbes étaient drues et immobiles. Nulle brise n'agitait les saules des îlots. L'eau reposait, molle et calme. Seul, le petit ruisseau qui tombait à travers le bief se remémorait la vie tumultueuse qui, autrefois, animait la vallée.

Une voix me fit tressaillir et je faillis tomber des racines d'aulne qui me servaient de siège.

« Que regardez-vous donc ?... »

Mon ami était un jeune fermier robuste; il avait les yeux bruns, et sa peau blanche, brûlée par le soleil, était parsemée de taches de rousseur. Il rit de me voir tressaillir, et me regarda avec une indolente curiosité.

« Je pensais que ce paysage avait l'air vieux, et paraissait méditer sur son passé. »

Il me regarda avec un sourire indulgent, nonchalant, et s'allongea sur la rive en disant :

« On est très bien pour faire un somme, ici !...

– Votre vie n'est qu'un somme !... Je rirai quand quelqu'un vous réveillera en sursaut ! » répondis-je.

Il sourit et mit la main devant les yeux pour se protéger du soleil.

« Pourquoi rirez-vous ? demanda-t-il d'une voix traînante.

– Parce que ce sera très drôle », dis-je.

Nous gardâmes longtemps le silence, puis il roula sur le ventre et gratta la terre avec son doigt.

« Je savais bien, dit-il sans se hâter, que ce bourdonnement avait une cause... »

Je vis qu'il avait déterré un vieux nid de ces jolies abeilles sauvages qui semblent avoir trempé leur corps dans de la poussière d'ambre. Des insectes affolés couraient autour des grappes d'œufs dont beaucoup étaient vides et ouverts; de jeunes abeilles essayaient un vol incertain avant de prendre leur essor. Il contemplait les plus petites qui, consternées, couraient çà et là à l'ombre des herbes.

« Par ici, par ici », disait-il en emprisonnant une pauvre petite abeille sous une tige d'herbe, tandis qu'avec une autre tige il dépliait les ailes bleues.

« Ne tourmentez pas cette pauvre bête !... dis-je.

– Je ne lui fais aucun mal; je voulais voir si elle ne pouvait pas déployer ses ailes pour s'envoler. Là, elle part... Non !... Voyons une autre...

– Laissez-les tranquilles !... dis-je. Laissez-les courir au soleil; elles sortent de l'œuf, ne les torturez pas !... »

Il persista, et brisa l'aile d'une abeille.

« Quel dommage ! » dit-il, et il écrasa la bestiole entre ses doigts. Puis il regarda les œufs, déroula de sa soie la larve morte, et l'examina sans méthode, me demandant tout ce que je savais sur les insectes. Quand il eut fini, il jeta les grappes d'œufs dans l'eau, se leva, et sortit sa montre des profondeurs de sa poche.

« Je savais que c'était l'heure du déjeuner, dit-il en souriant. Je devine quand il est midi... Vous venez à la maison ?...

– Je m'en vais, en tout cas », répondis-je en suivant le bord de l'étang. Nous traversâmes le pont de planches jeté sur les eaux de l'écluse; la rive escarpée, où le verger gris étalait ses arbres tordus, descendait jusqu'au jardin.

Les pierres de la grande maison étaient chargées de lierre et de chèvrefeuille. Le grand lilas, qui avait autrefois gardé le porche, maintenant bloquait presque l'entrée. Nous quittâmes le jardin pour la cour de la ferme, et un sentier pavé nous mena à la porte de derrière.

« Fermez la porte, voulez-vous ?... » me dit Georges sans se retourner. Et il entra le premier dans la maison.

Nous traversâmes la buanderie. Dans la cuisine, la servante tirait à la hâte la nappe du tiroir de la table, et la mère de mon ami, une délicate petite femme aux grands yeux marron, s'affairait autour de l'âtre immense, une fourchette à la main.

« Le déjeuner n'est pas prêt ? demanda mon ami, avec une ombre de mécontentement.

– Non, Georges, répondit sa mère d'un ton d'excuse, le feu ne voulait pas prendre... Mais tu pourras te mettre à table dans quelques minutes !... »

Le jeune homme se jeta sur un canapé, et se mit à lire un roman. Je voulais prendre congé, mais sa mère me demanda avec insistance de rester.

« Ne partez pas, suppliait-elle. Emilie sera si contente, et le père aussi, j'en suis sûre !... Asseyez-vous... »

Je m'assis sur une chaise cannée, près de la longue fenêtre qui donnait dans la cour. Georges lisait. Les pommes de terre bouillies et le rôti demandaient toute l'attention de sa mère; j'étais donc abandonné à mes pensées. Indifférent à tout appel, Georges ne levait pas les yeux de son livre; c'était exaspérant de le voir tirer sa moustache châtain, et lire nonchalamment, tandis que le chien se frottait à ses guêtres et à sa vieille culotte. Mon ami ne se donnait même pas la peine de jouer avec les oreilles de Trip; son roman et sa moustache lui suffisaient. Ses doigts épais tournaient la moustache, et les muscles de son bras nu se mouvaient légèrement sous la peau brune. Au-dessus de lui, la petite fenêtre carrée laissait passer une lumière que le feuillage du grand marronnier verdissait, et cette lueur tombait sur les cheveux noirs de Georges, sur les assiettes qu'Annie prenait dans le buffet, et tremblait sur le cadran de la grande horloge.

La cuisine était immense; la table restait isolée, et les chaises pleuraient la compagnie perdue du canapé. Tout au fond la cheminée formait une noire caverne; les sièges du foyer étaient rougis par la lueur de l'âtre, où la mère s'affairait. C'était une cuisine désolée, une grande étendue de dalles grises et inégales, avec des coins obscurs et éloignés, et des meubles de couleur sombre. La seule note gaie était les housses de cretonne du canapé, et les coussins rouges du fauteuil qui brillaient dans la pièce obscure, mélancolique et nue. On pouvait sourire de la vieille horloge ornée de volatiles aux teintes vives; pour moi, je la contemplais avec admiration...

Au bout d'un moment, on entendit dehors un bruit de gros souliers; M. Saxton entra. Le fermier était grand et gros; sa tête était à demi chauve avec çà et là quelques petites boucles.

« Bonjour, Cyril, dit-il gaiement, vous ne nous avez donc pas abandonnés ?... »

Puis, se tournant vers son fils, il demanda :

« Combien as-tu coupé de rangs dans le taillis ?

– C'est fini, répondit Georges sans cesser de lire.

– Parfait, cela a rondement marché. Les lapins ont dévasté les navets, mère...

– Je m'en doute », repartit sa femme, tout son cœur dans les casseroles. Enfin, elle jugea que les pommes de terre étaient cuites, et sortit avec la marmite fumante.

Le déjeuner était sur la table. Le père se mit à découper; Georges leva les yeux pour examiner le plat servi, puis reprit sa lecture jusqu'à ce que son assiette fût devant lui. La servante s'assit à une petite table près de la fenêtre, et le repas commença. Soudain, on entendit le bruit de quatre pieds sur les pavés, et une petite fille entra, suivie de sa grande sœur. Les longs cheveux bruns de l'enfant étaient tout ébouriffés sous le béret. Elle se débarrassa de sa coiffure, et s'assit sans cesser de parler à sa mère. Emilie, la sœur aînée, une jeune fille d'environ vingt et un ans, me jeta un sourire et un regard brillant de ses yeux marron et alla se laver les mains. Puis elle prit place à table et regarda, désolée, le bœuf saignant sur son assiette.

« Je déteste la viande crue ! dit-elle.

– Cela te fera du bien, répliqua son frère qui mangeait avec zèle, cela te donnera des muscles pour rosser les gosses !

– Sont-ils plus méchants que ceux de l'année dernière ? demanda la mère d'une voix douce et craintive.

– Non, pas plus que de coutume, répondit brièvement Emilie.

– Elle meurt d'envie de les rouer de coups ! » dit Georges. Puis, regardant le sucrier et son pudding, il ajouta : « Faites-moi passer du sucre, Annie... »

La servante se leva de sa petite table, et la mère se précipita aussi vers le buffet. Emilie, qui jouait avec son déjeuner, dit d'un ton amer :

« J'aimerais que tu goûtes à l'enseignement, cela te guérirait de ta suffisance !

– Pff !... répondit-il avec mépris, je pourrais facilement faire saigner le nez d'une poignée de mioches !... »

Emilie, trop irritée pour continuer la conversation, se leva de table. Bientôt, les deux hommes retournèrent au champ de navets, et j'accompagnai les deux jeunes filles, qui se rendaient à l'école.

« Tout ce qu'il dit et fait m'exaspère !.. s'écria Emilie avec chaleur.

– Il est souvent agaçant, approuvai-je.

– Oui, insista-t-elle; son air de tout savoir et ses lourdes plaisanteries me sont insupportables !

– Cela vous met hors de vous ? dis-je.

– Cela me met hors de moi ! » répéta-t-elle, et une colère nerveuse vibrait dans sa voix.

Nous gardâmes le silence un moment, puis elle demanda :

« M'avez-vous apporté vos vers ?

– Non, je regrette, je les ai encore oubliés... Le fait est que je les ai envoyés.

– Mais vous aviez promis...

– Vous savez ce que sont mes promesses !... Je suis aussi léger qu'un souffle de vent... »

Impatientée, elle fronça les sourcils, et sa déception était trop grande pour une si petite cause. Lorsque je la laissai au coin du chemin, je sentis que le dard de son blâme restait en mon esprit. Ses reproches m'obsédaient toujours lorsque j'étais loin d'elle.

Je traversai le petit ruisseau étincelant qui venait de l'étang envahi par les herbes. Ses pierres blanches luisaient au soleil, et l'eau glissait paresseusement autour d'elles. Un ou deux papillons, presque invisibles sur le ciel bleu, jouaient de fleur en fleur. Ils m'accompagnèrent jusqu'au sommet de la colline, de l'autre côté du champ en forme de coupe, qu'emplissait le soleil brûlant; enfin, j'entrai dans les retraites du bois. Les chênes s'inclinaient et gardaient une ombre délicieuse. Tout était si paisible et si frais que mes pas s'attardèrent dans le sentier; la fougère me tendait les bras et le cœur du bois m'offrait sa douceur, mais je continuai ma route, aiguillonné par les attaques d'une armée de mouches, qui menaient leur guérilla autour de ma tête, et m'abandonnèrent près des rhododendrons sombres du jardin, sentant sans doute les pots de vinaigre et de miel de Rébecca. Une partie de la maison basse et rouge au toit décoloré et affaissé sommeillait au soleil, l'autre dormait profondément sous l'ombre des lourds érables, qui s'avançaient jusque-là.

La salle à manger était vide, mais j'entendis une machine à coudre bruire dans le petit bureau comme un gros insecte vindicatif dont le bourdonnement s'élève, retombe, et enfin s'arrête. Puis quatre ou cinq notes graves résonnèrent sur le piano du salon, et toute la gamme fut montée, comme si une grosse grenouille sautait à petits bonds sur le clavier.

« Mère doit épousseter le salon », pensai-je. Le son inaccoutumé du vieux piano me fit tressaillir... Sous la tenture de soie verte (on ne voyait qu'elle n'était pas couleur bronze qu'en formant un pli de côté), ses cordes vocales étaient devenues aussi discordantes que celles d'une femme desséchée par l'âge. La vieillesse avait jauni les touches du petit piano de ma mère, et ratatiné les pieds minces. Il ne savait que crier d'une voix aiguë, sous les doigts dédaigneux de Lettie; aussi ses lèvres prétentieuses n'étaient-elles ouvertes que pour admettre le plumeau. Or, le vieux petit piano suranné se mit à chanter une mélodie du temps de la reine Victoria, et j'imaginai, assise devant lui, une petite femme modeste au visage encadré de boucles pareilles à des touffes de fleurs de houblon. D'anciennes impressions, éveillées par le petit air timide, vinrent me harceler, mais ma mémoire refusait de venir à mon aide... Tandis que j'essayais de fixer mes vagues souvenirs, Rébecca entra pour enlever la nappe.

« Qui joue, Beck ? demandai-je.

– Votre mère, Cyril.

– Mais elle ne joue jamais, je croyais qu'elle ne savait pas...

– Oh ! répondit Rébecca, avez-vous oublié ?... Quand

vous étiez petit, elle chantait, pendant que, assis, la tête dans ses jupes, vous jouiez avec son livre de messe?... Vous ne pouvez vous souvenir des jours où ses boucles étaient longues comme un écheveau de soie marron; où elle jouait et chantait, avant la naissance de Lettie, avant que votre père... »

Rébecca sortit. Je regardai furtivement dans le salon : Mère, un léger sourire aux lèvres, était devant le petit piano brun, et ses doigts dodus, un peu raides, voltigeaient sur les touches...

A ce moment, Lettie passa en courant devant moi, jeta ses bras autour du cou de ma mère en s'écriant :

« Oh! ma chérie!... Ma chérie qui joue du piano!... Petite mère, nous ne savions pas que vous étiez musicienne!

– Mais je ne le suis pas », répondit ma mère, et elle se dégagea en riant; « je me demandais seulement si je pourrais tapoter ce petit air; je l'ai appris quand j'étais petite, sur ce piano, je n'en avais pas d'autre, et il était déjà faux!...

– Oh! jouez, chérie!... Jouez encore, je vous en prie!... On aurait cru entendre le cliquetis de pendeloques de cristal... Et vous étiez si gentille au piano!... Jouez, chérie!... supplia Lettie.

– Non, dit ma mère; le contact de ces vieilles touches me rend sentimentale. J'en serais bientôt réduite à pleurer ma vieillesse, ce serait triste à voir!...

– Vieillesse!... gronda Lettie en l'embrassant encore... Vous êtes assez jeune pour jouer des petites romances; racontez-nous, mère...

– Quoi, mon enfant?

– Votre jeunesse, le temps où vous faisiez de la musique...

– Avant que cinquante et quelques années aient raidi mes doigts? Pourquoi n'es-tu pas venu déjeuner, Cyril? Où étais-tu?...

– Au moulin de Strelley, répondis-je.

– Je m'en doutais, reprit ma mère d'un ton froid.

– Et tu en es reparti dès qu'Emilie est retournée à l'école ? ajouta Lettie.

– C'est exactement ce que j'ai fait », dis-je.

Les deux femmes ne me cachaient pas leur mauvaise humeur; après avoir dévoré mon petit ressentiment, je dis :

« Ils ont voulu me garder à déjeuner. »

Ma mère ne daigna point répondre.

« Est-ce que le grand Georges a enfin trouvé une fiancée ? demanda Lettie.

– Non, répondis-je, et je doute qu'il en trouve jamais : aucune fille ne lui paraît digne de lui.

– Je me demande ce qui peut te séduire dans ces gens-là, dit ma mère d'un ton sarcastique : lui, c'est un ours mal léché, ce n'est pas étonnant : sa mère l'a tant gâté !...

– Comme vous êtes mesquine, mère, répondis-je vexé, vous savez que je les aime...

– C'est elle que tu aimes, continua ma mère. Quant à lui, je ne vois pas pourquoi son éducation t'intéresse tant... » Et elle renifla avec mépris.

« Il est beau garçon, remarqua Lettie, souriante.

– Tu pourrais en faire un homme, j'en suis sûr !... dis-je en m'inclinant ironiquement devant elle.

– Il ne m'intéresse pas », répliqua-t-elle avec la même intention moqueuse; elle secoua la tête, et tous les fins cheveux, libres de tout lien, brillèrent au soleil comme une brume d'or.

« Quelle robe vais-je mettre, mère ?... demanda-t-elle.

– Celle que tu voudras, répondit sa mère.

– La mauve, peut-être... Mais le soleil la fanerait, je le crains », dit-elle pensivement.

Lettie était très grande, mais mince et élancée; ses cheveux blonds tiraient sur le châtain; ses yeux et ses sourcils étaient beaux, mais son nez n'avait pas une jolie forme; ses mains étaient parfaites.

« Où vas-tu ? » demandai-je.

Elle ne répondit pas.

« Chez les Tempest ?... » dis-je.

Pas de réponse.

« Je me demande ce qui peut te séduire en lui, continuai-je.

– Vraiment ?... riposta-t-elle. Il en vaut bien d'autres ! »

Et nous nous mîmes à rire.

« D'ailleurs, ajouta-t-elle en rougissant, je n'ai aucune opinion sur lui, je vais simplement jouer au tennis; viens-tu ?...

– Que diras-tu si j'accepte ?

– Oh !... » Elle secoua la tête. « Nous serons tous très contents.

– Bravo », fis-je, avec une fine ironie.

Elle rit, rougit, et s'élança dans l'escalier.

Une demi-heure plus tard, elle entra dans mon bureau pour me dire au revoir; elle venait se faire admirer... Elle était si charmante, parée de sa fraîche robe de linon et de son chapeau fleuri, que je ne pus me défendre d'un sentiment de fierté. Elle comptait que j'irais à la fenêtre pour la regarder encore, car lorsqu'elle fut auprès des grands rhododendrons violets, elle agita sa mitaine de dentelle, puis, éclatante comme une fleur, continua son chemin, gaie tache de couleur au milieu des coudriers verts. Elle prit un sentier sous bois, dans la direction opposée au moulin de Strelley, et descendit l'avenue jusqu'à la grande route. Cette route côtoyait notre petit lac pendant environ cinq cents mètres.

D'une chaîne de trois étangs, Nethermere est le dernier. Les deux autres alimentent le moulin de Strelley. Notre bois descend jusqu'au bord de l'eau. De l'autre côté, sur une colline, se dresse Highclose. L'orgueilleuse maison contemple Woodside, par-dessus l'eau, du coin de l'œil, pour ainsi dire, tandis que notre cottage lui jette un regard furtif et l'épie timidement entre les arbres.

Lettie, comme une voile lointaine, glissait au bord de l'eau, sous son ombrelle déployée. Elle passa la petite porte, sous le bouquet des pins, franchit la barrière, gravit le champ escarpé, et disparut sous les arbres de Highclose.

Leslie était étendu dans un fauteuil de jardin, sous un hêtre pourpre qui ombrageait la pelouse; son cigare brillait. Il regardait la cendre, qui devenait étrange et grise sous la chaude lumière du jour, et plaignait la pauvre Nell Wicherley, qu'il avait accompagnée à la gare le matin : sans doute avait-elle été accablée de chagrin tandis que le train l'emportait. Ces jeunes filles perdent si vite la tête!... Mais c'était une jolie petite, il lui ferait écrire par sa sœur.

Il aperçut alors l'ombrelle voltigeant dans l'avenue; Leslie tomba aussitôt dans un sommeil profond, mais non sans une brèche imperceptible qui lui permettait de guetter l'arrivée de Lettie.

Trouvant son chevalier peu galant endormi, et le cigare éteint qui lui servait de lampe, ma sœur coupa un rameau de seringa dont les boutons d'ivoire, au parfum de miel, ne s'étaient pas encore épanouis. Je ne sais si Leslie frémit avant que Lettie l'eût touché, mais il garda une immobilité parfaite jusqu'à ce que les pétales eussent effleuré le bout de son nez. Alors, il s'éveilla en sursaut, et cria :

« Lettie!... Je rêvais de baisers...

– Sur le bout de votre nez? demanda-t-elle en riant. Et de qui donc étaient ces baisers?...

– Qui m'en a donné l'illusion? » Il souriait.

« Puisque je n'ai que tapoté votre nez, vous auriez dû rêver de...

– Continuez... dit-il, plein d'espoir.

– Du docteur Slop[1], répondit-elle, en fermant son ombrelle.

– Je ne connais pas ce monsieur... » Il craignait qu'elle ne se moquât de lui.

« Non; votre nez est tout à fait classique », répondit-elle. Et elle lui lança un de ces regards brefs et intimes, avec lesquels les femmes savent si bien flatter les hommes. Il rayonna de plaisir.

1. Personnage du roman de Lawrence Sterne *The life and opinions of Tristam Shandy*. Il casse le nez de Tristam en voulant montrer le maniement d'un nouveau forceps. *(Note de la traductrice.)*

LETTIE TEND LA POMME

Le mugissement du vent dans les bois, et ses sanglots, et ses soupirs dans les érables et les chênes, près de la maison, agitaient Lettie. Aucune sortie, aucune occupation ne la tentait : elle me pria donc de l'accompagner au bord de l'eau.

Traversant le hallier de fougères, de ronces et de groseilliers sauvages qui s'étendait devant la maison, nous suivîmes la pente herbeuse jusqu'aux rives de Nethermere. Le vent fouettait l'étang qui se couvrait de petites vagues tumultueuses; le rire et le bavardage des eaux au milieu des cailloux, le sifflement des joncs, l'air frais qui nous frappait au visage, nous tirèrent de notre torpeur.

Les hautes reines-des-prés s'épanouissaient sur la plage minuscule; elles montaient jusqu'à nos genoux, et nous contemplions l'assaut de vitesse des vagues écumeuses, et les saules argentés sur la rive lointaine. En aval, Nethermere se rétrécit et reçoit le ruisseau de Strelley; là, le bois descend et vient tremper ses pieds dans l'eau. Nous longions le rivage, écrasant les menthes sauvages dont l'odeur pénétrante coupe la respiration, et examinant çà et là, dans les marais, les nids déchiquetés et abandonnés des oiseaux aquatiques. De minces vanneaux partaient à notre approche : ils s'envolaient légèrement, le cou tendu, épouvantés bien que rien ne les menaçât. Deux d'entre eux se réfugièrent dans le bois en pépiant, et presque aussitôt ils revinrent vers nous pour s'enfuir de nouveau, dans un transport d'effarement et de terreur.

« Quels petits fous!... De quoi ont-ils peur?... demanda Lettie.

– Je ne sais pas. Ils ont souvent beaucoup de toupet, puis ils se mettent à gémir, et décampent pris de panique, comme s'ils avaient un serpent sous l'aile!... »

Lettie n'était pas émue par mon éloquence; elle écartait un sureau qui faisait gracieusement pleuvoir sur elle des myriades .de pétales pareils à des miettes de pain; je la suivis, en absorbant ma part de leur odeur pharmaceutique, lorsqu'un cri soudain me fit tressaillir : « Oh!... Cyril!... »

Sur la rive, devant nous, gisait un chat noir; ses deux pattes de derrière, déchirées et ensanglantées, étaient prises dans un piège. Sans doute il bondissait sur une proie quand la trappe s'était refermée sur lui. Il était décharné et sauvage : on ne pouvait s'étonner que les pauvres vanneaux, pris de panique, poussassent des cris d'épouvante! Il nous regarda, farouche, grondant tout bas.

« Que c'est cruel!... Que c'est cruel!... » cria Lettie, tremblante.

Protégeant mes mains avec ma casquette et l'écharpe de Lettie, je me penchai pour ouvrir le piège. Le chat enfonça ses dents dans l'étoffe et la déchira convulsivement.

Quand il fut libre, il s'enfuit, d'un bond, mais retomba haletant sans détourner ses regards de nous. Je l'enveloppai dans ma veste, en murmurant : « Pauvre madame Nickie-Ben, nous avions bien prédit que vous finiriez ainsi!... »

« Que vas-tu en faire? demanda Lettie.

– C'est un des chats du moulin de Strelley, dis-je, je vais le rapporter. »

La pauvre bête se débattait et gémissait, mais elle ne put nous échapper. Les habitants du moulin me regardèrent ébahis, lorsque j'entrai dans la cuisine, sans veste, chargé d'un fardeau étrange et suivi de Lettie.

« Je rapporte la pauvre Mme Nickie-Ben, dis-je en défaisant mon paquet.

– Oh ! quel malheur !... » s'écria Emilie. Elle tendait la main pour toucher le chat, mais elle recula aussitôt, comme les vanneaux.

« Ils finissent tous comme ça », dit la mère.

Nous posâmes la pauvre bête sur le tapis devant une soucoupe de lait chaud, mais elle était trop faible pour boire. Mollie, courroucée, alla chercher l'autre beau chat noir : M. Nickie-Ben, et lui montra sa compagne blessée. M. Nickie-Ben haussa ses épaules luisantes, et s'en alla à grands pas. Les femmes s'exclamèrent sur l'insensibilité masculine...

Georges vint chercher de l'eau chaude; il poussa une exclamation de surprise en nous voyant; une flamme passa dans ses yeux.

« Regarde Mme Nickie-Ben », s'écria Mollie.

Il se mit à genoux sur le tapis, et souleva les pattes blessées.

« Qu'allez-vous faire ? demanda Lettie.

– Mettre fin à ses souffrances », répliqua-t-il en prenant le pauvre chat.

Nous le suivîmes dans la grange.

« Le moyen le plus rapide serait de lui briser la tête contre le mur, dit-il.

– Vous êtes révoltant !... s'exclama Lettie.

– Alors, je vais la noyer », dit-il avec un sourire. Poussés par une curiosité morbide, nous le contemplions tandis qu'il prenait une longue corde, y fixait un crochet de fer, et l'attachait au cou du chat.

« Vous restez ici, n'est-ce pas ? » dit-il. Lettie était toute pâle. Elle le regarda.

« Cela vous soulèvera le cœur », reprit-il...

Sans répondre, elle le suivit dans le jardin. Lorsqu'il fut sur la rive du dernier étang, il se retourna en disant :

« Allons-y!... Vous êtes les pleureurs!... » Comme il ne recevait pas de réponse, il sourit et laissa tomber dans l'eau le pauvre animal qui se débattait.

« Adieu, madame Nickie-Ben!...

– Cyril, fit doucement Lettie, comme c'est cruel... C'est affreux, n'est-ce pas ? »

Je ne trouvai rien à répondre.

« C'est à moi que vous pensez ? demanda Georges.

– Pas à vous en particulier, la vie entière est cruelle... A chaque mouvement que nous faisons, le sang recouvre la trace de nos pas... »

Il la regarda, grave, les yeux sombres.

« C'est par pitié que je l'ai noyée », dit-il en attachant la corde à un frêne. Puis, il alla chercher une bêche et creusa une tombe dans la vieille terre noire.

« Si ce cadavre était plus joli, vous le joncheriez de violettes!... »

Il planta la bêche dans le sol, et sortit le chat de l'eau.

« Ma foi, dit-il en contemplant ce hideux spectacle, toute sa beauté a disparu! C'était pourtant une belle chatte!...

– Enterrez-la, et que ce soit fini!... » répliqua Lettie.

Il obéit.

« Cela vous donnera des cauchemars ? demanda-t-il.

– Je ne rêve jamais », répondit-elle en se détournant.

Nous nous dirigeâmes vers la maison. Emilie, assise près d'une fenêtre, se mordait les doigts. La grande salle était longue et basse; une grosse poutre rugueuse traversait le plafond.

La cheminée, l'âtre et le piano étaient décorés de touffes de fleurs des champs et de feuilles nouvellement cueillies; le frais parfum des bois flottait dans la pièce.

« Est-ce fait ? demanda Emilie. Y avez-vous assisté ? Je ne l'aurais pu sans prendre Georges en horreur; je n'aurais pu supporter qu'il me touche : un ver m'aurait paru moins répugnant.

– Je ne serais pas très contente qu'il me touche !... répliqua Lettie.

– L'insensibilité et la dureté, quelles choses hideuses !... poursuivit Emilie; Georges me remplit d'indignation !...

– Vraiment... » dit Lettie avec un froid sourire.

Elle se dirigea vers le vieux piano.

« Il est bien portant, voilà tout ! Il n'a jamais été malade. »

Elle s'assit, et se mit à jouer, au hasard; les notes engourdies tombaient du piano antique et hautain, comme des feuilles mortes.

Près de la fenêtre, je causais avec Emilie de livres et de gens. Rien ne pouvait ébranler son sérieux, et presque toujours elle réussissait à me communiquer sa gravité.

Bientôt, lorsqu'il eut trait les vaches et rempli leurs mangeoires, Georges revint; Lettie était encore au piano. Il lui demanda pourquoi elle ne jouait pas quelque chose qui eût un air; elle se retourna pour lui lancer une réplique foudroyante. A la vue de Georges, ses paroles se dispersèrent comme des oiseaux effarouchés. Il venait de se laver dans la buanderie, et, debout derrière la chaise de Lettie, il s'essuyait les bras avec insouciance. Ses manches étaient retroussées jusqu'à l'épaule et sa chemise s'ouvrait sur sa poitrine.

Lettie resta déconcertée en le voyant, les jambes écartées, vêtu d'une culotte déchirée au genou, de guêtres et de souliers sales, la poitrine et les bras nus.

« Pourquoi ne jouez-vous pas quelque chose qui ait

un air ? reprit-il en se frottant les épaules sous la chemise.

– Un air !... » répéta Lettie. Elle regardait les bras de Georges, qui se gonflaient à chaque mouvement, et sa poitrine étonnamment ferme et blanche se soulever et retomber.

Puis, ayant examiné avec curiosité la rencontre soudaine de la peau brûlée par le soleil et de la chair blanche de la gorge, ses yeux rencontrèrent les siens... Elle se tourna vers le piano, heureuse qu'une profusion de boucles brillantes cachât sa rougeur.

« Que voulez-vous que je joue ? » demanda-t-elle enfin, en plaquant quelques accords.

Il choisit un recueil de chansons dans un petit tas de cahiers de musique et le plaça devant elle.

« Que voulez-vous chanter ? demanda-t-elle toute frémissante de sentir ses bras si près d'elle.

– Ce que vous voudrez.

– Une chanson d'amour ?...

– Si vous voulez !... Oui, une chanson d'amour !... »

Il se mit à rire, et son sous-entendu maladroit fut pénible pour la jeune fille.

Sans répondre, elle se mit à jouer *Le Saule* de Sullivan.

Georges avait une voix de basse assez belle, quoique peu étoffée, mais il chantait avec goût. Ensuite, elle attaqua : « Porte ma santé avec tes yeux... » Quand elle eut fini, elle se retourna pour lui demander s'il aimait les paroles. Il répondit qu'il les trouvait idiotes. Mais ses yeux pleins d'ardeur lui jetaient un défi hésitant...

« C'est parce que vous n'avez pas de vin dans les yeux pour me faire raison !... » répliqua-t-elle, et la flamme bleue de ses yeux répondit au défi de Georges.

Puis, ses paupières se baissèrent; il se mit à rire avec un peu de fatuité, et lui demanda comment elle le savait...

« Parce que, dit-elle lentement en le regardant avec

un mépris feint, parce que vos yeux ne changent pas quand je vous regarde. Je crois que les gens de valeur parlent avec leurs yeux. C'est pour cela que tant d'illettrés imposent le respect : leurs yeux sont si éloquents et si pleins de savoir!... »

Elle continuait à le regarder en parlant; elle cherchait dans les yeux du jeune homme la confuse admiration qu'éveillaient son visage levé, et ses cheveux où la lumière s'enchevêtrait toujours.

Elle attendait le résultat du bref examen qu'il faisait en lui-même pour voir si les paroles de Lettie s'appliquaient à lui; enfin, il eut un petit rire plus gauche et moins satisfait que de coutume. Elle se détourna en souriant aussi.

Elle tournait les pages du cahier, d'un air mécontent.

« Il n'y a rien de bien là-dedans », dit-elle.

Je lui trouvai un autre recueil; elle chanta : « Devrait-il me faire des reproches? » Sa jolie voix de soprano charma Georges. Il s'approcha d'elle, et lorsque, la chanson finie, elle lui lança un regard rapide et malicieux, il lui fit raison avec ses yeux magnifiques...

« Vous aimez ça? dit-elle d'un air de supériorité : comme si, mon Dieu! on n'avait pas autre chose à faire dans la vie que de feuilleter le gros livre de l'âme jusqu'à la page voulue pour satisfaire ces gens-là.

– Je crois bien », répondit-il avec énergie. Il reconnaissait ainsi la victoire de Lettie!

« Plutôt que de fermer la porte au « chagrin ridé » pour m'endormir au coin du feu, j'aimerais mieux « l'étourdir de mes danses et de mes chants », et vous?... » demanda-t-elle.

Il se mit à rire, et avant de répondre, il chercha à comprendre le sens de ces paroles.

« Comme vous... ajouta-t-elle.

– Pourquoi?... s'écria-t-il.

– Vous êtes à moitié endormi, vous ne vivez qu'à moitié!...

– Moi ?... demanda-t-il.

– Oui, oui, vous !... « *bos, bovis* » : un bœuf ! Vous êtes comme un bœuf à l'étable; la nourriture, le confort, vous ne cherchez rien de plus, vous n'aimez que vos aises !...

– Et vous ?... répliqua-t-il, confus.

– Bien sûr. Allons, tournez les pages; je vais jouer ce morceau. Je vous ferai signe quand ce sera le moment, approchez une chaise. »

Elle entama une romance de Schubert. Il se pencha pour saisir la feuille, les cheveux de Lettie effleuraient son visage; tout en jouant elle lui lança un regard vif et rieur. La page finie elle fit signe, mais il avait oublié.

« Allons », dit-elle avec une impatience soudaine, et il essaya de remplir sa mission; mais elle écarta sa main, tourna elle-même le feuillet et continua à jouer.

« Pardon, dit-il le visage couvert d'une vraie rougeur.

– Cela ne fait rien. » Elle finit le morceau sans lui accorder un regard, puis se tourna vers lui :

« Bon, dites-moi maintenant ce que vous pensiez pendant que je jouais.

– Oh ! que je suis un idiot, répondit-il tout confus.

– Ravie de l'apprendre, dit-elle, mais ce n'est pas ce que je veux dire. Quels sont les sentiments que vous suggère la musique ?

– Aucun, je crois. » Il parlait lentement, pesant ses mots, comme d'habitude.

« Je vous le dis, déclara-t-elle, vous dormez, ou vous êtes stupide ! Vraiment cette musique n'éveillait rien en vous ? Mais à quoi pensiez-vous donc ? »

Il rit, réfléchit et se remit à rire.

« Ma foi, avoua-t-il avec un effort, pour dire l'exacte vérité, je pensais que vos mains sont très jolies, je me demandais ce qu'elles peuvent toucher et je pensais que je sentais pour la première fois les cheveux d'une jeune fille chatouiller ma joue. »

Quand il eut terminé cette explication réfléchie, elle

lui donna un petit coup sur la main et le laissa en disant :

« Vous aggravez votre cas. »

Elle traversa la salle, s'approcha du canapé où j'étais assis près d'Emilie et passa son bras autour de mon cou.

« Il doit être l'heure de rentrer, Pat, dit-elle.

– Huit heures et quart; c'est de bonne heure », répondis-je.

Mais elle insista :

« Il faut que je rentre.

– Ne partez pas, supplia Georges.

– Pourquoi ? demandai-je.

– Restez pour souper, intervint Emilie.

– Mais je crois... » Lettie hésitait.

« Elle a d'autres chats à fouetter, dis-je.

– Je ne suis pas sûre... » Elle hésita encore. Puis elle s'écria avec une brusque colère :

« Ne sois pas si mesquin et si désagréable, Cyril.

– Vous deviez aller chez quelqu'un ? demanda humblement Georges.

– Mon Dieu, non, répondit-elle en rougissant.

– Alors restez pour souper, je vous en prie. »

Elle céda en riant. Nous allâmes dans la cuisine. M. Saxton lisait. Trip, le grand bouledogue couché à ses pieds, faisait semblant de dormir; M. Nickie-Ben se prélassait sur le canapé; nous nous assîmes, après avoir dit bonsoir à Mme Saxton et à Mollie qui allaient se coucher. Annie, la servante, était partie, ce fut donc Emilie qui prépara le souper.

« Personne ne sait faire parler ce piano comme vous », dit M. Saxton à Lettie, avec un regard d'admiration et de déférence. Il était fier du vieil instrument majestueux aux sons confus, qui, disait-il, était plein de musique pour ceux qui savaient le demander. Lettie répondit en riant qu'elle avait si peu de concurrents que la louange n'était pas grande.

« Que pensez-vous de la voix de notre Georges ? demanda le père, cachant sa fierté sous un rire suppliant.

– Lorsqu'il sera amoureux, il chantera très bien, affirma-t-elle.

– Quand il sera amoureux, répéta le père ravi, en riant aux éclats.

– Oui, reprit Lettie, quand il découvrira que tous ses souhaits ne s'accomplissent pas. »

Après avoir réfléchi, Georges aussi se mit à rire.

Nous venions de nous mettre à table, lorsque Trip s'élança vers la porte en aboyant.

« Allez coucher », ordonna le père, pensant à ceux qui dormaient, et il suivit le chien.

C'était Leslie. Il voulait emmener Lettie sur-le-champ. Elle refusa et il finit par consentir à s'asseoir. Il avala un morceau de pain et de fromage et une tasse de café, en parlant à Lettie d'une garden-party et d'un concours de tennis qu'on organisait à Highclose.

Il s'aperçut soudain qu'il monopolisait la conversation, et se tourna vers Georges, juste au moment où celui-ci mordait un morceau de fromage sur la pointe de son couteau, pour lui demander :

« Aimez-vous le tennis, monsieur Saxton ? Mlle Saxton n'y joue pas, je le sais.

– Moi non plus, répondit Georges, la joue gonflée par le morceau de fromage, je n'entends rien aux arts d'agrément des femmes. »

Leslie se tourna vers Emilie; la jeune fille essayait nerveusement de cacher sous une assiette une tache de la nappe, elle tressaillit en comprenant qu'il lui parlait.

« Ma mère serait contente si vous assistiez à notre réunion, mademoiselle.

– Je ne peux pas. Je serai en classe. Je vous remercie.

– Vous êtes bien bon », dit le père rayonnant. Mais Georges sourit avec mépris. Le souper fini, Leslie regarda Lettie pour lui montrer qu'il était prêt à partir.

Sans vouloir comprendre ce regard, Lettie parlait gaiement à M. Saxton au comble du bonheur. Georges, flatté, se joignit à la conversation avec entrain. Cependant le silence irrité de Leslie ne tarda pas à produire son effet. Après une pause pénible, Georges leva la tête et dit à son père :

« Je ne serais pas étonné que la petite génisse rouge vêle cette nuit. »

A cette attaque, les yeux de Lettie étincelèrent.

« Oui, approuva le père, c'est mon avis. »

Au bout d'un moment, Georges continua de propos délibéré :

« J'ai senti ses cartilages...

– Georges, s'écria vivement Emilie.

– Nous allons partir », dit Leslie.

Georges jeta un regard furtif à Lettie; une malice sardonique brillait dans ses yeux bruns.

« Voulez-vous me prêter un châle, Emilie ? demanda Lettie, je n'ai rien pour me couvrir et je crois que le vent est froid. »

Mais Emilie s'excusa de n'avoir pas de châle; Lettie dut mettre un manteau noir sur sa robe d'été. Il lui allait si mal que nous ne pûmes nous empêcher de rire, mais Leslie était furieux qu'elle parût comique aux gens de Strelley. Il l'entourait d'attentions et d'égards et attacha le col du manteau avec son épingle à cravate, refusant celle qu'Emilie découvrit après un moment de recherches.

Enfin nous prîmes congé.

Quand nous fûmes dehors, il offrit son bras à Lettie d'un air de dignité offensée. Elle refusa et il se mit à l'accabler de reproches.

« Vous auriez dû m'attendre chez vous, il me semble, vous me l'aviez promis.

– Je vous demande pardon, répliqua-t-elle, mais je n'ai rien promis.

– Vous saviez que je viendrais.

– Eh bien, vous m'avez trouvée, riposta-t-elle.

– Oui, dit-il en ricanant, je vous ai trouvée, en train de flirter avec ce garçon vulgaire.

– C'est vrai qu'il appelle une génisse par son nom.

– Cela vous plaît sans doute.

– Je n'y vois aucun inconvénient, dit-elle avec une indifférence exaspérante.

– Je vous croyais des goûts plus raffinés, répliqua-t-il d'un ton sarcastique, mais tout cela vous paraît très romanesque, je suppose.

– Très. Il est rouge, brun, et ses yeux sont magnifiques.

– Je ne puis souffrir de vous entendre dire des bêtises », s'écria Leslie. Il avait quant à lui des cheveux bouclés, tirant sur le roux.

« Je le dis parce que je le pense », dit-elle avec insistance pour accroître sa colère.

Leslie était furieux.

« Je suis bien content qu'il vous amuse.

– Bien sûr, je ne suis pas difficile. »

Ces mots prononcés d'un ton significatif le piquèrent au vif.

Il répliqua avec froideur :

« Cela me console de ne pas vous plaire.

– Oh ! mais vous m'amusez aussi », protesta-t-elle.

Alors il se tut, préférant, je suppose, ne pas l'amuser.

Lettie prit mon bras, et de sa main libre, elle relevait sa jupe pour l'empêcher de frôler l'herbe mouillée. Lorsque Leslie nous eut quittés au bout de l'avenue du bois, Lettie remarqua :

« Qu'il est enfant !

– C'est un âne, appuyai-je.

– Mais, somme toute, dit-elle, il est plus gentil que mon taureau.

– Ton taureau ! » répétai-je en riant.

MARCHANDE DE CHIMÈRES

Le dimanche qui suivit la visite de Lettie au moulin, Leslie arriva le matin; son air solennel s'harmonisait à merveille avec l'élégance de sa tenue.

Je l'introduisis dans le salon obscur et l'y laissai.

D'habitude, il allait s'asseoir sur une marche de l'escalier, en appelant Lettie; ce jour-là, il garda le silence.

J'annonçai cette arrivée à ma sœur qui épinglait sa broche.

« Et comment va ce cher enfant ? demanda-t-elle.

– J'ai oublié de le lui demander », répondis-je.

Lettie se mit à rire et attendit pour descendre qu'il fût l'heure d'aller à l'église.

Elle prit aussi un air majestueux et s'inclina devant Leslie, avec une belle révérence. Il fut si déconcerté qu'il ne trouva rien à dire. Toute froufroutante, elle se dirigea vers la fenêtre fleurie de magnifiques géraniums blancs.

« Il faut que je me pare », dit-elle.

Leslie avait coutume de lui apporter des fleurs. Elle était vexée qu'il ne l'eût pas fait, ce jour-là.

Comme il détestait l'odeur des géraniums et leur blancheur, elle lui sourit en épinglant à son corsage une touffe de ces fleurs.

« Ils sont très jolis, n'est-ce-pas ? »

Il murmura un mot d'assentiment.

Mère accueillit Leslie avec affection et lui demanda s'il voulait l'accompagner à l'église.

« Si vous le permettez, dit-il.

– Comme vous êtes modeste, aujourd'hui, observa ma mère, en riant.

– Aujourd'hui, répéta-t-il.

– Je déteste les jeunes gens modestes, dit ma mère. Partons, nous sommes en retard. »

Lettie garda les géraniums jusqu'au soir.

Elle invita Alice Gall à prendre le thé et m'ordonna d'aller chercher « son taureau » après le travail de la ferme.

La journée était chaude et lourde. A l'occident, le soleil devenait tout rouge, tandis que nous franchissions le plus petit des ruisseaux. Les parfums du soir s'éveillaient et erraient, invisibles, dans l'air tranquille. Parfois, un oblique rayon jaune traversait le toit épais des feuilles et s'accrochait passionnément aux grappes orange des sorbiers. Les arbres étaient silencieux et se repliaient pour dormir. Quelques orchidées roses s'élevaient près du sentier, pâles, et jetant un regard pensif sur les rangées de bugles pourpres, dont les dernières fleurs, rayonnant au sommet d'une hampe de bronze, soupiraient après le soleil.

Nous flânions, sans troubler le silence qui, le soir, envahit les bois.

Comme nous approchions de Woodside, un murmure frappa nos oreilles; il venait du « banc des amoureux ». Là, un grand arbre déraciné avait été recouvert par la mousse et de délicates herbes. Une branche recourbée formait un beau canapé à deux places.

« Quelle idée, pour des amoureux, de faire tant de tapage dans un crépuscule pareil », dis-je, tandis que nous poursuivions notre route.

Mais, lorsque nous arrivâmes devant l'arbre abattu, nous y vîmes, au lieu d'amoureux, un homme endormi, qui parlait dans son sommeil.

Sa casquette était tombée et sa tête grise reposait sur les petits géraniums sauvages qui décoraient délicatement la branche morte. Ses vêtements étaient bien coupés, mais sales et négligés. La maladie et la débauche avaient pâli et ravagé son visage. Dans son sommeil, il agitait sa barbe grise, et sa bouche, flasque et laide, remuait en prononçant des mots indistincts. Les traits contractés, il revivait une partie de son existence. Des gémissements horribles s'échappaient de ses lèvres; il parlait d'une femme. Une grimace entrouvrit sa bouche et montra des dents jaunes sous sa barbe. Puis il recommença à parler d'une voix si épaisse, que nous pouvions à peine comprendre quelques mots. Je me demandais commment nous mettrions fin à cette situation désagréable. Soudain, dans les ténèbres des bois hantés par le crépuscule, monta le cri d'un lapin pris par une belette. L'homme s'éveilla en sursaut et poussa une exclamation. Il regarda autour de lui, consterné, puis retomba sur son siège, avec lassitude et dit :

« Je rêvais encore.

– Vous n'avez pas l'air d'avoir de jolis rêves », remarqua Georges.

L'homme tressaillit, puis nous demanda, en ricanant :

« Qui êtes-vous ? »

Sans répondre, nous attendîmes qu'il bougeât. Il s'assit et nous regarda.

« Oui, dit-il d'un ton accablé, je rêve. Oui, oui. »

Après un long soupir, il ajouta, sarcastique :

« Cela vous intéresse ?

– Non, répliquai-je, mais vous êtes sans doute égaré. Quelle route cherchez-vous ?

– Vous voulez que je m'en aille ?

– Vos rêves ne me gênent pas, dis-je avec un rire d'excuse, mais ce chemin ne mène nulle part.

– Où allez-vous donc ?

– Chez moi, répondis-je avec dignité.

– Vous êtes monsieur Beardsall ? » Et il fixa sur moi des yeux injectés de sang.

« Oui », dis-je, avec plus de dignité encore. Cet homme m'intriguait.

Il restait assis et me contemplait. La nuit envahissait les bois. Enfin, l'inconnu prit une canne d'ébène, à pommeau d'or, et se leva. Cette canne parlait à mon imagination. Je la regardai avec curiosité, tout en accompagnant le vieillard jusqu'à la barrière du bois. Nous arrivâmes à la route.

Le ciel était pur; la lumière de l'occident tombait sur notre visage, l'homme nous regarda attentivement. Il ouvrit la bouche, comme s'il allait parler, mais il s'arrêta et se borna à dire :

« Adieu, adieu !

– Vous êtes souffrant ? demandai-je en le voyant chanceler.

– Non, non, je vais très bien; adieu, mon garçon. »

Il disparut dans l'obscurité.

Nous aperçûmes les lanternes d'une voiture sur la grande route; au bout d'un moment le bruit d'une portière refermée nous parvint, et la voiture s'éloigna à toute vitesse.

« Qui peut être cet homme ? dit Georges en riant.

– Il m'a gâté ma soirée », répliquai-je.

Nous décidâmes de ne pas parler de notre rencontre.

Mère, Alice et Lettie nous attendaient, assises sur l'appui de la fenêtre.

« Vous êtes restés longtemps, dit Lettie. Nous contemplions le coucher du soleil; c'était splendide. Regardez, le contour du coteau brûle encore... Que faisiez-vous ?

– J'attendais que ton taureau ait fini son travail.

– Allons, tais-toi », dit-elle vivement; puis elle se tourna vers Georges :

« Vous êtes venu pour chanter des cantiques ?

– Tout ce que vous voudrez, répondit-il.

– Que vous êtes gentil, Georges! » s'exclama ironiquement Alice.

Alice était potelée, petite et pâle, avec des yeux provocants et rebelles. Sa mère appartenait à la famille Wyd, dont les membres étaient renommés pour leurs passions effrénées ou leur puritanisme exagéré. Alice, qui avait un père admirable, et une mère, modèle d'amour conjugal, était honnête et docile, sous des apparences capricieuses et excessives.

Ma mère l'aimait beaucoup et Lettie avait de la sympathie pour elle... Mais ma sœur déplorait en général les extravagances d'Alice, qui l'amusaient cependant, lorsque aucun de ses amis distingués n'était là. La plupart des hommes aimaient à rencontrer Alice en société, mais ils évitaient d'être seuls avec elle.

Georges s'assit, les mains jointes, avec un demi-sourire.

Intimidé, il contemplait les tableaux, les bibelots et toute la pièce. Lettie se leva pour arranger quelques fleurs sur la cheminée, et il l'examina avec attention. Elle portait une robe de foulard bleu, ornée d'un col et de manchettes en dentelle. Elle était grande et souple; ses cheveux vaporeux formaient des boucles ravissantes. Georges était de la même taille, mais son embonpoint le faisait paraître plus petit. Lui aussi avait une grâce qui n'appartenait qu'à lui, mais qui ne se montrait pas quand il était assis avec raideur sur une chaise. Tous ses mouvements, à elle, étaient élégants.

Au bout d'un moment, mère nous appela pour souper.

« Allons, dit Lettie, accompagnez-moi. »

Il se leva, très gêné.

« Donnez-moi le bras », dit-elle, pour le taquiner.

Il obéit et rougit sous le hâle, effrayé par ce bras rond, à moitié caché par la dentelle, qui se posait sur sa manche.

Quand nous fûmes assis, elle brandit une cuillère et lui demanda ce qu'il voulait.

Il hésita, regarda les plats inconnus et choisit du fromage.

Lettie et Alice le forcèrent à goûter de ces mets nouveaux et compliqués.

« Je suis sûre que vous aimez ces délicieux petits machin-chose, n'est-ce pas, Georges ? » dit Alice de sa voix moqueuse.

Il n'en savait rien. Il ne pouvait analyser les saveurs. Son palais était déconcerté. Il fit un effort pour sourire. Sa main était posée sur la nappe, et ses articulations étaient blanches tant il serrait nerveusement son pouce replié sous ses doigts.

Enfin le dîner prit fin; Georges ramassa sa serviette sur le parquet et la plia avec soin.

Lettie, elle-même, semblait mal à l'aise. Elle avait tellement taquiné le jeune fermier, que sa gaucherie la gênait comme un reproche. Elle éprouvait un regret et, repentante, se dirigea vers le piano, selon sa coutume, pour dissiper sa mauvaise humeur. Quand elle était en colère, elle choisissait de tendres morceaux de Tchaïkovski; quand elle était triste, Mozart. Elle se mit à jouer du Haendel. Les accords évoquaient l'infini du ciel; en écoutant les petits trilles, on croyait la voir danser sur l'échelle de Jacob, comme les vierges des dessins de Blake. Je lui disais souvent qu'elle s'idéalisait terriblement lorsqu'elle jouait du piano, et parfois, à ma grande surprise, elle fondait en larmes.

Pour Georges, elle joua l'*Ave Maria* de Gounod; elle savait que ce chant pourrait l'émouvoir, l'attrister et lui faire oublier les petits ennuis de sa vie. Je souris en voyant opérer ce charme facile.

Quand Lettie eut fini, elle laissa un moment ses doigts immobiles sur les touches, puis elle se retourna et regarda Georges dans les yeux, avec la promesse d'un sourire. Mais bientôt, elle détourna la tête.

« Avez-vous assez de musique ? dit-elle.

– Non, répondit-il en secouant la tête.

– Alors vous en aurez un peu plus », dit-elle, en se retournant vers le piano.

Elle se mit à jouer des morceaux doux et rêveurs, puis, brusquement, s'interrompit au milieu d'une lamentation sentimentale, quitta le piano et se laissa tomber sur une chaise basse, près du feu.

Elle le regardait. Il sentait les yeux de Lettie fixés sur lui, mais n'osant pas lever la tête, il tirait sa moustache.

« Vous n'êtes qu'un enfant après tout », affirma-t-elle, d'un ton calme. Alors il se tourna et lui demanda pourquoi.

« C'est un enfant que vous êtes, répéta-t-elle, allongée sur sa chaise, avec un sourire nonchalant.

– Je ne le croyais pas, répliqua-t-il très sérieux.

– Vraiment ? » Et Lettie se mit à rire.

« Non », dit-il en cherchant à se souvenir de ses impressions précédentes.

Elle rit de bon cœur et reprit :

« Vous grandissez ?

– Quoi ? demanda-t-il.

– Vous grandissez, répéta-t-elle, en riant encore.

– Mais jamais je n'ai été enfantin.

– Ecoutez les leçons que je vous donne, dit-elle. Quand vous serez enfant, vous serez un homme parfait. Un homme qui n'ose pas être enfant, de peur de perdre sa dignité, est idiot, le pauvre ! »

Georges rit, et se mit à réfléchir, selon sa coutume.

« Aimez-vous les gravures ? demanda-t-elle, fatiguée de le regarder.

– Par-dessus tout, répondit-il.

– Excepté un bon dîner, un bon feu et un soir de paresse ! »

Il se raidit sous l'insulte, se mordit les lèvres et avala son humiliation.

Lettie se repentit et d'un sourire exprima son regret.

« Je vais vous en montrer », dit-elle en quittant la pièce.

Il se sentit plus proche d'elle.

Lettie revint avec une pile de gros livres.

« Mon Dieu, vous êtes joliment forte !

– Vous avez des compliments charmants », dit-elle.

Georges lui lança un coup d'œil, se demandant si elle se moquait.

« C'est le plus grand que vous puissiez me faire, n'est-ce pas ? reprit Lettie, avec insistance.

– Vous croyez ? demanda-t-il, peu désireux de se compromettre.

– Sûrement ! »

Elle posa les livres sur la table.

« Je devine les compliments qu'un homme va me faire, à la façon dont il me regarde. » Elle s'agenouilla près du feu.

« Quelques-uns regardent mes cheveux, d'autres contemplent mon sein qui palpite, d'autres regardent mon cou, et très peu, – vous n'êtes pas de ceux-là, – cherchent mes pensées dans mes yeux. Pour vous, je suis forte; joliment forte ! Comme vous êtes primitif ! »

Le jeune fermier se mordait les doigts. Il la trouvait vraiment taquine.

« Approchez votre chaise », dit la jeune fille, en s'asseyant près de la table et en ouvrant un livre.

Elle le forçait à dire son avis sur chaque gravure. Parfois il n'était pas d'accord avec elle et ne voulait pas se laisser persuader. Alors, elle était très fâchée.

« Si un habitant des cavernes, vêtu de peaux de bêtes, venait me contredire ainsi, vous lui diriez, sans doute, de ne pas faire l'idiot.

– Je ne sais pas, répondit Georges.

– Vous ne savez rien.

– Alors, pourquoi me poser des questions ? »

Lettie se mit à rire.

« Vous ne manquez vraiment pas d'à-propos. Et je crois que vous pouvez être très gentil, vous savez.

– Merci, répondit le jeune homme avec un sourire ironique.

– Oh! reprit Lettie, vous vous croyez parfait, mais comme vous vous trompez, vous êtes très ennuyeux.

– Oui, s'écria Alice qui entrait, prête à partir, il est si terriblement lent. Qui aime l'esprit de l'escalier? J'ai envie de le secouer; pas vous, Lettie?

– Il ne m'intéresse pas assez, répondit avec calme ma sœur.

– Bonsoir, Lettie. L'absence accroît l'amour, Georges, au revoir. Accompagnez-moi, cher Cyril, la lune brille. Au revoir, vous tous, au revoir. »

Pendant que j'accompagnais Alice, Lettie et Georges continuaient à regarder les gravures. Georges était romantique. Il aimait Coply, Fielding, Cattremole, Birquet, Fosten et il ne comprenait rien à Girtin ou à David Cox.

Il se querella avec Lettie, au sujet de Georges Clausen.

« Mais, disait Lettie, c'est un vrai réaliste. Il embellit les choses ordinaires, il voit le mystère et la magnificence qui nous enveloppent, même lorsque nous accomplissons de serviles besognes. J'en parle par expérience. Si je sarclais les champs près de vous... » Cette idée, qui jamais ne s'était présentée à Georges, le bouleversa. Lettie continua à parler sans qu'il l'entendît.

La gravure qu'ils examinaient était une aquarelle de Clausen, intitulée *Le Sarclage.*

« Vous seriez de cette couleur dans le soleil couchant, dit-elle, en le ramenant à l'objet de leur discussion; lorsque vous regarderiez le sol, vous auriez la sensation d'une flamme chaude et dorée, et bientôt cette couleur effacerait tout autre chose, à vos yeux.

« Vous êtes aveugle, vous n'êtes qu'à moitié vivant; vous êtes alourdi par la bonne chère et le sommeil.

Vous êtes le piano qui ne rend qu'une douzaine de sons vulgaires. Le coucher du soleil ne vous touche pas; ne le voit-on pas partout! Oh! que j'aimerais vous faire souffrir. Si vous aviez été malade; si, dans votre demeure natale, vous aviez éprouvé un sentiment d'angoisse ou de mystère, si vous aviez eu foi en quelque chose ou si vous aviez douté, vous seriez peut-être un homme, maintenant. Vous ne grandirez pas, comme ces oignons qui s'épaississent tout l'été et où ne s'éveille jamais le germe d'une fleur. La fleur est née en moi, mais elle demande à sortir de sa prison. Ce n'est pas en se gorgeant de nourriture qu'on s'épanouit. Ici-bas, il faut souffrir avant de s'épanouir. Quand la mort touche une plante, elle lui inspire un désir passionné de fleurir. Vous me demandez comment j'ai été en contact avec la mort? Vous ne savez pas; un sentiment de mort a toujours plané dans cette maison. Je crois que ma mère détestait mon père avant ma naissance. Elle désirait ma mort, au fond du cœur. Cela change tant de choses. »

Georges l'écoutait, les yeux agrandis, les lèvres entrouvertes, comme un enfant qui entend un conte, sans en comprendre les paroles.

Cessant enfin de regarder en elle-même, Lettie se mit à rire doucement et lui caressa la main.

« Oh! cher cœur, vous êtes stupéfait. Que vous êtes gentil de m'écouter, mais il n'en faut pas croire un mot.

– Alors, demanda Georges, pourquoi dire tout cela?

– Oh! quelle question! Revenons à nos moutons, nous nous regardons comme deux chiens de faïence. »

Ils se remirent à tourner les pages, en causant; Georges poussa une brusque exclamation. Il se trouvait devant l'*Idylle* de Maurice Griffinhagen.

« Eh bien? » demanda Lettie, non sans rougir. Elle se rappelait que cette gravure l'avait enthousiasmée.

« Que c'est beau! » s'exclama-t-il.

Ses yeux rayonnaient, un sourire d'admiration découvrait ses dents blanches.

« Voyez cette jeune fille craintive et passionnée. »

Son animation était étrange à voir.

« Elle a raison de craindre quand le barbare arrive dans sa gloire, vêtu de peaux de bêtes.

– Vous ne trouvez pas que c'est beau ? » demanda-t-il. Elle haussa les épaules.

« Faites la cour à la première jeune fille que vous rencontrerez, lorsque les coquelicots rougiront les champs, elle se jettera dans vos bras. Elle n'aura pas besoin d'être très craintive, n'est-ce pas ? »

Elle jouait avec les feuillets du livre, sans regarder le jeune homme.

« Mais, protesta-t-il, les yeux brillants, je ne vois pas à qui je voudrais faire la cour.

– Cher Sir Galahad – et Lettie avec une caresse feinte dans la voix tapota la joue de Georges –, vous auriez dû être moine, martyr, chartreux ! »

Il rit sans prendre garde aux railleries; haletant, il sentait pour la première fois, dans sa poitrine et dans les muscles de ses bras, brûler un feu inextinguible. Il regarda le sein de Lettie et frissonna.

« Vous étudiez votre rôle ? demanda-t-elle.

– Non, mais... » Il ne put lever les yeux sur elle, et riant, la tête baissée, il se fit tout petit.

« Parlez donc », reprit la jeune fille, vibrante de curiosité.

Un peu calmé, il la regarda; dans les yeux dilatés et enflammés de Georges, Lettie lut un aveu et recula comme si une flamme jaillissait devant son visage. Elle courba la tête et arrangea sa robe.

« Vous ne connaissiez pas cette gravure ? » demanda-t-elle, d'une voix basse et sans timbre.

Il ferma les yeux et frémit de honte.

« Non, je ne l'avais jamais vue, répondit-il.

– J'en suis surprise, elle est si banale !

– Vraiment ! »

Cette conversation conventionelle prit fin. Lettie leva les yeux et rencontra ceux de Georges. Ils se regardèrent un moment avant de détourner leurs visages. Ils se voyaient ainsi dans leur nudité; c'était une torture. Aveuglés par la douleur, prêts à fuir, ils se forçaient à la subir un moment, afin de trembler plus tard en sentant une électricité fluide et brûlante courir dans leurs veines. Prise de panique, Lettie prononça les premiers mots qui lui vinrent à l'esprit.

« Je crois que le tableau est à Liverpool. »

Georges avait trop de fausse honte pour laisser mourir la conversation. Il se força à répondre :

« Je ne savais pas qu'il y avait un musée à Liverpool.

– Oui, très beau. »

Une seconde, leurs regards se croisèrent; puis tous deux baissèrent les yeux. Ils continuèrent à parler, la tête tournée. Enfin Lettie se leva et réunit les livres pour les emporter. Sur le seuil elle se retourna. Elle voulait voler encore une minute de poignante émotion.

« Admirez-vous ma force ? » demanda-t-elle.

Son attitude était ravissante. Sa tête était rejetée en arrière, la rondeur de sa gorge se perdait dans son sein gonflé par la pile de livres que tenaient ses bras serrés.

Il la regarda; ils échangèrent un sourire étrange. Lettie renversa la tête comme si elle buvait. Leur sang battait follement dans les veines de leur cou. Brusquement, avec un léger frisson, Lettie se détourna et sortit.

Georges l'attendit en tordant sa moustache. Elle revint et se mit à parler français. Sarah Bernhardt dans le rôle de « Dame aux camélias » et d' « Adrienne Lecouvreur » l'avait beaucoup frappée. Lettie savait imiter la voix magique de la grande artiste; sa raillerie s'exhalait en petites vagues tumultueuses. Elle se moquait d'elle-même et de lui, des hommes en général, et de l'amour en particulier. Et elle répondait à toutes les paroles de Georges par le même fracas de mots français prononcés d'une voix aiguë et dure. Ce bruit était étrange et pénible. Sur le front de Georges se lisait un étonnement douloureux, que je devais y voir souvent par la suite : le sentiment d'une blessure, quelque chose qu'il ne pouvait comprendre.

« Bien, bien, bien, s'exclama-t-elle enfin, il faut faire les fous quelquefois, ou nous vieillirions trop vite, hein ?

– Je voudrais pouvoir comprendre, gémit Georges.

– Pauvre chéri, dit-elle en souriant, qu'il est grave ! Vraiment vous voulez partir ? On croira que nous ne vous avons pas fait souper, si vous êtes si triste.

– J'ai eu un souper, plein... » commença-t-il, un sourire dansant dans ses yeux, tandis qu'il se risquait à cette citation. Il était au comble de l'agitation.

« D'horreurs ! acheva-t-elle; je ne vous ai rien dit d'aussi méchant.

– Vraiment ? répliqua-t-il.

– Rien. »

Une minute incertaine s'écoula. Georges contemplait la jeune fille.

« Au revoir », dit Lettie, en tendant la main, d'une voix vibrante de tendresse révoltée. Il la regarda encore, les yeux étincelants. Puis il prit la main offerte. Elle lui pressa les doigts et les garda un moment. Enfin, confuse de montrer ses sentiments, elle baissa les yeux.

Georges avait au pouce une profonde cicatrice.

« Quelle entaille ! » s'écria Lettie avec un frisson.

Elle serra plus fort encore les doigts de Georges avant de les lâcher.

Il se mit à rire.

« Cela vous fait mal ? demanda-t-elle, doucement.

– Non », répondit-il en riant, comme si son pouce n'était pas digne de pitié.

Ils se sourirent encore. Puis, d'un mouvement irréfléchi, il rompit le charme et partit.

LE PÈRE

L'AUTOMNE commençait. Les dahlias rouges qui gardaient si longtemps, le soir, la chaude lumière vivante dans leur sein, moururent en une nuit et le matin ne montrèrent plus que des boules brunes et pourries.

Je passais un soir devant la poste d'Eberwich, lorsqu'on m'appela pour me donner une lettre adressée à ma mère. L'écriture informe et irrégulière m'inspira une vague inquiétude. Je mis la lettre dans ma poche et n'y pensai plus que le soir lorsque je cherchai un sujet de conversation qui pût intéresser ma mère. Elle regarda l'écriture et déchira nerveusement l'enveloppe; elle tenait la feuille loin d'elle sous la lumière de la lampe et, les yeux à demi clos, essayait de déchiffrer le message. Je lui apportai ses lunettes, mais elle ne me remercia pas; sa main tremblait. La courte lettre fut vite lue, puis ma mère s'assit, la relut et continua à contempler le papier.

« Qu'y a-t-il donc, mère ? » demandai-je.

Sans répondre elle regardait toujours fixement la lettre. Très inquiet, je posai la main sur son épaule. Sans me voir elle murmura :

« Pauvre Frank, pauvre Frank. » C'était le nom de mon père.

« Mais qu'y a-t-il, mère? Dites-moi ce qu'on vous écrit. »

Elle me regarda comme si elle ne me connaissait pas, se leva et après avoir fait quelques pas dans la pièce, elle sortit; bientôt je l'entendis quitter la maison. La lettre était tombée sur le parquet. Je la ramassai. L'écriture était presque illisible. Je lus l'adresse d'un village à quelques kilomètres de Woodside; la date remontait à trois jours.

« Ma chère Lettice,

« Vous serez contente d'apprendre que je ne suis plus. Je n'ai plus guère qu'un ou deux jours à vivre, mes reins sont perdus.

« Je suis retourné à Woodside. Je ne vous ai pas vue, mais j'ai aperçu notre fille à la fenêtre et j'ai échangé quelques mots avec mon fils. Il ne savait rien et n'a rien deviné. Je crois que Lettie aurait compris. Si vous saviez comme je suis terriblement seul, Lettice, comme je l'ai été, vous auriez peut-être un regret...

« J'ai économisé autant que j'ai pu pour vous rendre ce que je vous dois. J'ai eu de mauvais jours, Lettice, et je suis content que la fin approche. J'ai eu de mauvais jours.

« Voici mon dernier adieu. Votre mari.

« FRANK BEARDSALL. »

Cette lettre me glaça. Je torturai mon esprit pour retrouver le souvenir de mon père; je me le représentais comme un grand et bel homme brun aux yeux gris clair; mais cette image avait été créée par quelques mots de ma mère et par un portrait que j'avais vu une fois.

Ce mariage avait été malheureux. Mon père était frivole, un peu vulgaire, mais enjôleur et il avait beaucoup de charme. Menteur, dépourvu de toute notion d'honnêteté, il avait trompé ma mère sans scrupules. Elle découvrit ses bassesses et ses ruses l'une après l'autre et son âme se révolta; et parce que ses illusions brisées n'étaient plus qu'un petit tas de fragments sans valeur, elle se détourna avec le mépris d'une femme qui découvre que son beau roman d'amour n'est qu'un grossier feuilleton. Lorsqu'il la quitta pour d'autres plaisirs, Lettie était un bébé de trois ans et j'en avais cinq. Ma mère se réjouit amèrement. Elle avait indirectement de ses nouvelles – rien de bon, bien qu'il prospérât – mais il n'était pas venu la voir et depuis dix-huit ans il n'avait pas écrit.

Au bout d'un moment ma mère entra et s'assit; elle tenait le bord de son tablier noir et y formait des plis qu'elle effaçait aussitôt.

« Tu sais, dit-elle, il avait droit aux enfants et je les ai gardés.

– Il n'avait qu'à venir.

– Je vous ai appris à le détester; je vous ai enlevés à lui; il vous aimait pourtant. Je devrais être à son chevet maintenant; voici longtemps que j'aurais dû te conduire près de lui.

– Comment l'auriez-vous pu puisqu'il ne vous donnait jamais de ses nouvelles ?

– Il serait venu, il avait envie de venir, je le sens depuis des années. Mais je l'ai tenu éloigné. Pauvre Frank; il voit ses fautes maintenant. Il aurait été moins cruel que moi.

– Allons, mère, c'est la douleur qui vous fait parler ainsi.

– Je comprends maintenant. Je sentais depuis longtemps qu'il souffrait; j'éprouvais ses sentiments en moi. Je le savais, oui, je le savais bien qu'il avait besoin de moi et de toi, j'en étais sûre. Depuis trois mois, je n'ai pas cessé de penser à lui. Comme j'ai été cruelle.

– Nous irons le voir maintenant, n'est-ce pas ?

– Demain, demain, répondit-elle en s'apercevant enfin de ma présence, je partirai le matin.

– Je vous accompagnerai.

– Oui, le matin; Lettie est invitée à Chatsworth; ne lui dis rien, il vaut mieux qu'elle ignore. »

Presque immédiatement ma mère se retira dans sa chambre. Lettie revint assez tard de Highclose et Leslie n'entra pas. Le lendemain matin ils faisaient une excursion à Matloch et à Chatsworth; ma sœur était surexcitée et ne remarqua rien.

Ma mère et moi nous ne pûmes partir avant l'après-midi chaud et calme. Nous descendîmes du train à Cossethay; l'air était tiède et doré. Ma mère voulut faire à pied les deux longs kilomètres qui nous séparaient du village. Nous suivions lentement la route en nous attardant pour admirer les petites fleurs rouges qui fleurissaient la haie jusqu'au sommet de la colline. Nous étions peu désireux d'arriver au but. Enfin nous aperçûmes le petit clocher gris de l'église; en même temps une musique discordante et dure résonnait à nos oreilles. Devant nous, dans un petit champ, la foire était en pleine activité.

Des chevaux de bois galopaient gaiement en rond, les balançoires bondissaient dans le doux ciel bleu. Nous nous assîmes sur la barrière, ma mère et moi, pour regarder. Des baraques, des jeux de massacre et des manèges étaient dispersés dans le petit champ. Des groupes d'enfants allaient sans bruit d'une attraction à l'autre. Un homme au teint presque noir traversa le champ en balançant deux seaux d'eau pleins à déborder. Des femmes étaient sur la porte des roulottes brillantes, et des chiens maigres se levaient nonchalamment et se recouchaient sur les marches. La foire était peu animée malgré son bruit. Une grosse dame, d'une voix rauque et masculine, invitait les enfants surexcités à admirer son panorama. Un homme basané, à cheval sur la plate-forme d'un manège, les doigts dans la bouche, sifflait accompagné par la rude clameur de l'orgue de Barbarie; son sifflement résonnait clair comme le vol d'une oie sauvage, très haut au-dessus des cheminées, tandis que le manège l'emportait dans sa ronde.

Un homme petit et gros, à la poitrine affreusement enflée, se tenait sur le seuil de sa baraque sale, entouré d'un rassemblement de mioches; il leur ordonnait de défier un grand jeune homme stupide, debout les bras croisés, les poings sur les biceps. Plus loin la voix affectée de Guignol dominait, lorsque le propriétaire du jeu de massacre arrêtait le grincement de sa crécelle. Le forain était en colère; les gosses hésitaient à risquer leurs sous, et la crécelle hurlait comme un démon. Une petite fille vint nous regarder, léchant délicatement une glace entre deux oublies. Nous n'étions sans doute pas intéressants, car elle nous laissa pour aller contempler les roulottes.

Nous avions rassemblé assez de courage pour traverser la foire, lorsque la cloche fêlée de l'église mêla ses accents à ces divers bruits.

Un, deux, trois..., avait-elle vraiment sonné trois coups?

Puis une cloche plus grave résonna. – Un, deux, trois. – Un glas. Je regardai ma mère. Elle détourna son visage.

L'orgue de Barbarie reprit de plus belle, la femme enrouée fit un autre appel. Puis il y eut une accalmie. L'homme à la poitrine enflée avait disparu derrière le rideau. Le propriétaire du jeu de massacre était allé calmer sa fureur aux Trois-Tonneaux et une jeune effrontée de dix-sept ans gardait la boutique. Les chevaux tournaient, emportant deux enfants effrayés.

Soudain la voix palpitante et rapide de la cloche grave retentit de nouveau dans le vacarme. J'écoutais sans pouvoir m'empêcher de compter les coups. Un, deux, trois, quatre; pour la troisième fois ce grand garçon décidait de monter sur les chevaux de bois, mais le manège partait au même instant, c'était une affaire manquée; huit, neuf, dix; l'homme qui sifflait avait une énorme pomme d'Adam, son cou si mince ne lui faisait-il pas mal quand il parlait; dix-neuf, vingt; la petite fille léchait une autre glace à petits coups; vingt-cinq, vingt-six; je me demandais si j'avais bien compté machinalement jusqu'à vingt-six. Alors j'y renoncai.

« Cinquante et un, dit ma mère, partons, partons. »

Traversant la foire à la hâte, nous nous dirigeâmes vers l'église, vers un jardin où, au sommet des tiges des roses trémières, les dernières sentinelles rouges montaient la garde. Le jardin était un fouillis de chrysanthèmes roses tout fanés, d'asters clignotants et myopes, de hampes de roses trémières pareilles à des fantômes. Il appartenait à une maison basse et sombre, accroupie derrière un rideau de cyprès. Nous nous arrêtâmes devant la porte d'entrée. Les persiennes étaient baissées, et dans une chambre on apercevait la lueur lasse des cierges.

« C'est bien le cottage des Cyprès ? demanda ma mère à un garçonnet curieux.

– C'est le cottage de Mme May, répondit l'enfant.

– Elle habite seule ? demandai-je.

– Elle avait un Français, mais il est mort, et elle a allumé les cierges. »

Nous frappâmes à la porte.

« Vous venez le voir », murmura une voix rauque. Une vieille femme voûtée, les yeux très bleus, branlant sa tête couverte d'une résille de velours, indiquait la chambre d'un geste significatif.

« Oui, dit ma mère, nous avons reçu une lettre.

– Le pauvre homme, il est mort, madame. » La vieille femme secoua la tête. Puis elle nous regarda avec curiosité, se pencha, posant sur le bras de ma mère sa main ridée aux veines presque noires, et murmura d'un ton de confidence : « Et les cierges se sont éteints deux fois. C'était un homme étrange.

– Il faut que j'entre et que je règle tout. Je suis sa plus proche parente, dit ma mère en tremblant.

– Oui, j'ai sommeillé sans doute, et lorsque j'ai ouvert les yeux, il faisait noir comme dans un four. Madame, je n'ose plus rester avec lui, pourtant ce n'est pas le premier que j'ensevelis. Ah! qu'il a souffert, madame, pauvre homme, pauvre homme! » Elle leva ses vieilles mains au ciel, et regarda ma mère de ses yeux si bleus.

« Savez-vous où il tenait ses papiers? demanda ma mère.

– Oui, j'ai demandé au père Burns; il a dit qu'il fallait prier pour lui. C'est moi qui ai payé les cierges; c'était un drôle de corps. » Et de nouveau elle hocha tristement sa tête grise. Ma mère avança d'un pas.

« Voulez-vous le voir? demanda timidement la vieille femme.

– Oui », répondit ma mère avec un grand signe de tête. Elle s'apercevait maintenant que la vieille dame était sourde.

Nous entrâmes dans la cuisine; c'était une pièce longue et basse de plafond; il y faisait très sombre, car les volets étaient fermés.

« Asseyez-vous, dit la vieille dame, toujours à voix basse, comme si elle parlait seule. Vous êtes sa sœur peut-être? »

Ma mère secoua la tête.

« Ou la femme de son frère? » persista la vieille dame.

Nous fîmes signe que non.

« Seulement une cousine? » Et elle nous regarda d'un air suppliant.

J'inclinai la tête.

« Asseyez-vous une minute. » Elle sortit, heurtant une chaise et claquant la porte. En revenant, elle posa bruyamment sur la table une bouteille et deux verres. Son poignet décharné avait à peine la force de porter la bouteille.

« Il venait de l'entamer. Prenez-en une goutte pour

vous soutenir, ma pauvre », dit-elle en poussant la bouteille vers ma mère; puis elle partit et revint avec le sucre et la bouilloire.

« Il n'en a plus besoin, pauvre garçon, et c'est du bon, madame, il buvait toujours du bon. Oui, il n'en a pas pris une goutte les trois derniers jours, le pauvre homme, pas une goutte. Allons, cela vous donnera du courage, allons. »

Nous refusâmes.

« Il est là », chuchota-t-elle, montrant une porte fermée dans un coin sombre de la triste cuisine. Une marche me fit trébucher et j'allai tomber sur une table boiteuse qui portait un cierge dans un grand chandelier de cuivre. Le cierge roula à terre et le chandelier de cuivre le suivit avec un bruit sonore.

« Eh! mon Dieu, mon Dieu », gémit la vieille. Elle fit en tremblant le tour du lit et ralluma le cierge éteint à celui qui brûlait encore. Quand elle revint, la lumière éclairait son vieux visage ridé, et les nœuds du lit d'acajou; la cire coulait goutte à goutte par terre. A la lueur vacillante des deux cierges une forme se dessinait sous la couverture que la femme rabattit en gémissant. Mon cœur battait à grands coups et je suffoquais. Je ne voulais pas regarder, pourtant il le fallait. C'était l'homme que j'avais vu dans les bois, mais la boursouflure de son visage avait disparu. Accablé d'une violente pitié et d'une horreur indicible, je me sentais petit et seul dans un grand espace vide. Mon âme avait quitté mon corps et je n'étais plus qu'un atome flottant au hasard dans les ténèbres. Alors le bras de ma mère entoura mes épaules; elle cria : « Oh! mon fils, mon fils! »

En frissonnant je revins à moi. Ma mère avait les yeux secs et son visage n'exprimait que la supplication. « Qu'importe, mère, qu'importe », dis-je, incohérent.

Elle se leva, couvrit le visage du mort, puis alla vers la vieille femme, la fit asseoir et calma ses gémissements. Notre hôtesse essuya sur ses joues les larmes rares de la vieillesse et lissa ses cheveux sous la résille de velours.

« Où sont ses affaires ? demanda ma mère.

– Eh ? dit la vieille dame, l'oreille tendue.

– Ses affaires sont-elles ici ? répéta ma mère plus haut.

– Ici ?... » La chambre contenait le lit d'acajou dépourvu de rideaux, un bureau, une commode de chêne et deux ou trois chaises d'acajou. « Je n'ai pas pu le faire monter. Il ne couchait ici que depuis trois semaines.

– Où est la clef du bureau ? cria ma mère dans l'oreille de la vieille.

– Oui, c'est son bureau. » Elle nous regarda, perplexe, craignant de se tromper. C'était une situation terrible.

« La clef, criai-je, où est la clef ? »

Elle secoua la tête. Je vis qu'elle ne savait pas.

« Où sont ses habits ? Habits ? » répétai-je, en montrant ma veste. Elle comprit enfin et murmura : « Je vais les chercher. »

Elle s'élança dans l'escalier, par une porte qui s'ouvrait à la tête du lit; nous allions la suivre quand un pas lourd résonna dans la cuisine; une voix cria : « La vieille serait-elle en train de trinquer avec le diable ? Holà, madame May, venez boire avec moi. »

On entendit le glouglou du liquide versé et presque aussitôt le choc léger d'un verre vide posé sur la table.

« Voyons ce que fait la vieille », reprit l'inconnu en s'avançant vers nous. Comme moi il trébucha sur la petite marche, mais évita la collison avec la table.

« Au diable cette sale marche », dit-il avec conviction. C'était le docteur, car il gardait son chapeau sur la tête et n'hésitait pas à entrer dans la maison. Il était grand, gros et rouge.

« Je vous demande pardon », dit-il en apercevant ma mère. Elle salua.

« Madame Beardsall? » demanda-t-il en se découvrant. Ma mère fit un signe affirmatif.

« J'ai fait partir une lettre pour vous. Vous êtes une parente de ce pauvre vieux Carlin ? » Il fit un geste vers le lit.

« La plus proche, répondit ma mère.

– Pauvre homme; ce n'était plus qu'une épave; voilà ce que c'est que de rester vieux garçon.

– J'ai été très surprise d'avoir de ses nouvelles, dit ma mère.

– Oui, il ne devait guère écrire à ses amis. Il a eu de mauvais jours. Il faut payer, un jour ou l'autre, les bêtises que nous faisons; fichus diables que nous sommes! Pardonnez-moi, madame. »

Un silence tomba; le docteur poussa un soupir puis se mit à siffler doucement.

« On pourrait lever cette persienne », observa-t-il. Et la clarté du jour se mêla à la lueur des cierges.

« Que peut bien faire la vieille? » demanda-t-il en levant les yeux; le violent remue-ménage de la vieille dame faisait trembler les poutres du plafond.

« Nous désirons la clef de ce bureau, dit ma mère.

– Je vais vous la donner ainsi que le testament. Il m'a dit de vous les remettre quand vous viendriez. Il paraissait vous estimer beaucoup. Peut-être aurait-il pu être plus heureux. »

Nous entendîmes alors dans l'escalier le pas lourd de la vieille dame.

« Attention! » cria le docteur. La pauvre femme, comme il le prévoyait, marcha sur les bretelles du pantalon qu'elle tenait et vint s'effondrer dans ses bras. Il la releva tendrement en lui demandant : « Vous ne vous êtes pas fait mal, j'espère?

– Docteur, docteur, merci, je vous remercie d'être venu. Vous vous occuperez d'eux, n'est-ce pas?

– Oui. » Il hocha la tête, à la fois rude et séduisant. Puis, se précipitant dans la cuisine, il prépara un verre de whisky pour la vieille dame sans oublier de se servir. La pauvre vieille s'assit près de la porte ouverte. Elle nous regardait d'un air lamentable. Sa main tremblante pouvait à peine tenir le verre. Le jour luttait avec la lueur des cierges et jetait un rayon spectral sur le lit où gisait la forme rigide.

Le docteur nous donna les clefs et nous triâmes les papiers du bureau et des tiroirs. Le docteur sirotait son whisky en parlant.

« Oui, il n'était là que depuis deux ans. On l'appelait le Français. » Le docteur but une gorgée et réfléchit : « Oui, il avait fait des farces dans sa jeunesse, mais il avait le cœur sur la main. Il nous manquera, n'est-ce pas, madame May ? » cria-t-il si fort que nous ne pûmes nous empêcher de tressaillir en regardant le lit. Il alluma sa pipe et en tira de grosses bouffées pour oublier la séduction du whisky. Pendant ce temps, nous examinions les papiers. Il y avait peu de lettres, une ou deux seulement adressées à Paris. Nous trouvâmes surtout des factures, des reçus, des billets d'affaires. Nulle trace de sentiment dans tout cela. Ma mère mettait de côté les papiers qui l'intéressaient. Elle alla brûler les autres dans la cuisine. Elle craignait de trop trouver.

Le docteur par quelques mots pensifs faisait oublier la fumée de sa pipe.

« Oui, disait-il, il y a deux méthodes : on peut faire brûler sa lampe dans un grand vent et elle flamboie, et, l'huile épuisée, s'éteint dans une fumée épaisse et puante. Ou bien on peut la garder bien propre sur la table de la cuisine, salir ses doigts pour la nettoyer; alors elle durera longtemps et mourra lentement. » Il prit son verre et, le trouvant vide, revint à la réalité.

« Puis-je vous aider, madame ? demanda-t-il.

– Non, merci.

– Il n'y a sans doute pas grand-chose à faire, ni beaucoup de larmes à verser; quand un homme gaspille sa jeunesse, Dieu sait comment, ceux qui l'ont connu jeune ne peuvent être touchés de sa perte. Il a mené joyeuse vie dans son temps, madame. Mais ces satisfactions ne durent pas. Il n'y a rien comme le mariage, le vin est tiré et il ne reste plus qu'à le boire. »

Il se replongea dans ses pensées et n'en sortit qu'au moment où, le bureau fermé, les papiers inutiles brûlés, les autres dans ma poche et dans le sac noir, nous fûmes prêts à partir. Le docteur leva les yeux et demanda :

« Et l'enterrement ? »

Il remarqua alors la lassitude de ma mère, se leva d'un bond et prit son chapeau en disant :

« Venez prendre une tasse de thé chez ma femme. Quand on est dans ces sacrés trous, on se transforme en ours. Venez, je vous en prie, ma petite femme est seule; venez la voir. »

Ma mère le remercia en souriant. Sur le seuil de la chambre, elle chancela, jeta un dernier regard au lit, puis sortit.

L'après-midi touchait à sa fin. Dehors, dans l'air frais, je crus que j'avais rêvé. Ce visage triste et décoloré, à barbe grise, indécis sous la lueur jaune du cierge, n'avait jamais existé; ce lit de bois, cette femme sourde, étaient les expressions d'un mensonge qui se dissipait. La flamme jaune des petits tournesols et l'ombre du cadran solaire sur la pelouse du vieil hospice, cela était la réalité. La lourde lumière de l'après-midi nous entourait, chaude et vivifiante; un frisson nous parcourut, le mensonge sortit de nos veines et nous cessâmes d'avoir froid.

La maison du docteur s'élevait sous les hêtres; une grille séparait le jardin du champ et, debout sur l'étroite pelouse, une femme parlait à une belle vache de Jersey qui passait son museau entre les barreaux. C'était une petite femme brune, au teint frais; elle caressait le mufle délicat de la bête, regardait les yeux sombres et, avec un délicieux accent écossais, elle parlait doucement comme une mère à son enfant.

Quand elle se retourna, surprise, pour nous accueillir, ses yeux gardaient encore la douceur d'une profonde affection. Elle nous offrit du thé, des scones, de la gelée de pomme; nous écoutions avec délices sa voix musicale comme un bourdonnement d'abeilles dans les tilleuls. Bien qu'elle ne prononçât que des paroles banales, nous l'écoutions attentivement.

Son mari était gai et bon. Elle lui jetait des regards craintifs et évitait de rencontrer ses yeux. Joyeux et franc, il plaisantait, lui adressait des éloges exagérés et se remettait à la taquiner. Peu à peu, il perdit sa belle humeur. La jeune femme craignait, je crois, qu'il n'eût bu; elle devait trembler d'horreur et d'indignation quand elle le voyait ivre. C'était un ménage sans enfant. Le docteur cessa de plaisanter quand il s'aperçut qu'elle était gênée. Il lui jetait des regards piteux; bientôt toute son assurance disparut; il ne songea plus qu'à partir.

« Je vais vous accompagner chez le curé », me dit-il; et nous quittâmes la salle à manger aux fenêtres ouvertes sur les prairies. Dans cette pièce, les jolies aquarelles, les belles broderies, les vases sans fleurs, deux romans sales du cabinet de lecture, le piano fermé, les tasses dépareillées, et la théière ébréchée qui salissait la nappe racontaient toute une histoire.

Nous allâmes commander le cercueil chez le menuisier; là, le docteur but un verre de whisky; je payai la tombe et le docteur scella le marché avec une goutte de brandy; le porto du curé mit le comble à sa gaieté, et nous rentrâmes.

Cette fois, l'inquiétude de la petite femme aux yeux sombres ne put calmer l'exubérance du docteur; pendant qu'il bavardait, elle tournait nerveusement son alliance autour de son doigt. Il insista pour nous accompagner à la gare, en dépit de nos craintes.

« Vous ne risquerez rien avec lui », assura la jeune femme de sa voix caressante. En lui serrant la main, je remarquai combien sa petite paume était dure et j'ai toujours eu horreur des vieilles robes d'alpaga noir.

Woodside est loin de la gare d'Eberwich. Nous fîmes le trajet moitié en omnibus, moitié à pied. La route était longue pour ma mère; le chagrin alourdissait ses pas.

Rébecca nous attendait dehors, près des rhododendrons. Elle s'élança vers nous avec sollicitude et demanda à ma mère si elle avait pris son thé.

« Vous en boirez une autre tasse. » Et elle rentra en courant.

Nous la retrouvâmes dans la salle à manger où elle aida ma mère à se débarrasser de son chapeau et de son manteau. Elle désirait entendre le récit de notre voyage; les yeux cernés de ma mère l'inquiétaient; elle s'empressait autour de nous sans oser rien demander, cependant anxieuse et mourant d'envie de tout savoir.

« Lettie est revenue changer de toilette; elle a mis sa robe en popeline verte. Je lui ai dit que vous étiez sortie. Cela lui a fait plaisir. Elle était vive comme un écureuil. »

Rébecca jeta un regard interrogateur à ma mère. Enfin celle-ci se décida : « Il est mort, Rébecca, je l'ai vu.

– Que Dieu soit loué, vous n'aurez plus à vous tourmenter pour lui.

– Il est mort tout seul, Rébecca, tout seul.

– Il est mort comme vous avez vécu, dit Becky d'une voix dure.

– Moi, j'avais des enfants, j'avais les enfants. Vous ne direz rien à Lettie, Rébecca ?

– Non, Madame. » Rébecca sortit.

« Tu partageras l'argent avec Lettie », me dit ma mère. Le défunt laissait environ quatre mille livres.

Cette somme revenait à ma mère, ou, à défaut, à Lettie et à moi. « Bien, mère, ce qui est à nous est à vous. »

Après quelques minutes de silence, ma mère reprit :

« Je vous ai privés de votre père.

– Nous vous en remercions, mère. Vous nous avez épargné cela.

– Si jamais tu sens monter à tes lèvres une parole de mépris pour celui qui te tient de si près, sois généreux, mon enfant.

– Oui, dis-je.

– C'est la dernière fois que nous en parlons, répliqua-t-elle. Un jour, tu raconteras tout à Lettie. »

C'est ce que je fis environ une semaine plus tard.

« Qui connaît cette histoire ? demanda-t-elle, le visage durci.

– Mère, Becky et nous.

– Et puis ?

– C'est tout.

– Quel bonheur qu'il soit mort, puisqu'il causait tant d'ennuis à mère !... Où est-elle ?...

– Dans sa chambre. »

Lettie courut la rejoindre.

L'ODEUR DU SANG

La mort de notre père bouleversa notre vie. Ce n'est pas que nous éprouvions un vif chagrin; la plus grande peine était ce cri de désespoir auquel nul n'avait répondu. Mais nos sentiments et nos rapports avaient changé : nous avions appris à connaître la pensée et l'inquiétude. Nous avions passé toute notre vie entre les bois et l'eau, Lettie et moi. Jusque-là elle avait cherché en tout un aspect joyeux : l'eau riait, et les feuilles babillaient comme des jeunes filles; le tremble se trémoussait ainsi qu'une coquette, et le roucoulement des ramiers était d'une sentimentalité presque niaise.

Mais, depuis quelques jours, elle entendait de nouveau le cri lamentable d'un hérisson pris au piège; elle voyait les trappes préparées pour les petits meurtriers sauvages, trappes fermées par une barrière de pin, et amorcées avec les boyaux d'un lapin mort.

Un après-midi, peu de temps après notre voyage à Cossethay, Lettie était assise sur l'appui de la fenêtre. Le soleil baisait passionnément ses cheveux, et y jetait des éclaboussures d'un vermillon emprunté à la vigne vierge qui se mourait dehors.

Le soleil aimait Lettie et la quittait à regret. Au-delà de Nethermere, elle contemplait Highclose, vague dans la brume de septembre. Sans la lumière écarlate qui tombait sur son visage, j'aurais cru qu'elle avait l'air triste et grave. Elle était blottie au coin de la fenêtre, la tête appuyée au volet. Bientôt elle s'endormit. Alors elle redevint étonnamment enfant; c'était une jeune fille de dix-sept ans qui dormait là; ses lèvres boudeuses étaient entrouvertes, son souffle léger. Je sentis renaître un ancien sentiment de responsabilité; je devais la protéger et prendre soin d'elle.

Un pas fit craquer le gravier. C'était Leslie. Il leva son chapeau, croyant que Lettie le regardait; son corps était extrêmement séduisant; il avait cette belle structure souple qui révèle tant de vigueur animale; chacun de ses mouvements faisait plaisir à voir; son visage était moins agréable. Il n'était pas beau; Leslie avait des sourcils trop clairs, son nez était gros et laid, et son front, bien que haut et blanc, manquait de dignité. Mais son expression franche et gaie, son rire sain rachetaient ces imperfections.

Il se demandait pourquoi Lettie ne bougeait pas. En s'approchant il comprit. Alors il m'adressa un clignement d'yeux et entra. Il traversa la pièce sur la pointe des pieds. Le doux abandon de Lettie, l'attendrissante et presque poignante jeunesse de son visage touchèrent le cœur prompt à s'émouvoir du jeune homme; il se pencha et baisa une joue que déjà le soleil teintait d'écarlate.

Elle s'éveilla à demi avec un petit cri d'enfant. Il s'assit derrière elle et, doucement, un sourire tendre et caressant aux lèvres, attira sa tête contre lui. Je crus que Lettie allait se rendormir ainsi. Mais ses paupières battirent, et la pensée étincela dans ses yeux.

« Leslie! Oh! laissez-moi », s'écria-t-elle en le repoussant.

Il la lâcha et se leva avec un regard de reproche. Lettie secoua sa robe et alla devant la glace arranger ses cheveux.

« Vous êtes odieux », s'écria-t-elle, rouge, vexée et décoiffée.

Il eut un rire indulgent.

« Vous ne devriez pas être si jolie quand vous dormez. Comment se retenir ?

– Ce n'est pas convenable, dit-elle, les sourcils froncés.

– Qu'importe ? Ne nous targuons-nous pas d'être au-dessus des conventions ? Pourquoi ne vous embrasserais-je pas ?

– Parce que vous n'êtes pas le seul en jeu; mes sentiments comptent.

– Mon Dieu, vous êtes d'une humeur !

– Voici mère.

– Eh bien, racontez-lui. »

Mère aimait beaucoup Leslie.

« Cher monsieur, dit-elle, pourquoi faites-vous cette mine ? »

Il éclata de rire.

« Lettie me gronde parce que je l'ai embrassée pendant qu'elle jouait la Belle au bois dormant.

– Quelle suffisance, mon garçon, de vouloir faire le Prince Charmant !

– Mais il paraît que je jouais bien mal mon rôle », dit-il d'un ton lamentable.

Lettie se mit à rire et lui pardonna.

« Je viens vous chercher pour une promenade, annonça le jeune homme en souriant.

– Il fait un temps délicieux », ajouta ma mère.

Lettie répondit :

« Je suis paresseuse aujourd'hui.

– Tant pis, répliqua-t-il, d'un ton impatient, cela vous réveillera. Allez mettre votre chapeau. »

Lettie obéit, les yeux baissés.

« Elle viendra, dit-il, elle aime mener les gens par le bout du nez. »

Lettie l'entendit sans doute. Quand elle revint en mettant ses gants, elle me dit d'un ton calme :

« Tu viens aussi, Pat. »

Leslie fit demi-tour et fixa sur elle un regard irrité et surpris.

« J'aimerais mieux finir cette esquisse, répondis-je gêné.

– Non, viens, je t'en prie, tu seras bien gentil. » Elle m'enleva mon pinceau et me força à me lever. Leslie rougit. Il alla dans le vestibule et m'apporta ma casquette.

« Vous venez ? s'écria-t-il encore avec une colère croissante.

– Quand vous me l'ordonnerez », répondit-elle en prenant son bras.

Nous traversâmes le bois pour atteindre la grande route; sa lisière aurait dû être soignée comme un parc, mais elle était envahie par les herbes folles, les taupinières jaunes, les broussailles, les genêts, les ronces et les églantiers; de vieux buissons d'aubépines y poussaient à l'aventure, dominés par un bouquet bizarre de pins d'Ecosse.

Sur la grande route les feuilles tombaient et jasaient sous nos pas. L'eau était calme et bleue et le blé dressait ses gerbes nonchalantes.

Parvenus au sommet de la colline qui domine Highclose, nous cheminions sur le plateau; les hauteurs arides du Derbyshire se cachaient derrière les brumes de l'automne. Bientôt les cheminées des mines de Selsby se profilèrent sur le ciel, ainsi que l'horrible village qui se dresse, pâle et nu, au faîte du coteau.

Lettie était d'une gaieté folle. Elle ne cessait de rire et de plaisanter, tout en cueillant des bouquets d'églantines dont elle ornait son corsage. Elle se piqua à un rameau de ronces et tendit son doigt à Leslie pour qu'il lui enlevât l'épine. Nous étions joyeux tous les trois, lorsque nous quittâmes la grande route pour prendre un petit sentier; les hautes collines de Strelley fermaient la vallée devant nous; à droite s'étendaient les bois, à gauche le champ communal. A mi-chemin nous entendîmes le grincement d'une faux aiguisée. Lettie jeta un coup d'œil par-dessus la haie. Georges coupait les épis sur le flanc escarpé de la colline où la machine ne pouvait monter. Son père liait les gerbes.

En se redressant, M. Saxton nous aperçut et nous cria de venir l'aider. Nous fîmes une brèche dans la haie pour le rejoindre.

« Parfait, me dit le père, enlevez votre veste. » Et à Lettie : « Vous nous avez apporté à boire? Non; c'est dommage. Vous vous promeniez, je vois. Quel ennui d'engraisser! » Et il fit une grimace en se courbant pour lier le blé. C'était un homme magnifique, rouge et robuste, dans toute la force de l'âge.

« Je vais vous aider; montrez-moi comment on fait, dit Lettie.

– Non, répondit-il doucement, vous écorcheriez vos poignets et vous casseriez votre corset. Ecoutez le bruit que font mes mains – il les frotta l'une contre l'autre –, on dirait du papier de verre. »

Georges, qui nous tournait le dos, ne nous avait pas vus. Il continuait à faucher. Leslie le regardait.

« Quel beau mouvement, s'écria-t-il.

– Oui, répondit le père qui se relevait très rouge, notre Georges aime bien faucher. Cela met en forme quand on a vaincu la première raideur. »

Nous nous dirigeâmes vers le blé qui était encore debout. Le soleil était doux; Georges avait enlevé son chapeau; ses cheveux noirs, humides, formaient des boucles en désordre. Il était ferme et bien planté, son torse se balançait en cadence. A sa hanche, sur sa culotte retenue par une ceinture, pendait la pierre à aiguiser; sa chemise fanée était déchirée juste au-dessus de la ceinture et montrait les muscles de son dos qui jouaient comme des reflets sur le sable blanc d'un ruisseau. Ce corps aux mouvements rythmiques avait quelque chose d'extraordinairement séduisant.

Je lui adressai quelques mots et il se retourna. Il

regarda aussitôt Lettie avec un brusque sourire qui trahissait ses sentiments. Sa beauté était remarquable. Il essaya de prononcer quelques paroles de bienvenue, puis se pencha, ramassa une poignée d'épis qu'il lia lentement.

Comme lui, Lettie n'avait rien trouvé à dire. Mais Leslie observa : « Ce doit être amusant de faucher!

– Oui », répondit Georges, et il reprit en voyant Leslie ramasser la faux :

« Mais cela vous fera suer et vos mains seront meurtries. »

Leslie secoua la tête, enleva sa veste et demanda d'un ton bref :

« Comment faites-vous ? » Sans attendre la réponse, il se mit à l'œuvre. Georges ne dit rien et se tourna vers Lettie.

« Vous êtes pittoresque, dit-elle avec gaucherie, absolument idyllique.

– Et vous ? » demanda-t-il.

Elle haussa les épaules, se mit à rire et se détourna pour cueillir du mouron rouge.

« Comment liez-vous le blé ? » interrogea-t-elle.

Georges prit quelques longues pailles, les nettoya et lui montra la façon de les tenir. Au lieu de l'aider, elle regardait ses mains grosses, dures, irritées par le manche de la faux.

« Je ne pourrai jamais y arriver.

– Non », répliqua-t-il tranquillement, et il regarda faucher Leslie. Celui-ci, qui s'adaptait merveilleusement à tout, réussissait assez bien, mais n'avait pas l'ample mouvement invincible de Georges, et sa faux ne rendait pas la même musique fraîche et crissante.

« Je parie qu'il sue, dit Georges.

– Et vous ? demanda Lettie.

– Un peu, mais je ne suis pas très vêtu.

– Savez-vous, dit-elle brusquement, j'ai envie de

toucher vos bras. Ils sont si bruns et paraissent si durs ! »

Il lui tendit son bras. Ma sœur hésita, puis rapidement posa le bout du doigt sur la peau brune et lisse et le retira. Elle se hâta de cacher sa main dans les plis de sa robe, et rougit.

Georges eut un rire bas et calme, à la fois agréable et saisissant.

« Je voudrais travailler ici », dit Lettie en contemplant les champs de blé et les bois vagues et bleus dans le lointain. Il suivit son regard et rit avec une indulgence résignée.

« C'est vrai », dit-elle, d'un ton énergique.

Georges passa sa main dans sa chemise ouverte et se frotta doucement le côté. « On éprouve un tel bien-être, dit-il, c'est un plaisir de travailler ou de ne rien faire. Un plaisir physique. »

Lettie le regarda; elle admirait la beauté de son corps, comme s'il était un grand bourgeon gonflé de vie.

Leslie revint et s'essuya le front.

« Sapristi, je suis tout en sueur », dit-il.

Georges ramassa la veste du jeune homme et la lui tendit en remarquant :

« Vous pourriez prendre froid.

– C'est un exercice joliment agréable. »

Georges qui avait tâté un de ses doigts prit son canif et se mit à retirer une épine de sa main.

« Comme vous avez la peau dure », s'écria Leslie.

Lettie ne dit rien, mais eut un léger mouvement de recul.

Le père, heureux de trouver un prétexte pour se redresser et bavarder, nous rejoignit.

« Vous en avez eu bientôt assez », dit-il à Leslie.

Soudain Georges poussa un cri qui nous fit tressaillir. Nous nous retournâmes; sortant des blés un lapin courait vers la haie, il contournait les gerbes ou les franchissait d'un bond. Une petite partie du champ au flanc de la colline – environ cinquante pas de longueur sur dix de profondeur – n'était pas moissonnée.

« Je ne croyais pas que ces sales bêtes logeaient ici », s'écria le père; il ramassa un petit râteau et s'élança vers le blé droit comme un petit mur. Nous le suivîmes.

« Attention! si les épis tremblent, il est là », dit M. Saxton.

Nous rôdions autour de la pièce de blé.

« Vite! Vite! le voici », cria le père, tout agité; le lapin quitta son refuge.

« Par ici, par ici. » Nous nous élançâmes à sa poursuite. La pauvre petite bête, ahurie par les cris de Leslie, courait sur la colline; tantôt elle dirigeait sa course affolée au milieu du dédale des gerbes, tantôt zigzaguait péniblement, franchissait d'un bond un tas de blé, ou faisait un brusque écart en entendant un cri. L'animal était aux abois; Georges se précipita sur lui. Rapide comme l'éclair, le lapin se blottit sous les épis, mais le jeune Saxton l'avait vu et tomba sur lui. Quand il se releva, le lapin se balançait dans sa main.

Haletants, couverts de sueur, les yeux étincelants, nous revînmes vers la pièce de blé. Lettie poussa un cri d'appel; je vis Emilie et les deux enfants qui entraient dans le champ; la classe était finie.

« En voici un autre », s'écria Leslie.

Les épis frémissaient. « Là, là », hurlai-je. L'animal bondit et s'élança vers la haie. Georges et Leslie l'empêchèrent d'y arriver et il revint vers nous. Je le rabattis vers le père qui le poursuivit un moment, mais M. Saxton était trop lourd pour pareille besogne. L'animal chercha à atteindre la barrière du champ, mais Mollie, son chapeau à la main et ses cheveux au vent, tourbillonna autour de lui, et aidée par le frêle petit garçon lui fit rebrousser chemin. Le lapin se fatiguait. Avec peine il se frayait un chemin au milieu des gerbes et courait vers la haie. Je le suivis. Si je m'étais laissé tomber sur lui, je l'aurais attrapé, mais je ne pus m'y résoudre et je l'empêchai simplement de se réfugier dans le terrier. Il courait le long de la haie. Georges comme un fou s'élança derrière lui. Quand il l'atteignit, le lapin se jeta dans la haie. Mon ami tomba et de sa main fouilla la brèche. Mais l'animal s'était échappé. Georges restait immobile, haletant avec de grands sanglots; dans ses yeux, la fièvre luttait avec la fatigue comme une lueur vacillante avec les ténèbres. Quand il eut repris haleine, il me demanda : « Pourquoi n'êtes-vous pas tombé sur lui ?

– Je n'ai pas pu », répondis-je.

Nous allâmes rejoindre nos compagnons. Les deux enfants cherchaient dans l'épaisseur du blé. Nous pensions que la chasse était terminée; Georges se remit à faucher. En faisant le tour de la pièce de blé, j'aperçus un lapin blotti dans un coin. Ses oreilles étaient rabattues, je voyais palpiter son cœur sous la fourrure fauve; ses yeux brillants étaient fixés sur moi. Il ne m'inspirait aucune pitié, mais lui faire mal m'était impossible. D'un signe, j'appelai M. Saxton. Il arriva en courant et lui assena un coup de râteau. La bête poussa un petit cri aigu; une douleur brûlante naquit en moi comme si j'avais été blessé. Mais le lapin partit en courant et, ce cri aussitôt oublié, je m'élançai à sa poursuite; mes doigts se raidissaient pour l'étrangler. Il boitait... Leslie l'atteignit en un instant et lui arracha presque la tête dans sa hâte à le tuer.

Je levai les yeux. Les jeunes filles, debout près de la barrière, allaient quitter le champ.

« C'est le dernier », dit le père.

Au même moment Marie cria : « En voici un dans ce trou. »

Le trou était trop petit pour que Georges y passât la main; nous l'agrandîmes donc avec un manche de râteau. Le bâton pénétra violemment dans le trou; une bête piailla.

« Des souris », dit Georges, et la mère chercha à s'esquiver. L'un de nous lui cassa les reins et on ouvrit le trou grouillant de petites souris. Il semblait qu'on tuait des insectes. Quand elles furent mortes, nous en comptâmes neuf.

« Pauvre bête, remarqua Georges en regardant la mère, quelle besogne d'élever cette nichée! » Il la ramassa d'un geste de curiosité et de pitié.

« Il faut que je finisse ce soir », dit-il enfin.

Son père prit une autre faux jetée près de la haie; à eux deux, ils eurent rapidement jeté par terre les épis orgueilleux et frissonnants. Je liais les gerbes avec Leslie à mesure qu'ils fauchaient; bientôt tout fut achevé.

Le beau jour mourait dans sa pourpre. A l'ouest la brume bleue s'épaississait. Le silence profond n'était troublé que par le bourdonnement rythmique des bennes qui, à la mine lointaine, ramenaient à la lumière les derniers groupes d'hommes. Nous marchions à travers champs; les tiges des chaumes résonnaient comme des tympanons. L'odeur du blé commençait à flotter doucement. Le dernier cri des faisans montait du bois et les petits nuages d'oiseaux avaient disparu.

Je portais une faux et, accablés par une lassitude qui n'était pas sans charme, nous descendions vers la ferme. Les enfants nous avaient précédés, chargés des lapins.

Lorsque nous arrivâmes au moulin, les jeunes filles se levaient de table... Emilie emporta les tasses sales et remit le couvert pour nous. A peine nous jeta-t-elle un regard et son accueil fut glacé. Lettie prit un livre et alla s'asseoir près de la fenêtre. Georges se laissa tomber sur une chaise. Il s'était débarrassé de sa veste et avait rejeté ses cheveux en arrière. Il allongea ses grands bras bruns sur la table et garda un moment le silence.

« Une course pareille est plus fatigante qu'une journée de travail, dit-il en passant sa main sur ses yeux. Je ne crois pas que je recommencerai.

– C'est un jeu passionnant tant qu'il dure, ajouta Leslie.

– Un petit profit pour beaucoup de peine, remarqua Mme Saxton.

– Allons donc, mère, dit son fils d'une voix traînante, c'est une couple de shillings.

– Et une couple de jours à retrancher de ta vie.

– Qu'importe! » Il prit une tartine de beurre et y mordit à belles dents.

« Donne-nous du thé », ordonna-t-il à Emilie.

Elle se laissa fléchir.

« Je ne sais pas pourquoi je sers des brutes pareilles, répondit-elle, en brandissant la théière.

– Oh! dit Georges qui se servit une seconde tartine, je ne suis pas le seul sauvage, cette fois.

– Tous les hommes sont des brutes, affirma Lettie avec force, sans lever les yeux de son livre.

– Civilisez-nous », dit Leslie avec bonne humeur.

Elle ne répondit pas. Georges reprit de cette voix lente qui exaspérait Emilie :

« C'est affolant de toucher la fourrure sans pouvoir l'empoigner. »

Emilie, indignée, s'éloigna. Lettie ouvrit vivement la bouche, mais garda le silence.

« Il est odieux l'homme qui peut arracher la tête d'un pauvre petit lapin, après l'avoir torturé en le poursuivant dans un champ, s'écria brusquement Lettie.

– Oh! les femmes ne manquent pas de cruauté, dit Leslie en jetant un regard à Lettie; oui, continua-t-il, elles sont rudement cruelles dans leur genre, et il lui lança un autre regard avec un petit sourire comique.

– A quoi bon tant de manières, dit Georges, pourquoi n'obéirait-on pas à ses instincts et à ses désirs?

– Parce qu'on n'en a pas le courage », riposta Emilie d'un ton mordant.

Son père leva sur elle des yeux sombres, pleins d'une colère soudaine.

« Mais, demanda Lettie qui ne put s'empêcher de poser cette question, en y réfléchissant ne trouvez-vous pas que c'est dégradant et ignoble de forcer ces pauvres petites bêtes ?

– Peut-être, répondit-il, mais ce ne l'était pas, il y a une heure.

– Vous ne sentez rien », dit-elle amèrement.

Un rire suffisant fut sa seule réponse.

Nous prîmes notre thé en silence. Lettie lisait, Emilie allait et venait dans la maison. Enfin Georges se leva et sortit. Quelques minutes plus tard nous l'entendîmes traverser la cour; il portait les seaux à lait en chantant : *Le Bosquet de frênes.*

« Il n'a ni cœur, ni pitié », dit Emilie avec une amertume qui depuis longtemps ne faisait que croître.

Lettie pensive et maussade regardait par la fenêtre.

Nous sortîmes bientôt; la lumière pâlissante jouait encore sur l'étang. Emilie nous accompagna jusqu'au dernier jardin pour nous offrir des prunes. Le vieux potager était très bas. Le sol était noir. Le sarrasin et le gaillet se cramponnaient aux vieux groseilliers qui se déployaient le long des allées. Le jardin ne produisait guère que des herbes, à part de maigres artichauts et des courges rebondies. Mais tout au fond, près des hautes granges grises, un prunier, crucifié au mur, s'était révolté et avait échappé à son esclavage. Sous les branches se cachaient des trésors cramoisis, des sphères splendides et veloutées. Je secouai le vieux tronc vert et rugueux où la gomme fraîche s'était ternie; les trésors tombaient lourdement avec un bruit sourd dans les grandes feuilles de rhubarbe. Les jeunes filles riaient, nous partageâmes le butin avant de retourner dans la cour. Nous descendîmes au bord du dernier étang; cette pièce d'eau était entourée de lourdes herbes. Des multitudes de rats y grouillaient, disait le père. A nos pieds s'élevaient des joncs épais, en face de nous les arbres du verger escaladaient la rive comme le flanc d'une colline. L'étang recevait le trop-plein de l'étang supérieur par un conduit qui venait de la vanne.

A notre approche, deux rats s'enfuirent dans le canal noir. Nous nous assîmes sur des pierres couvertes de mousse. Les rats reparurent bientôt, firent un petit tour, s'arrêtèrent, se remirent à courir et, rassurés, après avoir écouté un moment, se promenèrent sans gêne en traînant leurs longues queues nues. Bientôt six ou sept bêtes grises jouaient autour de la bouche du canal, dans le crépuscule. Ils s'asseyaient, essuyaient leurs museaux pointus et tapotaient leurs moustaches. Parfois l'un d'eux s'agitait et se tortillait, bondissait et retombait sur ses pattes pour disparaître dans l'ombre noire. Un autre tomba dans l'eau avec un flac horrible et nagea vers nous, diablotin blanc au museau pointu, dont les méchants petits yeux nous fixaient. Lettie frissonna. Je les effrayai tous en jetant une pierre dans les eaux mortes. Mais nous avions eu plus peur qu'eux; nous prîmes la fuite et nos pieds foulèrent avec soulagement le pavé de la cour.

Leslie nous cherchait. Il avait visité la cour et examiné le bétail sous la direction de M. Saxton.

« Vous vous cachiez ? demanda-t-il.

– Non, répondit Lettie, je suis allée vous chercher des prunes. Regardez. »

Elle lui montra deux fruits posés sur une feuille.

« Elles sont trop jolies; c'est dommage de les manger.

– Vous ne les avez pas goûtées encore, riposta-t-elle en souriant.

– Venez, dit-il, descendons au bord de l'eau. » Elle prit le bras qu'il lui offrait.

La soirée était splendide : une lumière lourde et jaune s'étalait sur l'étang sans rides. Aidée par le jeune homme, Lettie se jucha sur la branche pendante d'un saule. Leslie s'assit et posa la tête contre la jupe de sa compagne. Je m'éloignai avec Emilie. Nous entendîmes chuchoter quelques mots et Lettie répondit d'une voix caressante :

« Non, restons tranquilles; tout est si tranquille, rien ne me plairait autant. »

Assis un peu plus loin, au pied des aunes, je causais avec Emilie. Le soir, après une journée agitée, surtout en automne, dispose à la tristesse et au sentiment. Nous avions oublié que l'ombre tissait sa trame. Près de nous, montait le murmure de la voix de Leslie comme un scarabée dont le vol ne s'approche jamais. Alors au loin, dans la cour, Georges se mit à chanter la vieille chanson : *J'ai semé l'amour.*

Cela brisa l'essor de la voix de Leslie et lorsque la chanson se rapprocha le bourdonnement de ses paroles s'interrompit. Nous allâmes à la rencontre de Georges. Leslie s'assit, les mains jointes autour de ses genoux, et garda le silence. Georges nous rejoignit en disant :

« La lune va se lever.

– Aidez-moi à descendre », dit Lettie en tendant la main. Georges, se méprenant sur ce souhait, la prit dans ses bras et la posa doucement à terre comme une enfant. Leslie, froissé de cette intrusion, se leva et resta à l'écart.

« Je croyais que vous étiez tous les quatre ensemble », dit Georges d'un ton d'excuse. Lettie répondit vivement :

« Oui. Et nous sommes cinq maintenant. Est-ce ici que la lune se lève ?

– Oui. J'aime à la voir monter sur le bois. Elle s'élève avec lenteur pour vous regarder fixement. J'ai toujours l'impression qu'elle veut savoir un secret et que j'ai quelque chose à lui répondre, mais je ne sais ce que c'est », dit Emilie.

Sur la pâleur du ciel, à l'ouest au-dessus du bois,

monta le front de la lune jaune. Nous contemplions en silence. Alors le grand disque presque entier parut et nous regarda; nous fûmes submergés par la mer vague du clair de lune. La lumière tombait sur nos visages comme de l'eau. Lettie était joyeuse, un peu exaltée; Emilie passionnément émue entrouvrait les lèvres, presque suppliante, Leslie fronçait les sourcils, affranchi de tout souvenir. Georges réfléchissait et les rayons terribles et immenses de la lune s'entrelaçaient à ses pensées. Enfin, Leslie, oubliant notre présence, dit doucement :

« Venez, chérie », et il prit le bras de Lettie.

Elle lui permit de l'entraîner le long de l'étang et traversa la planche jetée sur l'eau de l'écluse.

« Savez-vous, dit-elle, tandis que nous descendions avec prudence la rive escarpée du verger, j'ai envie de rire, de danser, de faire des extravagances.

– Ce n'est pas le moment, répliqua à voix basse Leslie profondément blessé.

– Si; courons; j'arriverai la première en bas.

– Non, non, chérie. » Il la retint. Ils arrivaient à la petite barrière qui menait aux pelouses. Leslie l'ouvrit en chuchotant quelques paroles. Il voulait, je crois, achever sa déclaration déjà à moitié faite et ainsi enchaîner Lettie. Elle se dégagea et, voyant la grande pelouse qui s'étendait comme une ombre grise entre les flammes de l'est et de l'ouest, elle s'écria :

« Une polka, une polka, on peut danser une polka quand l'herbe est lisse et courte, même s'il y a quelques feuilles mortes. Oui, ce sera charmant. »

Elle tendit la main à Leslie; mais cette proposition n'était pas en harmonie avec l'humeur du jeune homme.

Elle m'appela alors, et sa voix trahissait un soupçon d'anxiété, comme si elle craignait de se laisser prendre au piège de la nuit sentimentale.

« Pat, danse avec moi, Leslie déteste la polka. » Je

dansai avec elle. Je n'ai jamais pu refuser une polka, c'est une danse irrésistible qui m'emporte malgré moi. Nous tourbillonnions et les feuilles mortes sifflaient sous nos pieds. La nuit, la lune jaune et basse, le ciel livide à l'ouest, le bleu nuage du soir sur nos fronts tournaient entre les branches fantastiques du vieux cytise, et ce vertige nous rendait fous. Lettie est inlassable; ses pieds sont pareils à des ailes. Quand je l'arrêtai enfin, elle se mit à rire, aussi fraîche que jamais en renouant ses cheveux.

« Là, dit-elle à Leslie, d'un ton satisfait, c'était délicieux. Venez danser maintenant.

– Pas une polka », dit-il tristement; ce rythme sautillant offensait la poésie de son cœur.

« Mais on ne peut pas danser autre chose sur l'herbe mouillée, au milieu des feuilles mortes. Et vous, Georges ?

– Emilie dit que je saute au lieu de danser, répondit-il.

– Venez, venez », et une seconde plus tard ils bondissaient sur l'herbe. Bientôt leurs pas s'harmonisèrent; ils tournaient autour de la pelouse. Emilie n'avait pas tort : Georges sautait et faisait de grandes enjambées en entraînant Lettie. C'était une danse irrésistible et violente. Emilie et moi ne pûmes nous empêcher d'y prendre part, traçant un cercle plus petit. De temps en temps nous sentions une ombre blanche qui volait près de nous, le bruissement impétueux de draperies et le sifflement de feuilles agitées tandis qu'ils nous dépassaient en tourbillonnant. Nous étions depuis longtemps fatigués qu'ils dansaient encore.

Quand ce fut fini, Georges resta droit, grand, triomphant. Lettie exultait pareille à une Bacchante.

« Vous en avez assez ? » demanda Leslie.

Elle savait que pour ce soir-là, elle n'avait plus à redouter sa question.

« Oui, dit-elle haletante, vous auriez dû danser. Donnez-moi mon chapeau, je vous prie... Me suis-je couverte de honte ?... »

Il lui tendit son chapeau, en répétant : « De honte ?... »

« Oh! que vous êtes solennel, ce soir! Qu'y a-t-il ?...

– Oui, qu'y a-t-il ?... répéta-t-il, avec ironie.

– C'est sans doute l'effet de la lune! Mon chapeau est-il droit ?... Dites-le-moi, vous ne regardez pas !... Alors, mettez-le d'aplomb ! Bien. Que vos mains sont froides ! Les miennes sont brûlantes. Je suis un vrai démon !... »

Et elle se mit à rire.

« Là, je suis prête... Sentez-vous le parfum triste que ces petits chrysanthèmes s'efforcent d'exhaler, pendant que la vieille lune rit et leur cligne de l'œil à travers les branches ? Que vient faire ici leur tristesse ?... Là, en soupirant, ils appellent le chagrin... »

Elle prit une poignée de pétales, et les dispersa dans le vent.

« J'aime les fleurs étourdies, qui font de l'œil aux passants. »

L'ÉDUCATION DE GEORGES

Comme je l'ai dit, le moulin de Strelley est situé au nord de la longue vallée de Nethermere. Sur les pentes septentrionales s'étendaient les pâturages et les terres labourables. Le communal hérissé d'herbes, qui maintenant clôturé fait partie du domaine, couvrait la pente d'ouest; les terres cultivées étaient limitées à l'est par un cours d'eau et un petit bois qui s'élargissait et s'arrêtait à l'étang supérieur; plus loin à l'est se dressait une colline escarpée, sauvage, herbeuse, couverte de vieux arbres et de ronces déchiquetées, squelettes décharnés des anciennes haies. Sur les hauteurs qui commencent au nord-ouest, de sombres bois se déployaient vers l'est et le sud, puis descendaient tumultueusement jusqu'au bord de Nethermere et entouraient notre maison. A l'est du sommet de la colline, on apercevait le clocher de Selsby, quelques toits, les cheminées de la mine.

Ainsi de trois côtés la ferme était bordée de bois, repaires de lapins, et le communal contenait une autre garenne.

Or, le châtelain à qui appartenait le domaine, chef d'une vieille maison, autrefois glorieuse et maintenant déchue, aimait ses lapins. A mesure que la fortune périclitait, l'arbre généalogique prospérait. Sherwood n'avait rien de comparable. Ses ramifications étaient prodigieuses, il ressemblait plus à un banian qu'à un chêne anglais. Comment le bon châtelain pouvait-il tirer de ses domaines de quoi nourrir sa femme, son nom, sa tradition, et ses treize rejetons vigoureux ?

Par malheur, il découvrit que la gent fourrée se vendait un shilling pièce à Nottingham : depuis lors la noble famille vivait de ses lapins.

Et les rongeurs ruinaient les fermes; le blé et l'herbe douce disparaissaient à la surface des collines; le bétail maigrissait, ne pouvant manger les herbages souillés. Puis la ferme devenait la demeure d'un garde-chasse; dans la campagne silencieuse cessaient de résonner le beuglement des vaches, le piétinement des chevaux, l'aboiement des chiens vigoureux.

Mais le châtelain aimait ses lapins. Il les défendait contre les pièges du fermier désespéré, et les protégeait avec un fusil et la menace d'un congé. Il rayonnait de joie lorsqu'il voyait la colline dévastée palpiter à chaque mouvement de la troupe rongeuse.

« C'est une manne », disait-il à son invité, un lundi matin, tandis que la détonation de son fusil faisait tressaillir la prairie. « La manne dans le désert.

– C'est parbleu vrai », répondit l'invité en prenant un autre fusil, et le garde taciturne eut un sourire farouche.

Mais le moulin de Strelley ne tarda pas à souffrir de cette peste. C'était un avant-poste dans la solitude. Aucun fermier n'avait la permission de posséder un fusil.

« Allons donc, disait le châtelain à M. Saxton, vous avez la terre presque pour rien, à un fermage ridicule. Sûrement le peu que mangent les lapins...

– Ce peu me ruine, venez vous en rendre compte », répondit le fermier. Le châtelain fit un geste d'impatience.

« Que désirez-vous donc ? demanda-t-il.

– Voulez-vous entourer mes terres d'une clôture ?

– Une clôture, Halkett a dit... à tant le mètre... cela monterait à une grosse somme. Non, je ne peux pas.

– Il m'est impossible de continuer comme cela.

– Un autre verre de whisky ? Si, si, j'ai envie d'un second verre et je ne peux pas boire seul, cela ne me fait pas plaisir. Voilà. Sûrement vous exagérez un peu. Ce n'est pas à ce point.

– Je ne peux pas continuer comme cela.

– Eh bien, nous chercherons une compensation; nous verrons. Je parlerai à Halkett, et j'irai jeter un coup d'œil. Nous avons tous nos difficultés; c'est la vie ! »

*

C'est en septembre que je suis né et de tous les mois c'est celui que je préfère. La moisson se fait sans chaleur, ni hâte, et n'entraîne ni la soif, ni la lassitude de la fenaison. Si elle est en retard, ce qui arrive souvent chez nous, à la mi-septembre les blés sont encore debout. Les matins naissent lentement. La terre est pareille à une épouse déjà flétrie; elle ne s'élance pas en riant pour recevoir le premier baiser de l'aube; mais, lentement, paisiblement, n'attendant plus rien, elle contemple l'éveil du jour nouveau. La brume bleue, semblable au souvenir dans les yeux d'une épouse flétrie, ne quitte jamais la colline boisée, et ce n'est qu'à midi que, furtive, elle s'écarte des haies. Nul oiseau ne met une chanson dans le gosier du matin; et la voix du corbeau parle seule pendant le jour. Il y a peut-être la respiration régulière de la faux, le grincement irrité de la faucheuse mécanique. Mais le lendemain matin le calme règne de nouveau. Le blé couché à terre est mouillé, et quand on l'a lié et qu'on soulève la lourde gerbe pour former la meule, les épis entrelacent leur chevelure et penchent tristement la tête.

Tout en travaillant, au cours des matinées paisibles,

j'avais avec mon ami d'interminables conversations. Je lui apprenais l'essentiel de ce que je savais en chimie, en botanique et en psychologie. Chaque jour je lui disais ce que mes professeurs m'avaient enseigné sur la vie, sur l'instinct sexuel et ses origines; sur Schopenhauer et sur William James. Nous étions amis depuis des années, et il était accoutumé à m'entendre parler. Mais cet automne, pour la première fois, la moisson de notre intimité fut féconde. Je lui parlais beaucoup de poésie et de métaphysique élémentaire. Il ne manquait pas d'étoffe. Il n'avait d'autre dogme que celui de son bon plaisir. La religion n'existait pas pour lui. Aussi écoutait-il toutes mes paroles avec un esprit libre; il comprenait rapidement le sens des choses et assimilait vite toutes les idées.

Nous nous promenions jusqu'à l'heure du dîner, et la chaleur du soleil nous servait de veste. Baignée dans cette atmosphère calme et pénétrante, une camaraderie discrète est très agréable. L'automne se glisse partout. Les petites prunes du pudding ont le goût de septembre et sont parfumées de souvenirs. A table, les voix sont plus douces qu'au temps de la fenaison; le passé est plus souvent évoqué.

L'après-midi est chaud et doré. Les gerbes sont plus légères; elles chuchotent entre elles à voix basse en s'étreignant sans honte. Le chaume long et résistant tinte lorsque le pied l'effleure; l'odeur de la paille est douce. En enlevant les pauvres gerbes pâles de la haie, on découvre une brindille tremblante de framboisier sauvage dont les baies tardives sont prêtes à tomber; dans l'herbe humide on trouve des mûres juteuses. Puis on remarque que la dernière clochette pend à la tige hérissée d'une digitale. On parle des gens, d'un livre étrange; de ses espoirs, de l'avenir; du Canada où le travail est dur mais la vie large, où les plaines sont immenses, où l'on n'est pas enfermé dans une morne vallée, comme une pomme tombée dans un verger solitaire. La brume flotte sur le visage de la chaude journée. Les gerbes sont liées et il ne reste plus qu'à dresser en tas les bottes tombées. A l'ouest le soleil décline dans l'or de ses rayons. L'or se change en rouge, le rouge s'assombrit comme un feu qui brûle sans flammes, le soleil disparaît derrière la brume laiteuse, violette comme la pâle fleur des prunes bleues; nous mettons nos vestes pour rentrer.

*

Le soir, après avoir trait les vaches et donné à manger à tous les animaux, nous allions inspecter les pièges. Le ruisseau traversé, nous errions sur le flanc sauvage de la colline. Nos pas résonnaient dans les scabieuses noires; nous suivions le vol léger d'un duvet de chardon qui étincelait lorsque la lune l'effleurait. Dans l'herbe humide et rude, nous trébuchions sur de molles taupinières et des rabouillères noires. Les collines et les bois jetaient des ombres; dans les vallées, des flaques de brume recueillaient la clarté de la lune frissonnante et froide.

Un soir, nous arrivâmes devant une vieille ferme qui se dressait au sommet de la colline. Les bois s'en écartaient en laissant une grande clairière qui jadis était cultivée. Les belles cheminées de la maison profilées sur un ciel clair excitèrent mon admiration. Je remarquai qu'aucune fenêtre ne laissait passer le rayonnement d'une lampe ou d'un feu, bien que la maison n'eût que la largeur d'une pièce et qu'il ne fût que huit heures du soir. Nous regardions la longue façade imposante. Plusieurs fenêtres avaient été murées, ce qui donnait une pénible impression de cécité; les endroits où le plâtre était tombé des murs faisaient dans l'ombre des taches noires. Nous poussâmes la grille et tandis que nous descendions le sentier, des herbes et des plantes mortes effleuraient nos chevilles. Par une fenêtre nous jetâmes un coup d'œil à l'intérieur. Une autre croisée éclairait la pièce; le clair de lune ruisselait sur les pavés sales, jonchés de papiers et de brins de paille. L'âtre en pleine lumière étalait sa misère : des cendres grises, des débris de papier brûlé, une poupée sans tête carbonisée et lamentable le remplissaient. A la limite de l'ombre traînait une casquette ronde en fourrure, une casquette de garde. Je blâmais le clair de lune d'entrer dans la pièce abandonnée; l'obscurité seule eût été décente et discrète. Je haïssais les petites roses du papier éclairé par la lune; ce coin du feu me faisait horreur.

Avec l'instinct d'un vrai fermier, Georges se tourna vers les dépendances. La cour me remplit de stupeur. C'était une forêt des plus grandes orties que j'aie jamais vues – elles étaient plus grandes que moi. L'air était imprégné de leur odeur humide. En suivant avec Georges l'obscur sentier pavé, j'avais la chair de poule. Cependant les bâtiments étaient en excellent état; ils avaient été réparés peu d'années auparavant; ils étaient solides, propres et confortables. Çà et là, nous trouvions des plumes, les débris d'un animal, et même le cadavre d'un chat que nous examinâmes à la lueur d'une allumette. Dans l'étable un vacarme affreux nous accueillit : trois gros rats s'élancèrent sur nous et nous menacèrent de leurs dents méchantes. Tout tremblant, je me hâtai de sortir, en trébuchant sur un baquet rouillé et si rempli d'herbes que je crus qu'il faisait partie de la jungle. Un grand silence planait et le piétinement des rats ou le vol des chauves-souris en faisaient ressortir l'horreur. Nous ne vîmes pas un brin de blé, de foin ou de paille; tout était étouffé par des herbes géantes. Lorsque je me retrouvai dans le verger, je fus saisi d'un frisson impossible à réprimer. Il n'y avait pas de pommes entre nous et le ciel clair. Les oiseaux les avaient fait tomber sur le gazon où les lapins les avaient dévorées, ou bien quelqu'un avait ramassé la récolte.

« Voilà ce que deviendra le moulin, remarqua Georges avec amertume.

– Quand votre temps sera fini, dis-je.

– Mon temps, mon temps ! Il ne viendra jamais. Et je ne serais pas étonné que le temps de mon père soit court; il y a les lapins et tant d'autres choses. Nous dépendons de la vente du lait, et des transports que je fais pour le conseil municipal. Ce n'est pas être fermier. Nous sommes un affreux mélange de fermier, de laitier, de fruitier et de charretier. C'est une sale histoire !

– Il faut vivre, répliquai-je.

– Oui, mais c'est embêtant. Et le père ne veut ni bouger ni changer ses méthodes.

– Et vous ?

– Moi ! Pourquoi changerais-je ? Je suis bien chez moi. Quant à mon avenir je m'en moque puisque personne ne compte sur moi.

– Quelle mollesse ! dis-je en souriant.

– Ce n'est pas de la mollesse, répliqua-t-il, en jetant un regard autour de lui : le sein nourricier est arraché à nos lèvres, et le lait se perd et s'aigrit. »

Sous le léger voile de brume éclairé par la lune qui glissait sur la colline, on apercevait une armée de lapins qui, par petits groupes, broutaient ou gambadaient. Nous descendîmes la colline à toute allure et l'ennemi se dispersa. En approchant de la barrière qui limitait les champs du moulin, Georges poussa un cri et s'élança, je le suivis. Un homme surgit de la haie. C'était un garde-chasse. Il faisait semblant d'examiner son fusil et nous accueillit avec un calme « bonsoir ».

Georges sans répondre fit des recherches dans une petite trouée de la haie.

« Voulez-vous avoir la bonté de me donner ce piège ? dit-il.

– Vraiment? répondit Annable, gros, robuste et brun; j'aimerais savoir ce que vous faites de ce côté-ci de la haie.

– Vous le voyez bien. Rendez-moi mon piège, ainsi que le lapin, dit Georges avec colère.

– Quel lapin? demanda Annable, d'un ton sarcastique en se tournant vers moi.

– Vous le savez, rendez-le-moi ou bien... répliqua Georges.

– Ou quoi? dites-le. Ça ne me tuera pas. » L'homme souriait dédaigneusement.

« Rendez-le-moi, cria Georges furieux, s'avançant vers lui.

– Restez tranquille, dit le garde, ferme comme un roc, insensible à la menace de Georges. Vous ferez mieux de rentrer chez vous tous les deux. Vous n'aurez ni piège, ni lapin. Compris?

– Nous verrons », dit Georges et il fit un mouvement brusque pour saisir la veste d'Annable. Aussitôt il recula en chancelant; il avait reçu un grand coup sous l'oreille gauche.

« Sacré brute », criai-je, et mon poing s'écrasa sur la mâchoire de l'agresseur.

Puis je me trouvai moi aussi allongé sur l'herbe; le garde-chasse s'éloignait, et les basques de son habit de velours qui voltigeaient autour de lui le faisaient ressembler à un démon. Je me relevai en me frottant la poitrine. Georges gisait au pied de la haie. Je le retournai et lui frottai les tempes et le visage avec une poignée d'herbe mouillée. Il ouvrit les yeux et me regarda, étourdi. Puis, il poussa un soupir et porta sa main à sa tête.

« Il m'a presque assommé, dit-il.

– Quelle brute! répondis-je.

– Il m'a pris à l'improviste.

– Oui.

– Il m'a renversé?

– Oui, moi aussi. »

Georges garda le silence un moment, le corps flasque. Puis il pressa sa main sur sa nuque en disant : « Ma tête bourdonne. » Il fit un effort pour se lever, mais ne put y arriver.

« Grand Dieu, être mis dans cet état par un sale garde !...

– Venez, essayons de rentrer.

– Non, répondit-il vivement, il ne faut rien dire à personne, il ne faut pas qu'on sache. »

Je m'assis près de lui, la poitrine douloureuse. Je cherchai à me rappeler si mon coup de poing avait résonné contre la mâchoire d'Annable et mes doigts ne me paraissaient pas assez meurtris. Je me levai et j'aidai Georges à se mettre debout. Il chancela et je faillis tomber avec lui. Mais bientôt il put marcher d'un pas incertain.

« Je dois être couvert de terre et de poussière ? dit-il.

– Pas beaucoup, répondis-je ému par sa honte et sa confusion.

– Epoussetez-moi »; et il attendit immobile.

Je le brossai de mon mieux. Puis nous traversâmes les champs, maussades, silencieux, endoloris.

Près de l'étang de grandes ombres noires et sifflantes s'élancèrent au-dessus de nos têtes. Nous ne pûmes nous empêcher de tressaillir. Les cygnes s'envolaient pour chercher un abri, maintenant qu'un vent froid ridait Nethermere. Ils se balançaient sur l'étang transparent et en s'ébrouant jetaient des gouttes de clair de lune au milieu des ombres profondes; le claquement de leurs ailes sur l'eau résonnait dans la nuit; la tranquillité et le calme étaient troublés; le clair de lune était balafré, déchiré et épars. Les cygnes flottaient dans l'ombre comme d'obscurs et d'obsédants fantômes; le vent qui se levait nous trouva tout tremblants.

« Vous ne direz rien ? demanda Georges en me quittant.

– Non.
– Rien du tout ? A personne ?
– Non.
– Bonsoir... »

*

Vers la fin de septembre, notre pays fut alarmé par des chiens étrangers qui ravageaient les troupeaux. Un matin, le châtelain, qui faisait le tour de ses champs, selon sa coutume, eut le chagrin et l'horreur de trouver deux de ses moutons morts, à moitié déchirés, au pied de la haie. Les autres, tapis dans un coin, barbouillés de sang, tremblaient de terreur. Le pauvre châtelain, pendant plusieurs jours, en resta bouleversé !...

On signala deux chiens-loups gris. Le garde-chasse avait entendu des aboiements dans les champs du docteur Collins, vers l'aurore. Trois moutons baignaient dans leur sang lorsque le berger alla soigner le troupeau...

Alors, les fermiers prirent peur; Lord, de la Maison-Blanche, se décida à enfermer ses moutons sous la garde d'un chien. Mais c'était le samedi, et les jeunes gens coururent au petit théâtre ambulant qui s'était installé à Westwold. Pendant que, bouche bée, ils contemplaient les héros qui mouraient et malgré leurs contorsions, leurs soupirs et leurs grands gestes, emportaient leur secret dans la tombe, six moutons stupides étaient égorgés dans le champ.

On alla de maison en maison faire une enquête : nulle part les chiens ne s'étaient échappés.

M. Saxton avait environ trente moutons sur le communal; Georges décida de coucher auprès d'eux. Il construisit une hutte de claies entrelacées de branches. Pendant l'après-midi ensoleillé, nous ramassâmes un lit de fougères déjà empourprées par l'hiver. Mon ami dormit là pendant huit jours, mais cette semaine vieillit sa mère d'un an ! Dans l'aube glacée, le tablier sur la tête, elle sortait et guettait son pas. Le sommeil la fuyait quand elle songeait que Georges veillait dans les champs.

Le samedi soir, il apporta ses couvertures, et ordonna à Gyp de monter la garde à sa place. Longtemps, nous contemplâmes les étoiles, au-dessus des sombres collines. Parfois, un mouton toussait, un lapin faisait bruire les ronces, et Gyp grognait. La brume se glissait sur les genêts, et les toiles d'araignée étaient blanches sur les buissons : « Le diable jette son filet sur les mûres, dès que septembre a tourné le dos », dit un proverbe de notre pays.

« J'ai vu deux hommes passer, avec des sacs et des pièges, remarqua Georges, tandis qu'assis dans sa petite hutte, nous regardions les champs.

– Des braconniers ?... Vous leur avez parlé ?...

– Non. Ils ne m'ont pas vu. J'allais m'endormir quand un lapin s'est précipité sous la couverture, tout tremblant, suivi par un épagneul. J'ai pincé l'épagneul au cou, et il est parti en hurlant. Le lapin est resté avec moi très longtemps, puis il a décampé.

– Vous avez eu peur ?

– Non; tout m'est égal !... Le père n'a plus besoin de moi, ma mère a les enfants : je crois que j'émigrerai...

– Pourquoi ne l'avez-vous pas fait plus tôt ?

– Oh ! je n'en sais rien !... Le bien-être de la maison me manquerait... Puis, on se sent quelqu'un dans son pays, tandis qu'à l'étranger on passe inaperçu...

– Vous partiriez, cependant ?

– Pourquoi rester ?... La vallée devient déserte et stérile; l'opinion que les gens ont de vous vous enlève toute liberté; on ne peut se transformer : tout ce qu'on voit ramène les vieux sentiments et empêche d'en éprouver de nouveaux... Qu'y a-t-il ici pour me retenir ? Et qu'y a-t-il dans ma vie ?

– Je croyais, dis-je, que votre confort avait sa valeur ? » Il ne répondit pas.

« Quelqu'un vous a fait tomber de votre nid !... Qui donc ?

– Je ne sais pas; je ne suis plus le même depuis notre querelle avec Annable, et Lettie m'a dit : « Ici, « vous ne pouvez vivre selon vos désirs, vous êtes « comme une dalle de la mosaïque du vestibule, vous « avez votre place fixe dans le dessin, et vous n'en « pouvez sortir. Mais vous ne voulez pas être un pavé « immobile, il faut vous fondre dans la vie, vous mêler « aux autres gens, brûler... » Elle était très sérieuse.

– Ne la croyez donc pas !... Quand l'avez-vous vue ?

– Elle est venue mercredi matin, pendant que je cueillais des pommes. Elle a grimpé dans l'arbre avec moi – le vent soufflait, c'est pour cela que je cueillais les pommes, et nous balançait – ; moi, j'étais en haut des branches, elle au milieu; elle tenait le panier; je lui ai demandé si cette vie libre n'était pas la meilleure, et voilà ce qu'elle m'a répondu...

– Vous auriez dû discuter !...

– J'ai cru qu'elle avait raison, qu'elle méprisait notre vie, et que je lui faisais l'effet d'un crapaud dans son trou...

– Vous auriez dû la convaincre de son erreur !...

– J'en suis si peu convaincu moi-même !...

– On dirait que vous êtes amoureux ?...

– Non, mais c'est embêtant de n'avoir rien dont on puisse être fier, protesta-t-il en riant.

– Et quand avez-vous l'intention de partir ?

– Oh ! je ne sais pas !... Je n'ai encore rien dit à ma mère. Pas avant le printemps.

– Vous attendez quelque chose ?

– Quoi ? demanda-t-il.

– Un événement décisif...

– Je n'en prévois pas, à moins qu'on ne nous chasse du moulin.

– Provoquez les événements !... dis-je.

– Ne me faites pas sentir plus idiot que je suis, Cyril !... » répondit-il avec désespoir.

Gyp grogna, tira sur sa chaîne pour nous suivre; les moutons couchés formaient des taches grises sous la noirceur des buissons. Une brume indistincte et glacée rampait sur le sol.

« Cependant, Cyril, reprit Georges, entendre son rire à table, sa chanson dans la maison, quand le feu est chaud et qu'on est si fatigué, quand on s'attarde avant de se laver, la sentir près de soi, au coin de la cheminée, proche et si douce...

– Château en Espagne !... » fis-je.

Sans m'écouter, il se mit à rire.

« Quand je soulevais les gerbes pour faire les meules, je croyais tenir une jeune fille dans mes bras : c'était une sensation violente.

– Prenez garde ! Vous allez vous empêtrer dans l'écheveau des rêves, et... »

Mais il n'entendit pas ces paroles.

« Le temps passe comme l'éclair... Quand on réfléchit, avoua-t-il, les matinées s'écoulent en un clin d'œil.

– Oh ! mon Dieu, dis-je, pourquoi ne vous efforcez-vous pas d'oublier vos désirs, au lieu de rêver leur réalisation ?

– Eh bien, répliqua-t-il, quand le rêve est beau, ne désire-t-on pas rêver toujours ? »

Là-dessus, je le quittai.

Assis à ma fenêtre, j'essayais de remettre de l'ordre dans mes pensées. La brume se levait et se tordait autour de Nethermere; on eût dit que des fantômes s'étreignaient tristement. Je pensais au temps où mon ami ne marcherait plus derrière la herse, dans notre vallée bien abritée; où la chambre de Lettie, voisine de la mienne, serait fermée pour cacher, non sa joie, mais son vide. Mon cœur s'attachait passionnément au coin qui nous abritait tous. Comment supporter qu'il devînt si désolé ? Je me demandais ce que ferait Lettie...

Le matin, je me levai de bonne heure; l'aube avec un frisson traversait les bois. Je sortis, tandis que la lune brillait encore à l'ouest, languissante. Le monde, effarouché par le matin, se faisait tout petit. C'était alors que mouraient les derniers vestiges de l'été. Le bois était sombre, l'odeur lourde et humide de l'automne flottait; les feuilles mortes encombraient les sentiers.

En approchant de la ferme, j'entendis l'aboiement des chiens. Je hâtai le pas; dans le communal, les moutons se serraient les uns contre les autres : une bête bondissait autour d'eux. Georges passa en courant. Au même instant, un coup de fusil retentit; je ramassai une grosse pierre, et m'élançai. Trois moutons affolés se sauvaient devant moi; dans la lumière incertaine je voyais leurs ombres grises se mouvoir au milieu des genêts.

Puis un chien bondit... Je lui jetai la pierre de toutes mes forces, je le touchai; un hurlement de douleur s'éleva; l'animal s'enfuit et je le suivis, en sautant les buissons et les ronces grimpantes. Les coups de fusil se succédaient; des hommes surexcités criaient. Le chien était hors de vue, mais en descendant la colline, j'aperçus une silhouette dans un champ. Je sautai la haie basse, et je rattrapai Emilie, qui courait aussi vite qu'elle le pouvait dans l'herbe humide. Une autre détonation retentit, suivie d'un grand cri et d'une longue clameur. Emilie regarda autour d'elle, tressaillit en m'apercevant, et me dit, haletante : « Il est caché dans les carrières !... » En silence, nous continuâmes à marcher, longeant le petit bois, suivant le cours du ruisseau, pour arriver enfin à la clôture des carrières. Les anciennes excavations étaient, maintenant, remplies d'arbres. Les murs escarpés avaient, par endroits, vingt pieds de profondeur; beaucoup de pierres étaient branlantes et des ronces s'y accrochaient.

Nous descendîmes la rive pour pénétrer dans les carrières par le lit du ruisseau.

Sous les bosquets de frênes et de chênes, une pâle primevère s'attardait encore, toute blême, près de l'eau cachée. Emilie trouva une tache de sang sur une traînée de beaux liserons jaunes. Nous suivîmes les traces jusqu'à la clairière : là, le ruisseau coulait sur un dur lit de roc, et jaillissait du sol pierreux, sous l'enchevêtrement du genêt, de la ronce et du chèvrefeuille. « Prenez une grosse pierre », dis-je... Nous avançâmes vers le bosquet qui ombrageait la grande excavation; le ruisseau glissait mystérieusement sous les bras des buissons et la chevelure des hautes herbes. Nous parcourûmes le bois jusqu'à la route. Je croyais que la bête s'était échappée, et je m'arrêtai, frappant légèrement mon genou avec une grappe de sorbier que je venais de cueillir.

Un grognement et un petit cri me firent tressaillir; je m'élançai et j'arrivai bientôt devant l'un des vieux fours à chaux en forme de fer à cheval qui se trouvaient en haut de la carrière. A l'entrée du four, Emilie, agenouillée sur le chien, les mains enfouies dans les poils du cou, repoussait loin d'elle la tête horrible. Le corps de l'animal était secoué par les spasmes de la mort; déjà ses yeux se révulsaient, la douleur crispait sa lèvre supérieure, qui découvrait ses dents redoutables.

« Grand Dieu, Emilie !... m'écriai-je... Mais il est mort ! Vous a-t-il blessée ?... »

Je la relevai; un tremblement violent l'agitait, elle se faisait horreur à elle-même...

« Non, non... » Elle regarda sa jupe tachée de sang.

Elle s'était agenouillée sur la blessure que j'avais faite au chien, et avait enfoncé la côte cassée dans la poitrine. Un filet de sang coulait sur son bras...

« Il vous a mordue ?

– Non, oh ! non... Il a bondi sur moi comme je jetais

un coup d'œil dans le four, mais il avait perdu sa force; je l'ai frappé avec la pierre; alors j'ai perdu l'équilibre et je suis tombée sur lui.

– Laissez-moi laver votre bras...

– Oh!... s'exclama-t-elle, c'est horrible, c'est affreux!...

– Quoi?... demandai-je, occupé à laver son bras avec l'eau froide du ruisseau.

– Toute cette brutale histoire!...

– Il faut une cautérisation, dis-je en apercevant sur son bras la marque des dents.

– Cette égratignure?... Ce n'est rien!... Pouvez-vous enlever ce sang de ma jupe? Je me dégoûte moi-même!... » Je lavai sa jupe avec mon mouchoir.

« Allons aux chenils, je vous cautériserai; il le faut, je ne serai pas tranquille sans cela!... »

Je l'entraînai. Elle prit mon bras et s'appuya sur moi :

« C'est comme dans *Lorna Doone*[1], dit-elle, comme si elle prenait plaisir à cette aventure.

– Vous vous laisserez soigner? fis-je, faisant allusion à la cautérisation.

– Oui; mais je n'ose y penser! Donnez-moi de ces baies. »

Je cueillis quelques grappes de viornes, transparents rubis, elle en caressa ses lèvres, sa joue et murmura :

« J'ai toujours eu envie de mettre des baies rouges dans mes cheveux... »

Son châle était tombé sur ses épaules, sa tête était nue, et ses courts cheveux noirs, soyeux, s'ébouriffaient follement en formant des boucles légères. Emilie passa les tiges de viorne sous ses peignes. Ses cheveux n'étaient ni assez longs ni assez épais pour les retenir. Les grappes pourpres rayonnèrent dans la brume sombre de ses boucles; alors elle leva sur moi des yeux

1. Roman de R. D. Blackmore. *(Note de la traductrice.)*

dilatés et étincelants. Je la regardai, et je sentis le sourire gagner ses yeux. J'arrachai à la haie une longue tige de liserons, à feuilles dorées, et j'en fis une couronne.

« Là !... dis-je, vous voilà reine !... »

Elle rejeta la tête en arrière et un rire étouffé trembla dans sa gorge.

« Qui suis-je ? » demanda-t-elle. Elle mettait dans cette question tout le courage, toute la témérité qu'elle possédait. Au fond du cœur, elle tremblait...

« Ni Chloé, ni Bacchante !... Vous avez toujours votre âme dans vos yeux, et c'est une âme si ardente, si tourmentée ! » Le rire mourut sur les lèvres d'Emilie. Redevenue grave, elle me jeta un regard suppliant.

« Vous êtes comme les vierges de Burne-Jones; des ombres importunes sont toujours devant vos yeux, et vous les chérissez ! Pour vous, la chair de la pomme n'est rien, rien !... Vous ne vous souciez que des pépins éternels !... Pourquoi ne pas saisir la pomme, la manger et en rejeter le cœur ?... »

Elle me regarda tristement; Emilie ne comprenait pas mes paroles, mais, comme toujours lorsque je l'égarais dans un dédale de mots, elle crut que, dans ma sagesse, je disais la vérité. Elle inclina la tête, et la guirlande tomba; il ne resta plus dans ses cheveux qu'une grappe de baies. Autour de nous, le sol était jonché d'écales de faines à quatre lèvres; les fruits, petites pyramides étranges, étaient éparpillés dans les feuilles pourpres. Emilie en ramassa quelques-uns :

« J'aime les faines, dit-elle, mais elles me font regretter mon enfance, à en pleurer !... Ramasser des faines avant le déjeuner, les enfiler en collier avant souper, faire envie aux autres à l'école le lendemain... Un collier de faines donnait alors autant de jouissance que maintenant tout l'automne !... Aucune tristesse ne se mêlait à ce plaisir... Il n'y a pas de joies sans mélange quand on est grand !... »

Son visage était baissé, et elle continuait à ramasser les fruits.

« En trouvez-vous avec des noix ? demandai-je.

– Pas beaucoup... En voici deux, trois... Prenez-les, je n'y tiens pas !... »

Je dépouillai une noix de sa brune écorce épineuse et la lui tendis. Elle ouvrit légèrement la bouche en me regardant dans les yeux... Certaines gens, au lieu d'être enveloppés de nuages de gloire, traînent derrière eux des nuages de chagrin; ils sont nés avec le « don du chagrin ». L'affliction, proclament-ils, seule est réelle; les anges gris de la douleur, sous leur voile, créent lentement les belles formes. Le chagrin est la beauté, c'est la seule félicité !... Voilà ce qu'on lit dans leurs yeux et dans leur voix. Emilie avait le don du chagrin; cela me fascinait, mais me poussait à la révolte.

Nous suivions la route unie, sous de vieux hêtres. La colline descendait, couverte de chardons et d'herbes échevelées. Nous aperçûmes bientôt les chenils, les vieux Chenils Rouges, théâtre de tant d'animation au temps de Lord Byron. Ils étaient vides maintenant, et envahis par les plantes sauvages. Les fenêtres des chaumières étaient grises de poussière; les grillages qui les protégeaient des bestiaux, des chiens et de l'homme étaient devenus inutiles... Une des trois maisons était habitée; d'un petit tonneau de bois, une eau claire tombait goutte à goutte dans l'auge de pierre placée devant le seuil.

« Allons, dis-je à Emilie, laissez-moi agrafer votre robe.

– Elle est défaite ? » demanda-t-elle rougissante, regardant par-dessus son épaule.

Tandis que j'étais à l'œuvre, une petite fille sortit de la chaumière avec une bouilloire noire et une tasse. Elle fut si surprise de me voir ainsi occupé qu'elle oublia sa mission, et resta devant nous bouche bée.

« Sar-Anne, Sar-Anne, cria une voix dans la maison, veux-tu venir fermer la porte ! »

Sarah-Anne se hâta de verser quelques tasses d'eau dans la bouilloire, puis elle posa ses ustensiles et tendit ses bras nus au soleil pour les réchauffer; elle portait une jupe, un corsage gris et un jupon de flanelle rouge en lambeaux. Ses nattes noires et ébouriffées pendaient en désordre sur ses épaules.

« Il nous faut entrer », dis-je, et je m'approchai de la petite fille, qui saisit sa bouilloire, et rentra en criant : « Oh ! mère ! »

Une femme sortit. Un de ses seins était nu, et pendait sur son corsage, qui flottait sur sa jupe à la manière d'une camisole. Ses cheveux, d'un brun décoloré, gardaient le désordre de la nuit. Un marmot basané, à la chemise scandaleusement courte, s'accrochait aux plis de sa jupe. Il nous regardait avec de grands yeux noirs, seule partie de son visage qui ne fût point barbouillée d'œufs et de confitures. Les yeux bleus de la femme nous questionnaient languissamment. J'indiquai le but de notre visite.

« Entrez, entrez, dit-elle, mais ne regardez pas la maison ! Les enfants viennent de se lever. Rentre, Billy, dépêche-toi. »

Nous entrâmes, portant le couvercle oublié de la bouilloire.

La cuisine était grande, mais contenait plus d'enfants que de meubles. L'aînée, une petite fille d'une douzaine d'années, faisait griller un morceau de lard d'une main, et de l'autre relevait sa chemise de nuit. Quand la chaleur devenait insupportable, elle changeait le lard de main, léchait ses doigts pour les refroidir, et reprenait sa chemise. Ses cheveux, châtains, tombaient en lourdes boucles sur ses épaules. Un garçonnet était assis sur le garde-feu, et recueillait la graisse sur un morceau de pain. « Une, deux, trois, quatre, cinq, six gouttes !... » Il mordit le savoureux morceau, et reprit sa besogne de l'autre main; à notre entrée, il essaya de ramener sa chemise sur ses genoux, et la graisse fut perdue. Un gros bébé, que la mère, évidemment, venait de retirer du sein, gigotait sur un coussin, la figure pourpre, tandis qu'un autre petit garçon lui fourrait du pain beurré dans la bouche.

Notre hôtesse s'élança vers le canapé, retira le pain, enfonça son doigt dans le gosier du bébé, lui tapa dans le dos, et fut soulagée en l'entendant hurler. Puis, elle administra quelques bonnes claques sur les fesses nues de l'autre qui se mit à beugler. Mais il s'arrêta en nous voyant rire.

Sur le sac qui servait de tapis, une belle petite fille lavait une poupée avec du thé, et l'essuyait sur sa chemise. Un petit enfant, perché sur une chaise haute, devant la table, tétait un morceau de lard; la graisse coulait sur ses bras bruns, et ruisselait entre ses doigts. Un autre, plus âgé, assis dans le grand fauteuil au dossier recouvert de cuir, s'occupait à verser le fond des tasses de thé dans un bol de lait. La mère se hâta de mettre le lait en sûreté, et s'élança vers le frère aîné, le bébé toujours sur le bras.

« Je te tuerai !... » cria-t-elle, mais le bambin se réfugia sous la table, et s'y assit sans perdre sa sérénité.

« Pourriez-vous, demandai-je lorsque la mère eut remis le beau bébé au sein, pourriez-vous me prêter une aiguille à tricoter ?

– Notre Sarah-Anne, où sont tes aiguilles à tricoter ? » demanda la femme. Elle fit une grimace, et mit sa main sur la bouche de l'enfant qui tétait. Rencontrant mon regard, elle expliqua :

« C'est pas croyable comme y mord !... Y n'a que deux dents, mais on dirait six aiguilles !... »

Elle fronça les sourcils, et plissa ses lèvres en disant au jeune coupable : « Méchant petit, méchant petit, tu n'en auras plus si tu mords ta mère comme ça !... »

L'attention de la famille se partageait maintenant

entre nous et les différentes opérations en cours à notre arrivée; mais l'amateur de lard, impassible et solennel, n'avait pas cessé de lécher le morceau qu'il tenait.

« Notre Sam, où est mon tricot ?... C'est toi qui l'as pris, cria Sarah-Anne, après quelques recherches.

– Non ! répondit Sam sous la table.

– Si !... C'est toi !... dit la mère, en lançant un coup de pied au hasard.

– Non !... » persista Sam.

La mère suggéra diverses cachettes vraisemblables; enfin, on retrouva le tricot au fond du tiroir de la table, au milieu des fourchettes et des brochettes de bois.

« Faut toujours que j'y dise où sont les choses ! » dit la mère d'un ton de doux reproche. Mais Sarah-Anne n'écoutait pas sa mère; la vue du tricot, fruit de son travail, déchirait son cœur. C'étaient des manches de laine rouge, pour l'hiver; un tire-bouchon avait percé l'ouvrage, et la pelote de laine était hérissée de brochettes !...

« C'est toi, notre Sam, je sais que c'est toi, à cause de ton alphabet !... »

Samuel, sous la table, déclara d'un ton monotone :

« Du porc-épic, les piquants si forts
Au lion farouche apportent la mort !... »

La mère fut secouée par un rire, réprimé.

« Son père y a appris, y l'fait lui-même !... chuchota-t-elle avec orgueil.

– Dis-nous « B », Sam...

– Sais pas... grogna Sam.

– Allons, mon poulet, j'te ferai un pudding à la mélasse.

– Aujourd'hui ?... interrogea vivement Sar-Anne.

– Vite, Sam, ma cocotte !...

– Y a pas d'mélasse », fit Sam, d'un ton décisif.

L'aiguille était dans le feu; les enfants ne la quittaient pas des yeux.

« Pouvez-vous vous cautériser vous-même? demandai-je à Emilie.

– Moi!... » s'écria-t-elle, les yeux dilatés par l'étonnement.

Et elle secoua la tête avec énergie.

« Alors, ce sera moi! » Je pris l'aiguille avec mon mouchoir et j'examinai la blessure, mais lorsque Emilie vit la pointe rouge de l'aiguille s'approcher, elle arracha sa main et me regarda dans les yeux avec un rire nerveux de honte et de crainte. J'insistai; elle m'abandonna de nouveau son bras. Elle imaginait la douleur et se mordait les lèvres, son regard fixé sur moi. Quand mes yeux plongeaient dans les siens, Emilie était pleine de courage; quand je dus m'occuper de la cautérisation, elle baissa la tête avec un cri aigu qui se termina en un petit rire, mit ses mains derrière son dos, et fixa sur moi ses grands yeux bruns, toute frémissante de crainte, de honte et d'un rire suppliant. Un des enfants se mit à pleurer.

« Tant pis! » dis-je, et je jetai sur l'âtre l'aiguille qui se refroidissait.

Je distribuai aux petites filles tous les sous que j'avais, puis j'offris un six pence à Sam, qui était sorti de son refuge.

« Je veux pas ça! dit-il, en se détournant.

– Bon! mais comme je n'ai plus de sous, tu n'auras rien!... » Je donnai à l'autre garçon un mauvais couteau que j'avais dans ma poche. Sam me regardait avec fureur. Avide de vengeance, il empoigna le « piquant du porc-épic » encore chaud. Il le lâcha avec un cri de rage, et saisissant une tasse sur la table, il la jeta à la tête de l'heureux Jack. Elle se brisa contre la cheminée. La mère voulut attraper Sam, mais il avait disparu. Une petit fille gémit : « Oh! ma tasse rose!... Ma tasse rose!... » Nous nous enfuîmes au milieu de cette scène.

Emilie avait à peine remarqué ce qui s'était passé; toutes ses pensées étaient concentrées sur elle et sur moi.

« Je suis horriblement poltronne, dit-elle humblement, ce n'est pas ma faute...

– Tant pis, dis-je.

– Ma chair s'y refuse, vous ne pouvez comprendre ce que j'éprouve !... »

Des hurlements qui s'élevaient derrière nous interrompirent cette conversation : nous nous retournâmes. Sam galopait derrière nous, sur le gazon ras, en nous criant sa rage et son mépris.

« Cochons !... » hurlait-il.

Ses petites jambes nues s'agitaient, sa courte chemise flottait dans l'air frais du matin.

Heureusement, il marcha sur un chardon ou sur une épine, car lorsque nous nous retournâmes encore pour découvrir la raison de son silence subit, il sautillait sur une jambe, et tenait son pied blessé dans sa main...

LETTIE CUEILLE LES RAISINS D'OR

Pendant la chute des feuilles, Lettie fut d'humeur changeante. Elle débitait maintes banalités sur les hommes, l'amour et le mariage; elle accablait Leslie de reproches et contrariait tous ses désirs. Enfin, il se tint à l'écart. Ma sœur était allée plusieurs fois au moulin, mais elle s'imagina que les Saxton étaient trop familiers, et qu'en l'accueillant comme une égale, ils la faisaient descendre à leur niveau grossier! Elle cessa ses visites. Depuis la mort de notre père elle était agitée et inquiète; la petite fortune dont elle avait hérité la rendait orgueilleuse et méprisante; plus rien ne lui plaisait. Elle, l'enfant insouciante qui traversait la vie avec un éclat de rire, elle s'asseyait sur l'appui de la fenêtre pour réfléchir, et ses dents fortes mettaient en lambeaux son mouchoir. Elle ne m'adressait pas la parole et dévorait tous les livres sur la femme moderne.

Un jour, après le déjeuner, Lettie alla à pied jusqu'à Eberwich. Nous n'avions pas vu Leslie depuis quinze jours. C'était un après-midi gris et lugubre. Le vent chassait un brouillard visqueux sur les collines. Les routes étaient boueuses et noires. Dans le bois, les arbres s'inclinaient d'un air boudeur. C'était le jour de s'enfermer et de se faire oublier, autant que possible. Après avoir fait un grand feu, j'allais tirer les rideaux pour donner à la pièce un air d'intimité. Alors j'aperçus

Lettie qui, très droite, montait rapidement l'allée. Elle entra : une vive rougeur couvrait son visage.

« Le thé n'est pas prêt ? dit-elle d'un ton bref.

– Rébecca vient d'apporter la lampe », répondis-je.

Lettie enleva son manteau, ses fourrures et les jeta sur le divan. Elle alla à la glace, releva ses cheveux tout bouclés par le brouillard et contempla son image d'un air hautain. Ensuite elle pivota sur ses talons, jeta un regard sur la table nue et sonna. Il nous arrivait si rarement d'agiter la sonnette de la salle à manger que Rébecca commença par aller ouvrir la porte d'entrée, puis elle arriva et demanda :

« Vous avez sonné ?

– Le thé devrait être prêt », dit froidement Lettie.

Rébecca me jeta un regard en répondant :

« Il n'est que quatre heures et demie. Je peux servir. »

Le bruit des tasses fit descendre mère.

« Eh bien, dit-elle à Lettie qui se déchaussait, tu as fait une bonne promenade ?

– Il y avait trop de boue, répondit-elle.

– Tu regrettes d'être sortie, je le devine. Dans quel état est ta robe ! Et tes souliers ! Donne, je vais les porter à la cuisine.

– Rébecca les prendra », dit Lettie, mais mère était déjà sortie.

Quand mère eut versé le thé, nous nous assîmes en silence autour de la table. La langue nous démangeait de demander à Lettie ce qu'elle avait, mais nous la connaissions trop bien pour nous y risquer. Au bout d'un moment elle dit :

« J'ai rencontré Leslie Tempest.

– Ah ! dit mère, il t'a accompagnée ?

– Il ne m'a même pas regardée.

– Oh ! » s'écria mère, et cette exclamation en disait long; après une pause, elle reprit :

« Il ne t'a peut-être pas vue ?

– En ce cas, déclara Lettie, il n'aurait pas fait semblant d'être ravi de la présence de Margaret Raymond.

– C'était peut-être très sincère, il ne t'a sans doute pas vue.

– Si, j'en suis sûre, son animation était exagérée. Mais il n'avait pas besoin d'avoir peur, je n'allais pas courir après lui.

– Comme tu es de mauvaise humeur, dis-je.

– Non. Mais il savait que j'avais toute la route à faire à pied et il a fait monter Margaret qui habite à moitié chemin.

– Il était en voiture ?

– Dans la charrette anglaise. » Lettie déchiquetait rageusement une tartine. Nous attendions avec patience.

« Il s'est conduit indignement, n'est-ce pas, mère ?

– Tu n'as pas été gentille avec lui, ma petite fille.

– Quel enfant ! quel méchant enfant ! Les hommes sont de grands enfants.

– Et les jeunes filles, dit mère, ne savent pas ce qu'elles veulent.

– C'est une qualité de grande personne, ajoutai-je.

– En tout cas, affirma Lettie, c'est un fat, et je le déteste. »

Elle se leva et prit un travail de couture. Lettie ne cousait que lorsqu'elle était de mauvaise humeur. Mère sourit, soupira et chercha une consolation auprès de M. Gladstone; *La Vie de Gladstone* par Morley était son bréviaire et son missel.

Ma mère m'avait chargé de porter une lettre à Highclose, au sujet d'une kermesse que Mme Tempest organisait au profit de l'église. Je me promis de ramener Leslie.

Il faisait une soirée noire et détestable. Les derniers réverbères de la route se dressaient près de Nethermere. La tache jaune qu'ils jetaient sur l'eau rendait plus noir et plus froid l'enfer de la nuit.

La pièce où l'on m'introduisit, moitié bibliothèque, moitié bureau, était si agréable qu'elle servait aussi de boudoir. Leslie était allongé dans un grand fauteuil près du feu, protégé par des nuages de fumée bleue. Marie perchée sur un escabeau tenait un gros livre sur ses genoux. Leslie sortit de son nuage, me serra la main, dit quelques mots et disparut de nouveau. Marie me fit un joli petit sourire vexé, et s'écriai :

« Oh ! Cyril, que je suis contente de vous voir ! Je suis si ennuyée. Leslie dit qu'il n'est pas pâtissier; je ne l'oblige pas à l'être, mais ce n'est pas une raison pour qu'il fasse l'ours.

– Qu'y a-t-il ? »

Elle fronça les sourcils, donna une petite tape au livre et expliqua :

« Je voudrais faire ces délicieuses tartelettes espagnoles de votre mère; bien entendu, Mabel ne connaît pas la recette, et je ne la trouve pas dans mon livre de cuisine; j'ai regardé dans l'*Encyclopédie* au mot « Espagne », et rien encore; il me reste cinquante pages à lire; j'ai la migraine et Leslie ne veut pas m'aider parce qu'il est de mauvaise humeur. »

Elle me regarda avec un désespoir comique.

« Ces tartelettes, il vous les faut pour la kermesse ?

– Oui, pour demain. La cuisinière a fait les autres gâteaux, mais je ne peux me passer de ceux-là, ils sont exquis, n'est-ce pas ?

– Délicieusement exquis. Voulez-vous que j'aille demander à ma mère ?

– Si vous voulez. Oh ! non, je ne peux vous imposer le trajet, il fait une soirée terrible. Nous sommes absolument assiégés par la boue. Les domestiques sont sortis. William est allé attendre père, et maman a envoyé Georges au presbytère. Je ne peux pas faire sortir les bonnes par un temps pareil. Il faut que j'y renonce – et aux tartes aux airelles aussi –, il n'y a rien à faire. Je suis bien malheureuse.

– Demandez à Leslie, dis-je.

– Il est de trop mauvaise humeur », répondit-elle en le regardant.

Il ne daigna pas répondre.

« Veux-tu, Leslie ?

– Quoi ?

– Aller à Woodside pour moi ?

– Pourquoi ?

– Pour prendre une recette. Tu seras si gentil.

– Où sont les domestiques ?

– Ils sont occupés. Ils sont sortis.

– Envoie une des bonnes, alors.

– Par une nuit pareille ! Cyril ! que les hommes sont lâches !

– J'y vais, dis-je, je n'ai rien à faire à la maison. Mère lit et Lettie coud. Le temps ne lui convient pas mieux qu'à Leslie. »

Marie posa le gros livre et descendit de l'escabeau.

« Vas-y, Leslie, supplia-t-elle, sa main sur l'épaule de son frère.

– Oh ! les femmes ! dit-il en se levant à regret. Leurs caprices sont sans limite...

– Je savais bien qu'il irait », s'écria vivement Marie. Elle alla chercher le pardessus de Leslie. Il enfila lentement une manche, puis l'autre, mais ne voulut pas endosser le manteau.

« Mon Dieu, dit-elle dressée sur la pointe des pieds, que tu es grand ! Allons, habille-toi, méchant garçon !

– Monte sur une chaise », dit-il.

Marie secoua violemment le col du pardessus, mais Leslie restait aussi impassible qu'un mouton.

« Leslie, tu es détestable, je ne peux pas y arriver, mauvais garnement. »

D'un mouvement brusque je mis le pardessus à sa place.

« Là, dit la jeune fille en lui donnant sa casquette, reviens vite.

– Quel sale temps, dit Leslie quand nous fûmes dehors.

– Oui, répondis-je.

– On est tout de même mieux à la ville que dans ce sacré pays.

– Vous vous êtes bien amusé ? »

Il me raconta longuement les trois journées qu'il avait passées dans la capitale. J'écoutai sans entendre. Plus distinctement résonnait à mes oreilles le cri des oiseaux de nuit planant au-dessus de Nethermere et le gémissement d'une bête dans le bois. Ce fut avec plaisir que je refermai bruyamment la porte derrière moi dans la lumière du vestibule.

« Leslie, s'écria ma mère, je suis contente de vous voir.

– Merci », dit le jeune homme et il se tourna vers ma sœur; Lettie, son ouvrage sur les genoux, travaillait, la tête penchée.

« Excusez-moi, je ne puis me lever, dit-elle en lui tendant sa main ornée d'un dé, c'est gentil de venir. Nous ne vous savions pas de retour.

– Mais... s'écria-t-il, et il s'interrompit brusquement.

– Vous vous êtes bien amusé sans doute ? poursuivit-elle d'un ton calme.

– Beaucoup, merci. »

Clic, clic, clic, son aiguille courait dans l'étoffe neuve. Sans lever les yeux, Lettie reprit :

« D'ailleurs, on le voit dans vos yeux !

– Qu'est-ce à dire ?

– Vous avez un air coupable ou gêné. Vous ne remarquez pas, mère ?

– C'est vrai, répondit ma mère.

– Alors, mieux vaut ne pas lui poser de questions », conclut Lettie toujours très occupée par sa couture.

Leslie se mit à rire. Elle avait cassé son fil et essayait d'enfiler son aiguille.

« Qu'avez-vous fait par ce temps affreux ? demanda-t-il gauchement.

– Nous sommes restées tristement à la maison. « A « toi je rêve tendrement. » Avez-vous vu la Reine ?

– Elle n'était pas à Londres, répondit Leslie d'un ton sarcastique.

– Non ? » Et Lettie mit deux épingles dans sa bouche. « Dois-je comprendre qu'elle était à Eberwich, votre reine ?

– Je n'en sais, ma foi, rien. » Le jeune homme était irrité.

« Oh ! dit Lettie d'une voix suave, je croyais que vous l'aviez rencontrée à Eberwich. Quand êtes-vous rentré ?

– Hier soir.

– Pourquoi n'êtes-vous pas venu nous voir plus tôt ?

– J'ai passé toute la journée au bureau.

– Je reviens d'Eberwich, déclara Lettie innocemment.

– Vraiment ?

– Oui. C'est pour cela que je suis de mauvaise humeur. J'espérais vous voir. J'avais l'impression que vous étiez de retour. »

Elle fit quelques points et regarda Leslie à la dérobée pour le voir rougir, puis reprit d'un ton innocent :

« Oui, j'avais l'impression que vous étiez de retour. C'est drôle : quand on a de la sympathie pour quelqu'un, on sent sa présence. »

Lettie continua de coudre, prit une épingle à son corsage et fixa son ouvrage, sans la moindre apparence de perfidie.

« Je reviens d'Eberwich. J'espérais vous rencontrer – une autre pause, une autre épingle –, mais non.

– J'ai quitté tard le bureau. »

Elle cousait, calme et exaspérante.

Elle prit encore une épingle entre ses dents, fixa un pli de l'étoffe et dit doucement :

« Petit menteur. »

Mère était allée chercher son livre de recettes.

Leslie restait muet d'humiliation. Elle cousait vite et adroitement. Après un silence, le jeune homme se décida à parler :

« C'est pour le plaisir de me chercher querelle que vous aviez envie de me voir.

– Moi ! Envie de vous voir ! s'exclama Lettie en levant les yeux pour la première fois, qui a dit cela ?

– Personne. Si vous n'en avez pas envie, je n'ai qu'à partir. »

Le bruit de l'aiguille rompit seul le silence pendant quelques minutes, puis Lettie demanda d'une voix lente :

« Qu'est-ce qui a pu vous faire croire que j'avais envie de vous voir ?

– Je me fiche pas mal que vous en ayez envie ou non.

– Vous avez l'air bien contrarié ! Ne dites donc pas de gros mots. C'est le privilège de ceux qui me sont chers. »

Leslie eut un rire sarcastique.

« Eh bien, si cela vous afflige tant... » Il faisait cette tentative dans l'espoir d'une douce réponse. Mais Lettie refusa de parler et continua à coudre. Leslie s'agita, tordit sa casquette, poussa un soupir et dit enfin :

« Tout est donc fini entre nous ?... »

Lettie avait l'immense supériorité d'être occupée à un travail qui, en apparence, semblait l'absorber. Elle pouvait épingler la toile, la regarder d'un air railleur, l'arranger et se mettre à coudre avant de répondre. Cela humiliait Leslie. Elle finit par dire :

« C'est ce que j'ai pensé cet après-midi.

– Grand Dieu, Lettie, oubliez donc cela.

– Vrai ? » dit-elle d'une voix douce. Il répondit à cet appel avec l'ardeur d'un jeune chien. Il fut en un clin d'œil à côté de la jeune fille et dit à voix basse :

« Ne m'aimez-vous pas un peu, Lettie ?

– Mon Dieu... » Cette exclamation, modulée doucement, était une sorte de promesse.

« Vous avez été méchante. Vous savez bien que je vous aime.

– C'est une drôle de façon de le montrer. » La voix de Lettie n'exprimait plus qu'un doux reproche, le plus tendre des abandons et des pardons. Il se pencha, prit le visage de la jeune fille dans ses mains et le baisa en murmurant :

« Vous êtes une petite taquine. »

Elle laissa tomber sa couture sur ses genoux et leva les yeux.

Le lendemain, dimanche, se leva pluvieux et morne. Le déjeuner était en retard; à dix heures, debout devant la fenêtre, nous décidâmes qu'il était impossible d'aller à l'église.

Une pluie fine tombait à verse et voilait le paysage comme un rideau sale. Le long de l'allée, les feuilles de capucines étaient pourries par la gelée, leurs feuilles rondes d'un vert éclatant, devenues les premiers drapeaux de l'hiver, flottaient sur des tiges flasques au col engourdi. Des feuilles mortes, mouillées et éclatantes, jonchaient la pelouse : taches écarlates de la vigne vierge, dépouille d'or des tilleuls, châle d'un brun rougeâtre sous les hêtres, et là-bas dans le coin, noir tapis des feuilles d'érables détrempées qui auraient dû être d'une vive couleur citron. Parfois une de ces grandes feuilles noires se détachait, zigzaguait et entrait en chancelant dans la danse macabre.

« Regarde », dit brusquement Lettie.

Je levai les yeux juste à temps pour voir un corbeau fermer ses ailes et s'agripper à la plus haute branche d'un vieux houx gris au bord de la clairière. L'oiseau battit des ailes, reprit l'équilibre et se replia sur lui-même, noir et résigné devant le mauvais temps.

« Le misérable! pourquoi vient-il se poser devant

nous, dit Lettie avec humeur, pour nous apporter la promesse d'un chagrin.

– Pour toi ou pour moi ? demandai-je.

– Il me regarde, j'en suis sûre.

– A cette distance, comment peux-tu voir la méchante prunelle de ses yeux ? insinuai-je.

– Eh bien, déclara-t-elle, décidée à prendre pour elle ce présage, je l'ai vu la première.

Un, le chagrin, deux, une joie,
Trois, une lettre, quatre, un amant,
Cinq, de l'argent et six, de l'or
Sept : un secret que nul ne sait.

– Parions qu'il ne fait qu'annoncer ses compagnons. Il en viendra encore trois et tu auras tes quatre, dis-je pour la consoler.

– C'est drôle, affirma Lettie, mais chaque fois que je vois un corbeau j'ai toujours un chagrin.

– Et quand tu en vois quatre ?

– C'est dommage que tu n'aies pas entendu la vieille Mme Wagstaffe, elle prétend qu'un vieux corbeau croassait dans le pommier depuis huit jours lorsque Jerry s'est noyé.

– Belle cause de chagrin pour elle ! remarquai-je.

– Oh ! elle a versé d'abondantes larmes. J'avais envie de pleurer aussi, mais je ne sais pourquoi j'ai ri. Elle espérait que Jerry était monté au ciel, mais... je ne puis souffrir ce mot « mais », il s'emmêle dans toutes les pensées.

– Et Jerry ? insistai-je.

– Oh ! elle levait le front et les larmes coulaient sur son nez. Jerry faisait le tourment de sa vie, Cyril ! Je ne puis comprendre qu'on épouse de tels hommes. Je me suis sincèrement réjouie que ce vieil ivrogne nous ait débarrassés en tombant dans le canal. »

Elle tira le rideau épais sur la vitre et se blottit dans

les plis, la joue posée sur l'ourlet pour se protéger de la froideur du carreau. Le vent humide et gris secouait les arbres à demi dépouillés, les feuilles ruisselantes brillaient tristement; les troncs eux-mêmes semblaient noirs sous la pluie qui tombait sans trêve.

Tournoyant dans le ciel comme de noires feuilles d'érable brusquement saisies par le vent, parurent deux corbeaux; ils s'abattirent sur les arbres devant la maison, tout près du premier messager. Lettie les regardait, amusée et songeuse. Un oiseau passa devant nous; il se détourna et lutta contre le vent qui cherchait à l'entraîner :

« Voici le quatrième », dis-je.

Lettie ne répondit pas. Le corbeau luttait héroïquement, mais le vent le repoussa, s'engouffra sous ses larges ailes et le fit retomber. L'oiseau descendait, les ailes déployées, immobile, comme paralysé par le désespoir; je souffrais pour lui. Tristement deux de ses compagnons prirent leur vol et furent emportés derrière lui, comme des âmes désespérées qui cherchent un corps pour s'y loger; seule la première goule resta sur le squelette desséché du houx gris argent.

« Il ne dit même pas « jamais plus », remarquai-je.

– Il est plus raisonnable, répondit Lettie d'un air lugubre, puis elle reprit : Mieux vaut dire « jamais plus » que « toujours ».

– Pourquoi ?

– Je ne sais pas. Imagine ce " toujours ". »

Au fond du cœur elle avait cru que Leslie viendrait, maintenant elle doutait : la situation était embarrassante.

La cloche retentit dans la cuisine. Lettie sursauta. J'allai ouvrir la porte. Leslie entra. Lettie lui lança un regard satisfait qu'il sut interpréter.

« Hélène avait du monde. Je suis parti quand même; on a dû me trouver horriblement impoli, annonça-t-il paisiblement.

– Quel temps affreux ! dit ma mère.

– Affreux. Que vous êtes rouge, Lettie ! Que faisiez-vous ?

– Je regardais le feu.

– Qu'avez-vous vu ?

– Rien, les images étaient indistinctes. »

Il se mit à rire. Un silence tomba.

« Vous m'attendiez ? murmura-t-il.

– Oui, je savais que vous viendriez. »

Nous les laissâmes seuls. Leslie alla à la jeune fille accoudée à la cheminée et la prit dans ses bras.

« Voulez-vous de moi ? supplia-t-il doucement.

– Oui », murmura-t-elle.

Il la serra dans ses bras et l'embrassa jusqu'à ce que Lettie, à bout de souffle, détournât son visage.

« Vous êtes une froide petite amoureuse, un oiseau effarouché », dit-il en riant. Il vit des larmes qui ne tombèrent pas inonder les yeux de Lettie.

« Mon amour, ma chérie –, il approcha son visage de celui de la jeune fille et la larme coula sur sa joue.

– Je sais que vous m'aimez », dit-il tendrement.

« Savez-vous, ajouta-t-il, je sens les larmes monter de mon cœur et de ma gorge. Elles font mal, mon aimée. Là, vous ferez de moi ce que vous voudrez. »

Ils restèrent silencieux un moment. Puis Lettie monta auprès de sa mère, et quelques minutes plus tard ma mère rejoignit Leslie.

Assis près de la fenêtre, je regardais les nuages bas passer en tournoyant. Tout, me semblait-il, s'enfuyait comme eux; j'avais l'impression de perdre ma substance, de me détacher des choses concrètes et du sol ferme de la vie quotidienne.

Tout fuyait, fuyait sans savoir où ni pourquoi, le vent, les nuages, la pluie et les feuilles et les oiseaux, tout s'en allait en tournoyant, pourquoi ?

Et toujours le vieux corbeau restait immobile, tandis

que les nuages roulaient, se déchiraient ou s'accumulaient, que les arbres se courbaient et que les vitres frissonnaient sous l'eau qui les couvrait. Alors je m'aperçus que la pluie avait cessé, et qu'un pâle rayon de soleil jaune brillait sur de grandes feuilles d'ormes qu'il transformait en citrons mûrs. Le corbeau me regarda, j'étais sûr qu'il me regardait.

« Que penses-tu de tout cela ? » lui demandai-je.

Il me contempla avec mépris, grand oiseau sans plumes ni ailes, que j'étais, incompréhensible, méprisable mais imposant. Je crois qu'il me détestait.

« Mais, dis-je, puisque le corbeau d'Edgar Poe parlait, pourquoi restes-tu muet ? »

Il se détourna avec lassitude. Néanmoins mon regard l'inquiétait. Mal à l'aise, il battit des ailes pour s'envoler, puis s'installa de nouveau sur la branche.

« Tu ne sers à rien, dis-je, tu ne veux pas m'aider d'un mot. »

Il restait insensible. Alors, dans la prairie, j'entendis les cris sans fin des vanneaux. Ils semblaient rechercher la tempête et cependant invectiver contre elle. Ils tournoyaient dans le vent sans jamais cesser leurs plaintes. Ils jouissaient de la lutte et poussaient des lamentations incohérentes où perçait un accent de joie triomphante. Tous les vanneaux criaient la même histoire : « Amère, amère, la lutte qui ne sert à rien, à rien, à rien... » et ils se balançaient sur leurs grandes ailes et se réjouissaient.

« Là, dis-je au corbeau, ils goûtent à la lutte, la trouvent amère, mais ils ne voudraient pas en être privés et rester comme toi, vieux cadavre. »

Il ne put supporter cette insulte. Il battit des ailes d'un air agressif et s'élança en jetant un croassement de sinistre présage. Le vent l'eut bientôt emporté. Je m'aperçus que j'avais froid et je descendis.

Enroulant une boucle autour de son doigt, une de

ces boucles dansantes qui échappent toujours aux cheveux captifs, Leslie disait :

« Voyez comme vos cheveux m'aiment; regardez comme ils s'enlacent à mon doigt. Dans la lumière, vos cheveux ressemblent à... à... oh ! à des boutons-d'or au soleil.

– Ils me ressemblent, ils sont comme moi, ils rejettent tous les liens, répondit-elle.

– Quel dommage si c'était vrai; maintenant ils effleurent mon visage et me font vibrer comme une musique.

– Soyez sage ! Allons, restez tranquille et je vous dirai quelle est votre musique ?

– Dites-le-moi.

– C'est l'appel des grives et des merles qui, le soir, effraient les petites anémones des bois et viennent se balancer, haletants, sur notre mur; c'est la sonnerie des campanules quand les abeilles sont en elles, c'est le rire d'Hippomène, hors d'haleine et vainqueur. »

Il l'embrassa avec une admiration extasiée.

« Musique de mariage, monsieur, ajouta-t-elle.

– Quelles pommes d'or ai-je jetées ? demanda-t-il d'un ton léger.

– Quoi ? s'écria-t-elle à demi moqueuse.

– Cette Atalante, répondit-il avec un regard d'amour, je crois qu'elle a fait exprès de rester en arrière.

– Vous avez deviné, cria-t-elle en riant, et elle se soumit à ses caresses, c'est vous, ce sont les pommes de vos talons fermes, les pommes de vos yeux, les pommes qu'Eve a mordues qui m'ont gagnée, n'est-ce pas ?

– Vous êtes intelligente, vous êtes unique. Et j'ai gagné, moi, j'ai gagné les pommes mûres de vos joues, de vos seins et de vos poignets, elles ne peuvent m'arrêter... vous êtes ronde, tiède et douce, je vous ai gagnée, Lettie. »

Elle fit un signe de tête et dit :

« Tout cela, oui.

– Tout, elle le reconnaît, tout.

– Oh ! laissez-moi respirer. Et vous avez tout revendiqué ?

– Oui, et vous me l'avez donné.

– Pas encore. Tout ?

– Chaque atome.

– Si nous étions deux anges...

– Oh ! chérie, un ange plein de boue.

– Non, ne m'interrompez pas. Si j'étais pareille à la Demoiselle Elue[1]...

– Avec un sein tiède.

– Ne dites pas de bêtises. Je suis une « Demoiselle « Elue » et vous marchez dans les feuilles de hêtre jaunes en réfléchissant.

– Où voulez-vous en venir ?

– Auriez-vous des pensées semblables à des prières ?

– Pourquoi diable me demandez-vous cela ? Oh ! je crois que je blasphémerais.

– Non; vous diriez des prières embaumées afin que votre petite âme pût monter au ciel.

– Peste soit des âmes, Lettie. Je ne suis rien moins qu'éthéré. Je ne peux pas souffrir les préraphaélites... Vous, vous n'êtes pas un Burne-Jones, vous êtes un Albert Moore. Je pense que le chaud contact d'un doux corps vaut mieux qu'une prière. Je prierai avec des baisers.

– Et quand je ne le permettrai pas ?

– J'attendrai l'heure de la prière. Sapristi, j'aimerais mieux sentir mes bras pleins de vous, j'aimerais mieux toucher cette bouche rouge, petite avare, que chanter des hymnes avec vous dans le ciel.

1. Allusion à un poème de Dante-Gabriel Rossetti.

– Je crains que vous ne chantiez jamais de cantiques avec moi dans le ciel !

– Eh bien, je vous ai ici. Oui, maintenant vous êtes mienne.

– Notre vie n'est qu'une aube qui déjà pâlit.

– Menteuse ! Que m'importe d'ailleurs ? « Carpe « diem », mon bouton de rose, mon faon ! Il y a un joli poème sur un faon. « Il est l'heure de laisser sa mère et « de se livrer aux chaudes caresses. » Pauvre vieil Horace, je l'ai oublié.

– Pauvre vieil Horace !

– Ah ! ah ! Mais je ne vous oublierai pas, vous. Pourquoi ce regard étrange dans vos yeux ?

– Devinez ?

– Dites-moi. Vous êtes si taquine qu'on ne peut lire dans vos pensées.

– Vous pouvez sonder la profondeur d'un baiser...

– Oui, oui. »

Au bout d'un moment il demanda :

« Quand serons-nous officiellement fiancés, Lettie ?

– Attendez Noël; j'aurai alors vingt et un ans.

– Presque trois mois, pourquoi diable...

– Cela ne change rien. Alors j'aurai le droit de te choisir de mon propre gré.

– Mais trois mois...

– Tu es mon fiancé; qu'importe ce que pensent les autres ?

– Je croyais que dans trois mois nous serions mariés.

– Ah ! si vite. Que dirait votre mère ?

– Que pour la première fois de ma vie je fais preuve de sagesse. Vous serez une femme délicieuse, Lettie, vous saurez si bien recevoir.

– Vous serez mon papillon, je peindrai vos ailes de couleurs éclatantes. Hélas ! quand vous aurez volé trop près de la lumière ou fui le filet, vous perdrez le velouté de vos ailes... Que ferai-je alors... hélas ! pauvre de moi !

Que deviendront les couleurs éclatantes lorsque le papillon frottera ses ailes au filet ?

– Pourquoi tant de mots ? Laissez-moi me regarder dans vos yeux.

– Narcisse, Narcisse. Vous voyez-vous, hein ? L'image vous flatte-t-elle ? Ou ne trouvez-vous qu'une eau trouble qui déforme vos beaux traits ?

– Je ne vois rien, je sens seulement votre regard, vous riez de moi. Pourquoi donc ?

– Je pense que vous êtes comme Narcisse, un beau jeune homme.

– Soyez sérieuse, je vous en prie.

– Ce serait dangereux. Vous en mourriez et moi...

– Que feriez-vous ?

– Je serais aussi grave que maintenant. »

Il la regarda avec orgueil, croyant qu'elle faisait allusion à l'ardeur de son amour.

*

Dans le bois, le vent grondait et rugissait d'une voix rauque au-dessus de ma tête, mais pas un souffle n'agitait les fougères attristées. Parfois une goutte de pluie tombait des arbres; je glissais sur les sentiers mouillés. La pluie en ruisselant le long des troncs gris y avait tracé des raies noires. Des brèches s'ouvraient dans les rangées de fougères jaunes. J'arrivai à la barrière et je sortis du bois.

Des armées de nuages traversaient le ciel en rangs serrés; ils effleuraient presque le genêt du communal. Le vent était froid et décourageant. Le sol sanglotait sous les pas. Le ruisseau débordant tourbillonnait et parlait tout seul plongé dans ses réflexions. Les nuages s'obscurcissaient; la pluie commença à tomber. Sans prendre garde à la boue, je me mis à courir et j'entrai brusquement dans la cuisine de la ferme.

Les enfants peignaient et réclamèrent mon aide.

« Emilie et Georges sont dans la salle », dit la mère à voix basse. Je contentai les petits, j'échangeai quelques mots avec Mme Saxton et je m'assis pour enlever mes socques.

Dans la salle, le père, gros et tranquille, dormait dans un fauteuil. Emilie écrivait : à mon arrivée elle se hâta de cacher ses papiers. Georges lisait près du feu. Il leva les yeux; j'aimais son regard et son « Bonjour » prononcé d'une voix traînante. Ses yeux étaient éloquents, aussi éloquents qu'un baiser.

La conversation s'engagea à voix basse à cause du père endormi dont le visage bronzé était aussi tranquille qu'une poire sur l'espalier. La pendule elle-même battait lentement, à petits coups languissants. Réunis près du feu, calme trio d'amis, nous parlions tout bas de choses insignifiantes. Le murmure apaisant de nos voix nous remplissait de bonheur.

Enfin Georges se leva, posa son livre, regarda le père et sortit. Dans la cour la machine écrasait les navets. Les navets frais se transformaient lentement en une masse dorée qui montait sous le décortiqueur. Leur odeur, pénétrante et douce, me rapporte les sensations de plus d'un soir d'hiver; alors dans la cour la glace craque sous le sabot des chevaux; Orion brille au sud, et l'amitié atteint des hauteurs mystiques.

« On écrase les navets un dimanche! m'écriai-je.

– Le père ne l'a pas fait hier; c'est son travail et je ne m'en suis pas occupé. Père oublie souvent, il n'aime pas à travailler l'après-midi maintenant. »

Les bêtes s'agitaient dans leurs stalles; les chaînes cliquetaient autour des poteaux; une vache toussait. Quand les navets furent écrasés et que le calme rétabli permit de parler, tandis que Georges étendait les premières couches de navets et de son, Emilie arriva en courant, ses cheveux soyeux en désordre, les yeux brillants, pour nous dire de venir prendre le thé avant de traire les vaches. Le dimanche, on avait coutume de traire avant le thé, mais Georges y renonça sans protester, son père le voulait ainsi et son père était le maître absolu de la ferme.

Ce dernier jour d'octobre avait été si lugubre que la nuit était la bienvenue. Nous prîmes le thé à la clarté de la lampe, joyeusement; une impression de bien-être émanait du père comme de la lampe une lumière jaune. Le thé du dimanche n'était pas complet sans un visiteur; les Saxton déclaraient que ma présence, ce jour-là, était indispensable. Je me plaisais à l'entendre. Je souris et me réjouis en buvant mon thé lorsque le père affirma :

« Cyril est de la famille; il a sa place parmi nous au goûter du dimanche. »

Il lui répugnait de rompre l'union délicieuse autour de la table bien éclairée, il jeta un regard presque suppliant à Georges qui repoussait sa chaise en disant que c'était l'heure de se mettre au travail.

« Oui, dit le père d'un ton conciliant, je viens dans une minute. »

La lampe accrochée au mur éclairait doucement la partie inférieure de la grange; des brins de foin et de la poussière blanche s'accumulaient au creux des briques; des pelures de navets éparses mettaient çà et là des lueurs orange sur le sol de terre battue; le toit très haut, plein de nids d'hirondelles sous les tuiles, était plongé dans l'ombre, et dans les coins ténébreux on devinait à peine les tas de foin, le couperet et les coffres. La lumière brillait devant les stalles, scintillant sur les museaux humides des bêtes et sur les murs lavés à la chaux.

Georges était de belle humeur; mais j'avais une nouvelle à lui annoncer. Quand il eut donné à manger aux bêtes et se fut assis pour traire, je pris la parole :

« J'ai laissé Leslie Tempest à la maison. »

Le seau entre les jambes, les mains sur le pis de la

vache, il était prêt à traire. Il me jeta un regard interrogateur.

« Ils sont fiancés », dis-je.

Sans détourner les yeux, il cessa de me regarder. Ses yeux étaient fixes comme s'il écoutait un bruit lointain, puis il courba la tête et l'appuya sur le flanc de la vache, je crus qu'il allait la traire. Mais il ne bougea pas. La vache tourna la tête et s'agita. Georges commença enfin à tirer le lait machinalement. Je regardais le mouvement de ses mains et le bruit sonore et rythmé que faisait le lait en tombant dans le seau me fit éprouver un soulagement. Bientôt ses gestes se ralentirent, puis s'arrêtèrent.

« Elle a accepté ? »

Je fis un signe d'assentiment.

« Et que dit votre mère ?

– Elle est contente. »

Il se remit à traire. La vache inquiète remua. Georges la regarda avec colère et continua sa besogne. Bouleversée, la bête remua encore et lui donna un coup de queue dans la figure.

« Veux-tu ! » cria mon ami en lui appliquant une tape sur la cuisse. Elle eut un recul de femme battue; son lait était rare ce soir-là, elle était rétive; Georges prit le tabouret qui lui servait de siège et lui assena un grand coup qui résonna sur l'os de la hanche. La bête ne bougea plus, mais son lait cessa bientôt de couler.

Georges s'arrêta un moment avant de passer à la vache suivante, et je crus qu'il allait parler. Mais le père entra son seau à la main. Il jeta un coup d'œil dans le hangar et dit avec son rire gai :

« Vous êtes spectateur aujourd'hui, Cyril; moi qui croyais que vous aviez trait une vache ou deux à ma place ?

– Non, répondis-je, le dimanche est jour de repos, et j'ai mal aux mains quand je trais les vaches.

– Un peu d'entraînement vous ferait du bien, dit-il

en plaisantant; alors, Georges, c'est tout ce que tu as obtenu de Julia ? »

Après son départ, l'air parut plus froid. J'entendais son joyeux : « Lève-toi, ma vieille » dans l'autre hangar et les premiers jets de lait tambourinaient dans le seau.

« Il est heureux », dit Georges avec fureur. Je me mis à rire. Il ne se décidait pas à parler.

« Vous attendiez-vous à ce que Lettie accepte Leslie ? demandai-je.

– Oui, répondit-il, elle est donc décidée. Elle abandonne ce qu'au fond elle désirait.

– Vous ?

– S'il n'avait pas été le gros lot, elle aurait choisi...

– Vous !

– Elle avait peur. Voyez comme elle s'est éloignée.

– De vous, dis-je.

– J'aimerais la serrer à la faire crier.

– Vous auriez dû l'empoigner et ne plus la lâcher, dis-je.

– Elle est comme une femme, comme une chatte, elle cherches ses aises, elle fait un marché. Les femmes sont commerçantes.

– Ne généralisez pas, c'est inutile.

– Elle se conduit comme une prostituée.

– C'est banal. Je crois qu'elle l'aime. »

Il tressaillit et me regarda d'un air étrange; son doute et sa perplexité lui donnaient l'air enfantin.

« Que dites-vous ?

– Elle l'aime, je vous assure.

– Elle m'aurait aimé plus que lui », murmura-t-il, et il retourna à sa besogne. Je le quittai pour aller causer avec M. Saxton. Lorsque celui-ci eut fini de traire ses quatre bêtes, la lumière de Georges brillait encore dans l'étable. J'allai le rejoindre; il s'occupait de la dernière vache. Quand il eut fini, il posa son seau, retourna à la pauvre Julia, lui caressa le dos, la tête et le museau. La vache effrayée leva de grands yeux surpris et lui donna un coup de corne sur la joue.

« On ne peut comprendre les femmes », dit-il tristement. Il se frottait la joue et me regardait avec gravité. « J'ignorais que je ne pouvais les comprendre. Je n'y avais jamais pensé jusqu'à... Mais vous savez, Cyril, c'est elle qui m'a fait des avances. »

Je me moquai de son air lugubre.

LES RÉJOUISSANCES DE NOËL

A LA fin de novembre, un refroidissement m'obligea à garder la maison pendant quelques semaines. Puis une gelée dégagea l'atmosphère et sécha la boue. Le second samedi avant Noël, le monde était transformé; les grands arbres argent et gris perle se détachaient sur le bleu pâle du ciel comme les arbres d'un beau paradis; le bois semblait pétrifié, tout argent et neige; un réseau délicat pailletait et bordait les feuilles de houx et les longues feuilles des rhododendrons.

Quand le soir vint, clair et rayonnant, et que la lune brilla sur les plaines blanches de gelée, je me révoltai contre mon emprisonnement. Les brumes et l'humidité qui me faisaient aimer le coin du feu avaient disparu, le flamboiement lointain des petites forges était invisible, car les nuages bas s'étaient dissipés et de pâles étoiles clignotaient autour de la lune.

Lettie me tenait compagnie. Leslie était retourné à Londres. Elle essaya de me gronder fraternellement quand j'annonçai que je voulais sortir.

« Seulement jusqu'au moulin », dis-je.

Elle hésita un moment puis offrit de m'accompagner. Sans doute j'eus l'air surpris, car elle ajouta :

« Oh ! si tu préfères sortir seul !

– Viens, viens », dis-je avec un sourire.

Lettie avait retrouvé son ancienne animation. Elle

courait, franchissait d'un bond les pierres du chemin, parlait français. Nous arrivâmes au moulin. Gyp n'aboya pas. J'ouvris la porte; nous entrâmes sans bruit dans la buanderie sombre et par une fente de la porte nous jetâmes un regard furtif dans la cuisine; Mme Saxton était assise près de l'âtre devant un grand baquet plein d'eau savonneuse; à ses pieds David, qu'on venait de baigner, réchauffait ses jambes nues. La mère frictionnait doucement ses beaux cheveux blonds qui formaient un nuage. Mollie peignait ses boucles brunes près de son père, qui lisait tout haut d'une voix sonore, avec une précision affectée. Devant la table, Emilie et Georges étaient assis : la jeune fille triait un tas de petits raisins secs, et son frère lentement, la tête baissée, enlevait les pépins. David s'élança pour jouer avec le chat endormi, interrompant la friction de sa mère. On n'entendait que la voix pleine d'ardeur de M. Saxton; personne n'écoutait attentivement, j'en ai peur... Je tournai le loquet et j'entrai.

« Lettie ! s'exclama Georges.

– Cyril, cria Emilie.

– Cyril, bravo, hurla David.

– Bonjour, Cyril », dit Mollie.

Six grands yeux bruns, arrondis par la surprise, me souhaitaient la bienvenue. On m'accabla de questions et tous s'empressaient autour de nous. Enfin chacun reprit sa place.

« Oui, il y a longtemps que je n'étais venue, dit Lettie qui avait enlevé son chapeau, ses fourrures et son manteau; mais vous ne m'attendiez pas, n'est-ce pas ? Je peux venir de temps en temps ?

– C'est un très grand plaisir pour nous, dit la mère; tout le long du jour nous n'entendons que le bruit de l'écluse. Nous ne voyons que les brouillards et les feuilles mortes. Je suis heureuse d'entendre une voix fraîche.

– Cyril va mieux, Lettie? demanda doucement Emilie.

– C'est un enfant gâté. Je crois qu'il fait exprès d'être malade pour qu'on le dorlote. Laissez-moi vous aider, laissez-moi peler les pommes, oui, oui, je le veux. »

Elle s'assit devant la table et se mit à la besogne. Georges ne lui avait pas adressé la parole. Elle se tourna vers lui :

« Je ne vous aiderai pas, Georges; je ne veux pas avoir les doigts collants, d'ailleurs j'aime vous voir occupé à ces petites besognes familiales.

– Vous pourrez jouir longtemps de ce spectacle; il y a là des milliers de raisins.

– Mangez-en un de temps en temps. C'est ce que je fais.

– Si j'en goûtais un, je les mangerais tous.

– Alors, donnez-moi donc celui que vous ne mangez pas. »

Silencieusement il lui tendit une poignée de raisins.

« Il y en a trop; votre mère vous voit. Laissez-moi finir cette pomme. Regardez, la peau est entière. »

Elle se leva, tenant une longue pelure qui s'enroulait sur elle-même.

« Combien de fois dois-je la balancer, madame Saxton?

– Trois fois, mais ce n'est pas la veille de la Toussaint.

– Tant pis! Regardez! »

Elle balança trois fois la longue pelure verte au-dessus de sa tête et la troisième fois la laissa tomber. Le chat fondit dessus mais Mollie le chassa.

« Quelle lettre est-ce? cria Lettie en rougissant.

– G », répondit le père avec un clignement d'œil; sa femme lui lança un regard furieux.

« C'est rien », dit naïvement David qui oubliait la

honte ressentie en se trouvant en chemise devant une dame. Mollie remarqua avec sa froideur habituelle :

« C'est l's de quelqu'un qui ne sait pas écrire.

– Ou un l », ajoutai-je.

Lettie me regarda impérieusement et j'en fus irrité.

« Qu'en dites-vous, Emilie ? demanda-t-elle.

– Vous seule pouvez lire la vraie lettre, riposta Emilie.

– Dites-nous quelle est la vraie lettre ? dit Georges.

– Moi ? s'écria Lettie; qui peut voir la moisson future ?

– Ceux qui l'ont semée », répliquai-je.

Elle jeta la pelure au feu avec un rire bref et se remit à sa besogne. Mme Saxton se pencha vers sa fille et lui dit à voix basse que Georges enlevait toute la pulpe des raisins.

« Georges, dit vivement Emilie, tu ne laisses que la peau. »

Ce fut à son tour d'être irrité.

« Il eût bien voulu se rassasier des écosses que mangeaient les pourceaux », dit-il tranquillement, et saisissant une poignée des fruits qu'il avait triés, il la mit dans sa bouche. Emilie lui arracha le plat.

« Tenez, dit Lettie en lui tendant une pomme qu'elle venait de peler, prenez cette pomme, glouton. »

Il prit le fruit. Puis un sourire malicieux étincela dans ses yeux.

« Si vous me donnez la pomme, à qui donnerez-vous la peau ? demanda-t-il.

– Aux pourceaux », répondit-elle comme si elle comprenait seulement son allusion à l'Enfant prodigue.

Georges posa la pomme sur la table.

« Vous ne la voulez pas ? interrogea Lettie.

– Mère, dit-il d'un ton comique comme s'il plaisantait, elle m'offre la pomme comme Eve. »

Avec la rapidité de l'éclair, Lettie lui arracha le fruit,

le cacha un moment dans ses jupes, puis le lança dans le feu.

Elle manqua son but; le père ramassa la pomme sur la grille en disant :

« Elle n'est bonne qu'à donner aux cochons; quel lourdaud tu es, Georges; quand une dame vous offre quelque chose on ne fait pas tant de grimaces. »

Georges se renversa sur sa chaise, les mains dans ses poches.

« Il nous faudra finir ses raisins, Emilie, dit gaiement Lettie; quel paresseux!

– Il aime ses aises, répondit Emilie, ironique.

– C'est l'image de la satisfaction, de la santé et de la nonchalance », continua Lettie.

En effet, assis au coin du feu, la tête rejetée en arrière, en manches de chemise, le cou rouge, Georges semblait symboliser le bien-être.

« Je tâche de ne pas me faire de bile, dit-il d'un ton catégorique.

– Non, vous et moi nous ne sommes pas comme Cyril. Ni la tête, ni le cœur ne brûle le corps.

– Nous nous ressemblons sur ce point », dit-il, en la regardant avec indifférence sous ses cils, la tête rejetée en arrière.

Lettie continua à peler ses pommes, puis elle prit les raisins secs. Pendant ce temps Emilie faisait trembler la maison en hachant la graisse sur une planche. Les enfants étaient prêts à aller au lit. Ils nous embrassèrent tous, sauf Georges, et partirent accompagnés par leur mère. Emilie posa son hachoir et dit avec un soupir qu'elle avait mal au bras; je la remplaçai. Cette besogne dura longtemps; le père lisait, Lettie travaillait, et Georges, la tête renversée en arrière, nous regardait. Quand tout fut haché, il ne nous resta plus rien à faire. Lettie aida à débarrasser la table, puis elle s'assit, chercha un sujet de conversation et se leva d'un bond en disant :

« Oh ! je suis trop enfiévrée pour rester tranquille; Noël est si proche, jouons à quelque chose.

– Dansons, proposa Emilie.

– Dansons, dansons ! »

Georges se leva brusquement.

« Allons », dit-il.

Il jeta ses pantoufles sans se soucier des trous de ses chaussettes et écarta les chaises. Il offrit son bras à Lettie, elle accepta en riant et ils se mirent à danser à une allure incroyable, dans la grande cuisine pavée. Les pas légers de Lettie suivaient les grandes enjambées de Georges. Le choc rapide des talons de la jeune fille était plus distinct que le bruit sourd des pieds déchaussés de Georges. Je me mis à danser avec Emilie. Les mouvements d'Emilie sont naturellement lents, mais nous dansions très vite. J'étais en sueur et elle avait perdu le souffle quand je la fis asseoir. Mais Georges et Lettie continuaient à tourbillonner; ce spectacle me donnait le vertige. M. Saxton leur cria de s'arrêter. Mais Georges ne l'entendit pas; les cheveux de Lettie dénoués tombèrent en torsades sur ses épaules; ses pieds s'appesantissaient et traînaient sur le carrelage; haletante elle suppliait Georges de cesser; il riait, la bouche ouverte, et la serrait plus fort sur sa poitrine; enfin, comme elle s'arrêtait, il la souleva, l'étreignit et fit ainsi deux fois le tour de la pièce. Puis il tomba lourdement sur le canapé en entraînant Lettie avec lui. Ses yeux étincelaient comme des charbons ardents, de gros sanglots montaient de sa gorge et ses cheveux étaient mouillés et brillants. Ma sœur reposait sur le canapé, immobile; le bras de Georges entourait sa taille, sans bouger; elle était épuisée. Ses cheveux ébouriffés retombaient sur son visage.

Emilie était inquiète et le père dit avec une ombre d'anxiété :

« Tu l'as exténuée; c'est stupide. »

Enfin elle recouvra le souffle et la vie, se leva et avec

un rire étrange arrangea ses cheveux. Elle alla chercher un peigne et une brosse dans la buanderie. Emilie la suivit avec une bougie. Quand elle revint le désordre de sa tenue était réparé; son visage tout à l'heure empourpré était pâle : la main de Georges avait laissé une tache sur sa ceinture de cuir.

Sans quitter le canapé Georges lui jeta un regard de triomphe et un sourire.

« Grande brute ! » dit-elle, mais sa voix était moins dure que ses mots.

Il soupira, se redressa et se mit à rire.

« On recommence ? dit-il.

– Vous voulez danser avec moi ?

– Si vous voulez.

– Venez, un menuet.

– Je ne saurai pas.

– Vous danserez quand même. Venez. »

Il alla auprès d'elle. Elle lui apprit les pas et le traîna derrière elle pendant la valse. C'était ridicule. Le menuet fini, elle lui fit une révérence, essuya ses mains à son mouchoir, car la chemise de Georges était humide, et le remercia.

« J'espère que vous vous êtes amusée, dit-il.

– Enormément.

– Vous m'avez rendu ridicule.

– Impossible !...

– Je ressemble à Clarence Mac Fadden, dit-il en allumant sa pipe comme si la conversation ne l'intéressait pas.

– Oui. La vieille chanson !

Clarence Mac Fadden avait envie de danser,
Mais ses pieds étaient mal chaussés...

« Nous l'avons chantée un jour après la moisson. Que nous avons ri ! Jamais encore je ne vous avais comparé à Clarence Mac Fadden. C'est drôle... A propos, viendrez-vous à notre réunion de Noël ?

– Quand ?... Quels sont les invités ?...

– Le 26. Seulement les vieux amis : Alice, Tom Smith, Fanny et les Tempest.

– Et que fera-t-on ?

– On jouera des charades, on dansera un peu, on fera tout ce que vous voudrez !...

– On dansera la polka ?

– Oui, et le menuet, et la mazurka... Viens danser, Cyril. » Elle m'obligea à danser une polka, un menuet, une mazurka. Elle dansait élégamment, mais avec l'ostentation de Carmen, avec sa fougue et sa perversité. Quand nous nous arrêtâmes, M. Saxton remarqua : « Très joli, très joli !... Ils sont charmants, n'est-ce pas, Georges ? Je voudrais être jeune.

– Comme moi ! dit Georges, avec un rire amer.

– Apprenez-moi à danser, Cyril, dit Emilie de ce ton suppliant qui déplaisait tant à Lettie.

– Pourquoi ne vous adressez-vous pas à moi ?... demanda-t-elle vivement.

– Vous venez si rarement !

– Eh bien ! je suis ici, à présent ! Venez... » Et elle l'entraîna impérieusement.

Lettie, comme je l'ai déjà dit, est grande. Elle est souple mais forte, gracieuse par nature; sa démarche et ses mouvements harmonieux révèlent les sympathies de son âme d'artiste.

Emilie est plus petite, beaucoup plus lourde. Chacun de ses gestes trahit les exagérations de sa nature sensitive; l'ardeur de ses sentiments la fait trembler, l'émotion la conquiert et la ravage, car elle n'a pas une grande intelligence et son cœur ignore l'ironie. Elle est songeuse et sans défense; elle se sait impuissante à vaincre le tumulte de ses sentiments, et elle ajoute à ses infortunes une profonde défiance d'elle-même.

En dansant ensemble, Lettie et Emilie formaient un

contraste frappant. L'aisance et les beaux mouvements poétiques de ma sœur étaient exquis; Emilie n'arrivait pas à conserver son empire sur elle-même, et répétait toujours la même erreur. Elle étreignait violemment la main de Lettie; l'humiliation, la terreur de ses échecs constants, ainsi que le désir passionné et désespéré de réussir brillaient dans ses yeux. Les explications ne faisaient qu'accroître son trouble. Toute tremblante au moment d'agir, aveuglée par la crainte d'échouer, elle perdait conscience de tout, et seule la pensée qu'elle devait absolument faire quelque chose dominait le tumulte de son esprit. Enfin, Lettie cessa de parler, et la fit tourner au hasard; cette méthode réussit mieux. Quand Emilie ne pensait pas à ses mouvements, elle avait une grâce forte et aisée; la vitesse, le rythme et la mesure parlaient à ses sens plutôt qu'à son intelligence.

C'était l'heure du souper. Mme Saxton descendit, et une conversation paisible s'engagea. Pas une fois, Lettie ne fit allusion à ses fiançailles. Elle faisait comme si rien n'avait changé dans sa vie, bien qu'elle eût sans doute compris que j'avais averti Georges. Elle ne voulait pas que la pensée des liens qu'elle avait acceptés vînt se mêler à nos jeux.

Après souper, au moment de partir, Lettie dit à Georges :

« A propos, il faut que vous nous donniez du gui pour notre soirée, avec beaucoup de baies. Y a-t-il beaucoup de baies sur votre gui cette année ?

– Je ne sais pas, je n'ai pas regardé. Allons voir si vous voulez, répondit Georges.

– Mais vous allez prendre froid. »

Il mit ses souliers et sa veste et enroula une écharpe autour de son cou. La jeune lune avait disparu. La nuit était très sombre. Les étoiles limpides vacillaient. Devant ces ténèbres un sentiment de terreur s'empara de nous. Lettie se cramponna à mon bras. Georges nous précédait pour ouvrir les portes. Nous descendîmes au fond du jardin, sous le pont coulait l'eau glacée de l'écluse. Les vieux pommiers noueux qui se penchaient sur nous formaient des masses indistinctes. Nous suivions Georges, en courbant la tête pour éviter les branches. Le jeune homme hésita un moment et dit :

« Voyons, je crois qu'ils sont là, les deux arbres qui portent le gui. »

Nous le suivions en silence.

« Oui, les voici. »

Les yeux écarquillés, nous examinions les vieux arbres. On apercevait à peine la touffe sombre du gui entre les branches. Lettie se mit à rire.

« Sommes-nous venus compter les baies ? dit-elle; je ne vois même pas le gui. »

Elle se pencha pour percer les ténèbres; Georges, qui cherchait aussi à voir, sentit le souffle de Lettie sur sa joue; en se retournant il aperçut la pâleur du blanc visage tout près du sien, il sentit le sombre éclat des yeux bleus. Il prit la jeune fille dans ses bras et lui ferma la bouche d'un baiser. Puis il la lâcha en prononçant quelques paroles incohérentes; il allait, disait-il, chercher une lumière. Lettie me tournait le dos et faisait semblant de chercher les baies dans le gui. Bientôt une lanterne rayonna dans l'ombre.

« Voici la lanterne », dis-je.

Quand il nous eut rejoints, Georges prononça d'une voix étrange et étouffée :

« Maintenant on va voir. »

Il s'approcha et leva la lampe qui éclaira à la fois leurs visages, les branches fantastiques et la touffe magique de gui perlé çà et là de baies. Au lieu de chercher les baies, Georges et Lettie se regardaient dans les yeux; les paupières du jeune homme battirent et il rougit; sous la clarté jaune de la lanterne il paraissait ardent et beau. Confus il leva les yeux.

« Il y a beaucoup de baies », dit-il.

En réalité, elles étaient très rares.

Lettie regarda aussi les branches et murmura un mot d'assentiment. La lumière semblait les enfermer dans un globe, dans un autre monde, séparé de la nuit où j'étais. Georges leva la main et cassa une brindille de gui ornée de baies et la lui offrit. Ils se regardèrent de nouveau dans les yeux. Ma sœur épingla le gui dans ses fourrures, le regard baissé sur son sein. Tous deux restaient immobiles au centre de la lumière, sous la lampe levée. L'écharpe rouge et noire enroulée négligemment autour de son cou donnait à Georges un air voluptueux et ardent. Il baissa la lampe et dit en s'efforçant de prendre une voix naturelle :

« Oui, il y en a beaucoup cette année.

– Vous m'en donnerez ? »

Elle s'éloigna et ainsi rompit le charme.

« Quand faudra-t-il le couper ? »

Il marchait à grands pas près de Lettie; la lanterne se balançait dans sa main; nous suivions la rive dans la direction de la maison. Georges silencieux nous accompagna jusqu'au ruisseau. Là, il nous dit bonsoir. Il éclaira le chemin de Lettie sur les pierres du gué. Quand il se fut éloigné, ma sœur refusa de prendre mon bras.

Les deux semaines qui suivirent furent consacrées aux préparatifs de Noël; nous courions les bois à la recherche du houx le plus rouge; nous arrachions aux arbres des brassées de lierre luisant. Des fermes d'alentour montait le cri lamentable des porcs, et plus tard le soir, flottait l'odeur des pâtés. Au loin, sur la grande route, on entendait le trot vif des poneys chargés des marchandises de Noël.

Les carrioles des marchands s'élançaient au milieu des villageois sur le qui-vive; elles apportaient, ces carrioles, le triomphe de gros bouquets de léger gui étranger, la gaieté des oranges qui jetaient un regard furtif par la fente des caisses, l'intrusion des pommes écarlates et le désordre des volailles mortes. Les marchands agitaient leur fouet d'un air triomphant et les petits poneys sous les sycomores, dans le tintement de tous leurs grelots, s'élançaient au-devant de Noël.

Le soir du 24, à l'heure où la poussière s'élève sous le hallier de noisetiers, je me promenais avec Lettie. Au-dessus de nos têtes, dans le réseau des branches s'enchevêtrait un ciel rouge foncé. Les troncs d'arbres devenaient presque bleus.

Dans l'avenue, nous rencontrâmes deux jeunes garçons de quinze ou seize ans. Leurs vêtements étaient rapiécés avec des carrés de gros velours côtelé, des écharpes s'enroulaient autour de leur cou, et dans leurs poches roulaient des bouteilles d'étain pleines de thé.

« Quoi ! s'écria Lettie, vous allez travailler la veille de Noël ?

– Ça en a tout l'air, dit l'aîné.

– A quelle heure rentrerez-vous ?

– Vers deux heures et demie.

– Le matin de Noël !

– Vous apercevrez peut-être des anges messagers des Mages.

– Ils seront passés quand nous arriverons sur le toit, répondit l'aîné; ils ne descendent pas dans les cheminées.

– Faudrait qu'ils prennent un bain après », ajouta le plus jeune.

Ils reprirent leur route en traînant leurs lourds souliers.

« Joyeux Noël, leur criai-je.

– A vous aussi, dit le plus jeune avec un soupçon de fanfaronnade :

Dans les champs avec leurs troupeaux
Ils dorment sur le sol humide.

– Quand on pense, dit Lettie, que ces gosses travaillent pour moi. »

Nous allions à Highclose où l'on donnait une soirée. Vers sept heures et demie j'entrai par hasard dans la cuisine. La lampe était baissée et Rébecca était assise dans l'ombre. J'aperçus sur la table un vase de cristal qui contenait cinq ou six belles roses de Noël.

« Tiens, Becky, qui vous a envoyé ces fleurs ? dis-je.

– Personne, répliqua Rébecca cachée dans la profondeur de l'ombre, d'une voix pleine de larmes.

– Quoi ! je ne les ai jamais vues dans le jardin.

– C'est possible. Mais depuis trois semaines je les soigne et je les garde dans la serre.

– Pour Noël ! Qu'elles sont belles ! Je croyais que quelqu'un vous les avait envoyées.

– On ne m'a jamais envoyé grand-chose, répliqua Rébecca, et on m'enverra moins encore.

– Pourquoi ? qu'avez-vous ?

– Rien. Que voulez-vous que j'aie ? Personne pour penser à moi ni dans le passé ni dans l'avenir. Et maintenant je me fais vieille.

– On vous a fait de la peine, Rébecca ?

– Qu'importe ? Qui se soucie de la peine que j'ai ? Un bouquet d'un jardinier indifférent est préféré aux fleurs que je soignais depuis trois semaines. Je peux tenir compagnie à mes fleurs; personne ne les veut. »

Je me rappelai que Lettie portait des fleurs de serre; elle était nerveuse et surexcitée par l'attente de la soirée. J'imaginai son vif : « Oh ! non merci, Rébecca, on m'a envoyé un bouquet ! »

« N'y fais pas attention, Becky, dis-je, elle est nerveuse ce soir.

– Et je suis vite oubliée.

– Nous le sommes tous, Becky... Tant mieux ! »

A Highclose, Lettie fit sensation. Elle était la plus distinguée des beautés du pays. Elle allait et venait, éclatante et théâtrale. Leslie était sous le charme et ne cachait pas son admiration; il était fier d'avoir si bien choisi l'objet de ses amours. Tous deux se regardaient dans les yeux quand ils se rencontraient; et triomphants, surexcités, échangeaient des regards espiègles. Ces manifestations publiques plaisaient à Lettie; elles avivaient la flamme de son amour. A cette tendresse, Leslie répondait de tout son cœur. Pendant ce temps la maîtresse de maison, magnifique et volumineuse, assise près de ma mère, accordait sa protection à cette aimable petite femme qui souriait ironiquement tout en regardant Lettie.

C'était une soirée splendide; tout était éblouissant. Je dansai beaucoup; j'embrassai mes danseuses sous le gui; deux d'entre elles se jetèrent les premières à mon cou, cependant tout se passa très correctement.

Nous rentrâmes au matin; c'était Noël. Lettie, chaudement emmitouflée de sa sortie de bal, avait fait une promenade dans le bosquet avec son fiancé. Ses gestes étaient vifs; elle était éclatante. Leslie lui dit adieu avec tant de grâce, d'une voix si musicale qu'il en paraissait presque beau. Je ne pus m'empêcher d'avoir de l'affection pour lui. Lettie se montrait tendre. A l'endroit où notre chemin se sépare de la grande route, John cria : « Merci »; penchés à la portière nous aperçûmes les deux jeunes garçons qui revenaient de la mine. La clarté de la lanterne tombait sur eux. C'était dans la nuit deux silhouettes grotesques, barbouillées de suie et tachées de flocons de neige. D'une voix joyeuse ils crièrent leurs souhaits.

Lettie penchée vers eux leur fit des signes.

« Hurrah », crièrent-ils.

Au milieu des clameurs de joie, Noël parut.

LA MAJORITÉ DE LETTIE

LETTIE avait vingt et un ans le lendemain de Noël. Le matin, ses cris de désespoir m'éveillèrent : la neige, tombée en abondance, accroissait la froide lumière du matin, éveillant en sursaut l'aube aux pas lents. Le lac était noir comme les yeux ouverts d'un mort; les bois étaient noirs comme la barbe d'un mort.

Un lapin d'un bond sortit du fourré, et consterné fit la culbute; des petits oiseaux se cachèrent dans la profondeur et s'enfuirent en un tourbillon, terrifiés par la trahison universelle de la terre. La neige était haute de quarante centimètres et formait çà et là de gros tas.

« Personne ne viendra, se lamentait Lettie, car c'était le jour de sa réception.

– En tout cas, il y aura toujours Leslie, dis-je.

– Une seule personne! s'écria ma sœur.

– Ne suffit-il pas ? dis-je; sûrement Georges viendra, bien que je ne l'aie pas vu depuis deux semaines. En quinze jours il n'a pas passé une seule soirée chez lui, paraît-il.

– Pourquoi ?

– Je ne sais pas. »

Lettie s'en alla demander à Rébecca, pour la centième fois, si elle croyait que ses invités viendraient. En tout cas, la servante supplémentaire engagée pour la journée tint parole.

Dix heures venaient de sonner lorsque Leslie arriva, rouge, les yeux brillants. Il resta longtemps devant la porte, à taper du pied et à frapper ses guêtres avec sa canne. Dans la cuisine, Lettie demandait à grands cris qui était là, et le visiteur lui ordonnait d'une voix haute et joyeuse de venir voir. Elle obéit, et accueillit son fiancé avec effusion.

« Ah ! ma petite femme ! dit-il en l'embrassant. Vous êtes une femme, je le déclare ! Contemplez-vous dans le miroir... Qu'y voyez-vous ?

– Vous, qui me regardez en riant !

– Ah ! mais regardez-vous !... Là !... Vous avez plus peur de vos yeux que des miens, n'est-ce pas vrai ?...

– Oui, avoua-t-elle; et il l'embrassa, transporté de joie.

– C'est votre anniversaire.

– Je le sais, répondit Lettie.

– Moi aussi. Vous m'avez fait une promesse.

– Laquelle ?...

– Là !... regardez si cela vous plaît ! »

Il lui tendit un petit écrin. Lettie l'ouvrit, et d'un geste instinctif glissa la bague à son doigt. Le jeune homme eut un mouvement de plaisir. Elle leva les yeux, en riant à perdre haleine.

Il la prit dans ses bras... Un moment après, lorsqu'ils purent reprendre une conversation raisonnable, elle dit :

« Croyez-vous que mes invités viendront ?...

– J'espère bien que non !...

– Oh ! si... Tout est prêt !...

– Tant pis !... Dix mille personnes aujourd'hui !...

– Pas tant !... Cinq ou six, seulement. Je serais furieuse s'ils ne venaient pas !...

– Ils sont indispensables à votre bonheur ?

– Nous les avons invités, tout est prêt, et j'avais envie de donner une matinée... Vous croyez vraiment qu'ils ne viendront pas ?...

– Certes, s'ils ont le moindre bon sens !...

– Vous pourriez m'aider... » Et elle fit la moue.

« Vous avez bien envie d'avoir une pleine maison de gens aujourd'hui ?

– C'est mon anniversaire, je voulais tant le fêter... En tout cas, je sais que je puis compter sur Tom Smith, et je suis presque sûre qu'Emilie Saxton viendra aussi. »

Leslie mordit sa moustache avec colère, et finit par dire :

« Je vais envoyer John, il les ramènera.

– Cela dérangera beaucoup ?

– Pas du tout.

– J'ai l'impression d'avoir mis un lien à mon doigt pour me rappeler quelque chose ! » dit la jeune fille en faisant tourner la bague autour de son doigt.

Après le déjeuner, lorsque nous fûmes seuls, Lettie resta assise; elle jouait nerveusement avec sa bague.

« Elle est jolie, n'est-ce pas, maman ? dit-elle d'une voix triste.

– Oui, très jolie. Leslie m'a toujours plu ! répondit ma mère.

– Mais elle est lourde, elle me gêne. J'ai envie de l'enlever.

– Tu es comme moi : je n'ai jamais pu supporter les bagues ! Il m'a fallu plusieurs mois pour m'habituer à mon alliance...

– Je suis contente que ce ne soit pas encore une alliance !...

– Leslie dit que c'est pareil, fis-je remarquer.

– Oui... Mais, cependant, c'est différent. » Elle cacha les pierres sous son doigt, et regarda l'anneau d'or uni, puis elle se hâta de faire tourner la bague, en disant :

« Je suis contente que ce ne soit pas cela, pas encore... Je commence à me sentir une femme, petite mère, je suis une grande personne aujourd'hui !... »

Ma mère se leva brusquement, et elle embrassa Lettie avec ardeur :

« Je dis adieu à ma petite fille », s'écria-t-elle d'une voix que les larmes étouffaient. Lettie l'étreignit, sanglota doucement, cachée dans le sein maternel. Puis, elle leva son visage baigné de larmes, et embrassa ma mère en murmurant :

« Non, mère... non, non, non... ! »

Vers trois heures, la voiture amena Leslie et Marie. Lettie était dans sa chambre, Marie courut la rejoindre.

« O Lettie ! Vous ne pouvez imaginer combien il est ému ! Je l'ai accompagné chez le bijoutier; n'est-ce pas qu'elle est belle ? Laissez-moi vous aider à vous coiffer; toutes ces ondulations, ce sera charmant ! Vous avez de beaux cheveux... Ils sont si vivants, c'est dommage d'en faire une torsade... J'aimerais que mes cheveux soient plus longs... Comment trouvez-vous ma coiffure ? C'est chic, n'est-ce pas ? Ces petites boucles sont ravissantes, c'est long à faire, mais ce sera délicieux. Mes yeux, mes sourcils et mes cils sont ce que j'ai de mieux, ne trouvez-vous pas ? »

Marie, délicieuse petite fille, gazouillait... Je descendis. Leslie tressaillit lorsque j'entrai, mais voyant que j'étais seul, il se remit à contempler le feu, accoudé sur ses genoux.

« Que diable fait-elle ? demanda-t-il.

– Elle s'habille.

– Alors, nous pouvons attendre !... Quelle scie, ces gens qui viennent !...

– Nous nous amusons toujours.

– Oh ! c'est très bien !... Nous ne sommes pas dans le même bateau, vous et moi...

– C'est vrai !... répondis-je en riant.

– Sapristi, Cyril, vous ignorez ce que c'est que l'amour !... Je ne croyais pas, je n'avais jamais imaginé que c'était ainsi... Du haut en bas, il brûle le sang; la femme que vous aimez !... » Leslie fixa le feu, et reprit :

« L'amour pèse sur vous et vous harcèle, on n'a plus un moment de tranquillité !... »

Il retomba dans ses réflexions.

« Puis, tout à coup, vous pensez à ses baisers, et votre sang prend feu... »

Il rêva un moment, ou plutôt sembla évoquer ses sensations.

« Vous savez, dit-il, je ne crois pas qu'elle m'aime autant que je l'aime...

– Le voudriez-vous ?...

– Je l'ignore !... Peut-être pas, mais je ne crois pas qu'elle m'aime... »

Il alluma une cigarette pour se calmer, un silence tomba. Puis, les jeunes filles descendirent. Nous entendîmes leur léger bavardage... Lettie entra. Son fiancé se leva d'un bond et la contempla; son cou était nu, elle était vêtue d'une moelleuse soie blanche; comme l'avait promis Marie, sa coiffure était ravissante. Ma sœur riait nerveusement, et se réchauffait comme une fleur au soleil, à l'admiration ardente de Leslie. Le jeune homme alla à elle, et l'embrassa.

« Que vous êtes belle !... » dit-il.

Pour toute réponse, elle se mit à rire. Il l'attira vers le grand fauteuil, et l'y fit asseoir, près de lui. Elle était indulgente, et Leslie rayonnait. Il prit sa main et la contempla, ainsi que la bague qu'elle portait.

« Quel est le symbole des saphirs et des brillants ? Je ne le connais pas.

– Moi non plus !... Le bleu est le signe de l'espoir, car dans *La Reine des Fées,* Sperenza porte une robe bleue. Et les brillants symbolisent la clarté cristalline de mon cœur.

– Sa splendeur et sa dureté, vous voulez dire !... Vous êtes une dure petite fiancée !... Mais pourquoi « Espoir » !...

– Pourquoi ?... Les choses ont-elles une raison ?... Non, ce n'est pas cela... L'espérance !... Un bandeau sur les yeux, serrant contre son cœur une harpe ridicule, sans cordes !... Je me demande pourquoi elle n'a pas jeté la carcasse de sa harpe par-dessus le globe, enlevé le mouchoir de ses yeux, et regardé autour d'elle !... Mais naturellement c'était une femme, et une femme imaginée par un homme !... Je crois que la plupart des femmes peuvent glisser un regard sous le mouchoir d'espoir qui leur couvre les yeux; elles pourraient enlever le bandeau, mais elles s'en gardent bien, les chéries !...

– Vous ne savez pas ce que vous dites, et moi non plus ! Les saphirs rappellent la couleur de vos yeux et « le bleu n'est-il pas l'emblème de la Fidélité ?... ». C'est quelque chose comme cela...

– Alors, dit-elle en retirant la bague, portez-la vous-même, Fidèle, pour m'obliger à vous garder ma foi !...

– Gardez-la, gardez-la !... Grâce à elle, vous êtes plus captive que la belle jeune fille liée à un arbre, dans le tableau de Millais; je crois que c'est de Millais... »

Elle riait aux éclats.

« Quelle comparaison !... Quel sera le brave chevalier qui viendra me délivrer discrètement !... par-derrière ?

– Ah ! qu'importe !... vous ne désirez pas qu'on vous délivre, je suppose ?

– Pas encore », répliqua-t-elle, taquine.

Ils continuèrent à dire des bêtises; leurs regards rapides, leurs gestes, le chaud contact de leurs corps rapprochés les incitaient à l'éloquence. Bientôt toute ironie mourut dans la voix de Lettie; ils ne parlèrent plus que d'amour.

Marie m'entraîna dans la salle à manger pour les laisser seuls. Marie est une charmante petite fille; tout en elle est gentillesse, sur son visage on lit une confiante bonté. Ses cheveux noirs retombent en torsades ondulées sur son cou. Sa coiffure et sa robe sont toujours légèrement démodées. C'est une femme en bouton, conservatrice, qui a le sentiment des convenances et une douce indulgence. Elle me souriait, charmée par l'idylle sur laquelle elle venait de répandre sa grâce, mais sa réserve ne lui permettait pas d'en parler. Elle jeta un coup d'œil dans la pièce, regarda par la fenêtre et dit :

« J'aime Woodside; c'est reposant, il y a quelque chose de rassurant qui réconforte. Je viens de lire Maxime Gorki.

– Ce n'est pas une lecture pour vous, répondis-je.

– Papa le lit, mais je ne l'aime pas. Je ne le lirai plus. J'aime Woodside. Tout y est si vieux, si doux et serein, cela rassure.

– Oui, dis-je, nous vivons normalement, sans cruauté et sans prodigalité, comme des colombes dans un colombier.

– Oh ! des colombes, ce sont des oiseaux sans caractère.

– Mais si jolis ! Vous leur ressemblez, avec ce ruban noir autour de votre cou. Vous êtes une tourterelle, et Lettie est une palombe.

– Lettie est superbe. Quel entrain elle a, quelle supériorité ! Je voudrais avoir sa force, elle va droit dans la bonne voie. Elle est magnifique ! »

Son admiration enthousiaste pour ma sœur me faisait rire. Marie est une petite fille douce et ardente. Elle alla à la fenêtre. Je l'embrassai et je pris deux baies dans le gui. Je lui fis un nid dans les lourds rideaux et elle s'y assit pour regarder la neige.

« C'est charmant, dit-elle, rêveuse. Il faut être malade pour écrire comme Gorki.

– Ou vivre en ville, dis-je.

– Oui, mais voyez Hardy, dans ses livres, la vie paraît terrible, ce n'est pas vrai n'est-ce pas ? Elle est aussi douce que le paradis.

– Le paradis des Esquimaux peut-être. Et nous sommes les anges; je suis un archange.

– Non, vous êtes un homme vain et frivole. Qu'est-ce qui bouge dans les arbres ?

– Voici quelqu'un », dis-je.

C'était un personnage gros et grand qui se frayait un chemin au milieu des buissons.

« Comme il marche drôlement », s'écria Marie.

C'était vrai. Quand il fut plus près, nous vîmes qu'il avait des patins indiens. Marie éclata de rire, le regarda encore et se cacha dans le rideau en riant.

Rouge et suant, le nouveau venu tirait les grands patins et traînait ses pieds dans la neige; son corps roulait d'une façon comique. Je le fis entrer tandis que Marie se tapotait le visage pour effacer les traces du rire.

Il serra ma main de sa main couverte d'un gant très grand et très épais, puis essuya son front inondé de sueur.

« Mon vieux Beardsall, comment ça va ? Mon Dieu, que j'ai chaud ! Mais c'est une idée merveilleuse. »

Il me montra ses patins.

« Epatant, n'est-ce pas ? Je ressemble à un guerrier indien. »

Il roulait les *r* et allongeait indéfiniment les mots.

Quand il eut enlevé son pardessus et le cache-nez blanc qui protégeait son col, semé autour de lui des flocons de neige que Rébecca accueillait presque comme un affront personnel, il s'assit pour se débarrasser de ses guêtres et de ses souliers, puis il mit ses escarpins de bal et je le fis monter.

« J'ai volé comme une hirondelle », continua-t-il, et je regardai son gros corps.

« Je n'ai pas rencontré un chat, bien qu'il y ait un chasse-neige sur la route; j'ai vu des traces de roues dans l'avenue, et j'ai deviné que les Tempest étaient ici. Ainsi Lettie a mis son nez dans la musette de Tempest, les femmes ont des goûts bizarres, elles sont comme les pies, elles cherchent ce qui brille, je ne les blâme pas, seulement cela diminue nos chances. Madie Howitt vient, je suppose ? »

Je risquai une remarque sur la neige.

« Elle viendrait quand la neige lui monterait jusqu'au cou, dit-il, sa mère m'a vu passer. »

Il continua sa toilette. Je lui appris que Leslie avait envoyé la voiture à Alice et à Madie.

Il donna une tape sur ses grosses jambes et s'écria :

« Mademoiselle Gall, cela sent la poudre ! mon vieux Beardsall, que de plaisirs en perspective. Madie et la timide Tempest et... » Il siffla un air de café-concert entre ses dents.

Tout en parlant il avait ajusté son gilet crème et mauve.

« C'est une petite fille qui l'a fait, un amour de petite fille, qui avait le gros béguin pour moi. »

Il avait arrangé sa cravate blanche et glissé deux bagues à ses gros doigts blancs, et après avoir caressé les ondulations prétentieuses de ses cheveux, il sortit d'une boîte un œillet blanc entouré de verdure; il épousseta ses souliers vernis avec un mouchoir de soie, enfin, pinçant les lèvres, satisfait de lui-même, il s'examina dans la glace. Il pouvait maintenant se présenter.

« Le vieux Pluton et toute sa séquelle n'auraient pu m'empêcher de venir, Lettie. J'ai glissé jusqu'ici comme un guerrier, comme Hiawatha qui s'élance vers Minnehaha[1].

– Avez-vous apporté votre musique ? demanda ma mère.

– Je voudrais être Orphée. »

Il prononçait les mots avec une emphase que lui avait donné l'habitude du chant.

« Vous êtes un veinard, Tempest. Est-elle aussi bonne que belle ?

– Qui ? »

1. Allusion à un poème de Longfellow.

Will plissa son visage sensuel et lisse qui semblait ignorer le rasoir.

La sonnette retentit et Lettie sortit avec Marie.

« C'est une houri ! s'écria William, c'en est fait de moi ! C'est une fleur de lotus ! Mais est-ce votre bague qu'elle porte, Tempest ?

– A bas les pattes, dit Leslie.

– Ne faites pas l'idiot, ajoutai-je.

– Oh, oh, oh, oh ! gémit William, il nous faut donc chercher ailleurs ! Le bel homme sans merci[1] ! »

Il poussa un profond soupir et passa la main sur ses cheveux sans quitter le miroir des yeux. Puis il ajusta ses bagues et alla au piano. Il commença par quelques brillants accords. Ensuite, il choisit les chansons de Tchaïkovski dans le casier à musique. Il commença le long prélude d'une chanson, et l'abandonna pour une sérénade de don Juan. Il se mit enfin à chanter. Il a une belle voix de ténor, plus douce, plus mélodieuse, et moins forte que celle de Leslie. La porte s'ouvrit. William adoucit sa voix mais ne jeta pas un regard sur les nouveaux arrivants.

« Délices ! Chœur des anges ! » s'écria Alice ; debout sur le seuil de la porte, les yeux levés au ciel, elle joignait les mains, pareille à une sainte.

« Perséphone, Europe », murmura Madie qui, près d'elle, s'embrouillait dans sa mythologie.

Alice, extasiée, pressa de nouveau ses mains jointes sur son sein, tandis que les accents de Will s'élevaient.

« Tenez-moi, Madie, ou je me précipiterais dans les bras de cette sirène. »

Elle se cramponna à Madie. La chanson finie, Will se retourna.

« Calmez-vous, mademoiselle Gall, dit-il, j'espère que vous n'êtes pas atteinte trop gravement.

1. Allusion à un poème de Dante-Gabriel Rossetti.

– Oh ! comment pouvez-vous dire : « Calmez-vous »; comment la bête sauvage peut-elle être calme ?

– Je vous plains, dit William.

– Vous êtes la cause de mon émoi, mon garçon, répliqua Alice.

– Je ne croyais pas que vous viendriez, reprit Madie.

– J'ai glissé ici comme un guerrier indien, dit Will, comme Hiawatha qui s'élance vers Minnehaha. Je savais que vous viendriez.

– Vous le saviez, minauda Madie, mon cœur a battu lorsque j'ai entendu le piano. Il y a un an que je ne vous ai vu. Comment êtes-vous venu ?

– Avec des patins indiens, dit-il, ils viennent du Canada, ils sont épatants.

– Oh ! mettez-les, donnez-nous une représentation, cher Billy, cria Alice.

– Que j'affronte le froid et les frimas, pas de danger !... »

Il entama une conversation avec Madie.

Alice bavardait avec ma mère. Bientôt Tom Smith arriva et s'assit près de Marie; ses pénétrants yeux bruns par-dessus ses lunettes jetaient un regard de mépris à William et se posaient pleins de crainte sur Leslie et Lettie.

Georges et Emilie arrivèrent presque aussitôt. Ils étaient intimidés. Quand ils eurent changé de chaussures et enlevé leurs guêtres, ils se montrèrent peu pressés d'entrer au salon. Georges avait mis des souliers de bal; sa sœur partageait ma surprise.

Emilie, le teint animé par le froid, avait une robe bordeaux qui s'harmonisait à sa beauté voluptueuse. Les vêtements de Georges étaient bien coupés; il était difficile sur ce point, étant un peu vaniteux. Il portait un veston et une cravate foncée. Les autres hommes étaient en tenue de soirée.

On les fit entrer dans le salon; la lampe n'était pas

allumée et le feu rayonnait dans l'ombre. Le tapis relevé laissait voir le parquet ciré, et la pièce paraissait grande et spacieuse, car on avait emporté quelques meubles.

Après avoir serré la main à tout le monde, les nouveaux arrivés s'assirent près du feu.

Mère causa un moment avec eux, puis on alluma les bougies du piano, et Will se mit à jouer.

C'est un pianiste parfait, plein de délicatesse et de poésie; on ne peut le nier, si surprenant que ce soit!

Mère sortit pour s'occuper du goûter. Bientôt Lettie alla rejoindre Emilie et Georges et s'assit près d'eux sur une chaise basse. Leslie près de la baie vitrée regardait le ciel presque violet et la pelouse où la neige bleuissait.

Lettie posa ses mains sur les genoux d'Emilie et dit doucement :

« Regardez, elle vous plaît?

– Quoi! Fiancée? s'écria Emilie.

– Je suis majeure, voyez-vous, annonça Lettie.

– Qu'elle est belle! Vous me permettez de l'essayer? Je n'ai jamais eu de bague. Elle ne passe pas à mon doigt, ça ne m'étonne pas. Comme mes mains sont rouges, c'est le froid, oui, elle est trop petite pour moi. Je l'aime beaucoup. »

Georges regardait le jeu des quatre mains sur les genoux de sa sœur; deux étaient blanches et fascinantes dans le crépuscule; les deux autres rouges, épaisses, nerveuses et presque crispées. La bague passait d'une main à l'autre et parfois étincelait aux dernières clartés du jour ou à la lueur des bougies.

« Félicitez-moi », dit Lettie très bas.

Deux personnes seulement comprirent qu'elle s'adressait à Georges.

« De tout mon cœur, répondit Emilie.

– Et vous? reprit ma sœur en se tournant vers le jeune fermier qui gardait le silence.

– Que voulez-vous que je dise ? demanda-t-il.

– Ce que vous voudrez.

– Plus tard, lorsque j'aurai réfléchi.

– L'esprit de l'escalier », dit Lettie en riant, et Alice répéta ses vieux sarcasmes sur la lenteur de Georges.

« Quoi ? » s'écria celui-ci, réveillé par cette raillerie.

Lettie se sentait coupable de trahison; elle remit la bague à son doigt et elle alla retrouver Leslie; le bras sur l'épaule du jeune homme, la tête contre lui, elle chuchota quelques mots à son oreille. Le pauvre garçon était enchanté, car elle ne lui manifestait pas souvent son affection.

Le thé était servi. La lampe voilée de jaune jetait une douce clarté sur la table; des roses de Noël s'épanouissaient au milieu de feuilles sombres, les porcelaines, l'argenterie et les plats multicolores brillaient. Nous étions joyeux, spirituels; comment ne pas l'être quand on est assis à une table bien servie, entouré de jeunesse et que la neige tombe au-dehors ? Georges mal à l'aise contemplait ses mains étalées sur la table, mais tous les autres s'amusèrent de bon cœur.

La conversation tomba sur le mariage.

« Lettie, s'écria Will Bancroft, vous vous rappelez la petite rousse qui était au collège en même temps que nous. Elle vient d'épouser le vieux Craven.

– Je lui souhaite du bonheur ! dit Lettie. N'était-ce pas une de vos anciennes passions ?

– J'en ai tant eu, répondit-il en souriant; vous en souvient-il, vous avez eu votre heure ?

– Que c'était drôle, s'écria Lettie, nous allions dans la pépinière, à l'heure du dîner. Vous avez duré la moitié d'un automne. Vous rappelez-vous le concert que nous avons donné avec Frank Wishaw dans la petite salle de conférence ?

– Et le soir où Wishaw envoya le vieux Gettim chercher une voiture pour vous conduire à la gare; jamais chose pareille ne s'était vue, Wishaw a fait votre conquête avec cette voiture, n'est-ce pas ?

– Oh ! comme je me pavanais, cria Lettie. Vous étiez tous sur l'escalier, bouche bée. Mais Frank Wishaw n'était pas agréable bien qu'il jouât admirablement du violon. Je n'aimais pas ses yeux.

– Non, ajouta Will, il ne fit pas long feu, n'est-ce pas, mais assez pour m'évincer. Nous avons passé du bon temps au collège.

– Pas mauvais, dit Lettie, mais que de stupidités ! J'ai bien perdu mes trois ans d'études, j'en ai peur.

– Je crois, dit Leslie en souriant, que vous avez mis à profit ces heures joyeuses. »

Il lui plaisait qu'elle eût été coquette, puisque ces coquetteries innocentes ne faisaient qu'ajouter à la gloire de sa conquête définitive.

Pendant cet échange de souvenirs, Georges se sentit oublié.

Après le thé, on passa au salon qu'éclairait seule la lueur du feu. Nos invités découvrirent le gui; il eut beaucoup de succès.

« Georgie, Cyril; Cyril, Georgie, venez m'embrasser », criait Alice.

Will s'avança pour lui rendre hommage. Elle courut à moi en disant :

« Arrière, grand sot, restez sur vos terres. Georgie, venez m'embrasser, puisque vous n'avez que moi. Ne fuyez pas, que m'importe votre laideur ! »

Elle l'embrassa sur les deux joues, en lui chuchotant tout bas :

« Ne soyez pas si grave, mon vieux, courage, soyez gentil. »

La lampe fut allumée et des charades organisées; Leslie, Lettie, Will, Madie et Alice étaient les acteurs. Le premier tableau montrait un enlèvement suivi d'un mariage à Gretna Green; Alice, de son rôle de servante fit une caricature parfaite. La représentation était bruyante et très drôle. Leslie était en verve. Mais plus il s'animait, plus il se démenait avec énergie, plus Lettie perdait son entrain. Son amertume transforma en petite tragédie le second tableau que les autres jouaient en mélodrame endiablé. Ils sortirent et Lettie nous envoya des baisers de la porte.

« Qu'elle joue bien ! dit Marie.

– Avec beaucoup de réalisme, répliqua Tom.

– Elle a toujours su jouer la comédie, remarqua mère.

– Elle pourrait choisir, je crois, le rôle qu'elle voudrait dans la vie et le remplir à la perfection, dit Emilie.

– Je le crois aussi, répondit mère, mais pendant les entractes le miroir lui révélerait qu'elle ne joue qu'un rôle.

– Que ferait-elle alors ? demanda Marie.

– Elle serait désespérée et attendrait que la crise soit passée. » Le sourire de ma mère était expressif.

Les acteurs revinrent. Lettie s'effaçait à dessein. Leslie jouait brillamment, son talent surprenait tout le monde. On applaudit, mais nous ne pûmes deviner le mot; alors après de grands éclats de rire on nous le dit; nous réclamâmes une autre charade.

« Allez-y, mon chéri, dit Lettie à Leslie, et j'aiderai à arranger le salon pour qu'on puisse danser. Je veux regarder, je suis un peu fatiguée, c'est si empoignant; Emilie prendra ma place. »

Je jouai au bridge dans un coin avec mère, Marie et Tom. Lettie dit qu'elle voulait montrer quelques nouvelles gravures à Georges et ils se penchèrent un moment sur un album. Puis elle lui demanda de l'aider à débarrasser la pièce.

« Eh bien, vous avez eu le temps de réfléchir, lui demanda-t-elle.

– Pas assez, répliqua-t-il, que dirai-je ?

– Avouez-moi à quoi vous pensiez.

– A vous, répondit-il en souriant bêtement.

– Mais quoi ? insista-t-elle avec hardiesse.

– Je pensais à votre vie d'étudiante.

– Oh ! que je me suis amusée ! J'avais un tas d'amoureux, je les aimais, puis je découvrais qu'ils n'avaient rien en eux, et alors je m'en fatiguais...

– Pauvre gosses, dit Georges en riant, étaient-ils tous pareils ?

– Tous; et ils le sont encore !

– C'est dommage, reprit-il avec un sourire, c'est dur pour vous.

– Pourquoi ? demanda-t-elle.

– Il ne vous reste personne à aimer. Vous tirez en l'air et vous dites que nous sommes des cartouches sans poudre, à l'exception d'un seul, bien entendu.

– Vous ? dit-elle ironique, oh ! vous feriez long feu.

– Je n'ai que l'esprit de l'escalier, reprit-il avec amertume, mais vous saviez que je vous aimais. Vous le saviez bien. »

Pour toute réponse, Lettie tendit sa main et lui montra sa bague avec un calme sourire.

Georges la regarda fixement, aveuglé par la colère.

« Voulez-vous mettre dans ce coin les tabourets et les tapis », dit-elle.

Il obéit, mais revint et prononça d'une voix basse et passionnée :

« Je n'ai jamais compté pour vous. Dans vos calculs je n'ai été qu'un zéro.

– Voyez, cette chaise gênera », répondit Lettie d'un ton calme; mais elle rougit et courba la tête. Elle s'éloigna et Georges traîna une brassée de petits tapis dans un coin.

Quand les acteurs entrèrent, Lettie changeait de place un vase de fleurs. Pendant la représentation, elle souriait et applaudissait. Le tableau fini, Leslie vint lui chuchoter quelques mots à l'oreille; elle l'embrassa sans être vue, portant ainsi à son comble la joie du jeune homme. Puis ils allèrent préparer l'acte suivant.

Georges restait à l'écart; Lettie l'appela à son aide. Une vive rougeur couvrait ses joues.

« Comment saviez-vous que vous ne comptiez pas ? » dit-elle nerveusement; elle ne pouvait résister à la tentation de jouer ce jeu défendu.

Il se mit à rire et sur le moment ne trouva rien à répondre.

« J'en suis sûr, je vous appartenais corps et âme; vous le saviez, aussi vous étais-je indifférent.

– Nous suivons les traditions, répondit-elle avec ironie.

– Mais, si je vous ai aimée, c'est votre faute ! Vous avez joué avec moi, et vous m'avez ouvert les yeux sur un tas de choses; ces matinées... pendant que j'attachais le blé, que je cueillais les pommes ou que je finissais la meule, vous veniez : je n'oublierai jamais ces matinées, elles ont tout changé dans ma vie ! Vous m'avez éveillé. Jamais je n'avais rien imaginé de semblable.

– Ah ! que je regrette, que je regrette !

– Non, il ne faut pas... Mais que vais-je devenir ?

– Quoi ? » demanda Lettie, étonnée.

Il sourit encore; il était un peu dramatique, quoique absolument sincère.

« Oui, vous avez fait naître en moi tant d'espoirs, et voilà que vous m'abandonnez. Que vais-je faire ?

– Vous êtes un homme », répondit Lettie.

Georges se mit à rire.

« Que veut dire cela ? demanda-t-il avec mépris.

– Vous pouvez aller où bon vous semble.

– Ah ! nous verrons. »

Ils continuèrent leur besogne. Dans le vestibule, Lettie se tourna vers Georges et lui dit d'une voix altérée :

« Ah ! j'ai tant de regrets, j'ai tant de regrets !

– Qu'importe ! qu'importe ! » dit tout bas le jeune homme.

Le rire des acteurs résonnait. Lettie retourna dans le salon en disant tout haut :

« Je crois que tout est prêt, nous pouvons nous asseoir. »

Quand la dernière charade eut été jouée, Leslie chercha sa fiancée.

« Eh bien, madame, êtes-vous contente de me revoir ?

– Oui, dit-elle; je ne veux plus que vous me quittiez.

– Je le promets », répondit-il en l'attirant à lui.

L'irruption d'Alice dans le salon tranquille fit l'effet d'une brillante lumière dans un poulailler endormi. Tous se levèrent d'un bond, et, désireux de faire quelque chose, demandèrent à danser.

« Emilie, jouez une valse; vous voulez bien, Georges ?

– Vous ne dansez pas, Tom ?

– Dansez avec moi, Alice, dit Georges en souriant, et Cyril conduira Mlle Tempest. »

Nous nous mîmes à danser. J'aperçus le regard de Lettie et je me retournai. Georges dansait avec Alice, il dansait assez bien. Lettie ne prêtait aucune attention aux paroles de son fiancé; ses yeux ne quittaient pas les deux danseurs qui riaient. Enfin elle alla à Georges.

« Quoi, dit-elle, vous savez danser !

– Ça vous étonne ! répondit le jeune homme, vous m'avez promis un menuet et une valse, l'avez-vous oublié ?

– Non, mais...

– J'ai pris des leçons à Nottingham.

– Pourquoi ?

– Parce que !

– Bon; Leslie, une mazurka. Voulez-vous jouer, Emilie ? Oui, c'est très facile. Tom, comme votre conversation avec mère semble intéressante ! »

Nous dansâmes la mazurka sans changer de danseuses. Georges s'en tira mieux que je ne m'y attendais; il manquait de souplesse, mais ne montrait pas trop de gaucherie; il dansait assez vite tout en riant d'un air distrait avec Alice.

Puis Lettie demanda à changer de danseurs et prit le bras de Georges pour la valeta. Le sourire du jeune fermier était triomphant.

« Félicitez-moi, dit-il.

– Je suis surprise, répondit-elle.

– Moi aussi. Mais je m'adresse des félicitations.

– Vraiment ? Alors j'y joins les miennes.

– Merci. Vous commencez enfin à croire en moi.

– Ne recommencez pas à parler de choses sérieuses, supplia-t-elle tristement.

– Aimez-vous danser avec moi ? demanda-t-il.

– Allons, restez tranquille. Que diriez-vous d'épouser Alice, bientôt ?

– Moi, Alice ! Lettie ! Je n'ai que cent livres au monde et aucun avenir, je n'épouserai donc personne, à moins que ce ne soit une riche héritière.

– Je possède environ deux mille livres à moi.

– C'eût été parfait, dit-il en souriant.

– Vous êtes changé ce soir, remarqua Lettie en s'appuyant sur lui.

– Vrai ? c'est parce que les choses ont changé aussi. Elles se sont arrangées, pour le moment du moins.

– Attention aux deux pas », dit Lettie avec un sourire, et elle ajouta d'une voix grave :

« Je ne pouvais agir autrement.

– Pourquoi ?

– A cause de mon éducation, j'attendais ce destin, tout le monde l'attendait; on est obligé de faire ce que les gens attendent de vous, on ne peut s'en empêcher. Nous n'agissons pas par nous-mêmes, nous sommes les pièces d'un jeu d'échecs, dit-elle.

– Oui, convint Georges un peu hésitant.

– Je me demande comment tout cela finira.

– Lettie, s'écria Georges; et sa main étreignit la sienne.

– Non, ne dites rien, ce n'est pas la peine, il est trop tard. C'est fait; ce qui est fait est fait. Si vous dites encore un mot, j'annoncerai que je suis fatiguée et je cesserai de danser. Ne dites plus rien. »

Il obéit. La valeta prit fin. Alors Georges choisit Marie comme danseuse et, valsant avec elle, il retrouva son entrain.

Pendant le reste de la soirée, il fut surprenant d'animation et d'insouciance. A souper, il mangea de tout et but beaucoup de vin.

« Un peu de dinde, monsieur Saxton ?

– Merci, donnez-moi de cette gelée brune, je vous prie. C'est nouveau pour moi.

– Un peu de crème fouettée, Georget ?

– Je veux bien, vous êtes un bijou.

– Vous aussi, vous serez demain une topaze jaune.

– Ah ! laissons demain tranquille. »

Après le souper Alice s'écria :

« Georget, mon cher, avez-vous fini, n'imitez pas le roi Jean; que ferais-je si vous mouriez comme lui ? Je ne puis me passer de vous, mon mignon.

– Vous m'aimez tant que cela ?

– Oui, pour vous, je jetterais mon beau chapeau du dimanche sous une charrette.

– Non, jetez-vous vous-même dans la charrette, un dimanche lorsque je conduirai.

– Oui, venez nous voir », dit Emilie.

Enfin la voiture arriva; et Alice, Madie, Tom et Will se préparèrent à partir; Alice dit longuement adieu à Lettie, envoya à Georges plusieurs baisers, lui promit son amour fidèle, et disparut.

Georges et Emilie s'attardèrent un moment.

Le salon semblait vide et tranquille, tout le rire avait fui. La conversation était lente; une gêne pesait sur nous.

« Eh bien, dit lourdement Georges, aujourd'hui est presque fini, ce sera bientôt demain. Je suis un peu gris. Nous avons passé une bonne soirée.

– Je suis contente », dit Lettie.

Le frère et la sœur mirent leurs galoches et leurs guêtres, s'enveloppèrent de leurs manteaux; ils étaient debout dans le vestibule.

« Il faut partir, dit Georges, avant que la pendule sonne, comme Cendrillon : regardez mes pantoufles de vair. » Il montra ses galoches. « Minuit, les haillons et la fuite. C'est tout à fait cela. Je suis une Cendrillon à la manque. Je crois que j'ai un peu trop bu, le monde est drôle. »

Nous regardions les collines livides comme des fantômes, de l'autre côté de Nethermere.

« Au revoir, Lettie, au revoir. »

Ils étaient dehors au milieu de la neige qui s'étalait pâle et fantastique dans les profondeurs du bois sombre.

« Au revoir », criait Georges déjà perdu dans les ténèbres.

Leslie fit claquer la porte et attira Lettie dans le salon. Ses chuchotements vibrants de joie arrivaient jusqu'à nous. Puis du pied il ferma la porte. Lettie se mit à rire, à se moquer, à parler d'une voix contrainte. Leurs rires trop disparates faisaient en se mêlant un bruit étrange. Puis la voix de Lettie se tut. Marie s'assit devant le petit piano, qu'on avait mis dans la salle à manger, et fit résonner les vieilles notes fausses et chevrotantes. C'était un son mélancolique au milieu des débris de fête; mais elle était d'humeur sentimentale et y prenait plaisir.

Un vide séparait ce jour du lendemain, un vide lugubre; on contemplait les mornes comédies de la veille, et les tragédies grises des lendemains près d'éclore, d'un air vague, car il leur manquait l'acuité d'un réel aujourd'hui.

La voiture revint.

« Leslie, Leslie, voici John, viens », appela Marie.

Pas de réponse.

« Leslie, John attend dans la neige !

– Bon...

– Viens tout de suite. »

Elle s'approcha de la porte pour lui parler.

Il sortit tout penaud, irrité par cette interruption. Lettie le suivit en arrangeant ses cheveux. Elle ne riait pas, elle n'était pas confuse comme la plupart des jeunes filles en ces occasions; elle paraissait très fatiguée.

Enfin Leslie s'arracha à elle et après être revenu plusieurs fois prendre un baiser d'adieu, monta dans la voiture arrêtée au milieu d'une flaque de lumière jaune, tachetée et salie d'ombre; il partit en criant ses projets du lendemain.

DEUXIÈME PARTIE

FLEURS ÉTRANGES ET BOURGEONS NOUVEAUX

L'HIVER resta longtemps étendu sur la terre. Les ouvriers des mines Tempest, Warral et Cie se mirent en grève au sujet de la réorganisation du travail. La misère ne fut pas grande, car les hommes étaient, en général, prudents et sains, mais le découragement se lisait sur le visage de la région, et quelques familles souffrirent profondément.

Partout, dans les chemins et dans les rues, flânaient des groupes d'hommes oisifs et mornes. Les semaines passaient; le syndicat des mineurs organisait de grandes réunions; les prêtres ordonnaient des prières, mais la grève continuait.

Une agitation fébrile régnait. La cloche du crieur sonnait dans les rues, les serviteurs de la compagnie distribuaient des prospectus qui exposaient la question, les gens parlaient, et à mesure que s'écoulaient les mois, l'amertume et la rancœur faisaient place au désespoir. Les écoles distribuaient des déjeuners, les églises donnaient de la soupe, les gens riches donnaient des thés; les enfants se réjouissaient. Mais nous, qui voyions le visage des vieillards et les privations des femmes, nous respirions une atmosphère froide et décourageante de chagrin et d'inquiétude.

On braconnait résolument dans les bois et dans les

garennes du châtelain. Annable défendait son gibier avec héroïsme. Un homme s'était blessé à la jambe, disait-on, en tombant sur les chemins glissants : en réalité, il avait été pris dans un piège au milieu des bois. Puis, Annable arrêta deux hommes, qui furent condamnés à deux mois de prison.

Des affiches, collées sur les deux portes de Highclose, de notre côté et du côté d'Eberwich, défendaient de pénétrer dans l'avenue ou dans le parc, sous peine de punition.

Ces affiches furent couvertes de boue et remplacées par de nouvelles. Les hommes qui erraient sur la route de Nethermere regardaient avec colère Lettie qui passait, parée des fourrures noires que Leslie lui avait données : leurs remarques étaient mordantes. Lettie les entendait, et ces paroles brûlaient son cœur : elle tenait de notre mère des idées démocratiques qu'elle discutait chaudement avec son fiancé.

Puis, elle essayait de parler de la grève à Leslie; il l'écoutait avec une tendre supériorité, souriait, et disait qu'elle n'entendait rien à ces questions : les femmes s'empressent de tirer des conclusions hâtives, dès que leur sensibilité est touchée. Les hommes doivent réfléchir avant de prendre sans impétuosité, sans passion, des décisions prudentes et longuement mûries. On ne peut demander aux femmes de s'entendre aux affaires, etc. Malheureusement, Lettie n'était pas femme à traiter ainsi !

« Vraiment ! dit-elle d'un ton calme et découragé.

– Là ! vous comprenez, maintenant, Minnehaha, mon eau rieuse ? Riez, chérie, et ne vous tourmentez pas là-dessus; nous n'en parlerons plus, n'est-ce pas ?...

– Non.

– C'est bien, vous êtes un ange ! Venez... Le bois touffu est solitaire, il n'y a que nous au monde, et vous êtes mon ciel et mon univers...

– Et votre enfer ?...

– Ah ! si vous êtes si froide, que vous êtes froide !... Votre regard me donne le frisson ! Moi, je suis toujours si brûlant, Lettie !

– Eh bien ?...

– Vous êtes cruelle !... Embrassez-moi... Non, je ne veux pas votre joue ! embrassez-moi vous-même ! Pourquoi ne dites-vous rien ?

– Pourquoi parler quand on n'a rien à dire ?

– Vous êtes blessée ?...

– On dirait qu'il va neiger, aujourd'hui », répondit-elle.

Enfin, l'hiver commença à remuer ses membres, il se leva, et s'envola vers le nord avec ses tristes vêtements.

La grève était finie; les hommes avaient accepté un compromis, ce qui est une façon courtoise de s'avouer vaincu !... Mais la grève était terminée.

Les oiseaux voletaient et s'élançaient dans les airs, les chatons des noisetiers avaient détendu leur rigidité d'hiver et balançaient des glands délicats. Toute la journée, de longs et doux sifflements montaient des buissons; plus tard, les oiseaux célébrèrent leur triomphe par des cris bruyants et rieurs.

Un soir, il m'en souvient, le sein des collines palpita, le soupir annonciateur du réveil s'en exhala, l'eau brillante ouvrit ses yeux bleus. Sur le ciel infini de mars, de grands nuages arrondis avaient majestueusement vogué tout le jour; un rayonnement blanc les baignait, adouci par de faibles ombres fugitives, comme si le vol d'un ange les effleurait. Ornés des ombres calmes et soyeuses qui veinent un sein rond et blanc, les nuages tout le jour avaient voyagé, et j'étais resté attaché à la terre, plein de désirs et d'impatiences. Je pris un pinceau et j'essayai de les peindre, puis je me mis en colère contre moi-même. Je souhaitai que dans cette vallée sauvage, où les ombres des nuages voyageaient comme des pèlerins, quelque chose vînt m'arracher à ma solitude où j'étais enraciné. Tout le long du jour blanc et bleu, les nuages suspendus volèrent lentement, au-dessus de ma tête, sans prendre garde à moi.

Le soir, ils avaient tous disparu, et le ciel vide, comme une bulle bleue au-dessus de nous, flottait entre les pâles lignes de l'horizon.

Leslie arriva; il pria sa fiancée de sortir avec lui sous cette bulle merveilleuse qui s'obscurcissait. Lettie me demanda de les accompagner, et j'acceptai pour échapper à moi-même.

Il faisait chaud à l'abri des bois et dans le creux profond des collines, mais sur leur flanc en pente, le vent soufflait et fouettait notre visage brûlant.

« Attrapez-moi ces chatons d'aune, Leslie! demanda Lettie lorsque nous arrivâmes au bord de l'eau.

– Oui, ceux-ci qui pendent sur le ruisseau; ils sont pourpres comme un sang tout frais, sous la peau! Regardez, des glands d'écarlate et d'or! »

Elle montrait, sur son sein, les chatons poudreux de hêtre et d'aune. Puis, elle récita *L'Anniversaire* de Christina Rossetti.

« Je suis contente que vous soyez venu me chercher!... continua-t-elle; comme le moulin de Strelley est joli!... Il ressemble à un amas de champignons orange et écarlates, dans une image de contes de fées... Il y a longtemps que je n'y suis montée; si nous y allions?...

– Il va bientôt faire nuit! Il est plus de cinq heures et demie... J'ai vu le fils l'autre matin.

– Où?

– Il transportait du fumier!... Je me suis dépêché de passer!

– Il vous a parlé?... Vous l'avez regardé?...

– Non, il n'a rien dit; je lui ai jeté un coup d'œil : il est toujours le même, rouge brique, stupide... Attention à cette pierre : elle n'est pas solide. Heureusement que vous avez de bonnes chaussures!

– Ce sont celles que je porte toujours! »

Elle resta un moment en équilibre sur une grosse

pierre; le frais ruisseau, dont les eaux à cet endroit devenaient plus profondes, se hâtait et glissait autour d'elle.

« Vous ne voulez pas venir les voir ? demanda Lettie.

– Non. J'aime à entendre chanter le ruisseau; et vous ? répondit-il.

– Oui, il est plein de musique.

– Nous continuons ? demanda Leslie impatient mais docile.

– Je vous rejoindrai dans une minute », dis-je.

J'entrai et je trouvai Emilie qui enfournait le pain.

« Venez vous promener ? proposai-je.

– Maintenant ? Je vais avertir mère, je mourais d'envie... »

Elle courut mettre son grand manteau gris et son béret rouge. Tandis que nous traversions la cour, Georges m'appela.

« Je vais revenir », criai-je.

Il nous accompagna jusqu'à la porte. En arrivant sur le chemin, nous aperçûmes Lettie debout sur la barrière; elle se balançait, la main sur la tête de Leslie. Elle nous vit, elle vit Georges et fit un signe de la main. Leslie la regardait avec anxiété. Elle fit d'autres signes; puis nous l'entendîmes rire et dire à Leslie de rester tranquille et de la soutenir pendant qu'elle se tournait. Elle se tourna et sauta dans les bras de son fiancé, comme un grand oiseau qui bat des ailes. Nous gravîmes la colline escarpée, jadis toute jaune de blés; maintenant on y voyait onduler de noires rangées de chardons déchiquetés où couraient des lapins. Après avoir dépassé les chaumières nichées dans le creux de la colline, nous gagnâmes le plateau qui donne sur le Leicestershire jusqu'à Charnwood à gauche, et sur la protubérance des montagnes du Derbyshire en face et à droite.

La route est pleine d'herbe et ne sert plus depuis longtemps. Elle allait, jadis, de l'abbaye au château, mais maintenant s'arrête aveuglément au sommet de la colline. A mi-chemin s'élève la vieille ferme de la Maison Blanche; ses marches verdies s'effritent. Elles servaient jadis de montoir aux nobles dames qui s'en allaient chevaucher jusqu'au Val de Belvoir, mais maintenant la ferme appartient à un ouvrier.

Arrivés aux carrières nous regardâmes dans les fours à chaux.

« Entrons dans le bois, proposa Leslie, je n'y suis pas allé depuis mon enfance.

– C'est défendu, dit Emilie.

– Nous ne faisions rien de défendu », répondit-il avec pompe.

Nous suivîmes le ruisseau rapide qui, dans sa hâte, retombait en petites cascades, sans jeter un regard aux primevères brillant sur ses rives. Puis nous gravîmes la colline à travers bois. Les rameaux veloutés des mercuriales jonchaient le sol rouge. Au sommet d'une pente le bois s'éclaircissait.

En parlant à Emilie, j'aperçus vaguement à terre une tache blanche. Elle poussa un cri de surprise et je m'aperçus que dans les premières ombres du crépuscule, je marchais sur des touffes de perce-neige. Les coudriers s'espaçaient, et çà et là se dressait un chêne. Tout le sol était blanc de perce-neige, semblables à des gouttes de manne et parsemant la terre rouge sur des bouquets de feuilles vertes. Devant nous se trouvait un creux profond, en forme de coupe; ses pentes étaient semées de fleurs, et de pâles fleurs montraient leur blancheur dans les premières ombres qui s'amassaient au fond. Sur la terre rouge et chaude, les gaines charnues et sombres des jacinthes, les vertes touffes de graminées et de nombreuses fleurettes blanches jetaient leurs broderies. Très haut, au-dessus du fin réseau des coudriers, les chênes magiques enchevêtraient leurs branches au soleil couchant. A nos pieds, dans les premières ombres, des milliers de petites fleurs blanches, silencieuses et tristes, penchaient la tête. Elles formaient une sainte assemblée d'êtres purs, sauvages, frêles, et doucement repliés dans la lumière du soir. D'autres troupes de fleurs sont joyeuses : les hordes barbares et imposantes des jacinthes, les coucous réjouis, et même les anémones des bois, légères et toujours agitées... Mais les perce-neige sont tristes et mystérieuses. Nous ne savons plus comprendre leur langage, leur âme nous échappe, à nous qui les ravissons...

Les jeunes filles se penchaient sur elles, les caressaient de leurs doigts, et symbolisaient le désir que j'éprouvais. Repliées dans le crépuscule, ces fleurettes vaincues sont tristes, petites sœurs désolées des dryades.

« A quoi songent-elles ? » demanda Lettie à voix basse. Ses doigts blancs caressaient les fleurs, sur lesquelles tombaient ses fourrures noires.

« Il n'y en a pas beaucoup, cette année, fit remarquer Leslie.

– Elles me font penser au gui, dont nous nous parons sans qu'il nous appartienne... me dit Emilie.

– Que disent-elles ? Quelles pensées t'inspirent-elles, Cyril ? répéta Lettie.

– Je ne sais pas... Emilie dit qu'elles appartiennent à une vieille religion depuis longtemps perdue... Elles étaient peut-être le symbole des larmes pour des druides au cœur étrange.

– Plus que des larmes, dit Lettie, plus que des larmes !... elles sont si immobiles... C'est le dernier vestige d'une vieille religion que nous avons oubliée... Elles me font peur !

– Que pouvez-vous craindre ? demanda Leslie.

– Si je le savais, je n'aurais pas peur, répondit-elle. Regardez toutes ces perce-neige (elles flottaient en taches indistinctes et bizarres au milieu des feuilles sombres). Regardez-les... Elles se replient sur elles-mêmes, elles fuient, accablées par le sentiment de leur faiblesse. Elles sont le symbole d'une science que nous avons perdue, et dont je ne puis me passer. Elles ont le visage du destin... Crois-tu, Cyril, que les choses essentielles, la sagesse, par exemple, disparaissent de la surface de la terre comme les mastodontes et les monstres antiques ?

– Je suis persuadé du contraire, répondis-je.

– Je sens qu'il me manque quelque chose, reprit ma sœur.

– Allons ! intervint Leslie, laissez ces idées affligeantes. Descendez avec moi au fond de cette cuvette, ce sera si étrange sous le ciel rayé de branches, comme un couvercle en filigrane. »

Elle se leva, et le suivit sur la pente raide, en criant :

« Ah ! vous marchez sur les fleurs !

– Non, répondit Leslie, je fais attention. »

Ils s'assirent sur un arbre abattu; Lettie se pencha; ses doigts blancs erraient sur les feuilles grises d'ombre, cueillant çà et là une fleur, comme si elle accomplissait un rite. Leslie ne pouvait voir son visage.

« M'aimez-vous ? demanda-t-il doucement, à voix basse.

– Vous ?... » Elle se redressa, le regarda avec un rire étrange. « Vous ne me semblez pas réel !... » répliqua-t-elle d'une voix au timbre bizarre.

Ils restèrent un moment penchés et silencieux. Soudain, des oiseaux s'enfuirent des buissons, et Emilie tressaillit. Une voix calme et sardonique prononçait au-dessus de nous :

« Un pigeonnier, mince alors !... Il me semblait bien que j'entendais roucouler, et voici les oiseaux !... Allons, les amoureux, ce n'est pas l'endroit de vous bécoter et de roucouler au milieu des perce-neige ! Vos noms, vite !...

– Fichez-nous la paix, imbécile ! » répondit Leslie en bondissant de colère.

Nous nous retournâmes tous les quatre, pour regarder le garde-chasse; il se détachait en noir, sur un fond de lumière, beau, vigoureux et menaçant. Il nous contemplait, immobile, l'air méchant, pareil au dieu Pan.

« Parfait, parfait... Deux et deux font quatre!... Allons, allons, sortez de ce lit nuptial, que je vous voie...

– Vous ne pouvez donc pas ouvrir vos yeux, espèce d'idiot! répondit Leslie qui aidait Lettie à remettre ses fourrures. Vous ne voyez donc pas qu'il y a des dames?

– Pardon, monsieur!... On ne distingue pas une dame d'une femme à cette distance dans l'ombre... Qui êtes-vous, monsieur?

– Fichez le camp... Venez, Lettie, nous ne pouvons plus rester là... »

Ils revinrent à la lumière.

« Oh! Pardon, monsieur Tempest!... Vus d'en haut, les gens n'ont pas le même aspect; je croyais que quelques jeunes idiots folâtraient ici!...

– Taisez-vous donc, que diable!... s'écria Leslie. Je vous demande pardon, Lettie... Prenez mon bras. »

Ils formaient un couple élégant; elle portait un long manteau, très ajusté, et les plumes de son petit chapeau tombaient sur ses cheveux... Le garde les regarda, puis avec un sourire, il descendit au fond du creux en quelques enjambées et revint en disant :

« La dame peut prendre ses gants! »

Lettie, serrée contre Leslie, reçut ses gants de la main du garde. Elle tressaillit, et s'écria :

« J'allais oublier mes fleurs! »

Elle courut ramasser une poignée de perce-neige étalées sur des racines d'arbres; nous la regardions.

« Je suis fâché de m'être trompé! Une dame!... dit Annable. Mais je vois rarement des dames ici! A part les filles du châtelain, qui ne sortent jamais le soir. Et j'ai presque oublié ce que c'est!...

– Vous n'avez pas dû en avoir beaucoup dans votre vie, à moins que... Avez-vous été valet de chambre ?

– Non. Mais j'ai partagé la chambre d'une dame, monsieur, et j'aime mieux soigner un cheval qu'une dame, car j'ai été mordu ! Sauf votre respect, monsieur !...

– Vous le méritiez, sans doute !...

– Je vous souhaite meilleure chance, monsieur. On est plus homme dans un bois que dans un boudoir !...

– Un boudoir, fit Leslie en riant, si amusé qu'il en devenait indulgent pour le garde facétieux.

– Oh ! oui ! Voulez-vous entrer dans mon boudoir ?

– Vous êtes très spirituel, pour un garde !

– Oui, monsieur, j'ai été autrefois au service d'une dame, mais j'aime mieux garder les lapins et les oiseaux !... C'est plus facile, d'ailleurs, d'élever des gosses aux chenils qu'en ville.

– Ils sont à vous ?... dis-je.

– Vous les connaissez, monsieur ?... Une jolie portée, pas vrai ? un joli sac de furets, aussi près de la nature que des fouines : c'est ce que je voulais. Je les élève comme des renards, ils courent où bon leur semble... »

Emilie avait rejoint Lettie; toutes deux se tenaient à l'écart de cet homme, qui leur inspirait une antipathie instinctive.

« Ils se prendront dans un piège un de ces jours, dis-je.

– Ce sont des enfants de la nature, ils se défendront comme les bêtes sauvages ! répliqua le garde en ricanant.

– Vous ne faites pas votre devoir », prononça Leslie d'un ton sentencieux.

L'homme se mit à rire :

« Les devoirs des parents ! énumérez-les, cela ne me fera pas de mal; j'en ai besoin... J'ai neuf gosses, c'est-à-dire huit et un en route; c'est une bonne pondeuse que ma femme, un tous les deux ans, neuf en quatorze ans !... elle remplit bien sa tâche, pas vrai ?

– Et vous bien mal la vôtre, je trouve !

– Pourquoi ?... Moi ?... C'est naturel. Quand un homme s'éloigne de la nature, c'est un démon. « Imitez « les animaux », voilà mon conseil quand je parle à un homme ou à une femme. Vous, monsieur, soyez un bon mâle, et votre dame une bonne femelle, voilà ce qu'il faut, tant que cela vous plaît !

– Et puis... ?

– Imitez les animaux; je surveille mes mioches; je les laisse pousser; ils sont beaux et sains comme de jeunes frênes. Si je puis l'empêcher, toutes les affectations des hommes ne me les gâteront pas. Qu'ils ressemblent à des oiseaux, à des fouines, à des vipères ou à des écureuils, à tout plutôt qu'à cette sale engeance humaine, voilà ce que je dis !...

– C'est une façon de voir !...

– Oui... Voyez la manière dont les femmes nous regardent ! Pour elles, je tiens le milieu entre le taureau et le ver de terre ! Voyez ce pinson... » Il élevait la voix pour que les jeunes filles l'entendissent. « Il est joli, n'est-ce pas ? Pourquoi ? Et vous, monsieur, pourquoi portez-vous une veste fantaisie, pourquoi tortillez-vous votre moustache, pourquoi ? Ah ! que les femmes ne s'aventurent pas au fond des bois si les choses naturelles les offusquent : elles risqueraient trop d'être scandalisées... Bonsoir, monsieur !... »

Il disparut dans l'ombre.

« Quel grossier personnage, dit Leslie quand il eut rejoint Lettie, mais c'est un caractère.

– Il donne le frisson, répondit ma sœur, mais ses paroles sont intéressantes; l'histoire de sa vie doit être curieuse.

– On sent qu'il lui manque quelque chose, ajouta Emilie.

– C'est un type épatant, dis-je.

– Il est bien bâti, mais insensible, il n'a pas d'âme, remarqua Leslie en abandonnant ce sujet.

– Oui, approuva Emilie, il n'a pas d'âme, au milieu des perce-neige. »

Lettie était pensive; je ne pus m'empêcher de sourire.

C'était un beau soir, tranquille; à l'ouest, de rouges nuages s'agitaient. Dans le ciel la lune pensive cheminait vers l'est. Les bois violets nous entouraient, et cachaient les lointains. Aux alentours, la terre inculte était triste et étrange sous la rougeur qui survit au soleil couchant. Le gazon du sentier était fin et élastique.

« Courons », dit Lettie.

Et nous tenant par la main nous fîmes une course folle, palpitants, essoufflés, pour retrouver le bonheur et l'oubli. En nous arrêtant, nous nous écriâmes :

« Ecoutez...

– Un enfant, dit Lettie.

– Aux chenils », ajoutai-je.

Nous pressâmes le pas. De la maison montaient des cris d'enfant et la voix furieuse d'une femme.

« Petit démon! petit démon! »

Un bruit sourd de coups et de hurlements diaboliques accompagnait ces mots. Nous entrâmes précipitamment; la femme décoiffée, folle de fureur, frappait un petit garçon avec une casserole émaillée. L'enfant se roulait à la manière d'un hérisson; sa mère le tenait par un pied et l'ustensile tombait comme un fléau sur ses épaules. Le feu éclairait cette scène; le petit hurlait; ses frères et sœurs épars en divers groupes pleuraient aussi, et la lueur des flammes bondissantes scintillait sur leurs larmes et leurs bouches ouvertes. La femme était en proie à une crise nerveuse, ses cheveux flottaient sur son visage, ses yeux fixes trahissaient une irritation parvenue à son comble. Comme une aile de moulin à vent, son long bras montait et descendait. Je le saisis. Quand elle ne put plus frapper, la femme laissa tomber la casserole de sa main sans force et, chancelante, épuisée, alla s'effondrer sur le sofa. Emilie consolait les enfants, pendant que Lettie calmait la mère et tenait ses mains dures et gercées. Peu à peu la pauvre femme s'apaisa, et les yeux fixés devant elle se mit à jouer avec les bagues de Lettie.

Emilie lavait la joue d'une petite fille qui poussa des cris en voyant une tache de sang sur la serviette. Puis elle se calma elle aussi et Emilie put allumer la lampe.

Sam gisait comme une masse sous la table. Je lui tendis la main; et il se faufila dans le corridor comme un lézard. Au bout d'un moment je le vis dans un coin; il poussait de petits cris de douleur et de rage. Je coupai sa retraite et, bien qu'il se débattît, je l'emportai dans la cuisine. Epuisé de douleur, il cessa de protester.

Nous le déshabillâmes; son beau corps blanc était tout marbré de meurtrissures. La mère fondit en larmes, et le chœur des bébés répétait ses lamentations. Les jeunes filles essayèrent de calmer les pleurs tandis que je frictionnais avec du beurre les contusions de l'enfant silencieux et frémissant. Puis sa mère le prit dans ses bras, l'embrassa passionnément et s'abandonna à sa douleur. L'enfant accepta ses caresses; soudain il éclata en sanglots qui secouaient son petit corps tremblant. Ils se serraient l'un contre l'autre, la pauvre mère échevelée et l'enfant demi-nu; à bout de larmes le petit garçon s'endormit; elle le porta à son lit, les jeunes filles aidèrent les petits à mettre leurs chemises de nuit, le silence régna bientôt dans la maison.

« Je ne peux pas en venir à bout, je ne peux pas, gémit la pauvre mère; ils sont trop grands pour moi, je ne sais que faire d'eux, et lui ne m'aide pas; il ne se soucie pas de moi, il me tourne en ridicule, il me traîne dans la boue... »

Lettie mit par terre le bébé dodu qu'elle soutenait par sa longue chemise de nuit :

« Bébé, va voir maman, vas-y, va ! »

L'enfant, un beau petit gars d'environ seize mois, trottina jusqu'à sa mère en agitant les mains et en riant; ses grands yeux noisette rayonnaient de plaisir. Sa mère le prit, rejeta les soyeux cheveux bruns qui lui couvraient le front, posa sa joue contre la sienne.

« Ah ! dit-elle, tu as un drôle de papa, il n'est pas comme les autres, mon coco. Il n'a pas de cœur, mon poulet; il est comme un étranger pour sa chair et son sang ! »

La petite à la joue blessée se consolait avec Leslie. Elle était assise sur les genoux du jeune homme et le regardait avec de grands yeux bleus rendus plus solennels encore par sa tête ronde aux cheveux courts.

« C'est ma craie; notre Sam dit qu'elle est à lui; il la prend, puis elle ne peut plus écrire. »

Elle tenait dans sa main grasse un morceau de craie rouge.

« Mon papa me l'a donnée pour peindre la figure de ma poupée; elle est en bois, je vais vous la montrer. »

Elle descendit en se tortillant comme un ver et, relevant d'une main sa chemise, trotta jusqu'à un tas de vieux jouets, en tira une hideuse caricature de femme aux joues balafrées par de grandes raies rouges.

« C'est ma poupée, mon papa l'a faite; elle s'appelle Lady Mima.

– Oui ? dit Lettie, et ce sont ses joues ? Elle n'est pas bien jolie.

– Si. Mon papa dit que c'est une vraie dame.

– Et c'est lui qui t'a donné ce rouge ? »

Elle fit un signe affirmatif.

« Et tu ne veux pas le donner à Sam ?

– Non, maman a dit : Ne lui donne pas; il m'a mordue !...

– Que dira ton papa ?

– Mon papa !

– Il rit, intervint la mère, il dit qu'une morsure vaut mieux qu'un baiser !...

– Brute ! dit Leslie avec conviction.

– Il n'a jamais porté la main sur eux, ni sur moi non plus. Mais il n'est pas comme les autres. Je ne le connais pas mieux que le jour où je l'ai vu pour la première fois.

– Où l'avez-vous connu ?

– Au château; il venait d'arriver, beau comme un monsieur. Et il lit et il parle comme un monsieur, mais il ne me dit rien. A ses yeux je ne suis qu'un tas de boue; il est au-dessus de moi, il est au-dessus de mes enfants. Grand Dieu ! il sera là dans un instant. Venez vite. »

Elle coucha les enfants à la hâte, poussa les balayures dans un coin et mit la table. La nappe était immaculée, une cuiller d'argent reposait sur la soucoupe.

Nous sortions de la maison, quand le garde-chasse arriva. Je vis sa forme massive sur le seuil; la grosse femme prolifique allait et venait dans la pièce avec obséquiosité.

« Bonsoir, Proserpine; tu as eu des visiteurs ?

– Je ne les avais pas invités, ils sont venus en entendant pleurer les enfants ! Je ne les ai pas encouragés... »

Nous pressâmes le pas dans la nuit.

« Ah ! c'est toujours la femme qui a toute la charge, dit amèrement Lettie.

– S'il l'avait aidée, ce serait une femme splendide. Mais elle est finie. Les hommes sont des brutes, le mariage leur donne plein pouvoir, ajouta Emilie.

– Oh ! ne prenez pas cela pour un échantillon du mariage, répliqua Leslie, pensez à nous deux, Minnehaha !

– Oui...

– Oh ! à propos, que diriez-vous du vieux presbytère de Greymede pour nous ?

– C'est une délicieuse maison », s'écria Lettie.

Et nous les laissâmes à leurs projets. Nous trébuchions sur les pierres du chemin. La lune brillait et nous marchions craintivement sur l'ombre des arbres, tant elle était noire et réelle. Parfois, un rayon de lune découvrait un suave rameau blanc que les lapins avaient dénudé en le rongeant. Nous sortîmes des bois; les cieux se déployaient à l'infini. Au nord, un flot de lumière verte baignait le firmament; en face, Orion éclipsé s'inclinait vers sa couche et la lune le suivait.

« Les lumières septentrionales, dit Emilie, me rendent étrange, m'ensorcèlent... Elles me remplissent de terreur!

– Oui, répondis-je, on s'étonne, on regarde, on attend...

– Qu'attendez-vous?... » demanda Emilie à voix basse. Elle leva les yeux, me vit sourire, et les baissa en se mordant les lèvres.

Lorsque nous arrivâmes à la croisée des chemins, Emilie nous demanda d'entrer un moment au moulin, et Lettie accepta.

La fenêtre de la cuisine n'avait pas de rideau et la persienne, comme d'habitude, n'était pas fermée. Nous jetâmes un coup d'œil entre les branches de chèvrefeuille couvertes de bourgeons. Georges et Alice, assis devant la table, jouaient aux échecs. La mère raccommodait une veste, et le père lisait. Alice parlait à voix basse, et Georges suivait attentivement le jeu, les bras étalés sur la table.

Nous fîmes claquer la porte, et nous entrâmes. Georges se leva lourdement, nous serra les mains, et reprit son siège.

« Bonsoir, Lettie Beardsall, vous vous faites rare! dit Alice. C'est votre fiancé qui vous absorbe à ce point?

– Oui, on ne la voit plus beaucoup maintenant! ajouta gaiement M. Saxton.

– Qu'elle est chic, avec son beau chapeau, ses fourrures et ses perce-neige! Regardez-la, Georges, vous n'avez pas vu comme elle est belle!... »

Il leva les yeux, contempla la parure et les fleurs de Lettie, mais non son visage : « Oui, dit-il, elle est belle... » et il revint aux échecs.

« Nous avons cueilli des perce-neige! dit Lettie en caressant les fleurs qui ornaient son sein.

– Elles sont jolies! donnez-m'en, voulez-vous? »

Alice tendait la main, Lettie lui donna les fleurs.

« Echec, annonça lentement Georges.

– Taisez-vous, repartit son adversaire, j'ai des perce-neige; elles conviennent à une petite âme innocente comme la mienne... Pas vrai? Lettie ne peut pas les porter, elle n'est pas douce et innocente comme moi! En voulez-vous?

– Si vous voulez... Pour quoi?

– Pour vous faire beau, et pour montrer quel gentil petit garçon vous êtes!...

– Vous êtes échec et mat, répéta Georges.

– Où les mettre? Vous n'avez que votre chemise! Ah! là... » Elle fourra quelques fleurs dans les cheveux ébouriffés du jeune fermier.

« Regardez, Lettie, il est charmant, n'est-ce pas? » Lettie eut un rire contraint :

« Il ressemble à Bottom, et à la tête d'âne! dit-elle.

– Alors, je suis Titania! Ne suis-je pas une charmante reine des fées? Bottom!... Et qui est le jaloux Obéron?

– Il me rappelle ce personnage d'Hedda Gabler, couronné de feuilles de vigne.

– Oui, de feuilles de vigne, dit Emilie.

– Comment va l'entorse de votre jument, monsieur Tempest? demanda Georges, sans faire attention aux fleurs fourrées dans ses cheveux.

– Ce sera bientôt guéri, merci.

– Georges m'en a parlé », ajouta le père, et il entama une conversation avec Leslie.

« Je suis échec et mat, Georges ? » dit Alice en revenant au jeu. Les sourcils froncés, elle se mit à réfléchir.

« Bah ! dit-elle, c'est bien vite réparé. » Elle avança une pièce et, triomphante, s'écria : « Eh bien, monsieur ?... »

Georges contempla le jeu, et joua avec circonspection. Alice fondit sur lui, fit faire un bond à son cavalier, et s'écria : « Echec !...

– Je n'avais pas vu ! Vous pouvez gagner maintenant, dit-il.

– Battu, mon petit ! Ça vous apprendra à chanter victoire ! Echec et mat ! Malgré vos fleurs dans les cheveux ! »

Il porta la main à sa tête, toucha ses cheveux : les fleurs tombèrent sur le sol.

« Oh ! quel dommage ! s'écria Lettie.

– Qu'y a-t-il ? demanda le jeune homme ? Vos fleurs ? Cela vous fait de la peine ? Votre cœur est trop tendre, n'est-ce pas, Cyril ?...

– Il l'a toujours été, pour les animaux et les êtres inanimés, répondis-je.

– Vous voudriez bien être un petit animal, Georges ? » s'écria Alice. Il sourit, et rangea les pièces du jeu d'échecs.

« Nous partons ? demanda Lettie à son fiancé.

– Si vous êtes prête, répondit Leslie avec empressement, en se levant.

– Je suis fatiguée », reprit-elle d'un ton plaintif.

Il l'entoura de prévenances : « Nous avons trop marché ? demanda-t-il.

– Non, ce n'est pas cela, ce sont les perce-neige, cet homme, et les enfants. Je suis épuisée ! »

Elle embrassa Alice, Emilie et Mme Saxton.

« Bonsoir, Alice, dit-elle, ce n'est pas ma faute si nous nous voyons si rarement... Je n'ai pas changé, vous savez ! Mais puis-je lutter contre les événements ? »

Elle prit congé de Georges, et le regarda, toute tremblante de larmes réprimées. La victoire qu'il remportait sur Lettie exaltait le jeune fermier : ma sœur partait en cachant à son fiancé les larmes qui montaient à ses yeux; Georges riait avec Alice. Nous escortâmes Alice jusqu'à Eberwich; elle ressemblait, disait-elle, à un petit singe suspendu entre deux branches; chacun de nous la tenait par un bras! Nous riions et nous disions mille absurdités. Georges voulut l'embrasser en guise d'adieu, mais Alice lui gratta le menton en disant : « Chéri!... » du ton dont on parle à un canari. Puis, elle éclata de rire, nous tira la langue et entra en courant.

« Quel petit diable! » dit mon ami.

En revenant, nous fîmes un détour par Greymede, et nous passâmes devant l'école obscure.

« Venez, dit Georges, entrons à l'auberge du Bélier, nous verrons ma cousine Meg. »

Il était dix heures et demie; il me fit traverser la route et me poussa dans le corridor sablé de la petite auberge. C'était une ferme importante, lorsque vivait le grand-oncle de Georges, mais, dirigée depuis sa mort par la veuve et par un domestique, elle avait périclité. La grand-tante avait trouvé dans une superbe petite-fille le soutien de sa vieillesse; les parents de Meg étaient en Californie et cette joyeuse fille de vingt-quatre ans ne quittait pas sa grand-mère.

Comme le gravier criait sous nos pas, Bill montra sa tête rousse, il reconnut Georges et s'écria :

« Bonsoir!... Entrez, elle n'est pas encore au lit! »

Nous ouvrîmes la porte de la cuisine. La grand-tante, assise dans son petit fauteuil au dossier arrondi, dégustait un grog, avant d'aller se coucher.

« Eh bien, Georges, mon garçon! cria-t-elle, de sa voix grondeuse, c'est donc toi? Faut croire qu'il te manque quelque chose, autrement pourquoi viendrais-tu?

– Je suis venu vous voir, rien de plus, protesta-t-il. Où est Meg?

– Ah, ah, ah, ah!... tu es venu me voir! Ah!... Où est Meg? Et qui est ce jeune monsieur? »

Je fus cérémonieusement présenté, et je serrai la main noueuse et moite de la vieille dame.

« Parfait, observa-t-elle, en secouant tristement son bonnet garni de géraniums rouges. Allons, asseyez-vous, ne restez pas sur vos jambes! »

Je m'assis sur le canapé, orné de coussins à carreaux rouges et jaunes; il faisait très chaud, et j'étais mal à l'aise.

La vieille dame, l'œil vague, rêvait... Son visage était dur, sa poitrine plate, elle portait une robe de drap noir épaisse comme une armure; une immense broche de filigrane d'or brillait à son cou.

Un pas lourd et rapide résonna à l'étage supérieur.

« La voilà! » remarqua la vieille dame sortant de sa torpeur. Les pas retentirent dans l'escalier, puis s'arrêtèrent un moment. Meg apparut sur le seuil; elle tressaillit de surprise et dit :

« Eh bien, je savais que quelqu'un était là, mais je ne m'attendais pas à vous voir!... » Une rougeur envahit ses joues lisses. Elle eut un sourire frais et franc. Je n'ai jamais vu de femme parée d'un plus grand charme physique; de ses formes et de ses gestes émanait une volupté ensorcelante... Sans écouter les mots qui tombaient de ses lèvres, on regardait le mouvement de ces rouges fruits mûrs...

« Une goutte de whisky? Meg... Vous en prendrez une goutte?... »

Je refusai fermement, mais je dus revenir sur ma décision.

« Allons, déclara la vieille dame, pas de non!... Si vous le préférez chaud, vous n'avez qu'à parler! »

Je ne répondis pas.

« Alors, donne-lui du bordeaux, décida mon hôtesse, bien que ce soit une vraie rinçure dans le ventre, avant d'aller se coucher! » Ce fut donc du bordeaux que nous bûmes...

Meg sortit pour surveiller la fermeture. La grand-tante poussa plusieurs soupirs, sans que son émotion eût d'autre cause que le whisky!

« C'est gentil d'être venus me voir, gémit-elle. La prochaine fois, vous ne me trouverez plus, non, il ne restera que mon bonnet... » Elle secoua ce couvre-chef fleuri, et je me demandai pourquoi le destin ironique l'oublierait ainsi...

« Je serai contente de partir, ça, je peux le dire », ajouta-t-elle, en soupirant de nouveau.

Ce dégoût de la chair était touchant... La cruelle vérité m'oblige pourtant à dire que la vieille dame se cramponnait à la vie comme une puce au dos d'un chien. Quelques instants avant sa mort, elle déclarait, d'une voix faible mais catégorique, qu'elle allait mieux, un peu mieux... et qu'elle se lèverait le lendemain!

« Y a longtemps que j'aurais voulu mourir, continua-t-elle, sans cette petite... Je ne peux pas supporter l'idée de la laisser. Buvez, mon garçon, buvez! vous êtes jeune, vous n'avez pas votre content avec un seule verre!... »

Je pris du whisky de préférence au vin âcre.

« Oui, reprit la grand-mère, je ne partirai en paix que quand elle sera casée... Oh! elle n'a que l'embarras du choix! Mais celui qu'il faudrait n'a pas l'esprit de la demander!... »

Elle retourna à son verre avec un reniflement de mépris.

Georges fit une grimace, eut l'air gêné et s'étrangla en avalant une gorgée de whisky. La vieille dame parut vexée...

« Il ne te faut pas grand-chose pour t'effarer! dit-elle, tu n'as pas pour un sou de courage!... »

Elle renifla encore, et se remit à boire. Georges, les

sourcils froncés, se versa un demi-verre de liqueur et l'avala.

« Je parie que tu n'as jamais embrassé une fille de ta vie?... Pas convenable!... » Et elle jeta les dernières gouttes dans sa gorge décharnée. A ce moment, Meg revint.

« Allons, grand-maman, dit-elle, faut vous coucher, c'est l'heure, venez...

– Assois-toi, et bois une goutte avec nous... Ce n'est pas chaque soir que nous avons de la compagnie!...

– Non, laissez-moi vous conduire dans votre chambre, il est tard!...

– Assois-toi, que je dis, et bois une goutte avec nous!... Une goutte de porto, allons, pas tant d'histoires!... »

Meg alla chercher d'autres verres et une nouvelle bouteille. Je lui fis place entre Georges et moi. Nous bûmes tous du porto. Meg, naïve et sans prétention, nous servait gentiment. Ses joues rayonnaient comme du satin quand elle riait, et ses fossettes se remplissaient d'ombre. Son cou, nu et hâlé, était suave, ensorcelant... Elle se tourna vers Georges, qui lui posait une question, et leurs visages se touchèrent. Il l'embrassa, et quand elle recula, il fit un bond et baisa son cou avec ardeur.

« A la bonne heure!... cria la vieille femme ravie, et elle saisit son verre. Allons, trinquons tous ensemble, à la santé de Georges!... »

Nous trinquâmes. Georges versa du vin dans un gobelet et l'avala. Il s'excitait, et laissait paraître l'énergie et la passion que réprimait d'habitude sa prudence instinctive.

« A la réalisation de vos désirs, tante, dit-il, en levant son gobelet.

– Je savais bien que tu avais du cœur!... Vous savez ce que je veux dire!... Il ne fallait que te réchauffer!... J'y veillerai. L'affaire est conclue?... Trinquons encore, tous ensemble.

– Affaire conclue!... répéta Georges, avant de porter le verre à ses lèvres.

– Quelle affaire?... » demanda Meg.

La vieille femme eut un rire bruyant et cligna de l'œil à Georges, qui, les lèvres encore mouillées de vin, se leva et embrassa la jeune fille.

« Voilà ma garantie! » cria-t-il.

Meg, très gênée, s'essuya le visage avec son grand tablier.

« Venez, grand-maman, supplia-t-elle.

– Ah! tu veux m'expédier... Qu'en dis-tu, Georges?... C'est une rusée, hein!...

– Ne partez pas, ma tante! Ne vous laissez pas houspiller ainsi!...

– Chut! Chut!... grogna la vieille dame. Comme nigaud y a pas ton pareil!... Prends la bougie, Meg, je suis prête. » Meg prit un bougeoir de cuivre, Bill apporta la boîte de fer-blanc qui contenait la recette de la journée, et la remit à sa patronne.

« Va te coucher, mon garçon », dit-elle au domestique, laid et rabougri. Il s'assit dans un coin, pour se déchausser.

« Viens m'embrasser, Georges », ordonna la vieille femme et elle lui chuchota dans l'oreille quelques paroles qui le firent rire aux éclats.

Elle versa du whisky dans le verre où elle avait bu et le donna au domestique. Puis, se redressant, lourdement elle monta, soutenue par Meg.

Elle avait été grande, et sa silhouette difforme et cassée faisait peine à voir près du corps voluptueux de Meg. Les deux femmes montaient lentement, péniblement...

Georges tirait sa moustache en souriant. Une flamme brillait dans ses yeux; il avait toujours ce regard enfantin lorsqu'il éprouvait des sensations nouvelles et incertaines. Il remplit encore son verre de whisky.

« Attention! lui dis-je.

– Pourquoi ?... » répondit-il en riant. Comme un enfant gâté, il n'écoutait que son caprice.

Bill, qui depuis un moment contemplait sa chaussette trouée, vida son verre, et après un triste : « Bonsoir ! » monta l'escalier craquant.

Meg redescendit bientôt, et je me levai en disant qu'il était l'heure de partir.

« Je vous accompagne pour fermer la porte derrière vous », fit la jeune fille, avec embarras.

Georges se leva; il titubait, et dut s'accrocher à la table. Quand il eut repris l'équilibre, il dit à Meg, qu'il dévorait du regard : « Viens, j'ai quelque chose à te dire... » Il lui faisait signe de la tête. Elle le regarda, souriante mais indécise; le jeune fermier passa le bras autour de la taille de sa cousine, sans la quitter des yeux; son visage était tout près du sien. Il dit : « Donne-moi un baiser... » Elle lui abandonna sa bouche sans résister, et leva sur lui ses brillants yeux bruns. Georges l'embrassa, l'étreignit contre sa poitrine.

« Je veux t'épouser... déclara-t-il.

– Taisez-vous », répondit-elle doucement. Elle était contente, mais ne le croyait qu'à moitié.

« Ma parole !... » répéta-t-il, et il la serra plus fort contre lui. Je me retirai dans le corridor, et debout sur le seuil de la porte, je contemplai la nuit. Cela dura longtemps !... Puis, à l'étage supérieur, la vieille femme cria d'une voix faible :

« Meg, Meg !... Renvoie-le maintenant ! Cela suffit !... »

Un silence tomba, que troublait seul le chuchotement de deux voix... Enfin, les deux jeunes gens parurent dans le corridor.

« Bonsoir, mon garçon, bonne chance !... » cria une voix de goule dans les régions supérieures de la maison...

En guise d'adieu, Georges donna à sa fiancée un baiser un peu précipité : « Bonsoir... » dit-elle doucement en le regardant partir. Nous l'entendîmes pousser les lourds verrous.

« Vous savez... » commença mon ami, puis il essaya d'éclaircir sa gorge; sa voix était rauque, étranglée par l'émotion. Il fit un nouvel effort :

« Vous savez... Elle est épatante !... » prononça-t-il.

Je ne répondis pas, mais mon mutisme lui échappa.

« Nom de nom !... cria-t-il, pourquoi l'ai-je laissée ?... » Nous marchions en silence; il se calma un peu.

« Avez-vous remarqué son petit balancement, et les courbes de son corps quand il est immobile ? Quand on la regarde, on se sent... Vous comprenez ce que j'éprouve !... »

Je le comprenais très bien, mais je jugeais inutile de l'avouer...

« Quand je rêve de femmes, la nuit, c'est toujours Meg que je vois... Son corps a des courbes si douces !... »

Il se mit à traîner les pieds. En arrivant à l'endroit où le petit train de la mine traverse la route, il trébucha et faillit tomber. Je le retins.

« Grand Dieu, Cyril, je suis donc ivre ?... demanda-t-il.

– Pas complètement, répondis-je...

– Non, murmura-t-il, c'est impossible !... »

Mais il se remit à traîner les pieds et à tituber; je lui pris le bras.

Il grommela quelques petits mots irrités, puis accepta mon aide en disant d'une voix pâteuse : « Je meurs de sommeil !... »

Sur la route noire et silencieuse et dans les ténèbres inégales du bois, nous avancions péniblement; Georges était lourd et difficile à conduire. Nous traversâmes le ruisseau dans un grand bruit d'eau éclaboussée. Je le suppliai de ne pas faire de bruit dans la cour de la ferme. Il fit un effort, et notre entrée fut assez silencieuse. Mon ami se jeta de tout son poids sur le canapé, et se pencha pour enlever ses guêtres.

Au milieu de ses tâtonnements, il s'endormit, et je craignis qu'il ne tombât; je lui ôtai donc moi-même ses guêtres, ses souliers mouillés et son col. Tandis que je le secouais pour l'éveiller et lui enlever sa veste, j'entendis craquer l'escalier. Je tremblais de voir paraître Mme Saxton, mais c'était Emilie, dans sa longue chemise blanche. Elle nous regarda avec de grands yeux terrifiés, et chuchota : « Qu'y a-t-il ?... »

Je fis un geste d'impuissance; Georges avait laissé retomber sa tête sur sa poitrine. « Est-il blessé ?... » demanda la jeune fille, en élevant la voix. Georges se redressa, et fixa sur la jeune fille des yeux hébétés, mais pleins de colère.

« Georges !... » s'écria Emilie, stupéfaite et effrayée... « Il est ivre !... murmura-t-elle, avec un mouvement de recul, vous l'avez fait boire, vous !... »

Je fis un geste d'assentiment; moi aussi, j'étais en colère.

« Oh !... si mère se lève !... Il faut le coucher !... Oh !... Je ne vous croyais pas capable d'une chose pareille !... » Ce chuchotement nous irritait, Georges et moi. Je retirai sa veste, il grogna et lança quelques jurons. Emilie retenait son souffle. Le jeune fermier la regardait avec fureur, et je craignis qu'il ne se réveillât assez pour avoir un accès de rage.

« Montez... » murmurai-je à Emilie. Elle secoua la tête.

Georges respirait avec force, et les veines de son cou se gonflaient. J'étais mécontent de la résistance d'Emilie.

« Remontez tout de suite !... » lui dis-je violemment. Et elle partit, hésitante, en me jetant un triste regard par-dessus son épaule...

Georges ayant enfin quitté sa veste et son gilet, je le laissai retomber dans sa torpeur pendant que je le déchaussais. Puis, je le fis lever, et le soutenant par-derrière, je le forçais à gravir l'escalier. J'allumai une bougie dans sa chambre. Je me mis à le déshabiller, et je parvins enfin à le faire coucher.

J'enveloppai mon ami dans le tapis en peau de mouton, car la nuit était froide, et je posa sa tête sur l'oreiller. Déjà, il dormait, et seule sa respiration profonde troublait le silence. Il avait l'air d'un enfant fatigué... Je restai immobile; accablé par le sentiment de ma solitude, je regardai autour de moi. Les colonnes du lit d'acajou sculpté touchaient le plafond bas; une chaise placée à côté du chevet et une petite commode jaune près de la fenêtre composaient tout le mobilier, avec le tapis en peau de mouton.

Dans un tiroir, j'aperçus un livre... C'était un exemplaire d'Omar Khayyam; Lettie le lui avait donné au moment où ces poèmes touchaient son âme; c'était une édition bon marché, agrémentée de gravures en couleurs.

Après avoir jeté un dernier regard sur Georges, j'éteignis la bougie et m'éloignai; sur le palier, Emilie me rejoignit, chuchotant : « Est-il couché?... »

Je fis un signe affirmatif, et lui dis bonsoir à voix basse. Puis, je rentrai tristement chez moi...

Après cette soirée à la ferme, Lettie et son fiancé resserrèrent leur intimité... Ils tournoyaient dans le fleuve de l'amour, et ses remous tantôt les pressaient l'un contre l'autre, tantôt les séparaient... Leslie était mécontent, et s'efforçait de rapprocher de lui la jeune fille... Elle céda peu à peu, et se soumit; elle refermait sur eux le rideau douillet du jour présent... Ils étaient comme des enfants qui jouent derrière les tentures d'un vieux lit; elle masquait les lointaines perspectives, comme un Arabe déplie sa tente et conquiert le mystère et les espaces du désert... Elle vivait ainsi, joyeusement, sous une tente de plaisirs et de fantaisies qui ne dépassaient pas le présent... Parfois, mais rarement, elle jetait un coup d'œil dans l'espace. Alors, elle lisait avec attention et rien ne pouvait l'arracher à son livre.

Ou bien, elle s'asseyait dans sa chambre et regardait par la fenêtre pendant des heures... Elle alléguait des migraines, ma mère disait que ces malaises venaient du foie, mais Leslie, irrité comme un enfant gâté qui ne peut obtenir l'objet de ses désirs, déclarait que c'était pur caprice et esprit de contradiction...

UNE OMBRE OBSCURCIT LE PRINTEMPS

Au printemps naquirent d'autres soucis. Les Saxton déclaraient que les lapins les chassaient du domaine. Brusquement, dans un accès de désespoir, le père acheta un fusil. Bien qu'il sût que le châtelain ne tolérerait pas le massacre de cette manne : les lapins, il sortait aux premières lueurs du matin glacé et les coups de feu éclataient. Il ne fit d'abord qu'effrayer les bêtes et attirer Annable; puis l'arme qu'il portait lui donna le goût du sang et il dévasta la gent fourrée; il rapportait chaque jour huit ou neuf paires de lapins.

Georges approuvait cette mesure; elle le réjouissait, cependant il n'en avait pas pris l'initiative et n'y avait pas poussé son père. Il prévoyait des ennuis et peut-être la perte de la ferme. L'idée que les Saxton devraient chercher une autre demeure le tourmentait, mais il écartait la pensée de ce malheur et ne voulait point s'en affliger d'avance.

La guerre était déclarée entre le Moulin et le garde Annable. Celui-ci avait soin de ses lapins : « Traitez-les de sale engeance, disait-il, je ne connais qu'une sale engeance et c'est celle qui parle. » Aussi il avait à cœur de déjouer et de harceler les braconniers.

Ce fut à peu près à cette époque que je cultivai la connaissance du garde. Tout le monde le détestait; pour les villageois c'était le démon des bois. Quelques mineurs avaient juré de venger l'emprisonnement qu'ils lui devaient. Mais Annable avait pour moi une grande séduction; son corps magnifique, sa vigueur et son énergie, son visage basané et maussade m'attiraient.

C'était l'homme d'une seule idée; toute civilisation pour lui était un champignon dont les belles couleurs cachaient la pourriture. Il haïssait toute culture. Je gagnai son estime un après-midi où il me surprit dans les bois, parce que je contemplais des vers à l'œuvre dans un lapin mort. Cela nous mena à une discussion sur la vie. Annable était un matérialiste convaincu, il méprisait la religion et le mysticisme. Il passait ses journées à dormir, à construire des pièges compliqués pour les fouines et les hommes, à nettoyer son fusil, à travailler en amateur dans les bois; il coupait des troncs, les transformait en bûches pour les cheminées du château, ou plantait de jeunes arbres. Dans ses moments de loisir, il réfléchissait à la décadence de l'humanité, au déclin de la race humaine qui tombe dans la stupidité, la faiblesse et la pourriture. « Soyez un bon animal, soyez fidèle à vos instincts », telle était sa devise. Malgré tout il était très malheureux et il me communiquait sa tristesse. C'était cette faculté de partager son malheur qui me rendait cher à lui, je suppose. Il me traitait comme un père affectueux traite un fils délicat; je remarquai qu'il aimait à mettre sa main sur mon épaule ou sur mon genou pendant nos conversations; cependant il me posait des questions, gardait ses pensées pour me les dire et avait en ma science une foi de disciple.

Un soir, au début d'avril, je me rendis dans les bois de la carrière et je cherchai Annable. Je ne pus le trouver dans le bois. Je laissai donc les terres incultes et je suivis le vieux mur rouge du potager, jusqu'à l'église en ruine qui s'élève sur une hauteur; là les arbres forment une voûte et le voyageur s'étonne à midi de l'obscurité du chemin. De grands arbres qui poussent sur le talus se referment sur la grande route, et dans l'ombre s'effrite l'église noire et mélancolique, au-dessus de la tête baissée du passant.

Le sentier herbeux qui va au cimetière était encore encombré de feuilles mortes. L'église était abandonnée. A mon approche un hibou s'envola lentement du clocher noir. De l'herbe recouvrait le seuil. J'ouvris la porte, repoussant un tas de plâtre tombé et d'ordures, et j'entrai. Dans les ténèbres les bancs en désordre se penchaient comme des fantômes, les livres de prières tirés de leurs cases, épars sur le sol dans la poussière et les graviers, étaient déchirés par les souris et les oiseaux. Des oiseaux se battaient sous le toit ténébreux. Je levai les yeux. Dans la cage supérieure du clocher j'aperçus une cloche. Je ramassai un morceau de plâtre au milieu d'un fatras de plumes, de nids déchiquetés et de cadavres d'oiseaux. Je lançai vers la voûte une volée de plâtras; enfin la cloche, atteinte, gémit et fit entendre un faible reproche. Comme des esprits, d'innombrables oiseaux s'envolèrent dans un grand bruissement d'ailes. Je fis encore résonner la cloche; de sombres formes s'ébranlèrent avec des cris d'alarme et quelque chose tomba lourdement. L'ombre et les mauvaises odeurs de ce lieu me firent frissonner et je me hâtai de sortir. Je joignis les mains de soulagement et de plaisir en voyant trembler au ciel les dernières lueurs cristallines, en apercevant les rougeurs du soleil couchant, très bas derrière les troncs de cyprès. Je buvais l'air frais où pétillait la chanson des grives et des merles qui sifflaient leurs airs joyeux. J'errai un moment à l'aventure; les pierres tombales, sur la hauteur, se penchaient pour regarder le château, en bas dans la vallée; les grandes fenêtres versaient une lumière dorée sur la cour pavée et sur le petit étang. Du cimetière descendait un escalier de pierre, entre deux balustrades dont les colonnes grises incrustées de lichen, et toutes grêlées, s'arrondissaient encore avec grâce et dignité. Les marches envahies par le lierre et les roses grimpantes étaient impraticables. Des fougères se déployaient autour de la grande plate-forme qui coupait l'escalier.

Un paon, chassé des dépendances du château, traversa les terrasses et monta jusqu'au cimetière. Puis un pas lourd résonna sur les pavés. C'était le garde. Je fis entendre le coup de sifflet qui nous servait de signal, et il se fraya un chemin sur l'escalier au milieu des rosiers sauvages. Le paon battit des ailes, et se posa sur le cou d'un vieil ange incliné, rugueux et sombre, qui depuis longtemps avait cessé de pleurer la mort de Lucie pour mourir à son tour. L'oiseau courba son cou voluptueux et regarda autour de lui. Enfin il leva la tête et poussa un cri. Ce cri perça le sanctuaire ténébreux du crépuscule. La vieille herbe grise sembla frémir et les primevères et les violettes qui s'y dissimulaient durent s'éveiller en poussant un soupir de frayeur. Le garde me regarda et sourit. D'un signe de tête il montra le paon :

« Vous entendez cette sale bête. »

L'oiseau leva de nouveau sa tête huppée et poussa un cri en se tournant gauchement sur ses vilaines pattes; il nous montrait maintenant la richesse de sa queue qui brillait comme un flot d'étoiles multicolores sur le visage ravagé de l'ange.

« Quelle imbécile fierté! regardez-le! Il est perché sur un ange comme si c'était un piédestal approprié pour sa vanité. C'est l'âme d'une femme, ou c'est le diable. »

Il garda le silence un moment; nous regardions dans le crépuscule les mouvements maladroits du grand oiseau.

« C'est l'âme même d'une femme, dit-il, pas autre chose. Diable d'animal de se percher sur ce vieil ange. Je lui tordrais volontiers le cou. »

L'oiseau de nouveau poussa son cri perçant et se tourna gauchement sur ses pattes; il tendait son bec vers nous par dérision, semblait-il. Annable ramassa une motte de terre et la lui lança en disant :

« Veux-tu filer, diable aux cris rauques! Mon Dieu! ajouta-t-il en riant, que de cœurs doivent se tordre là-dessous (et il frappait une tombe du pied) en entendant ce chahut! »

Il détacha une autre motte d'une tombe et la jeta au grand oiseau. Le paon s'envola, franchit les tombes, et retourna aux terrasses du château.

« Regardez, dit le garde, la sale bête a souillé cet ange. Femme jusqu'au bout, je vous le dis, vanité, cri et souillure. »

Il s'assit sur une tombe et se mit à fumer. Mais au bout de deux minutes sa pipe s'éteignit. Je n'avais jamais vu Annable si troublé.

« L'église est en ruine, fis-je remarquer. Je suppose que toutes seront bientôt dans le même état, avec des paons dans les cimetières.

– Oui, murmura-t-il sans entendre mes paroles.

– Cette pierre est froide », dis-je en me levant.

Il se leva aussi et s'étira comme s'il était fatigué. La nuit était tombée, mais la lune croissait et s'inclinait à l'est.

« Quelle belle soirée! m'écriai-je; sentez-vous le parfum des violettes?

– Oui. La lune a l'air d'une femme enceinte. Je me demande ce que le Temps a mis dans son ventre.

– Vous avez envie d'émotions fortes? demandai-je.

– D'émotions! non; ce que j'attends n'est guère plus passionnant que cette église en ruine. Oh! mon Dieu! Je suis comme une belle maison, bien bâtie et finie, qui s'écroule sans que personne y ait habité.

– Allons, qu'avez-vous? dites-moi la vérité. »

Avec un rire amer il répondit :

« Venez. »

Annable me fit asseoir dans l'église, près de la porte du nord, entre deux bancs noirs et silencieux. Il posa soigneusement son fusil près de lui. Il était immobile et réfléchissait.

« La vérité ? dit-il enfin : eh bien, je vais vous la dire. J'ai été à Cambridge; mon père était un gros marchand de bétail; après avoir fait faillite il est mort pendant que j'étais à l'université et je n'ai pu passer mes examens; on me montra les avantages que j'aurais en devenant prêtre et je me laissai persuader. Je fus nommé vicaire dans un village du Leicestershire; c'était un pays charmant, peu peuplé, l'église était ancienne et belle, le presbytère superbe. Je n'avais pas grand-chose à faire et le curé (c'était le fils d'un comte) était généreux. Il me prêta un cheval et m'obligea à suivre les chasses. Quand je pense à ce village, je sens le parfum du chèvrefeuille dans l'herbe mouillée du matin. C'était délicieux, j'étais heureux et je remplissais bien ma tâche. Je crois que j'étais honnête et consciencieux.

« Une cousine du curé vint à l'époque des chasses; elle se nommait Lady Crystabel, et c'était une grande dame. La seconde année de mon séjour là-bas, elle vint en juin. Il y avait peu de monde et elle causait avec moi; j'aimais la lecture, elle s'amusait à faire l'enfant ignorante et me demandait de l'instruire et de lui parler; je le faisais avec enthousiasme. Elle m'obligeait à jouer au tennis avec elle, à l'accompagner dans ses promenades à cheval, à ramer pour elle sur la rivière. Elle disait que nous étions dans le désert et que nous pouvions faire ce que bon nous semblait. Elle me fit porter de souples vêtements de flanelle. Elle était charmante, franche, simple, je l'admirais de tout mon cœur. Elle resta tout l'été. Chaque matin, de bonne heure, lorsque je revenais de me baigner dans la rivière (on l'avait nettoyée et approfondie à cet effet), je la rejoignais dans le jardin; elle rougissait et nous nous promenions ensemble... Je me rappelle que je me séchais sur la rive à un endroit où elle pouvait me voir. J'étais fou d'elle et elle était plus folle encore de moi.

« Nous allâmes visiter des grottes en Derbyshire, un jour; elle s'éloigna des autres et s'attarda, et nous jouâmes une espèce de partie de cache-cache avec nos amis. Ceux-ci crurent que nous les avions devancés et ils partirent en fermant la porte à clef. Alors Lady Crystabel fit semblant d'avoir peur et se cramponna à moi, parla de ce que diraient les gens et cacha son visage contre ma poitrine. Je la pris dans mes bras et l'embrassai; j'étais prêt à tout réparer. Je découvris plus tard, ce fut elle qui me l'avoua, qu'elle avait puisé cette idée dans un mauvais roman français : *Le Roman d'un jeune homme pauvre.* J'étais le jeune homme pauvre!

« Notre mariage fut célébré. J'obtins une cure dans le domaine de ma femme et nous allâmes habiter son château. Elle ne me quittait pas des yeux. Seigneur, nous étions des amoureux fous, et ce qu'elle aimait en moi c'était ma beauté physique. J'étais pour elle une statue grecque, s'il vous plaît : Hercule, Croton, que sais-je encore. Elle avait trop de liberté, je lui laissais faire tout ce qu'elle voulait de moi.

« Puis, peu à peu, elle se fatigua; il lui fallut trois ans pour se rassasier de moi. J'avais un beau corps, il m'en reste encore quelque chose... »

Il tendit le bras et m'ordonna de tâter ses biceps. Je fus surpris... La chair dure remplissait presque sa manche.

« Ah! continua-t-il, vous ignorez ce qu'est l'orgueil d'un corps tel que le mien! Mais, Lady Crystabel ne voulait avoir d'enfants à aucun prix, elle disait qu'elle avait peur. Ce fut la première cause de nos querelles; puis elle se refroidit, et si vous ne connaissez pas l'orgueil que j'avais de mon corps, vous ne pouvez comprendre l'humiliation que je ressentis. Je tentai quelques reproches, mais elle parut simplement étonnée de mon aplomb. Je ne pus vaincre cette surprise.

« Elle commença à penser à son âme. Un poète s'empara d'elle; elle s'inspira de Burne-Jones ou de Waterhouse, – c'était Waterhouse, elle était comme une de ses femmes, Lady Shalott, je crois. En tout cas elle pensait à son âme et j'étais son animal, son bœuf. Je supportai cette situation pendant plus d'un an. Puis j'empruntai les vêtements d'un domestique et je partis.

« Le bruit courut qu'on m'avait vu en France, en Australie; mais je ne quittai pas l'Angleterre; on supposa que j'étais mort dans la brousse. Lady Crystabel épousa un jeune homme.

« Plus tard on eut les preuves de ma mort et je lus mon article nécrologique dans un journal féminin auquel ma femme était abonnée. Elle l'avait écrit elle-même, pour avertir les jeunes filles du monde qu'il est dangereux de se laisser prendre aux séductions des *jeunes hommes pauvres*.

« Maintenant elle est morte. A la maison, là-bas, dans la cuisine, j'ai l'article qu'on a écrit sur elle; il y a plein de photographies, même une vieille photo de moi : une mésalliance malheureuse.

« Je me sens au bout de mon rouleau. Je me croyais un homme solide, d'âge mûr, et je reste sensible comme à vingt-six ans; je ne parlais pas autrement dans ma jeunesse.

« J'ai des enfants, vous n'en voyez pas souvent d'aussi bonne race... J'étais avant tout un bel animal et j'ai des enfants. »

Il contemplait la lune qui voguait entre les branches noires des cyprès.

« Ainsi il est mort, votre pauvre paon », murmurai-je.

Il se leva sans quitter le ciel des yeux, et s'étira. Sa silhouette imposante, aux bras étendus, se détachait en noir sur le clair de lune.

« Sans doute, dit-il, elle n'avait pas tous les torts.

– C'était un paon... blanc », hasardai-je.

Annable se mit à rire.

« Rentrez par la route, conseilla-t-il, je crois qu'il va y avoir du vilain dans le bois.

– Très bien, répondis-je avec un frisson de crainte.

– Oui, elle était belle », grommela-t-il.

Je me levai dans l'ombre et tendis la main. En la voyant baignée de clair de lune, je fus surpris par la sympathie que sa blancheur semblait exprimer. Annable la serra, la garda un moment et s'éloigna.

Je quittai le cimetière sans pouvoir me défendre d'un sombre ressentiment contre les tombes délabrées qui gisaient inanimées sur mon chemin. L'air était lourd à respirer, et effrayante était l'ombre des grands arbres. Je me réjouis d'arriver sur la blanche route nue, de voir les lanternes d'une charrette anglaise et d'entendre l'amical bavardage des sabots des petits poneys qui trottaient vers moi. Quand l'équipage eut disparu je me sentis tout seul.

Sur la colline, le gros visage empourpré de la lune se montrait au-dessus des cimes d'arbres, majestueux et lointain, et cependant tout proche. Je me tournai avec une amitié soudaine vers les branches des ormes qui, parsemées de douces fleurs, formaient un charmant réseau au-dessus de ma tête. Je fis un bond et pressai les molles touffes fraîches contre mon visage afin de n'être plus seul; et tout en marchant j'étendis la main pour toucher les doux bourgeons des arbres. Le bois exhalait son parfum avec une sympathie pénétrante. Les pins adoucissaient leur contact pour moi, les mélèzes s'éveillaient du sommeil stérile de l'hiver, et tendaient leurs doigts veloutés pour me caresser au passage. Seules les branches claires et dénudées des frênes symbolisaient la discipline de la vie. Je regardai à mes pieds les taches sombres formées par les arbres qui remplissaient la carrière et les creux de la vallée, et le monde, cette partie du monde qui avait été mon berceau, prit à mes yeux un aspect étrange.

Quatre ou cinq jours après notre conversation dans le cimetière j'allai chercher Annable. C'était un dimanche matin. Les mélèzes, toutes voiles dehors, déployaient leur verdure, fraîche et lyrique, et quelques primevères blanches s'éparpillaient à la lisière du bois sous l'abri des rameaux. C'était une de ces claires matinées où le monde endormi revient à la vie et se remet à vibrer. La fumée d'une chaumière montait, bleue sur les arbres, et jaune sur le ciel. Le feu sans doute venait d'être allumé et le bois exhalait sa fumée.

Sam sortit de la maison et regarda autour de lui. Puis il grimpa sur l'ange de pierre pour voir plus loin. Evidemment mécontent, il sauta à terre sans faire attention à moi et grimpa en courant la colline jusqu'au bois. « Il cherche son père », pensai-je; j'abandonnai le chemin pour traverser la grande prairie inculte, les tiges blanchies des chardons de l'an passé craquaient sous mes pas et les trous creusés par les lapins me faisaient trébucher. Sam arriva au mur qui longeait la carrière; en un clin d'œil il eut atteint le sommet. En arrivant à mon tour au pied du mur je fus déconcerté, car le flanc de la carrière tombait à pic et le fond était plein de pierres détachées. Je regardai autour de moi et j'aperçus sur le mur la trace de gros souliers. Je me penchai de nouveau sur la carrière, et je vis, comment ne l'avais-je pas vu plus tôt ? que des pierres formaient un escalier inégal comme on en voit souvent dans les clôtures du Derbyshire. Cette échelle avait souvent servi; je m'y risquai et je descendis en me cramponnant au mur. Une fois en bas, je me réjouis d'avoir découvert et employé le passage inconnu, et j'admirai le soin et l'ingéniosité du garde qui avait adapté et calé les grosses pierres pour en former cet escalier branlant.

Il faisait chaud dans la carrière; le soleil paraissait plus épais et plus doux; de précoces violettes brillaient sur les talus; les touffes de genêts étaient couvertes d'étincelles et, dans les pierres, des tussilages s'argentaient déjà. Là, le printemps à peine éveillé dénouait ses longs cheveux étincelants et ouvrait ses yeux violets.

Je traversai la carrière et j'allai au bord du ruisseau qui murmurait un conte aux primevères et aux arbres en bourgeons. Au milieu de ma flânerie parmi les fleurs nouvelles, un bruit de pierres remuées me fit tressaillir.

« Que fait ce petit vaurien ? » pensai-je.

Je courus à l'autre bout de la carrière; là, l'atmosphère était plus humide; des buissons poussaient, et le mur était plus haut que celui du côté opposé, bien qu'il fût aussi formé de vieilles pierres sèches. En m'approchant j'entendis un bruit de pierres et le grondement de Sam qui travaillait avec acharnement. L'enfant était caché par un grand buisson de chatons de saule, tout jaune, tout murmurant d'abeilles, exhalant une chaude odeur d'épices. Je me mis à rire en voyant Sam s'acharner en grognant sur les pierres tombées de la carrière qui formaient un gros tas mélangé de terre et de plantes écrasées. Une grande brèche s'ouvrait dans le mur. Cependant l'ardeur que l'enfant apportait à son travail m'inquiéta; je me hâtai de le rejoindre.

Sam m'entendit; il se retourna vers moi, le visage rougi par l'effort, les yeux agrandis d'effroi, et commanda :

« Tirez-le de là ! Tirez-le de là ! »

Mon cœur battit à me suffoquer. J'aperçus la main du garde sous les pierres. Je me mis à l'œuvre et nous travaillâmes longtemps sans parler. Enfin je saisis le bras du garde et j'essayai de le dégager. Mais je ne pus y arriver.

« Tirez-le de là », gémissait l'enfant, travaillant avec fureur.

Quand nous eûmes réussi, je vis tout de suite qu'Annable était mort; et je m'assis, tremblant de fatigue. Le garde avait une grande blessure à la tête. Sam posa son visage contre celui de son père, il reniflait comme un chien, cherchant un signe de vie. L'enfant me regarda.

« Il ne veut pas se lever », dit-il; et sa petite voix était rauque de frayeur et d'anxiété.

Je secouai la tête. Alors le petit garçon se mit à gémir. Il essaya de fermer les lèvres relevées par la douleur de la mort, et qui laissaient voir les dents; puis ses doigts errèrent autour des yeux vitreux et grands ouverts; je compris qu'il tremblait d'y réveiller la vie.

« Il ne dort pas, dit-il, puisque ses yeux sont ouverts; voyez ! »

Je ne pus supporter les questions terrifiées de l'enfant. Je voulus l'entraîner loin de là, mais il se débattit pour rester libre.

« Aidez-le à se lever, aidez-le à se lever », criait-il délirant, et je dus le laisser aller.

Il courut au mort en criant :

« Père ! Père ! » et le tira par l'épaule; puis il s'assit, fasciné par la blessure, tendit le doigt pour la toucher et frissonna.

« Viens, dis-je.

– Qui a fait ça ? » demanda-t-il en montrant la blessure.

Je couvris le visage d'Annable avec un grand mouchoir de soie.

« Allons, dis-je, il dormira si tu ne le touches pas; reste tranquille pendant que je vais chercher quelqu'un. Veux-tu aller au château ? »

Il secoua la tête; je savais qu'il refuserait. Je lui ordonnai de ne pas toucher à son père, et de le laisser reposer jusqu'à mon retour. Il me regarda partir, et, malgré sa terreur de se voir ainsi abandonné, il resta assis sur une pierre auprès du cadavre.

Je courus au château; je n'osai pas aller aux chenils. Quelques instants plus tard, je revenais avec le châtelain et trois hommes. Je marchais en tête du petit groupe et je vis l'enfant soulever un coin du mouchoir pour voir si le sommeil avait fermé les yeux de son père. En nous entendant, il tressaillit violemment. Je n'oublierai jamais le regard qu'il me lança lorsque, le mouchoir enlevé, le visage du mort lui apparut dans toute son horreur.

« Triste affaire, triste affaire, répétait le châtelain, triste affaire. Je lui avais bien dit que les pierres n'étaient pas solides; il prétendait ne rien risquer. Mais sait-on jamais! Il était sans doute au milieu de l'escalier et tout le mur est tombé sur lui. Quelle triste affaire! quel terrible accident! »

L'enquête conclut à une mort accidentelle. Mais dans le village le bruit courut que quelqu'un s'était vengé du garde-chasse.

On décida de l'ensevelir sous les hêtres du cimetière de Greymede; la veuve le désirait et cette consolation ne pouvait lui être refusée. Ce fut par une magnifique matinée printanière que je vis le cortège descendre la colline sous les arbres. La trame des airs était tissée par la chanson des alouettes et le monde frémissait de concevoir l'été. La brise des bois avait fait naître les jeunes anémones pâles, et quand, par hasard, le soleil chaud se frayait un chemin sous les noisetiers, de nouveaux petits soleils s'entrouvraient et dardaient une vraie lumière. Tout avait le frisson et l'émoi que ressent une femme qui vient de concevoir. Dans un coin abrité, un saule ressemblait à un nuage doré par l'aurore; en s'approchant, on voyait qu'un colback de conte de fées se balançait sur chaque rameau; l'arbre d'or, pareil à un buisson sacré, exprimait sa joie, par le murmure des abeilles et par son chaud parfum. Des oiseaux s'appelaient et jaillissaient de tous côtés; ils s'esquivaient triomphants avec des brins d'herbe flottants ou des touffes de laine, plongeaient dans les profondeurs du bois et reparaissaient dans le ciel bleu.

Un jeune garçon traversait le champ d'une ferme; un chien trottait à ses côtés; un chien, non, un agneau aux pattes noires, la queue pendante, qui faisait beaucoup de manières. Ils allaient dans le communal rejoindre les mères brebis qui ressemblaient à de petits nuages gris au milieu des buissons.

Je ne pus m'empêcher d'oublier et de partager le triomphe du pinson qui s'élance en emportant la laine prise à la ronce. Ce brin couvrira le nid de mousse et s'unira à merveille au doux poil roux de la vache. Quelle aubaine! quelle extase de l'avoir happé au bon moment, quand le nid est presque fini.

Mais la grive méprisante élève la voix dans la haie. Elle presse son flanc dans la boue et la modèle toute chaude pour ses œufs de turquoise, les plus bleus des œufs, réunis sous le flanc de la mère, tout heureux d'être blottis là. L'extase brille dans les yeux de la grive qui couve, quand elle sent contre son flanc la caresse de ses œufs ronds.

Comme le passereau se hâte! il espère que je ne le verrai pas s'élancer dans le buisson bas. C'est un délice de le surveiller en dépit de sa timide petite volonté. Mais tous se sont levés, à grand bruit d'ailes, ils sont partis, tous les oiseaux. L'air est plein d'agitation, pas une alouette dans le ciel, pas une seule; pas une aile, pas un point scintillant au firmament!... mais voici les hérauts qui paraissent; ils flottent comme des ombres dans l'air brillant, crient, se lamentent et ne cessent de se tourmenter. S'élevant et descendant, tournant en rond, les vanneaux au vol lent crient et geignent de chagrin. Ils lèvent leurs grandes ailes. Ils s'abaissent vers le sol, les vanneaux, puis dans un nouvel élan d'angoisse et de protestation, ils reprennent leur essor, offrant leur poitrine blanche et luisante au soleil, qu'ils renient dans l'ombre noire, puis ils scintillent tout verts, sans cesser de crier de désespoir.

Dans la chasse gardée, les faisans effrayés s'élancent dans les haies. Le coq, dans sa hâte, s'envole, déploie ses panaches flottants et cingle vers la sécurité des bois.

Un cri répond aux vanneaux, répète plus haut et plus fort leur lamentation, et ce gémissement fait taire les oiseaux. Des hommes arrivent au sommet de la colline; le vieux châtelain lent et droit ouvre la marche; six hommes portent le cercueil sur leurs épaules et s'avancent lourdement, avec précaution, courbés sous le poids du lourd cercueil dont le bois blanc brille au soleil; six hommes les suivent, qui, gênés, attendent leur tour de porter le fardeau. Des mouchoirs rouges sont noués autour de leur cou, et la chemise bleue et blanche paraît dans l'ouverture du gilet. Le cercueil de bois grossier rayonne et étincelle au soleil; ceux qui le portent se souviendront toute leur vie de l'odeur des planches de hêtre.

De nouveau un grand cri résonne sur la colline. La femme du garde-chasse a suivi le cortège, la grosse femme déformée; elle pousse de grandes clameurs derrière le cercueil blanc qui descend la colline; et les enfants cramponnés à ses jupes pleurent et ne veulent pas se laisser calmer par l'autre femme qui se penche sur eux, mais ne fait pas partie du groupe. Comme ces pleurs effrayent les oiseaux, les lapins et les agneaux qui courent à leur mère! Mais les vanneaux n'ont pas peur; ils ajoutent leur chant à ce chagrin; ils entourent le cercueil blanc qui disparaît; ils entourent la femme; ce sont eux qui toujours pleurent les chagrins du monde. Ils ressemblent à des prêtres vêtus de soutanes; ils ont plus de noir que de blanc, plus de chagrin que d'espoir; ils tournent sans cesse, s'élèvent, retombent, chantent lugubrement leur affliction et répètent les dernières syllabes avec les accents brisés du désespoir.

Les porteurs se sont enfoncés entre les hauts talus et ont disparu. La grosse femme ne peut les voir et cependant elle regarde encore. Il faut qu'elle retourne chez elle, ici, rien ne reste plus.

Le cercueil est posé sur les piliers de la barrière et les porteurs essuient la sueur de leur visage. Ils mettent la main sur leurs épaules où pesa le fardeau.

Les six autres placent les tampons sur leurs épaules quand une jeune fille arrive avec une cruche et un verre bleu. Le châtelain boit le premier et verse à boire à ses compagnons. Pendant ce temps, la jeune fille s'écarte au bord de la haie, loin du cercueil qui sent le hêtre neuf. Elle imagine l'homme enfermé dans les ténèbres, tandis que le soleil inonde le monde, et d'un geste de terreur elle met la main sur son sein. Il faut qu'elle se détourne et cherche à tâtons, dans les feuilles, les violettes qu'elle ne voit pas. Puis, tremblante, elle revient à elle, cueille quelques fleurs, aspire le parfum dans son âme pour la réconforter. Les hommes lui rendent la cruche en la remerciant, et le châtelain donne le signal du départ. Les porteurs soulèvent leur fardeau; les branches de hêtres résonnent sur le bois blanc et creux, les touffes rouges de leurs fleurs pleines de pitié le caressent comme si elles chuchotaient dans leur sympathie : « Nous avons tant de peine, tant de peine »; et les boutons compatissants, gonflés de vie, se penchent pour consoler l'homme enfermé là.

« Peut-être, pense la jeune fille, il les entend et s'endort doucement. » Elle secoue sur le sol les larmes de ses yeux et, prenant sa cruche, descend lentement vers le ruisseau.

Au bout d'un moment je me levai aussi et je me dirigeai vers le moulin rouge et paisible; la fumée bleue s'élevait vers le ciel, aussi charmante, aussi insouciante que jamais. De l'autre côté de la vallée, deux chevaux hochaient la tête en traçant un sillon. Un homme leur lançait parfois un appel sonore, et ce bruit me remplissait du désir de marcher derrière mes chevaux dans la vallée tranquille et solitaire, pleine de soleil et d'éternel oubli.

Le jour avait déjà oublié. L'eau était bleue et blanche et brunie d'ombres, deux cygnes voguaient au milieu du reflet des arbres avec une grâce joyeuse. La tristesse qui avait traversé le monde s'était dissipée. Je contemplai le cygne aux ailes ébouriffées qui avançait en se rengorgeant; sa compagne élancée lançait de furtifs regards sous les buissons; j'avais envie de leur jeter une averse de gousses vides des fleurs de l'an passé, d'herbes et de scabieuses.

J'étais trop indolent et je pris le chemin du verger.

Là, les narcisses levaient le front et rejetaient en arrière leurs boucles blondes. Au pied de chaque arbre gris et penché, s'abritait un groupe de fleurs, quelques-unes dans tout l'éclat de leur épanouissement d'or, d'autres levant légèrement la tête pour montrer un doux visage modeste; d'autres encore, cachées, se courbaient pensives, au milieu des légères herbes vertes. J'aurais voulu connaître leur langage pour me faire comprendre d'elles.

Au-dessus de moi, les arbres, les doigts levés, secouaient leurs cheveux au soleil et se paraient de boutons aussi blancs et aussi frais que le sein des nymphes des eaux.

La joie revint en mon cœur. Les fleurs rondes du tussilage rayonnaient et riaient, joyeuse troupe dans le sentier; je caressai leurs visages de velours, en riant aussi, et je sentis le parfum des feuilles de cassis, qui évoque les souvenirs d'enfance.

La maison était tranquille et satisfaite; elle était de nouveau peuplée de fantômes; mais les fantômes n'étaient revenus que pour jouir de sa chaude intimité; leurs bras étaient chargés de soleil qu'ils éparpillaient dans la nuit des pièces fermées.

L'IRONIE DES MOMENTS INSPIRÉS

PAR hasard, le lendemain de l'enterrement, je trouvai des reproductions de l'Atalante d'Aubrey Beardsley, le cul-de-lampe de Salomé et d'autres gravures. Je m'assis pour les regarder et mon âme bondit. J'étais effaré et fasciné; j'admirais à contrecœur; longtemps, je les contemplai, mais ni mon esprit ni mon âme ne recouvraient leur froide raison. J'étais fasciné et vaincu malgré ma résistance obstinée.

Lettie était sortie, et, bien que ce fût l'heure du déjeuner, ou peut-être pour cette raison, je pris le livre et je descendis au moulin.

Le repas était fini; le parfum de la compote de rhubarbe flottait dans la pièce; j'allai droit à Emilie, renversée sur sa chaise, et je plaçai Salomé devant elle.

« Regardez, dis-je, regardez. »

Elle obéit; comme elle était myope, elle se pencha sur la gravure; j'attendais avec impatience qu'elle parlât; enfin, elle se retourna lentement, et leva les yeux sur moi sans oser me questionner.

« Eh bien ? dis-je.

– C'est effrayant, répondit-elle à voix basse.

– Effrayant ?... pourquoi ?

– On se sent... pourquoi avez-vous apporté cela ?

– Je voulais vous le faire voir. »

J'éprouvais un soulagement en voyant qu'elle aussi était prise au charme.

Georges se pencha sur mon épaule. Je sentais la chaleur de son corps lourd.

« Grand Dieu ! » s'écria-t-il d'une voix traînante et presque amusée; les enfants se rassemblèrent autour de nous; Emilie ferma son livre.

« Je serai en retard. Dépêche-toi, Dave ! » Et elle alla se laver les mains avant de partir pour l'école.

« Voulez-vous me prêter ce livre ? » demanda Georges en tendant la main; je lui donnai le volume et il s'assit pour regarder les dessins. Emilie entra, prête à partir.

« Je m'en vais, adieu... », dit-elle; hésitante, elle attendit. Je fis le geste de prendre ma casquette. Georges leva la tête, une expression nouvelle brillait dans ses yeux.

« Vous partez ? demanda-t-il; attendez un instant, je viens.

– Oh ! très bien, au revoir », dit Emilie d'un ton amer, et elle partit.

Après avoir longtemps regardé les gravures, il se leva et nous sortîmes. Mon ami portait le livre, son doigt enfoncé dans les pages; en silence, nous prîmes le chemin de la jachère. Georges s'assit sur un talus, le dos appuyé contre un houx, et dit d'une voix très calme :

« Maintenant, nous avons tout notre temps... » Il se mit à examiner les illustrations.

« Il faut qu'elle soit à moi ! » dit-il à brûle-pourpoint.

Ces paroles inattendues me firent tressaillir.

« Qui ? demandai-je.

– Lettie. On nous a donné congé, vous savez ? »

Dans ma surprise, je me levai d'un bond.

« Congé ? Pourquoi ?

– A cause des lapins, je suppose. Croyez-vous qu'elle m'acceptera, Cyril ?

– Quitter le moulin de Strelley ! répétai-je.

– Oui, et je m'en réjouis presque. Mais croyez-vous qu'elle m'acceptera, Cyril ?

– Quel malheur ! Où irez-vous ? Et vous avez le courage de plaisanter...

– Non. Qu'importe ce sacré congé ! C'est Lettie qu'il me faut. Plus je vois ces formes nues, plus je la désire; c'est une sensation cruelle, comme les courbes de ces corps de femmes... Je ne sais pas ce que je dis ! Croyez-vous qu'elle m'acceptera ? A-t-elle vu ces dessins ?

– Non.

– Si elle les voyait, peut-être éprouverait-elle le même désir pour moi... Cette sensation aiguë la pénétrerait.

– Je les lui montrerai; nous verrons bien.

– J'ai beaucoup réfléchi, depuis que père a reçu son congé. J'ai eu l'impression que le sol manquait sous nos pieds. Je ne me suis jamais senti aussi désemparé. Puis je me suis mis à penser à Lettie. Je me suis demandé si elle m'accepterait, mais ce désir n'était pas clair en moi avant que vous me montriez ces dessins. Il faut que j'aie Lettie si je peux, il faut que j'aie quelque chose. C'est sinistre de sentir la route se dérober sous vos pas, de ne pas savoir où aller. Il faut que j'aie quelque chose de sûr, sinon j'aurai l'impression de tomber au fond d'un abîme et de m'y rompre le cou. Je veux demander à Lettie de m'épouser. »

Il était étendu sous le houx; je ne reconnaissais pas l'expression de son visage rêveur et enfantin.

« Vous ? dis-je. Quand ? Comment ?

– Tout de suite, pendant que je me sens comme un fantôme perdu dans le néant. Vous me croyez fou ? »

Il leva la tête vers moi, ses paupières tombaient lourdement sur ses yeux comme s'il était ivre ou accablé de fatigue.

« Est-elle à Woodside ? dit-il.

– Non, elle est allée à Nottingham. Elle rentrera avant la nuit.

– Il faut que je la voie. Sentez-vous ce parfum de violettes ? »

Je répondis que non. Il était sûr que des violettes étaient cachées par là et n'eut pas de repos avant d'avoir justifié cette sensation. Lentement, il cherchait les fleurs, le long du talus.

« Je le savais bien. Elles sont blanches. »

Il s'assit, cueillit trois fleurs, les porta à ses narines, et respira leur parfum. Puis il les mit dans sa bouche et les broya de ses dents fortes. Après les avoir mâchées un moment sans parler, il les cracha et en cueillit d'autres.

« Elles aussi me rappellent Lettie, dit-il en enroulant une tige de chèvrefeuille autour du bouquet qu'il me tendit.

– Ressemble-t-elle aux violettes blanches ? demandai-je en souriant.

– Donnez-lui ce bouquet et dites-lui que je l'attendrai dans les bois quand la nuit sera venue.

– Mais si elle refuse ?

– Elle viendra.

– Si elle est sortie ?

– Venez me le dire. »

Il s'allongea de nouveau, la tête sur les feuilles vertes des violettes et dit :

« J'ai du travail, il faut préparer l'inventaire, mais que m'importe... »

Il me regarda un moment et ajouta :

« Il ne me restera guère plus de vingt livres quand tout sera vendu; mais si elle accepte, elle a assez d'argent pour débuter au Canada. Je deviendrai riche; elle aura tout ce qu'elle voudra, je suis sûr qu'elle aura tout ce qu'elle voudra. »

Il parlait d'un ton calme comme si c'était chose faite.

« Quelle robe portera-t-elle quand elle viendra au rendez-vous ? demanda-t-il.

– Je ne sais pas; celle qu'elle a mise pour aller à

Nottingham, sans doute, un costume marron avec un manteau ajusté. Pourquoi ?

– Je veux déjà pouvoir l'imaginer.

– Ne vendez pas la peau de l'ours, dis-je.

– Et moi, comment dois-je m'habiller ?

– Vous ? Restez comme vous êtes, non, mettez votre vieille veste de drap. » Je souriais, mais il était très sérieux.

« Si je mettais mon costume neuf ?

– Non. Il faut qu'on voie votre cou. »

Il porta la main à sa gorge et dit d'un ton naïf :

« C'est vrai !... » Cette idée l'amusa.

Couché sous l'arbre, il continua à contempler les branches. Je le quittai et j'errai dans les champs où je trouvai des fleurs et des nids d'oiseaux.

Quand je revins, il était presque quatre heures. Georges se leva et s'étira, regarda sa montre.

« Grand Dieu, dit-il; je suis resté là à réfléchir tout l'après-midi. Je ne croyais pas que pareille chose était possible. D'où venez-vous ? Tout est bouleversé, vous voyez. Vous avez oublié les violettes, là; prenez-les et dites à Lettie que je viendrai quand la nuit tombera. Je me sens tout autre, ou tout à fait moi. Je voudrais ne jamais me réveiller de ce songe.

– Pourquoi ?

– Je l'ignore, mais je sens que je pourrai parler sans rien préparer, comme les oiseaux qui ne s'inquiètent pas de l'air qu'ils vont siffler. » Il ajouta comme j'allais partir :

« Laissez-moi ce livre, il me maintiendra comme je suis. Je ne suis pas le même qu'hier et ce livre me gardera ainsi. C'est peut-être une crise de folie, j'en ai souvent, quand il se passe des événements extraordinaires. A la tombée de la nuit. »

Lettie n'était pas arrivée quand je rentrai. Je me rappelai que Georges souhaitait qu'elle vît les gravures; il avait peut-être bien fait de les garder.

Vers six heures, elle arriva en auto avec Marie. Mais celle-ci ne descendit pas. Je sortis pour aider à porter les paquets. Lettie avait déjà commencé à faire ses achats; le mariage devait avoir lieu en juillet.

La pièce fut bientôt encombrée : linge de table, lingeries, pièces de soie et de dentelles, modèles de rideaux et de tapis, tout un étalage étincelant. Lettie était ravie. Elle prit à peine le temps d'enlever son chapeau, et coupait les ficelles, dépliait les paquets; tout en parlant à ma mère.

« Regardez, petite femme, j'ai acheté un jupon tout fait, c'est exquis, n'est-ce pas? Ecoutez? » Et elle le chiffonna dans ses mains. « Je ferai un bruit délicieux. Froufrou. La teinte est ravissante, n'est-ce pas? et ça ne grossit pas. » Elle mit le jupon devant elle, tendit le pied et remarqua :

« La longueur est parfaite, n'est-ce pas, petite femme? on m'a dit que j'étais grande; c'est épatant. Il vous fait envie hein, petite femme? Vous ne voulez pas l'avouer. Oui, vous aimez être belle, c'est pour cela que je vous ai acheté ce coupon de soie, c'est joli, hein? Non, ne dites pas qu'il y a trop de mauve, ce n'est pas vrai. Allons. » Elle plissa l'étoffe et la mit sous le menton de ma mère. « Elle vous va très bien. Elle ne vous plaît pas, ma chérie? Elle n'a pas l'air de vous plaire; pourtant, elle vous va, elle vous donne l'air si jeune! Pourquoi avoir des idées si vieux jeu? Elle ne vous plaît pas, dites-le-moi.

– Mais si, je pensais seulement que tu es très dépensière quand tu te mets à acheter; tu sais qu'il faut faire attention.

– Allons, allons, chérie, ne prenez pas ce ton grondeur. C'est si amusant d'acheter; vous m'accompagnerez la prochaine fois, n'est-ce pas? Que je me suis amusée, mais j'aurais voulu vous avoir avec moi; Marie prend n'importe quoi, elle n'est pas difficile; j'aime à faire de bonnes affaires. Oh! c'était splendide et vous n'avez pas encore tout vu. Voyez ce coussin, ce sont les couleurs que je choisis pour ma chambre, or et ambre. »

Les circonstances étaient contraires au vœu de Georges. Déjà des ombres obscurcissaient l'éclat du jour et apaisaient le scintillement de l'eau. L'ouest se dorait comme un fruit mûr, et je pensais que la rencontre ne pourrait avoir lieu. Enfin, cependant, Lettie se jeta en soupirant sur le divan et dit qu'elle était fatiguée.

« Viens prendre une tasse de thé dans la salle à manger, proposa ma mère, j'ai dit à Rébecca de verser l'eau quand tu es arrivée.

– Très bien. Leslie viendra ce soir, je crois, vers huit heures et demie; faut-il lui montrer mes achats ?

– Ce n'est pas l'affaire d'un homme.

– Il faudra que je change de robe, pourtant, je n'en ai pas envie. Rébecca, venez voir ce que j'ai acheté ! Becky, voulez-vous plier tout cela et le poser sur mon lit ? »

Dès qu'elle fut sortie, Lettie dit :

« Ça l'amusera, n'est-ce pas, mère, de ranger de si jolies choses ? Faut-il que je m'habille, mère ?

– Comme tu voudras.

– Je crois qu'il le faut. Leslie n'aime pas les blouses et les jupes le soir; il déteste les ceintures. Je mettrai ma vieille robe en cachemire crème, elle est jolie maintenant que je l'ai garnie de dentelles. Que ces violettes sentent bon; qui les a apportées ?

– Cyril.

– C'est Georges qui te les envoie, dis-je.

– Allons, je vais m'habiller. Comme les hommes nous tourmentent !

– C'est un tourment qui te plaît, observa ma mère.

– Moi ? Quelle scie !... » Elle monta en courant.

Le soleil était rouge derrière Highclose. Je m'agenouillai devant la fenêtre et je souris du destin et des gens qui s'imaginent que les drames du cœur ont besoin de décors étranges. Le soleil baissait lentement derrière les cèdres, et derrière la colline.

« Je vais annoncer à Georges qu'il n'a rien à attendre », pensai-je.

Cependant, j'allais et venais dans la pièce sans pouvoir me décider à partir. Lettie descendit, vêtue d'une robe blanche ou crème, décolletée en rond. Elle était de nouveau fraîche et charmante et l'exaltation de l'après-midi pétillait encore en elle.

« Je vais mettre ces violettes », s'écria ma sœur en se regardant à la glace; elle sortit les fleurs de l'eau, les sécha et les épingla au milieu des dentelles.

« Nous sommes jolies ce soir, Lettie et moi, n'est-ce pas ? » dit-elle avec un sourire; elle me jeta un regard puis revint à son image qui éclairait la pièce sombre.

« A propos, annonçai-je, Georges Saxton voulait te voir ce soir.

– Pourquoi ?

– Je ne sais pas. On a renvoyé les Saxton de leur ferme, et je crois qu'il est d'humeur sentimentale.

– Bon; il va venir ?

– Il a dit qu'il irait t'attendre dans les bois.

– Mais voyons, c'est impossible !

– Oh ! si tu ne peux pas... Ce sont ses violettes que tu portes, soit dit en passant.

– Oui ? cela ne fait rien. Mais pourquoi veut-il me voir ?

– Je n'en sais rien, je t'assure. »

Elle jeta un coup d'œil au miroir, et puis à la pendule.

« Voyons, remarqua-t-elle, il n'est que huit heures moins un quart. Trois quarts d'heure. Mais pourquoi a-t-il besoin de moi ? Je n'ai jamais vu chose pareille !

– C'est surprenant, n'est-ce pas ? observai-je avec ironie.

– Oui. » Elle se regarda encore à la glace.

« Je ne veux pas sortir comme cela.

– Eh bien, ne sors pas !...

– D'ailleurs, il fait presque nuit, on n'y verra rien dans le bois, n'est-ce pas ?

– Non.

– Allons, j'irai une minute au fond du jardin, va me chercher mon châle de soie dans mon armoire; vite, pendant qu'on y voit. »

Je courus chercher l'écharpe. Elle s'en couvrit la tête. Nous descendîmes l'allée du jardin. Lettie relevait ses jupes avec soin. Un rossignol se mit à chanter dans le crépuscule; nous allâmes en silence jusqu'au rhododendron tout rose de boutons.

« Je ne peux pas aller dans le bois, dit-elle.

– Viens jusqu'à l'avenue »; et nous fîmes le tour des sombres buissons.

Georges attendait. Je vis tout de suite que sa belle confiance en lui avait presque disparu. Lettie laissa retomber ses jupes et alla au jeune fermier. Il l'attendait gêné, conscient de sa gaucherie. Elle lui tendit la main avec hauteur.

« Vous voyez, dit-elle, je suis venue.

– Oui, je pensais que peut-être... » Il la regarda et soudain reprit courage. « Vous avez une robe blanche, vous êtes jolie, mais vous ne ressemblez pas à...

– A qui ? A quoi ?

– A personne, mais je vous voyais autrement, comme certains tableaux. »

Elle eut un sourire rayonnant et demanda d'un ton indulgent :

« Et pourquoi ne suis-je pas comme vous l'imaginiez ?

– Cette étoffe soyeuse, si simple...

– Cette étoffe soyeuse, comme vous l'appelez, ne me rend-elle pas jolie ? » Et d'un sourire elle relégua la soie au second plan.

« Oh ! oui, plus jolie que... ces formes nues.

– Vous êtes bizarre ce soir, pourquoi vouliez-vous me voir, pour me dire adieu ?

– Adieu ?

– Oui, vous partez, m'a dit Cyril. Je le regrette. Imaginez d'horribles étrangers au Moulin ! Mais je partirai bientôt aussi. Nous partons tous quand nous sommes grands. » Elle prit mon bras.

« Oui.

– Et où irez-vous ? au Canada ? Vous vous y établirez et vous deviendrez un patriarche, n'est-ce pas ?

– Je ne sais pas.

– Vous ne regrettez pas trop de partir ?

– Non, je suis content.

– Content de nous quitter ?

– Je le suppose, puisqu'il le faut.

– Ah ! le destin, le destin... Il nous sépare, que nous le voulions ou non !

– Quoi ?

– Eh bien, vous voyez, il faut nous séparer. Je ne peux pas rester; il commence à faire froid. Quand partez-vous ?

– Je ne sais pas.

– Pas encore ?

– Je ne sais pas.

– Je vous reverrai ?

– Je ne sais pas.

– Mais si, mais si. Eh bien, je m'en vais. Dois-je vous dire adieu maintenant, c'est ce que vous vouliez, n'est-ce pas ?

– Me dire adieu ?

– Oui.

– Non, ce n'était pas cela, je voulais, je voulais vous demander...

– Quoi ? cria-t-elle.

– Vous ne savez pas, Lettie, maintenant que la vieille vie est finie, combien j'ai besoin de vous, pour recommencer; tout est à refaire et je ne puis me passer de vous.

– Mais que pourrais-je faire ? je ne serais qu'une entrave. De quel secours serais-je ?

– Je sentirais que je suis décidé, que je puis faire quelque chose ! Maintenant tout est brumeux, je ne sais que faire.

– Et si, si je... que feriez-vous ?

– Si vous m'apparteniez, je pourrais partir tout de suite.

– Où ?

– Oh ! je prendrais une ferme au Canada.

– Eh bien, ne vaudrait-il pas mieux que vous alliez d'abord vous assurer...

– Je n'ai pas d'argent.

– Oh ! vous vouliez donc...

– Je ne voulais que vous, que vous. Je vous aurais donné...

– Quoi ?

– J'aurais été tout à vous; je vous aurais appartenu tout entier; je vous aurais donné tout ce que vous auriez voulu.

– Ce que j'aurais payé ? Quelle bonne affaire !... Non, oh ! non, Georges, je vous demande pardon. C'est un de mes soirs d'impertinence ! Ce n'est pas ce que je veux dire. Mais vous savez que c'est impossible... je suis fiancée, c'est impossible maintenant.

– Sans doute.

– Vous le savez. Regardez-moi, avouez que c'est impossible, moi la femme d'un fermier, moi avec vous au Canada !...

– Oui, je ne vous imaginais pas ainsi. Oui, je vois que c'est impossible. Mais en y songeant, il me semblait que vous deviez être mienne. Je ne continuerai pas à rêver. Ce sera la première et la dernière fois. Oui, c'est impossible. Maintenant, je suis décidé.

– Et que ferez-vous ?

– Je n'irai pas au Canada.

– Oh ! réfléchissez, je vous en prie.

– Non, je me marierai.

– Oui ? Oh ! je suis contente ! Je pensais que vous... que vous étiez trop épris... de vous-même, je veux dire. Je suis contente. C'est cela, mariez-vous !

– Oui, puisque vous...

– Oui, dit Lettie, c'est mieux. Mais je croyais que vous... » Elle eut un sourire de triste reproche.

« Vous aviez pensé cela ? demanda Georges en souriant gravement.

– Oui », murmura la jeune fille. Debout, l'un devant l'autre, ils se regardaient.

Il fit un mouvement impulsif vers elle. En se reculant légèrement, elle l'arrêta.

« Eh bien, je vous reverrai quelquefois; adieu... » dit Georges en tendant la main.

Un pas fit craquer le gravier. Leslie s'arrêtait en haut de l'avenue. Lettie, en l'entendant, se détendit avec une sorte de douceur féline et dit à Georges :

« Je regrette que vous partiez; cela brise la vieille vie. Vous dites que je vous reverrai ? » Elle laissa un moment sa main dans la sienne.

« Oui, répondit Georges, bonsoir. » Et il s'éloigna.

Elle garda un instant la même attitude penchée et gracieuse et le suivit des yeux, puis elle se détourna lentement. Elle fit à peine attention à Leslie.

« A qui parliez-vous ? demanda celui-ci.

– Il est parti, répondit-elle comme si elle ne pouvait le croire.

– Son départ a l'air de vous bouleverser. Qui est-ce ?

– C'est Georges Saxton.

– Ah ! lui...

– Oui.

– Que voulait-il ?

– Ce qu'il voulait ? Oh ! rien...

– Un simple rendez-vous, dans l'intérim, n'est-ce

pas ? » Il dissimulait généreusement sa contrariété par une plaisanterie.

« J'ai tant de remords... dit-elle.

– Pourquoi ?

– Oh ! ne parlons pas de lui, parlons d'autre chose, je ne puis supporter de parler de lui...

– Très bien », répondit-il. Et après un silence embarrassé : « Quel temps faisait-il à Nottingham ?

– Très beau.

– Vous ne tenez pas à ce que je vous accompagne ? Est-ce que je vous gêne déjà dans les magasins comme un vieux mari ?

– Je crois que oui !...

– C'est gentil, pourquoi ?

– Oh ! je ne sais pas.

– Mais si...

– Je suppose que vous ne me quitteriez pas; ce serait gênant.

– Je suis trop bien élevé.

– Rébecca a allumé la lampe du vestibule.

– Oui, il fait nuit. Je suis venu de bonne heure. Vous ne m'avez pas remercié.

– Je n'ai pas remarqué. Il y a de la lumière dans la salle à manger, allons-y. »

Ils entrèrent dans la salle à manger. Debout, près du piano, Lettie enleva soigneusement son écharpe. Puis elle erra distraitement dans la pièce.

« Vous ne venez pas vous asseoir? demanda Leslie en montrant une place près de lui sur le canapé.

– Pas encore », répondit Lettie qui se dirigea sans but vers le piano. Elle s'assit et se mit à jouer au hasard, par cœur. Puis elle fit cette chose irritante, elle joua des accompagnements de chansons, avec des passages où la voix aurait dû dominer.

« Dites, Lettie, interrompit Leslie au bout d'un moment.

– Quoi donc ? répondit-elle sans cesser de tapoter.

– Ce n'est pas intéressant.
– Non ? » Et elle continua à jouer.
« Ni très amusant !... »
Elle ne répondit pas. Il prit patience un moment, puis demanda :
« Cela va durer longtemps, Lettie ?
– Quoi ?
– Cette musique.
– Le piano ? Je m'arrêterai si vous voulez. »
Mais elle n'en fit rien.
« Oui, et cette indifférence ?
– Je ne comprends pas.
– Vraiment; mais moi je comprends... »
Elle continua à tapoter : « Si je créais un monde pour vous... »
« Assez ! » cria-t-il.
Elle alla jusqu'au bout du couplet et très lentement ferma le piano.
« Venez vous asseoir, ordonna Leslie.
– Non ! je ne veux pas; j'aimerais mieux continuer à jouer.
– Continuez votre sacrée musique et j'irai chercher quelque chose de plus intéressant.
– Si cela vous fait plaisir... »
Leslie ne répondit pas et elle fit lentement tourner le tabouret, ouvrit le piano et posa ses doigts sur les touches. Le bruit d'un accord fit tressaillir le jeune homme.
« Je pars, dit-il.
– Pourquoi, c'est de bonne heure », observa Lettie au milieu de la mélodie de *Meine Ruh is hin.*
Il mordit ses lèvres. Puis il fit une autre tentative.
« Lettie...
– Oui ?
– Voulez-vous cesser de jouer et être aimable ?
– Aimable ?

– Vous me mettez au supplice! Pourquoi êtes-vous si contrariée?

– Ce n'est pas moi qui le suis.

– Tant mieux. Qu'avez-vous donc?

– Rien.

– Très bien, je m'en vais.

– Vraiment, si tôt? »

Il ne partit pas et Lettie continua à jouer au hasard, de plus en plus lentement et nonchalamment. Une fois elle leva la tête pour parler, mais ne dit rien.

« Ecoutez! s'écria si brusquement Leslie qu'elle tressaillit et fit rendre au piano un son discordant. Que veut dire cela? »

Elle tapota un moment sans répondre, puis s'écria :

« Que vous êtes ennuyeux!...

– Je suis sans doute de trop, quand vous faites du sentiment avec ce laitier? Vous avez tort de vous gêner pour moi. Je vous laisserai la paix. J'irai vous le chercher si vous voulez; si c'est ce que vous désirez... »

Lettie fit lentement pivoter le tabouret de piano et le regarda avec un faible sourire.

« Vous êtes bien gentil... » répondit-elle.

Leslie ferma les poings et grimaça de rage.

« Cruelle!... » commença-t-il en levant le poing d'un geste expressif. Elle sourit. Alors il tourna sur ses talons, fit voler plusieurs chapeaux suspendus à la patère du vestibule, et partit en claquant la porte.

Lettie continua à jouer un moment, puis monta à sa chambre.

Leslie ne reparut ni le lendemain ni le surlendemain. Le premier jour Marie vint nous dire qu'il était allé visiter les nouvelles mines du Yorkshire et qu'il serait sans doute absent une semaine. Ces voyages d'affaires dans le Nord étaient assez fréquents. La société dont M. Tempest était directeur et principal actionnaire ouvrait de grandes mines dans les autres comtés, car les filons des autres pays s'épuisaient et donnaient peu de profit. On pensait qu'après son mariage Leslie habiterait le Yorkshire pour surveiller les nouveaux travaux. D'abord il se refusa à ce projet, mais plus tard il sembla l'approuver.

Pendant son absence, Lettie fut capricieuse et maussade. Elle ne parlait ni de Georges ni du moulin; elle prenait son air le plus hautain et le plus distingué.

Le soir du quatrième jour, nous étions dans le jardin. Les arbres chantaient de toutes leurs feuilles joyeuses. Ma mère, au milieu de son jardin, levait le visage sombre des oreilles-d'ours pour regarder leurs lèvres de velours ou tendrement arrachait une herbe de la terre noire. Les grives s'appelaient et criaient. Le cognassier flamboyait contre le mur tandis que la lumière devenait plus chaude; les touffes blanches des cerisiers en fleur se balançaient doucement sous la brise.

« Que vais-je faire, mère? demanda Lettie qui errait sur l'herbe pour ramasser les fleurs du cognassier; que vais-je faire? Je n'ai rien à faire.

– Eh bien, ma petite, n'as-tu envie de rien? Tu t'es ennuyée toute la journée; va voir quelqu'un.

– Eberwich est si loin!

– Vraiment? Va plus près. »

Lettie s'agita, inquiète et indécise.

« Je ne sais que faire, dit-elle; mieux vaudrait ne pas vivre que de gaspiller ainsi ses journées. Quel malheur d'être enterrée dans ce petit trou mortel, je voudrais habiter plus près de la ville; c'est terrible que tout l'agrément de la vie dépende de deux ou trois personnes!...

– Je n'y puis rien, ma chérie; fais quelque chose!...

– Quoi?... Je n'ai rien à faire!...

– A ta place, j'irais me coucher.

– Non! avec le poids mortel d'une journée inutile!... Je suis désespérée, prête à faire des folies...

– Bon! dit ma mère; fais-les, et n'en parlons plus!

– Oh! à quoi bon vous parler?... Ce n'est pas la

peine!... » Lettie se détourna, alla aux lauriers-tins, et se mit à cueillir leurs longues baies rouges.

Je pensais qu'elle passerait toute la soirée à s'agiter en vain; mais brusquement, elle s'immobilisa : on entendait le murmure léger d'une auto qui descendait rapidement la colline dans la direction de Nethermere; j'écoutais aussi... Je sentais les cahots de la voiture lorsqu'elle franchissait les ornières.

Un nuage de poussière s'éleva dans les arbres. Lettie, sur le qui-vive, leva la tête pour mieux écouter; l'auto courait sur la rive de Nethermere, puis les freins grincèrent, la voiture ralentit et s'arrêta. Bientôt, rapide et bruyante, elle passait devant la maison du garde, et montait l'avenue, sous bois, à grand fracas; Lettie était rouge, et ses yeux brillaient.

Elle s'en alla guetter près des buissons qui séparent la pelouse de la cour sablée, devant la maison; l'auto arriva sous les arbres, à toute allure : c'était la petite voiture dont Leslie se servait pour ses tournées d'affaires; elle était blanche de poussière; Leslie freina, et s'arrêta net, devant la maison.

Il sauta à terre; là, il chancela, étourdi et raidi par la course; son manteau et sa casquette prouvaient qu'il revenait d'un long voyage. Lettie l'appela : « Leslie!... » et vola à lui; il la prit dans ses bras, non sans l'entourer d'un nuage de poussière, il l'embrassa, et ils restèrent un moment sans bouger; Lettie leva enfin les yeux sur son fiancé, puis se dégagea pour enlever les lunettes d'auto qui le défiguraient; après l'avoir regardé tendrement, elle l'embrassa encore; il desserra son étreinte, et elle dit, d'une voix pleine de tendresse :

« Vous tremblez, mon chéri?...

– C'est la course!... Je ne me suis pas arrêté. »

Sans ajouter un mot, elle le fit entrer dans la maison.

« Que vous êtes pâle! Etendez-vous sur le divan, tant pis pour la poussière!... Je vous donnerai une veste de

Cyril. Mère, il a fait tous ces kilomètres en auto sans s'arrêter; dites-lui de s'allonger! »

Elle courut chercher une veste, arrangea les coussins, força Leslie à s'étendre sur le divan. Puis, elle lui enleva ses souliers, le chaussa de pantoufles... Il la regardait, pâle de fatigue et d'émotion.

« Je me demande si j'aurai une contravention pour excès de vitesse... Je sens encore rouler la route sous moi! dit-il.

– Pourquoi êtes-vous si imprudent?

– Je serais devenu fou si je n'étais pas venu en toute hâte. Je ne sais pas comment vous avez pu m'accueillir, Lettie, après ce que je vous ai dit... »

Elle lui sourit doucement, et il continua à se reposer en la regardant.

« Je me demande comment je n'ai pas commis un acte de désespoir, je suis à moitié fou depuis que... O Lettie! Je suis un imbécile et un misérable! J'aurais voulu me couper en deux!... Depuis, je n'ai fait que me maudire!... Il me semble que je sors de l'enfer... Vous ne pouvez savoir comme je vous suis reconnaissant, Lettie, de ne pas me repousser malgré ce que j'ai dit!... »

Elle s'assit sur le divan, caressa ses cheveux et l'embrassa tendrement, prête à pleurer, impulsive, comme si elle ne voulait pas faire taire ses remords à force de tendresse... Il l'attira à lui, et ils restèrent immobiles jusqu'à la tombée de la nuit.

Le bruit que fit ma mère dans la pièce voisine les dérangea; ils se levèrent.

« Il faut que je rentre, dit le jeune homme, que je prenne un bain et que je m'habille. Cependant, ajouta-t-il d'un ton qui montrait clairement qu'il n'avait pas envie de s'en aller, cependant, je dois repartir demain matin... Je ne sais trop ce qu'on va dire!

– En tout cas, répondit Lettie, vous pouvez vous laver ici.

– Mais il faut que je change de vêtements, et j'ai besoin d'un bain...

– Vous pourriez mettre un costume de Cyril, et l'eau est chaude. Vous pouvez toujours dîner ici.

– Si je me décide à partir, le plus tôt sera le mieux; si j'arrive tard, on ne sera pas content. Personne n'est au courant de mon retour, on ne m'attend pas avant lundi ou mardi.

– Restez !... »

Ils se regardèrent, souriants, les yeux grands ouverts, comme des enfants sur le point de voler un plaisir.

« Mais, que pensera votre mère ?... Non, je pars !...

– Elle ne dira rien !

– Non ?...

– Je vais lui parler. »

Si Lettie avait envie de le garder, Leslie désirait follement rester... en grand triomphe, elle eut raison de sa résistance. Ma mère leva les sourcils, et dit tranquillement :

« Il vaut mieux qu'il rentre, et qu'il se dépêche !

– Mais quel ennui pour lui !.. Il faudra qu'il explique... quel embarras !... C'est ma faute, au fond ! Ne soyez pas méchante et grognon, petite mère !

– Qu'il reste s'il veut ! dit ma mère vexée du ton moqueur de Lettie.

– Très bien, petite mère, vous êtes gentille !... »

Lettie s'en alla, un peu impatientée de la mauvaise volonté de ma mère, mais Leslie resta !...

Quelques minutes plus tard, sa fiancée arrangeait et ornait la chambre d'amis, Rébecca portait des bouillottes et courait avec des draps propres. Lettie s'empara de mes plus belles brosses (c'était un cadeau qu'elle m'avait fait), prit les pyjamas les plus fins et les plus jolis, découvrit une brosse à dents neuve, fit un choix parmi mes chemises, mes mouchoirs, mes vêtements de dessous, et m'indiqua quel costume je devais prêter à Leslie.

J'étais étonné, et peut-être un peu contrarié de ces prévenances et de cette sollicitude, qui ne lui étaient pas coutumières.

Leslie descendit pour dîner, baigné, brossé et radieux. Il mangea de bon appétit; le bien-être et le plaisir semblaient émaner de lui. Son visage était coloré, il avait repris son air habituel d'indépendance et d'assurance. Je ne l'avais jamais vu si beau, si séduisant!... Il avait en lui une chaleur, un éclat qui mettaient en valeur ses paroles, son rire, ses gestes; il jouait ce soir-là le rôle de personnage important, et sa présence seule était pour nous une joie.

Ma mère, cependant, ne put se débarrasser de sa contrainte; après dîner, elle se leva en annonçant qu'elle allait terminer une lettre dans la pièce voisine, et elle dit bonsoir à Leslie, car elle ne le reverrait sans doute pas. Si sa froideur jeta sur nous un léger nuage, il ne tarda pas à se dissiper. Leslie rit et parla plus gaiement que jamais; il gesticulait et prenait des attitudes qui accentuaient la fermeté de sa poitrine, la grâce de son corps bien entraîné... Je laissai les fiancés au piano : il faisait semblant de jouer et regardait Lettie, qui avait posé la main sur son épaule.

Le lendemain matin, Leslie se leva de bonne heure; à six heures il était en bas et préparait son auto. En descendant, je le trouvai très occupé et très calme.

« Je sais que je vous dérange horriblement!... dit-il, mais il faut que je parte de bonne heure. »

Rébecca servit le déjeuner; nous étions seuls tous deux à table.

Leslie me parut triste et silencieux.

« Je m'étonne que Lettie ne soit pas descendue déjeuner avec vous, elle qui débite tant de sornettes sur la perfection du matin, sa pureté, ses promesses, etc. », dis-je.

Le jeune homme rompit nerveusement son pain, but

un peu de café sans pouvoir cacher son agitation. Il s'étrangla, et se mit à tousser :

« Il est trop tôt pour elle, je pense », répondit-il en essuyant sa moustache.

Cependant, il tendait l'oreille. La chambre de Lettie était justement au-dessus du bureau où Rébecca nous avait servi le déjeuner, et Leslie s'arrêtait parfois, le couteau et la fourchette en l'air; puis il reprenait son repas.

Il posait sa serviette quand la porte s'ouvrit : c'était mère; Leslie fit une petite grimace de soulagement et d'ennui.

« Il faut que je parte; je vous remercie, mère!... dit-il.

– Vous êtes un écervelé!... Je me demande pourquoi Lettie ne descend pas, je sais qu'elle est levée...

– Oui, dit-il, je l'ai entendue!... Elle s'habille sans doute. Mais il faut que je parte à l'instant!...

– Je vais l'appeler!

– Non, ne la dérangez pas; elle viendrait si elle en avait envie... »

Mais, debout au pied de l'escalier, mère criait :

« Lettie! Lettie!... Il part!...

– Bon!... » répondit Lettie. Et une minute après, elle descendit; elle portait une robe foncée, son visage était pâle. Elle ne nous regarda pas, et détourna les yeux.

« Au revoir », dit-elle en tendant la joue. Leslie l'embrassa en murmurant :

« Au revoir, mon amour... »

Il s'attarda un moment sur le seuil de la porte pour lui lancer un regard suppliant.

Mais elle détournait son visage, et ses yeux. Froide et pâle, elle se mordait les lèvres. Leslie se décida brusquement à sortir; avec un geste de désappointement, il mit sa voiture en marche, et disparut...

Lettie resta pâle et impénétrable. Puis elle s'assit à

table, et fit semblant de manger, la tête courbée pour que personne ne pût voir son visage.

Une heure plus tard, Leslie revint, disant qu'il avait oublié quelque chose; il monta en courant, hésita un peu, et entra dans la pièce où Lettie était encore à table.

« Il a fallu que je revienne », dit-il.

Elle leva son visage vers lui, mais elle détournait les yeux, et regardait par la fenêtre. Ses joues étaient empourprées.

« Qu'avez-vous oublié? demanda-t-elle.

– Mon étui à cigarettes. »

Un silence embarrassé tomba.

« Mais il faut que je reparte, dit-il.

– Oui, bien sûr... » répondit Lettie.

Après un autre silence, il demanda :

« Voulez-vous m'accompagner jusqu'au jardin? »

Pour toute réponse, elle se leva; il prit un châle et l'enveloppa avec soin; elle accepta sa sollicitude sans un mot de remerciement; ils descendirent silencieusement au jardin.

« Vous... vous êtes en colère contre moi?... » balbutia-t-il. Des larmes montèrent aux yeux de Lettie.

« Pourquoi êtes-vous revenu?... » dit-elle, en détournant son visage. Il la regarda.

« Je savais que vous étiez en colère, et... » Il hésita.

« Pourquoi n'êtes-vous pas parti?... » s'écria-t-elle, avec un mouvement spontané. Il baissa la tête, et resta silencieux.

« Je ne vois pas ce que cela peut changer entre nous, Lettie! » balbutia-t-il... Elle fit un geste de répulsion, et cacha sa main dans les plis de sa jupe.

« A cause de vous, mes mains, mes mains me renient!... » dit-elle en faisant un violent effort.

Il regarda le poing fermé que Lettie dissimulait dans sa robe.

« Mais..., commença-t-il, très troublé.

– Je vous le dis, je ne puis pas supporter la vue de mes mains, dit-elle, d'une voix basse et passionnée.

– Mais, Lettie, ce n'est pas la peine, si vous m'aimez... »

Elle eut un mouvement de recul. Il attendit, embarrassé et malheureux.

« Et nous allons nous marier, n'est-il pas vrai ? » reprit-il avec un regard suppliant. Elle tressaillit, et s'écria :

« Oh !... Pourquoi ne partez-vous pas ? Pourquoi êtes-vous revenu ?...

– Embrassez-moi, avant que je parte. »

Elle restait sans répondre, le visage détourné. Leslie plissait le front, dans son effort pour comprendre.

« Lettie !... » dit-il. Elle ne fit pas un geste, ne répondit pas; il ne voyait de son visage que le contour de sa joue. Après un moment d'attente, il rougit, s'éloigna brusquement, et mit son auto en marche. Quelques secondes plus tard, il fuyait au milieu des arbres...

DES BAISERS QUAND ELLE EST PRÊTE POUR LES LARMES...

C'ÉTAIT le dimanche qui suivit la visite de Leslie. Nous avions eu une mauvaise semaine; chacun de nous était muet et malheureux.

Le printemps était arrivé et nous ne l'avions pas vu; il me revint plus tard à l'esprit que les peupliers alignés étaient brusquement devenus cramoisis, et que leurs feuilles rouge sang frémissaient lorsque le soleil les transperçait; que j'avais trouvé au bord de l'eau de grands nids pleins d'œufs de cygne; que les jonquilles se penchaient sur les murs moussus du hangar à bateaux, et que la mousse, les jonquilles, l'eau, étaient jonchées de la dépouille écarlate des ormes; je me rappelai que j'avais cueilli les éventails à demi déployés du sycomore, et que j'avais vu le prunellier blanc former un nuage argenté sur le ciel du soir... Mais je n'avais accordé à ces spectacles qu'un regard indifférent, et cette semaine perdue ne me laissait aucune éclatante image du printemps.

Le dimanche soir, après le thé, Lettie me dit brusquement :

« Accompagne-moi au moulin de Strelley! »

Je fus surpris, mais j'obéis sans poser de questions.

En franchissant le seuil, nous entendîmes un babillage de jeunes filles, et la voix d'Alice nous accueillit :

« Bonjour, Cyril, mon amour ! Bonjour, Lettie ! voyez, que de déesses réunies !... Vous allez nous mettre d'accord : vous êtes Junon, et voici Meg, elle est Vénus, et moi je suis... dites-moi vite qui je suis ! Vous avez dit Minerve, cher Cyril ? Non ?... Vous avez eu tort !... Allons, Pâris, dépêchez-vous ! Il met son costume du dimanche pour nous accompagner en promenade... Seigneur, que c'est long ! Préparez-vous à rougir, Meg ! Lettie, prenez votre air hautain... Moi, c'est la gravité qui me convient... Faut-il que j'aille lui faire son nœud de cravate ? Miséricorde ! Où avez-vous déniché cet ornement ?

– A Nottingham. Cela ne vous plaît pas ? dit Georges, faisant allusion à sa cravate. Tiens, Lettie, vous voici ?...

– Oui, toutes les déesses sont réunies ! Avez-vous la pomme ? Faites-la passer... dit Alice.

– Quelle pomme ?

– Oh ! d'où sortez-vous ? La pomme de Pâris ! Nous sommes venues pour que vous choisissiez entre nous, vous ne le voyez donc pas ?

– Eh bien, je n'ai pas de pomme, j'ai mangé la mienne !

– Qu'il est niais ! De l'eau gazeuse éventée ! Vous allez nous mener à l'église...

– Si vous voulez !

– Partons ! Où est la demeure de l'amour ? Regardez l'air scandalisé de Lettie ! *« Amor est titillatio –* l'amour est un chatouillement », n'est-ce pas cela, Cyril ?

– Comment le saurais-je ?

– Bien sûr, mon vieux, c'est l'affaire des jeunes filles ! Voyez comme Lettie en sait long sur ce sujet ! Lettie, vous êtes solennelle !...

– C'est l'amour !... suggéra Georges, par-dessus sa cravate neuve.

– Je parierais que c'est « *degustasse sat est* »

n'est-ce pas Lettie ?... Allons, laquelle choisissez-vous ? Mais vous allez nous accompagner à l'église, Georges chéri, une à une ou toutes ensemble ?

– Que préférez-vous, Meg ? demanda le jeune fermier.

– Cela m'est égal...

– Et vous, Lettie ?

– Je ne vais pas à l'église.

– Faisons une promenade, et partons tout de suite ! » dit Emilie aigrement. Elle n'aimait pas ces absurdités.

« En avant, marche ! Cyril, ne m'oubliez pas ! » gémit Alice.

Emilie fronça les sourcils et se mordit les doigts.

« Venez, Georges ! Vous avez l'air d'un fléau de balance entre les deux plateaux... Qui l'emportera ?...

– Le plus lourd ! » répondit-il en souriant, sans regarder ni Meg ni Lettie.

Les yeux d'Emilie étincelaient de rage; Meg, toute honteuse, rougit; Lettie surmonta son indignation, et sourit.

Puis, formant deux groupes, nous sortîmes.

Malheureusement, la soirée était si belle que les routes étaient encombrées de promeneurs; des hommes vêtus de pantalons clairs et de vestes d'un noir luisant, suivaient leurs petits chiens méfiants. Des jeunes gens marchaient lourdement par bandes, désœuvrés, silencieux ou parlant d'une voix rauque de choses sans intérêt; de galants maris, en redingote très ménagée, poussaient une petite voiture grinçante, morigénés par une épouse trop parée, entourée des jeunes membres de la famille. On rencontrait parfois aussi deux amoureux qui, séparés par un grand espace, se reniaient; ou bien une mère élégante, suivie de deux petites filles en robe de soie blanche faisant de grands effets de cheveux et marchant à petits pas près d'un père qui ne pouvait vaincre la gêne de son costume des dimanches.

Pour supporter ces fâcheux, il était nécessaire de bavarder avec insouciance... Georges, à l'arrière, devait soutenir la conversation, et semblait le faire avec aisance.

Il racontait qu'il avait élevé deux agneaux au biberon, et les soins maternels qu'il leur avait prodigués excitèrent l'admiration de Meg. Puis, chantant toujours la même chanson, il passa aux vanneaux qui ne cessent de crier et font semblant d'être blessés. En labourant, il avait trouvé des œufs et les avait changés de place; la mère avait suivi son nid et avait recommencé à couver en regardant les allées et venues de la charrue.

« Oui, les oiseaux connaissent ceux qui sont bons pour eux...

– C'est vrai, approuva Georges : ses petits yeux brillants semblaient parler quand je passais !

– Oh ! ce sont de gentils oiseaux, n'est-ce pas, Lettie ? » cria Meg dans un élan de tendresse.

Lettie en convint d'un ton bref.

Nous gravîmes la colline pour redescendre à Greymede; Meg pensait qu'elle devait retourner auprès de sa grand-mère, et Georges lui ordonna de partir en ajoutant qu'il la rejoindrait dans une heure. La chère enfant fut déçue, mais elle obéit sans murmurer. Nous laissâmes Alice chez une amie et rentrâmes par Selsby pour éviter la sortie des vêpres.

La mine s'étend à l'ouest de Selsby. Ses belles cheminées effilées se découpent en noir sur le ciel ondoyant, et ses hauts bâtiments se dessinent avec force sur la clarté du soleil couchant. A leur pied, les maisons s'accroupissent dans l'ombre.

« Cyril, dit Emilie, j'ai l'intention d'aller voir Mme Annable, la femme du garde; elle est installée à Bonsart Row, et ses enfants vont à l'école. Oh ! c'est terrible !... Ils ne sont jamais allés en classe, ils sont exécrables !...

– Pourquoi habite-t-elle là maintenant? demandai-je.

– Je crois que le châtelain avait besoin des chenils. Mais c'est affreux de penser à la façon dont ils vivent!

– Ces pauvres gens!... Pourquoi n'êtes-vous pas encore allée les voir?

– Je ne sais pas... J'en avais l'intention... balbutia Emilie.

– Bon. Allons-y maintenant!... Là, vous reculez?...

– Non! répondit-elle vivement.

– Allons-y; nous passerons par le pré. Avertissons Lettie. » Lettie répondit aussitôt par un « non » assez brusque.

« Eh bien, proposa Georges, je vais vous accompagner à Woodside. »

Mais cette décision convenait encore moins à Lettie.

« Je ne vois pas pourquoi tu veux aller là-bas, Cyril! déclara-t-elle. Le dimanche il y a du monde partout; je veux rentrer!

– Eh bien, pars! Emilie ira avec toi.

– Ah! s'écria celle-ci, vous croyez que je ne veux pas aller chez la femme du garde? »

Je haussai les épaules, et Georges tira sa moustache. Nous descendîmes le pré à la file indienne. Les vilaines rangées de maisons adossées à la mine apparurent. Tout est noir et couvert de suie; les habitations sont dos à dos et n'ont qu'une entrée. Dans les petits jardins carrés, des herbes noires poussent à contrecœur, environnées de tristes tas de cendre. La route est partout recouverte d'une croûte de suie, de poussière de charbon et d'escarbilles.

Cependant, entre les rangées de maisons, s'attroupaient des enfants et des femmes, tête nue, bras nus, en tabliers blancs et en robes noires où se hérissaient des passementeries. Un ou deux hommes, accroupis par terre contre un mur, riaient. Les femmes criaient et gesticulaient, montrant le toit de la dernière maison. Emilie et Lettie reculèrent.

« Regardez, c'est ce petit coquin de Sam ! » s'écria Georges. Et en effet, le petit démon était perché sur le faîte du toit, contre la cheminée; il ne portait pas de veste, et les poignets de sa chemise étaient déchirés. Je reconnus tout de suite sa jeune tête rousse. Il se dressa, ses pieds nus cramponnés aux tuiles, et fit un pied de nez, en criant quelques mots qui causèrent un mouvement d'indignation dans la foule; les femmes glapirent de plus belle, et Sam, qui avait presque perdu l'équilibre, se rassit.

Le constable du village arriva en courant; son long cou mince sortait de sa tunique. Il demanda la cause de ce vacarme.

Aussitôt, une femme s'élança et saisit le sergent de ville par la manche. Ses yeux brillants louchaient; une tache lie-de-vin s'étalait sur sa joue.

« Prenez-le, prenez-le, cria-t-elle, et fouettez-le jusqu'au sang ! »

Lettie et Emilie tremblaient d'épouvante.

Mme Annable passa la tête à la fenêtre de sa chambre; elle ouvrit la vitre, mais tendit vainement le cou pour apercevoir les ardoises du toit. Elle était plus échevelée que jamais, et des larmes s'étaient séchées sur son pâle visage.

Cramponnée à la fenêtre et à la gouttière elle tendit tout son corps; je craignis qu'elle ne vînt s'écraser sur le sol.

Les hommes, accroupis contre le mur de la fosse à cendres, ricanaient en disant :

« Attrape-le, Pollie ! Tu le vois, attrape-le !... »

Et on entendait la voix lamentable de la mère.

« Descends, Sam, mon poulet ! Viens avec moi, ils ne te toucheront pas; obéis à ta mère, Sam, Sam, Sam !... » Et sa voix montait toujours.

« Sammy, Sammy, rejoins ta maman !... » raillèrent

les farceurs. Sam regardait la foule, et le toit sous lequel s'élevait la voix de sa mère : il paraissait prêt à fondre en larmes.

Une commère efflanquée, le peigne familial planté dans les cheveux, cria :

« Tu verras comme on va te rabattre le caquet ! Ça te fera du bien !... »

Puis, aidée par la femme qui louchait, elle se mit à l'accabler d'injures. Le petit coquin, avec un brusque mouvement de défi, ramassa un morceau de mortier au milieu des tuiles, et une seconde plus tard, ce projectile se brisait contre le peigne familial.

La propriétaire du peigne déclara que sa tête était ouverte, et une confusion générale régna. Le constable (je n'osais imaginer la maigreur de son corps dépouillé de sa tunique !) perdit la tête, et lui aussi se mit à brandir les poings et à cracher des injures sous sa moustache en brosse, tout en ordonnant d'un ton péremptoire : « Assez, assez ! Qu'il descende et que toutes ces histoires finissent ! »

L'enfant essaya d'escalader en rampant le faîte du toit, et de s'échapper de l'autre côté. Aussitôt, tous les marmots firent en hurlant le tour de la maison, jetèrent des poignées de cailloux rouges à l'assiégé. Sam s'accroupit contre la cheminée.

« Attrapez-le, cria un petit démon, y s'en va ! »

Une grêle de pierres tomba, et dispersa les femmes et le sergent de ville. La mère s'élança hors de la maison et chargea les assaillants; elle en attrapa un et le jeta par terre. Immédiatement, les autres se retournèrent contre elle et la prirent pour cible. Alors, je me précipitai, avec Georges et le sergent de ville, sur les petits vauriens, et les femmes volèrent au secours de leur progéniture. Nous attrapâmes deux garçons d'environ quatorze ans, et le constable les traîna derrière nous; les autres s'enfuirent. Quand nous revînmes sur le champ de bataille, Sam avait disparu aussi.

« Il s'est esquivé, cria la femme qui louchait, mais je le ferai mettre sous clef! »

A ce moment, des missionnaires, qui sortaient des églises, arrivèrent au bout de la ruelle, et le petit harmonium se mit à rugir; plusieurs vigoureuses voix de femmes firent vibrer les alentours.

Ce nouveau bruit attira tout le monde, sauf le constable et ses captifs, la femme qui louchait, et la commère au peigne familial. Je conseillai au représentant de la loi de lâcher les enfants, et de chercher quelles frasques préparaient les autres.

Puis, je demandai ce qui s'était passé à la femme qui louchait.

« Trente-sept petits elle avait fait, cette lapine! Et qui sait combien elle nous en aurait donné encore s'ils ne l'avaient pas mangée! » répondit-elle. Sa fureur épuisée, elle n'éprouvait plus qu'un sombre ressentiment.

« Et nous n'aurions rien su, ajouta la propriétaire du peigne, si notre sacré chat n'avait pas tout découvert!

– Il a trouvé le lapin? demandai-je.

– Non, il n'en restait que la peau! Ils avaient pris leurs précautions, ces voleurs, ces crève-la-faim!

– Il y a longtemps? dis-je.

– Cette nuit même. La tête était au fond de leur sale marmite, je vous la montrerai, je l'ai gardée comme preuve... N'est-ce pas, Martha?

– Ça sert pas à grand-chose... Mais je lui tordrai le cou si je l'attrape... »

Je finis par comprendre que Sam avait volé une grosse lapine aux oreilles pendantes dans le clapier de la dame aux yeux de travers; il l'avait écorchée, et, après avoir enterré la peau, il avait offert ce butin à sa mère comme si c'était un lapin sauvage pris dans un piège. La lapine avait constitué le plat de résistance du repas dominical des Annable, bien que – malheureusement pour eux! – une partie eût été gardée pour le lundi, fournissant une preuve indéniable du vol... La propriétaire du lapin supposait que l'animal s'était enfui, mais cette pacifique supposition avait été détruite par la dame au peigne qui avait vu son chat gratter dans le jardin des Annable, et déterrer la peau blanche et marron de l'innocente victime. Et les difficultés avaient commencé...

La dame qui louchait se laissa assez facilement attendrir; je lui parlai comme à une amie, et je fis appel à son cœur de femme, avec toute la douceur triste que je pus mettre dans ma voix; elle s'apaisa et devint tendre et maternelle pour la famille malheureuse... Je laissai sur son buffet la demi-couronne que je n'osais lui offrir, et, ayant aussi vaincu la dame au peigne, j'emportai la casserole et les restes de l'infortunée lapine dans la chaumière de la veuve, où Georges et les jeunes filles m'attendaient.

La vue de la maison serrait le cœur. Dans un fauteuil à bascule, la mère se balançait, près du haut garde-feu qui entourait la cheminée. Maintenant que sa surexcitation était calmée, elle était triste et abattue. Lettie gardait le bébé, et Emilie tenait un autre des enfants. Georges fumait sa pipe, en s'efforçant de paraître à son aise.

La petite cuisine était encombrée; je ne trouvai même pas un peu de place pour la marmite; j'écartai les tasses contenant encore un reste de thé, et je posai l'ignominieux récipient sur la nappe sale. Les quatre petits enfants étaient barbouillés de larmes; des sillons noirs couvraient leurs joues. A mon entrée, l'un d'eux caché sous la table se remit à pleurer, et je lui donnai mon porte-mine qu'il mit hors d'usage en un instant.

La vue de sa marmite renouvela le chagrin de la mère; elle fondit en larmes, et s'écria :

« Je croyais qu'il l'avait attrapée dans un piège! Comme si je lui aurais commandé de voler leur sale lapine! Et si c'était tout encore : lui, c'est un voleur, et moi, elles m'ont crié toutes les injures qu'elles savent, mais elles ont fouillé dans mon petit garde-manger, elles m'ont pris tous mes pots!... Cette casserole, que j'ai apportée de Nottingham, et que j'avais avant la naissance de notre Minnie! »

Le bébé se mit à pleurer; la mère se leva brusquement et le prit dans ses bras.

« Viens, viens, mon chéri!... Là, là... Non, les méchantes femmes ne feront rien à maman... Oui, c'est le petit garçon à sa mère! Dodo, là, là... Qu'est-ce que tu as, mon petit?... »

Elle se calmait tout en calmant l'enfant... Enfin, elle demanda :

« Le sergent de ville est parti aussi?

– Oui, répondis-je, tout est arrangé... »

Elle poussa un profond soupir; sa fatigue faisait peine à voir.

« Quel âge a votre aîné? demandai-je.

– Fanny? Elle a quatorze ans, je l'ai mise en service à Websters. Jim aura treize ans le mois prochain... Voyons... Oui, c'est bien le mois prochain. Il est à Flints, dans une ferme. Ils ne sont pas encore bons à grand-chose, mais je ne les laisserai pas aller à la mine si je puis faire autrement; mon mari disait toujours qu'ils n'iraient pas à la mine.

– Ils ne peuvent pas vous aider beaucoup...

– Ils font ce qu'ils peuvent! Mais c'est une dure besogne de les élever... Je fais des lessives, et puis j'ai la pension de la commune et cinq shillings du châtelain; ah! c'est dur! C'était pas comme ça du vivant de mon mari!... C'est moi qui aurais dû mourir! Je n'en viens pas à bout de ces enfants, ils sont trop forts pour moi. Je voudrais mourir tout de suite. Je ne peux pas comprendre ça : lui, si capable, être enlevé, et moi qui reste!... Il n'y en avait pas un comme lui sur mille... Il savait se conduire comme un monsieur. Quel malheur que ce soit moi qui reste! Et il est malheureux, il sait que je ne me débrouille pas... J'étais devant la porte hier soir, quand tous les mioches dormaient. Je regardais l'étang; j'ai vu une lumière, et je suis sûre que c'était mon homme, parce que c'était hier l'anniversaire de notre mariage : juste le même jour! Alors j'ai dit : « Frank, c'est toi? C'est toi, Frank? ça va, je m'en « tire... » Et il est parti, il est retourné dans les bois... Je sais que c'était lui, et je n'ai pas pu dormir, parce que ce n'est pas vrai, je ne m'en tire pas! »

Au bout d'un moment, nous partîmes, en promettant de revenir et de veiller sur Sam. Il faisait nuit, les lampes étaient allumées dans les maisons; on entendait le halètement des machines et le doux murmure du ventilateur.

« Que c'est cruel!... dit plaintivement Emilie.

– Quel misérable, d'avoir épousé une femme pareille! ajouta Lettie, d'un ton décidé.

– Tu parles de Lady Crystabel? » demandai-je. Un silence tomba.

« Il ne savait pas ce qu'il faisait, sans doute... Comme la plupart d'entre nous!

– Je croyais que vous alliez chez votre tante, à l'auberge du Bélier! dit Lettie à Georges, en arrivant au carrefour.

– Non, il est trop tard, répondit-il tranquillement. Entrez au moulin un instant! Voulez-vous?...

– Oui », accepta Lettie.

A la ferme, on nous offrit du pain et du lait. M. Saxton ruminait tristement de vagues souvenirs; il ne pouvait chasser de son esprit la pensée du départ prochain. C'était un sentimental, et la poésie du passé lui servait à embellir le présent monotone. Il semblait prendre avec joie ses quartiers d'hiver lorsque l'inquiétude qui régnait à la ferme et le développement des enfants réveillèrent son activité. Il lut des livres d'agriculture et des romans modernes; il devint radical avancé et presque socialiste. De temps en temps, une lettre qu'il avait écrite paraissait dans un journal : la vie l'avait reconquis ! A souper, il parla avec enthousiasme du Canada. Lorsqu'on voyait son visage rouge et rayonnant, son corps robuste tendu par l'émotion, on ne pouvait s'empêcher de l'admirer. Entendre ses paroles pleines de bon sens et brûlantes de jeunes espoirs, c'était l'aimer ! A quarante-six ans, il montrait plus de spontanéité et d'enthousiasme que son fils; il était plus heureux et plus confiant.

Emilie ne voulait pas partir avec ses parents. « Quel serait son rôle au Canada », demandait-elle; et les petits trimeraient comme des nègres dans une ferme; elle ne souhaitait pas qu'ils ne fussent que des bêtes de somme...

« Moi non plus, répondit doucement le père; Mollie apprendra à diriger une laiterie, et David aura tout juste l'âge de prendre ma place quand je me retirerai; ce sera peut-être un peu dur d'abord, mais plus tard on pensera que c'était le bon temps !

– Et vous, Georges ?... demanda Lettie.

– Je ne pars pas ! Pourquoi partirais-je ? Qu'avons-nous à attendre, sinon une longue vie... Comme une journée de juin – un long jour de travail suivi d'un bon sommeil, mais seulement le travail, le sommeil et le bien-être... – la moitié de la vie ! Ce n'est pas assez. Où sont les avantages d'une telle existence ? Autant vaudrait être Fleur, la jument !... »

Son père le regarda d'un air pensif :

« Ce n'est pas ainsi que j'envisage l'avenir, dit-il avec tristesse. On peut vivre comme on veut et être indépendant, penser ce qu'on veut sans être suffoqué par des soucis; il me semble que cela suffit.

– J'attends davantage de la vie », annonça Georges en riant. Et il se tourna vers Lettie. « Je veux devenir assez riche pour satisfaire mes désirs pendant quelque temps, je veux voir le monde et goûter aux plaisirs des villes; je veux savoir ce que j'ai en moi. Je deviendrai riche, ou du moins je m'y efforcerai !

– Et comment t'y prendras-tu ? demanda Emilie.

– Je commencerai par me marier, et puis... on verra ! »

Emilie eut un rire de mépris : « Eh bien, commence !... » dit-elle.

« Ah ! tu n'es pas prudent », s'écria tristement le père; puis, en riant, il confia à Lettie d'un ton câlin : « Il me rejoindra dans un an ou deux, j'en suis sûr !

– Je voudrais partir avec vous... fis-je.

– Cela me déciderait, annonça Georges, mais je ne puis partir tout seul, pour devenir gras et stupide comme mes bœufs... »

Pendant qu'il prononçait ces paroles, Gyp se mit à aboyer avec rage. Le père sortit pour aller voir ce qui se passait, et Georges le suivit. D'un bond, Trip, le grand terrier, fut hors de la maison; ses hurlements faisaient trembler la ferme. Rapide comme l'éclair, le chien blanc traversa la cour; l'échelle du poulailler grinça et un cri monta du verger. Nous nous élançâmes dans cette direction : sur la rive escarpée gisait un petit corps, le visage contre terre, et Trip, tout embarrassé, le contemplait. Je ramassai l'enfant : c'était Sam !... Il se débattit dès qu'il se sentit dans mes mains, mais je l'emportai dans la maison.

Il se tortillait comme un lièvre et criait, mais enfin il se calma. Je le mis devant le feu pour l'examiner. C'était un petit personnage bizarre, vêtu d'un pantalon d'homme grossièrement remis à sa taille, et d'une veste en lambeaux.

« Le chien t'a mordu ? demanda M. Saxton : où t'a-t-il mordu ? »

Mais l'enfant ne répondait pas, ses petites lèvres pâles étaient serrées, et ses yeux fixés dans le vide. Emilie se mit à genoux devant lui, approcha son visage du sien, et lui dit d'une voix dont la tendresse excessive me faisait reculer :

« Il t'a fait mal ? Dis-nous où il t'a mordu ! »

Elle voulait l'entourer de ses bras, mais il lui échappa.

« Voyez, dit Lettie, c'est là, il saigne... Prenez un peu d'eau, Emilie, et un linge. Viens, Sam, laisse-moi regarder, je te mettrai un chiffon. »

Elle prit l'enfant et le dépouilla de ses vêtements grotesques. Trip lui avait donné un grand coup de dents avant de se rendre compte qu'il se trouvait devant un enfant. La plaie n'était pas profonde, cependant, et Lettie l'eut bientôt lavée et enduite d'un baume composé d'huile et de fleurs d'aune. Le petit corps du garçonnet était plein de balafres et de cicatrices : sa vie était certainement très agitée ! Lettie, l'ayant pansé, le rhabilla.

Sam recevait ces soins comme un lapin sauvage pris au piège, il ne levait les yeux ni ne desserrait les dents; son corps se contractait. Quand Lettie lui eut remis sa petite chemise déchirée et son grand pantalon, Emilie vint le cajoler et tenter de l'apprivoiser. Elle l'embrassa, lui parla d'une voix vibrante de tendresse. L'enfant semblait étouffer... Puis, elle essaya de lui faire manger un peu de pain et de lait avec une cuiller, mais il refusa d'ouvrir la bouche et détourna la tête.

« Laissez-le tranquille, faites semblant de l'oublier », conseilla Lettie. Elle assit le petit garçon au coin de la cheminée et posa le bol de lait à son côté... Emilie prit les deux petits chats dans leur corbeille, et les mit près de lui.

« Combien d'œufs a-t-il volés ? demanda le père en riant doucement.

– Chut... dit Lettie. Quand comptez-vous partir pour le Canada, monsieur Saxton ?

– Au printemps prochain, c'est bien assez tôt !

– C'est à ce moment que vous vous marierez ? demanda Lettie à Georges.

– Avant, avant, bien avant... protesta le jeune homme.

– Pourquoi ?... Vous êtes bien pressé tout à coup ! Quelle date avez-vous fixée ?...

– Et vous, quand vous mariez-vous ? demanda-t-il pour toute réponse.

– Je ne sais pas... » fit-elle, puis elle s'arrêta net.

« Alors, je ne sais pas non plus ! annonça Georges, en mordant un gros morceau de fromage.

– Mon mariage aura lieu en juin, dit sérieusement Lettie, à qui le vague espoir exprimé par Georges rendit tout son sang-froid.

– Juillet !... fit Emilie.

– Père, demanda Georges, sans pouvoir cacher sa nervosité, tenant le morceau de fromage en l'air tandis qu'il parlait, me conseillez-vous d'épouser Meg ?... »

M. Saxton sursauta, et répondit vivement :

« Quoi ?... C'est là ton intention ?...

– Ma foi, oui; tout bien réfléchi, oui !

– Eh bien... si elle te plaît !

– Mais nous sommes cousins...

– Si tu l'aimes vraiment, je suppose que ce n'est pas cela qui t'arrêtera. Sa dote est rondelette... Si tu l'aimes...

– Je l'aime bien, certainement, mais je ne partirai pas pour le Canada avec elle... Je resterai au Bélier, pour jouir un peu de la vie.

– Pauvre vie que celle-là ! » dit le père, qui réfléchissait.

Georges se mit à rire : « Assez grossière, c'est vrai. Mais je m'en contenterai ! Pour rester vivant au Canada, il faudrait que j'emmène Cyril... ou Lettie ! »

C'était un coup d'audace. Tout le monde en resta embarrassé.

« Eh bien, remarqua le père, comme on ne peut avoir tout ce qu'on veut, il faut bien s'accommoder de ce qu'on a, n'est-ce pas, Lettie ? » Et il éclata de rire.

Une violente rougeur couvrit les joues de ma sœur.

« Je ne sais pas, répondit-elle, on s'arrange toujours

pour obtenir ce qu'on désire... mais bien sûr, quand on ne tient à rien... »

Elle se leva, et se dirigea vers Sam. Il jouait avec les deux chatons; l'une des petites bêtes griffait son orteil qui passait à travers la chaussette, le chatouillait, le mordait; l'enfant poussait de petits cris et des éclats de rire, il avait oublié notre présence. Puis, les deux petits chats, fatigués du jeu, se blottirent près du feu et s'endormirent. Sam s'assoupit presque en même temps.

« Il serait mieux au lit, remarqua M. Saxton.

– Mettez-le dans le mien, proposa Georges; il est inutile de réveiller David.

– Viens te coucher, Sam », s'écria Emilie en lui tendant les bras. Effrayé par la douceur exagérée de son ton persuasif, le petit garçon se réfugia derrière Lettie.

« Viens avec moi », dit ma sœur; puis elle le prit et le déshabilla. Ensuite, elle le souleva dans ses bras; les jambes du petit pendaient devant elle; il inclinait la tête sur son épaule, contre son cou. La jeune fille se pencha, pour sentir les cheveux roux tout ébouriffés frôler son visage. Elle resta un moment, ainsi, calme et pensive. Peut-être se rendait-elle vaguement compte que cette attitude lui seyait et charmait Georges qui aimait par-dessus tout en elle sa tendresse délicate et réservée. Emilie attendait, une bougie allumée à la main. Lorsque Lettie redescendit, une indicible douceur émanait d'elle.

« Maintenant, pensai-je, si Georges a de l'esprit, il refera sa déclaration...

– Il dort... dit-elle à voix basse.

– Nous pourrions le garder jusqu'à notre départ, qu'en dis-tu, Georges ? proposa le père.

– Hein ?...

– Nous le garderons jusqu'à notre départ.

– Oh ! oui, que vous êtes bon ! dit Lettie.

– Il ne nous gênera pas beaucoup, assura M. Saxton.

– Pas du tout... ajouta Georges.

– Et sa mère ? demanda Lettie.

– J'irai l'avertir demain matin, promit Georges.

– C'est cela, dit-elle, il faut l'avertir demain matin. »

Puis ma sœur fit ses préparatifs de départ; Georges prit sa casquette.

« Vous nous accompagnez un peu, Emilie ? » demandai-je.

Elle accourut en riant, les yeux étincelants, et nous quittâmes la maison pour l'obscurité de la nuit.

Nous nous arrêtâmes devant la barrière de bois. Nous nous attardions, ne sachant quels mots prononcer. Lettie dit enfin :

« Allons ! c'est inutile que vous veniez plus loin, bonsoir. Bonsoir Emilie...

– Bonsoir », dit Georges avec un peu d'hésitation, de regret et d'impatience. Il s'arrêta encore quelques minutes. Après avoir hésité, Lettie partit brusquement.

« Il n'a rien dit, l'idiot, pensai-je tout haut.

– Vraiment, remarqua Lettie avec amertume tandis que nous montions l'allée du jardin, les gens qui parlent peu paraissent plus intelligents que les autres, mais ce silence ne cache que leur stupidité; ce sont, en général, des imbéciles ! »

UNE FLÈCHE DU DIEU IMPATIENT

Un après-midi, deux ou trois jours après la guérison de Sam, la situation se compliqua. Selon sa coutume, Georges, en entendant se fermer à grand fracas la porte de ses désirs, comprit qu'il avait trop hésité. Alors, il se hâta de frapper.

« Dites à Lettie, supplia-t-il, que j'irai la voir demain, quand j'aurai fini de traire les vaches. Dites-lui que je veux la voir. »

Le lendemain soir, nous vîmes paraître une vieille fille bavarde qui venait, prétextant l'inquiétude que lui avait causée notre absence à l'église :

« J'ai dit à Elisabeth : « Pourvu que rien ne leur soit « arrivé, il faudrait retarder le mariage! » Aussi, je suis vite venue. Nous nous intéressons tant à Lettie. Tout le monde parle d'elle; elle est en vogue. Je crois que nous aurons un orage; j'espère que non. Oui, nous nous réjouissons que M. Tempest ait choisi sa femme dans le pays; son père, M. Robert et les autres membres de la famille ne s'accommodaient pas de ce qu'on trouve chez soi; d'ailleurs, ils n'avaient rien ramené de fameux dans leur maison; Mme Robert ne faisait pas honneur au goût de son mari – elle ne pouvait se vanter ni de sa beauté, ni de son éducation, bien que sa famille fût plus ancienne que la mienne. Mais la famille n'est pas tout, j'avais bien des avantages qui lui manquaient;

comme elle est laide maintenant avec son petit chignon et ses lunettes! Sa jeunesse n'a pas duré. Mais quelle est la date exacte, ma chère? On dit mille choses, mais je ne me fie jamais aux on-dit. Votre cousin chanoine vous mariera? Mme Beardsall et Sir Walter Hougton assisteront à la cérémonie! Quoi? vous ne le croyez pas! Oh! je sais, ma chère, je sais; vous gardez vos secrets, n'est-ce pas; quelle petite gloutonne vous êtes! »

Elle secoua la tête et les ornements de jais de sa capote se trémoussèrent comme mille petites langues bavardes. Puis elle soupira, et allait recommencer son antienne, quand elle tourna la tête et aperçut un petit télégraphiste qui montait l'avenue.

« Oh! j'espère que ce n'est pas une mauvaise nouvelle, ma chère. J'ai si peur des télégrammes. Ne l'ouvrez pas vous-même, ma chère, non, laissez votre frère. »

Lettie, devenue toute pâle, s'élança vers la porte. Le ciel était très sombre, le tonnerre grondait.

« Ce n'est rien, dit Lettie, tremblante; Leslie annonce qu'il viendra ce soir.

– Que je suis contente! s'écria la vieille fille. Je n'ouvre jamais un télégramme sans craindre un coup mortel. Je suis contente, ma chère; vous êtes bouleversée. Si un malheur était arrivé, j'aurais apporté la nouvelle au village. » Elle soupira de nouveau et les perles de jais scintillaient sous la lumière orageuse comme pour déclarer qu'on saurait encore tirer parti de l'incident.

Il était six heures. L'atmosphère devint moins lourde et le tonnerre se tut. Georges devait venir vers sept heures; la vieille demoiselle ne faisait pas mine de partir, et Leslie pouvait arriver à tout instant. Lettie se tourmentait et s'irritait et la visiteuse bavardait toujours. Enfin elle se décida à partir.

Tout le jour, le temps s'était montré incertain. La

matinée avait été chaude et la clarté du soleil jouait et courait sur les collines au milieu de l'ombre des nuages. Plus tard, de grandes nuées étaient venues majestueusement du nord-ouest et avaient couvert les cieux; dans cette petite nuit, le grésil, la pluie et le vent tourbillonnaient avec fureur. Puis le ciel s'était remis à rire et le soleil avait amené la vieille fille. Mais tandis qu'elle parlait, un immense nuage parut sur la colline; il se déploya lent et sinistre. Le premier messager de l'orage assombrit un instant le ciel qui bientôt reprit sa sérénité.

« Je vais aller à Highclose, dit Lettie, je suis sûre que l'orage va recommencer. Vous descendez aussi, mademoiselle Slaighter : où me permettez-vous de vous laisser ?

– Je vais venir, ma chère, si vous croyez qu'un autre orage se prépare, j'ai si peur du tonnerre. Je ferais peut-être mieux d'attendre !

– Oh ! il n'éclatera pas avant une heure, j'en suis sûre. Nous connaissons bien le temps, mon frère et moi. Tu m'accompagnes, Cyril ? »

Nous partîmes tous les trois, la commère sautillait au milieu de nous. Les renseignements que Lettie lui donnait sur sa nouvelle demeure la comblaient de joie. Nous la laissâmes, rayonnante, toute sourires et félicitations. Mais les nuages étendaient deux grands bras au-dessus de sa tête. La petite vieille se mit à courir; les nuages la poursuivirent; leurs mains noires s'emparèrent d'elle. Une rafale de vent ébranla les arbres et soufflant dans son clairon se précipita sur le manteau de l'infortunée.

Une goutte de pluie glacée frappa sa joue. Elle courait de toutes ses forces, priant ardemment le Ciel de lui permettre d'atteindre la chaumière de la veuve Harriman avant l'orage, sans quoi sa capote serait perdue. Mais le tonnerre gronda à ses oreilles, des milliers de grêlons la frappèrent. Dans son angoisse et son désespoir, elle s'enfuit loin de l'abri des frênes; au moment où elle atteignait la porte du jardin de la veuve, l'éclair sauta sur elle.

« Laissez-moi me cacher dans la cave, cria-t-elle, dites-moi où est la cave? »

En se retournant, elle vit un fantôme. C'était l'image de la dévote Hilda Slaighter qui se reflétait dans le miroir de la veuve : son chapeau flottait dans son dos et n'était plus retenu que par une grosse mèche de cheveux gris. La cause du fantôme instinctivement se contorsionna pour regarder son dos. Elle vit quelques mèches de cheveux gris et disparut dans l'escalier de la cave comme dans une tombe.

Nous étions rentrés pour attendre la fin de l'orage; puis, inquiets, craignant l'arrivée de Georges, nous sortîmes dans le soir humide. Le temps était beau et froid, et déjà la brume se levait de l'étang de Nethermere et voilait la rive opposée, où de hauts arbres évoquaient les bosquets du Nil. Les oiseaux chantaient à pleine gorge. La verdure éclatante et fraîche de la haie étincelait. La rougeur délicate du couchant se mélangeait aux flots. La brume léchait les rives et s'élevait en légères volutes; d'un lointain blanc et invisible montait le cri triste d'une poule d'eau. Nous marchions lentement derrière une lourde charrette grinçante, sous les arbres qui s'égouttaient; les sabots du cheval résonnaient avec un bruit sourd. Tantôt, nous traversions de noirs terrains jonchés de fleurs de frênes, tantôt les sycomores étendaient un nuage vert au-dessus de nos têtes. Au tournant de la route, je m'arrêtai pour casser un rameau de mélèze dont les doux cônes étaient aussi lourds que des framboises et aussi brillants que des fleurs. La branche secouée éclaboussa mon visage d'une lourde averse, et ces gouttes étaient si froides que j'eus l'impression qu'elles coulaient dans mon sang et le glaçaient.

« Ecoute! » dit Lettie, tandis que j'essuyais mon

visage. Une auto descendait rapidement la colline. La lourde charrette avait fait halte au milieu de la route et le conducteur se hâta de faire tourner le cheval. La bête se déplaçait avec une lenteur pénible; nous attendions, le cœur plein d'anxiété. Brusquement, avant que nous eussions pu le prévoir, l'auto arriva sur nous comme une trombe, après avoir contourné le cheval et la charrette. Lettie, terrifiée, lui faisait face. Leslie vit la jeune fille, tourna la voiture sur le flanc escarpé de la colline. Il ne pensait plus qu'à une chose : éviter Lettie; l'auto glissa, la boue craqua sous les roues et la machine alla s'effondrer dans Nethermere. Elle se heurta à l'angle du vieux mur de pierre et s'y brisa. Pendant un moment, je me crus aveugle. Quand je repris mes sens, Leslie gisait au milieu de la haie rompue, la tête sur la rive, le visage couvert de sang; l'auto restait en équilibre au bord de l'eau, toute ratatinée comme si elle s'était couchée là pour dormir.

Lettie, les mains tremblantes, essuyait les yeux ensanglantés de Leslie avec un morceau de son jupon. Au bout d'un moment elle dit :

« Il n'est pas mort. Ramenons-le chez lui, vite. »

Je courus démonter la porte de la barrière et j'y posai le blessé. La civière improvisée était trop courte; nous emportâmes ainsi Leslie. Ma sœur était aux pieds et moi à la tête. Elle me fit signe d'arrêter et posa son fardeau, je crus que ses forces la trahissaient. Je me trompais.

« Je ne peux pas supporter de voir sa main pendre et se heurter aux buissons », dit-elle.

Nous n'étions pas loin de la maison. Une servante nous aperçut, sortit en courant et s'enfuit, comme le vanneau effrayé loin du chat blessé.

Nous attendîmes le docteur. Leslie avait une éraflure à la tête, sans danger quoique profonde, une coupure à la joue qui laisserait une cicatrice et la clavicule brisée. Je restai jusqu'à ce qu'il eût repris connaissance.

« Lettie », il voulait Lettie et elle dut passer la nuit à Highclose. J'allai avertir ma mère.

En me couchant, je regardais les croisées éclairées de Highclose; leur vague clarté se reflétait dans l'étang. Le cèdre sombre montait la garde devant la maison; les fenêtres étaient brillantes comme les étoiles et, comme les étoiles, elles cachaient leur tourment sous leur éclat. Au ciel scintillaient de vives lumières, trop lointaines pour se soucier de nous et si petites, si petites qu'on pouvait douter de leur existence. Toute l'immensité vide gronde sur nos têtes, et les étoiles ne sont que des étincelles qui tournoient sans repos dans l'espace. La terre, elle, nous écoute, elle couvre son visage d'un léger voile de brume et elle est triste; elle boit tendrement notre sang dans l'ombre, s'afflige, et à la lumière nous calme et nous rassure. Ici-bas, la terre nous offre sympathie et espoir, les cieux n'ont rien que l'immensité.

Un râle des champs me parlait de l'autre côté de la vallée, il parlait sans cesse, posait des questions et y répondait d'un ton rauque dans les prés endormis, cachés par la brume. La voix monotone, qui, jadis, les soirs d'été, avait un accent plein de charme et de poésie, me paraissait intolérable. Le destin semblait emprunter ce ton âpre, cacophonique pour parler toute la nuit avec une persévérance discordante.

Le lendemain matin, Lettie rentra blême, triste, bourrelée de remords. Au bout d'un moment, on revint la chercher, car Leslie la demandait.

Le soir, j'allai voir Georges, je le trouvai très abattu.

« C'est fini, dis-je, vous auriez dû insister et devenir ainsi le maître de votre destin.

– Oui, peut-être, répondit-il d'un ton pensif.

– Il fallait la conquérir – elle aurait été contente si vous lui aviez imposé votre volonté. Elle ne peut quitter Leslie tant qu'il est malade et il l'épousera avant d'être guéri. Vous auriez dû courir la chance – vous pensez trop à vous et à vos pauvres sentiments, vous n'osez affronter une douche de mépris et d'injustice; vous avez donc épargné votre amour-propre et perdu – pas grand-chose, je suppose – vous ne sauriez perdre beaucoup.

– Mais... » commença-t-il sans lever les yeux. Je me moquai de lui.

« Continuez, dis-je.

– Vous voyez, elle était fiancée.

– Allons donc! vous vous croyez trop beau pour être refusé! »

Il était très pâle et cette pâleur donnait à son teint hâlé une apparence maladive. Il leva sur moi ses yeux sombres, pleins maintenant de douleur et d'un gros désespoir d'enfant.

« Voilà tout », ajoutai-je; ma colère épuisée sombra comme une chaloupe naufragée. Mais nulle pensée ne faisait voile sur la mer de ma pitié : j'étais comme l'eau qui palpite de désir et reste immobile.

Leslie fut gravement malade pendant quelque temps. Il avait une légère fièvre cérébrale et dans son délire il répétait sans cesse que Lettie l'abandonnait. Ma sœur ne quittait pas Highclose.

Un après-midi de juin, il reposait sur une chaise longue à l'ombre du cèdre; Lettie était assise près de lui. C'était une journée jaune et lourde, sans un souffle d'air; tout était languissant.

« Ne croyez-vous pas, mon ami, dit-elle, qu'il vaudrait mieux ne pas nous marier? »

Le jeune homme se souleva nerveusement sur les coussins; son visage était sillonné d'une barre rouge sur champ blanc : il paraissait épuisé et pensif.

« Pas encore, vous voulez dire?

– Peut-être, et peut-être jamais. »

Leslie se recoucha en riant.

« Ah! si vous recommencez à me taquiner, c'est signe de guérison.

– Mais, reprit Lettie avec un vaillant effort, je me demande si vraiment je devrais vous épouser. »

Il se remit à rire mais avec une ombre d'inquiétude.

« Vous craignez que je reste gâteux, demanda-t-il : vous verrez dans un mois !

– Non, ce n'est pas ce qui me tourmente.

– Vrai ?

– Sot ! non, ce qui me tourmente c'est moi...

– Je ne me plains pas de vous.

– Je ne crois pas, mais je voudrais que vous me rendiez ma liberté.

– Je suis assez fort pour vous retenir. Regardez cette poigne. » Il tendit ses mains affinées et blanchies par la maladie.

« Oui, vous me tenez et je vous demande de me laisser libre. Je ne veux pas...

– Quoi ?

– Me marier; laissez-moi, laissez-moi libre.

– Vous ne m'aimez pas ?

– L'amour, l'amour – je ne sais pas ce que c'est. Mais je ne peux pas, nous ne pouvons pas, vous ne le sentez donc pas, être, comme on dit, une seule chair.

– Pourquoi ? » murmura-t-il comme un enfant à qui l'on conte une histoire mystérieuse. Elle le regarda; il était appuyé sur son coude et tournait vers elle un visage pâli par la peur et la perplexité, comme un enfant qui ne comprend pas, s'épouvante et a envie de pleurer. Alors, lentement des larmes montèrent aux yeux de Lettie et elle pleura de pitié et de désespoir.

A ce spectacle, une émotion extrême s'empara de Leslie. Il se souleva et les coussins tombèrent sur l'herbe.

« Qu'y a-t-il ? Qu'y a-t-il ? Oh ! Lettie, est-ce moi qui vous fais pleurer ? Vous ne m'aimez plus ? Est-ce cela ? dites-le-moi, dites-le-moi ! » Il saisit Lettie aux poignets et essaya d'écarter les mains qui cachaient le visage de la jeune fille. Les larmes coulaient sur ses joues. Lettie le sentit trembler; le son de sa voix l'alarma et lui fit oublier tout autre sentiment. Elle se hâta de sécher ses larmes, se leva et prit Leslie dans ses bras. La tête cachée sur son épaule, il éclata en sanglots; elle se pencha sur lui et ils mêlèrent leurs larmes; enfin ils eurent honte et regardèrent autour d'eux si personne ne les voyait! Puis Lettie s'empressa auprès du blessé, ramassa les coussins, le fit allonger et l'installa; elle ne pouvait rester inactive. Leslie était plaintif comme un enfant malade et gâté. Il exigea que Lettie lui fît un oreiller de son bras et plaçât son visage près du sien.

« Eh bien, dit-il avec un faible sourire au bout d'un moment, que vous êtes méchante de nous faire tant de peine! C'est pour goûter les joies de la réconciliation, hein, méchante petite Schnucke? »

Elle était tout près de lui et il ne vit pas le tremblement qui agita ses lèvres.

« Je voudrais être guéri, et nous nous promènerions en bateau ou à cheval, et vous seriez obligée d'être gentille. Croyez-vous que je serai fort dans un mois? Plus fort que vous?

– Je l'espère, répondit Lettie.

– Je ne crois pas que ce vœu soit sincère; vous aimez que je sois malade pour me soigner et me dorloter, n'est-ce pas, petite fille?

– Quand vous êtes sage.

– Eh bien, dans un mois, je serai fort; nous nous marierons et nous irons en Suisse, entendez-vous, Schnucke, et vous ne pourrez plus faire la méchante. Oh! vous voulez encore m'abandonner?

– Non, mais je ne sens plus mon bras. » Elle le retira et le balança en souriant parce qu'il lui faisait mal.

« Oh! ma chérie, je suis une brute, un enfant cruel. Je voudrais être bien portant, Lettie, et ne plus agir ainsi.

– Quel gosse! ce n'est rien. » Et elle lui sourit.

FIANÇAILLES

PENDANT la maladie de Leslie, un samedi, j'allai passer la soirée au moulin. Georges traversait la cour avec deux baquets d'eaux grasses et onze petits porcs affolés par l'attente se précipitaient dans ses jambes en poussant des cris. Le jeune fermier versa la pâtée qui fit un glouglou succulent en tombant dans l'auge; aussitôt dix petits groins s'y plongèrent et dix petits museaux se mirent à laper. Bien que la place fût suffisante pour dix, ils se culbutaient et luttaient pour gagner plus d'espace, et plus d'un petit glouton renversa et gaspilla la pâtée; alors les dix groins qui tétaient bruyamment se contractaient et vingt petits yeux où brillait une flamme courroucée jetaient des regards furieux. Dans leur hâte, ils s'étouffaient et grognaient. Le malheureux onzième allait de l'un à l'autre, essayant de se frayer un chemin avec son groin, mais pour sa peine il ne recevait que de rudes poussées et des morsures à l'oreille. Alors, il leva le museau et poussa de grands cris, prenant le ciel du soir à témoin de son chagrin et de sa colère.

Mais les dix petits gloutons ne firent qu'agiter les oreilles pour s'assurer que ce bruit était sans danger et se remirent à laper de plus belle en pataugeant et en bavant. Georges riait comme un Jupiter ironique, mais enfin il daigna entendre, d'un coup de pied écarta les dix petits cochons de l'auge et donna les restes au onzième. Le pauvret pleurait presque de joie, il se hâtait d'avaler au milieu de ses sanglots et il jetait, autour de lui, sans lever le nez, des petits regards de crainte quand il entendait les cris vindicatifs des dix petits ennemis tenus à l'écart par Georges. Le dîneur solitaire, tremblant d'appréhension, lécha le bois, puis tournant vers le ciel des yeux reconnaissants, il laissa l'auge à regret. Je m'attendais à voir les dix autres se jeter sur lui et le dévorer, mais non; ils bondirent sur l'auge vide, la léchèrent encore en criant de douleur.

« C'est la vie, remarquai-je en riant.

– Quelle belle portée, dit Georges, ils étaient quatorze mais cette sacrée diablesse de Circé en a mangé trois; on n'a pas pu l'en empêcher. »

Tandis qu'il parlait l'horrible truie arriva, l'œil torve.

« Pourquoi n'engraissez-vous pas cette vieille gargouille pour la manger? Elle offense l'univers!

– Non, c'est une belle truie. »

Nous éclatâmes de rire et la vieille truie grogna de mépris; ses petits yeux nous lancèrent une œillade diabolique.

« Que faites-vous ce soir, demandai-je, vous sortez?

– Je vais faire ma cour, répondit-il avec une grimace.

– Oh! je voudrais voir ça!

– Venez donc, comme vous vous y connaissez, vous me direz les fautes que je commets.

– Ça ne marche pas?

– Oh! si, c'est si facile quand on s'en moque comme de Colin Tampon. Et puis on peut toujours prendre un apéritif. C'est la meilleure façon de faire sa cour au Bélier. Je vais m'habiller. »

Dans la cuisine, Emilie arrachait péniblement une couture à une vieille machine à main posée sur la table. Elle faisait des chemises pour Sam. Le petit garçon, installé à la ferme, était assis à ses côtés et hurlait les mots d'un alphabet. La machine grondait et cliquetait comme une usine entière et faisait quelques centimètres; les cris aigus de Sam éclataient comme des coups de revolver irréguliers :

« La pro-pre-té sera prinée.

– Prônée, criait Emilie penchée sur la couture.

– Prônée à l'école », criait Sam. Puis la machine s'arrêtait net, et effrayé par le son de sa voix, l'enfant s'interrompait stupéfait et regardait autour de lui.

« Continue », dit Emilie qui fourrageait la vieille machine avec des ciseaux. Il recommença :

« Ta fi-ne ca-ra-fe... », mais intimidé par le son de sa voix dans le silence il ne put continuer. Emilie suça un brin de coton et enfila l'aiguille.

« Continue, ordonna-t-elle.

– A été fêlée à la fête, hurla Sam, rassuré par le bourdonnement. Zélie a vu la bosse du... du... du...

– Zébu, cria Emilie en guidant l'étoffe entre les mâchoires tremblantes de la machine.

– Zébu, répéta l'enfant.

– Ensuite, cria Emilie.

– Ta tim.

– Quoi?

– Ta tim.

– Attends un moment. » Et la machine s'arrêta.

« Zut, s'exclama Emilie.

– Zut », cria l'enfant.

Elle rit et se pencha sur lui :

« Ta timidité te nuira. Oh! Cyril, je ne savais pas que vous étiez là! Va-t'en, Sam. Tu trouveras David dehors.

– Il est au fond du jardin », dis-je, et Sam partit en courant.

Georges sortit bientôt de la buanderie. Debout, devant la cheminée, il contemplait son reflet dans la glace : il se regarda et sourit. Je me demandais ce qui pouvait tant l'enchanter dans son image, car une brèche s'ouvrait dans son menton et une de ses joues semblait mangée par les mites. Mme Saxton gardait ce miroir comme un objet de valeur; il était assez grand et son cadre était bien sculpté; mais il mettait des trous, des taches, des égratignures sur les visages, et ses endroits les plus clairs eux-mêmes donnaient à l'image un aspect lointain et vague. Néanmoins, Georges se souriait en peignant ses cheveux et en frisant sa moustache.

« Vous avez l'air content de vous ? dis-je.

– J'ai bien la tête qu'il faut pour aller faire la cour à une femme, répondit-il en riant; une mouche noire pour cacher vos défauts et ça va.

– Je pense souvent, dit Emilie, que ce miroir a absorbé tant de visages qu'il est rassasié et ne peut plus en contenir; de là ces taches noires; le reste est brumeux parce que trop de visages se sont reflétés l'un sur l'autre.

– On a un peu l'air d'un fantôme entouré de ses ancêtres, reprit Georges. Dans une vieille maison comme celle-ci, on vit trop avec les morts. J'ai parfois l'impression d'être un mur qui marche; les sentiments des gens d'autrefois se collent à vous comme le lichen au mur; on devient chenu et vénérable.

– C'est vrai, c'est vrai, approuva le père, les gens dont les familles ont beaucoup changé de demeure ignorent cette sensation. C'est pourquoi je vais au Canada.

– Et moi dans un cabaret, dit Georges; là, c'est tout différent, on apprend ce que c'est que la vie.

– La vie, répéta Emilie méprisante.

– C'est le mot, ma petite, répliqua son frère. C'est ce que je cherche. Ce que nous savons ne compte pas.

– Oui, dit M. Saxton se tournant vers moi, on est fier d'habiter le même pays depuis des générations; tout le reste paraît stupide. Mais nous n'avons pas le moindre aperçu de mille choses que tout le monde sait. Nos sentiments et nos pensées restent les mêmes, au cours des années, et nous ne connaissons qu'un côté de la vie, celui qu'on a placé devant nous.

– Disons au revoir et merci à la vieille maison, aux grands-pères et aux grand-mères, cria Georges en grimpant dans sa chambre, et allons courir la pretentaine. »

Le père secoua la tête et dit :

« Je ne peux pas comprendre ce qui le rend si différent de nous. Sans doute est-ce l'amour ? »

Nous allâmes chercher nos bicyclettes dans la grange afin de nous rendre à Greymede. Georges alluma une allumette pour chercher sa pompe; une grosse araignée se sauva dans un angle du mur et le regarda comme une petite goule blanche.

« Comment ça va, ma vieille? dit Georges en la saluant. Elle ressemble à un de mes vieux grands-pères », ajouta-t-il en riant tandis qu'il gonflait les pneus de la vieille bicyclette que je prenais.

C'était le samedi soir et à l'auberge du Bélier la salle était presque pleine.

« Bonjour, Georges, tu viens faire ta cour? » cria-t-on. Et en ma qualité d'étranger, j'eus un signe de tête et un bonsoir.

« T'es pas bête, dit un gros garçon à la moustache rebelle, tu peux boire autant que tu veux avec la gosse et ça ne te coûte rien! » Et tous les buveurs ôtèrent leur pipe de leur bouche pour pouvoir rire. Georges s'assit et regarda autour de lui.

« Mais, dit un homme aux favoris noirs, faut de la patience quand on courtise une fille. Elle couche la vieille dame, tu entends, tu entends le lit qui grince. Elle descendra dans une minute, donne-lui le temps de border la vieille. Tu l'entends faire ses prières?

– Sapristi! cria le gros jeune homme en éclatant de rire.

– Imagine la vieille en train de faire ses prières; cela lui fera tomber ses fausses dents. »

Tout le monde rit.

On se mit à parler de la vieille hôtelière. Elle avait pratiqué le reboutage avec succès. Des gens venaient la voir de très loin afin qu'elle devinât leurs maux et remît leurs membres. Elle n'acceptait pas de paiement. Un jour, elle était allée dire au docteur Fullwod ce qu'elle pensait de lui, attendu qu'il avait soigné pendant trois semaines pour une dislocation un enfant qui avait la clavicule cassée. Le docteur avait essayé de le prendre de haut et depuis, partout où il allait les mineurs se prenaient l'épaule et gémissaient : « Oh ! ma clavicule ! »

Meg entra. Elle jeta un brillant regard d'oiseau à Georges et ses joues se couvrirent d'une vive rougeur.

« Je croyais que vous ne viendriez pas, dit-elle.

– T'en fais pas, personne ne l'arrêtera », dit l'homme aux favoris noirs. Elle nous apporta du whisky, elle allait et venait, servant les hommes qui plaisantaient gaiement et sans grossièreté. Puis elle sortit, mais nous restâmes dans notre coin. Les buveurs agitaient les sujets les plus divers; une âpre discussion s'éleva : doit-on ou non considérer Londres comme un port de mer; cette question fut examinée dans tous les sens; puis un artiste en herbe mit le feu à la salle en déclarant que seules trois couleurs existent : le rouge, le jaune et le bleu, et que les autres teintes ne sont pas des couleurs mais des mélanges; c'était presque une hérésie; quelqu'un défia l'artiste d'oser déclarer que le marron de sa culotte n'était pas une couleur; l'artiste releva le défi et dut presque soutenir un combat; puis chacun vanta sa force et Georges gagna un pari de cinq shillings en soulevant le piano; enfin les buveurs se calmèrent et parlèrent de femmes; à voix basse, un homme raconta des histoires extraordinaires sur les prostituées chinoises et japonaises de Liverpool. Ensuite, la conversation cessa d'être générale; un fermier donna des conseils à Georges pour diriger la ferme attachée à l'auberge, un autre débattit avec lui le prix des chevaux, un tailleur lui conseilla de spéculer et dévoila un grand secret qui pouvait procurer de l'argent à qui aurait du cran – cela dura jusqu'à onze heures. Alors Bill vint dire : « C'est l'heure », tout le monde partit, et la salle frissonna tandis qu'un peu d'air frais pénétrait au milieu de la fumée, de l'odeur des boissons et des respirations.

Nous étions tous deux troublés par le whisky que nous avions bu. J'avais honte de tâtonner en prenant mon verre ou en frottant une allumette. Mes mains ne m'appartenaient plus et je ne pouvais guère davantage me fier à mes pieds. Cependant, je me rendais compte du changement de Georges et du mien; je pouvais, semblait-il, enivrer mon corps sans étourdir mon esprit qui s'éveillait et restait sur le qui-vive. Georges était à demi ivre; ses paupières retombaient sur ses yeux et sa parole était embarrassée; il renversa son verre et répandit le liquide sur la table, il ne fit que rire de cet accident. Un ricanement niais m'échappait à chaque instant et je m'en étonnais.

Quand tout le monde fut parti, Meg entra.

« Viens, poulette, dit Georges en agitant le bras avec le geste exubérant d'un homme gris, viens t'asseoir ici.

– Vous ne voulez pas venir dans la cuisine? » demanda la jeune fille; elle jeta un coup d'œil sur les tables; les bouteilles et les verres étaient entourés de mares de liquide; des allumettes et des cendres couvraient le bois blanc.

« Non, pourquoi? Viens t'asseoir ici. » Il hésitait à se lever; je le savais et je riais aussi d'entendre sa parole épaisse et ses mots qui semblaient se coller à son palais.

Meg alla s'asseoir près de lui, après avoir écarté la petite table toute mouillée.

« On m'a appris comment on devient riche, dit le jeune fermier en branlant la tête avec un rire qui montrait ses dents, on verra ça. Tu sais, Meg, je montrerai que je ne suis pas plus bête qu'un autre.

– Quels sont vos projets? demanda la jeune fille d'un ton indulgent.

– Attends un peu et tu verras. On ne se doute pas de ce que je peux faire; personne ne le sait.

– Et que ferez-vous quand vous serez riche, Georges?

– Ce que je ferai? Je ferai tout ce que je voudrai. Je peux faire aussi bonne figure qu'un autre. » Il approcha son visage du sien et branla la tête, mais elle ne se détourna pas. « Oui, j'apprendrai à faire la fête. Nous avons été trop prudents dans notre famille; nous avons peur de tout; je vais faire ce qu'il me plaît, poulette, advienne que pourra, je me fiche de tout! Il frappa lourdement la table la plus proche et cassa un verre. » Bill vint voir ce que nous faisions.

« Mais vous ne ferez rien de mal, Georges?

– Non, je ne ferai de mal à personne, mais je me fiche de tout.

– Vous avez trop bon cœur pour faire du mal.

– Peut-être. Vous me connaissez un peu, Meg, franchement, me croyez-vous idiot?

– Sûrement non. Qui donc le croit?

– Pas vous. Je sais que vous ne le croyez pas. Donne-moi un baiser. Tu es belle, comme une prune mûre. J'ai envie de te mordre, tu es délicieuse, pleine de jus rouge. » Par jeu, il faisait semblant de la mordre. Elle rit et le repoussa doucement.

« Tu m'aimes, n'est-ce pas? demanda-t-il.

– Pourquoi voulez-vous le savoir? répliqua-t-elle, tendrement espiègle.

– Dis-le-moi. »

Meg l'embrassa.

« Que ferais-tu si je partais tout seul pour le Canada?

– Vous ne le feriez pas.

– Supposons ?

– Oh ! je ne sais pas ce que je ferais. Mais c'est impossible, j'en suis sûre. »

Georges, ému par la confiance tremblante de la voix de Meg, prit la jeune fille dans ses bras et l'embrassa.

« Non, je ne le ferai pas, je ne te laisserai pas, ce serait un crime, hein, ma poulette ?

– Oui, murmura-t-elle.

– Ah ! reprit le jeune fermier, quelle tendre petite fille; tu m'aimes ?

– Oui », murmura-t-elle. Il la pressa contre lui, l'embrassa et la garda sur sa poitrine.

« Nous nous marierons bientôt, mon oiseau, tu es contente ? n'est-ce pas ? »

Elle le regarda comme s'il eût été un grand seigneur. L'amour qu'elle lui donnait était si généreux que Georges s'en trouvait embelli.

Au retour, mon ami ne put monter sur sa bicyclette et dut faire la route à pied tant ses chevilles étaient écorchées par les pédales.

L'ATTRAIT DU FRUIT DÉFENDU

Le premier dimanche de juin, Lettie vint passer la journée chez nous; elle savait maintenant qu'elle ne pouvait rompre ses fiançailles. L'après-midi, ma sœur se prépara à aller au moulin. Nous étions en deuil d'une tante, et elle portait une robe de fin voile noir; son chapeau noir était garni de longues plumes. En regardant ses mains blanches et ses bras serrés dans les longs parements de ses manches, je sentis l'ardeur de mon amour fraternel, protecteur et indulgent.

C'était un jour ensoleillé; le vent soufflait. Dans la maison, la chaleur était suffocante, mais dehors ses flammes étaient dispersées par le vent. Parfois, un large nuage blanc, ombré de bleu, voyageait lentement sur la route du ciel derrière un premier messager déjà perdu au loin; il faisait traîner sur nous une ombre glacée et triste, que nous regardions glisser sur l'eau, sur le bois et sur la colline. Ces nuages arrondis et magnifiques avaient vogué tout le long du jour sur la même route; ils avaient quitté leur refuge du sud pour suivre le vol rapide des oies sauvages jusqu'aux solitudes du ciel septentrional. Le ruisseau courait en chantant et ne s'attardait en chemin que pour chuchoter un secret aux buissons discrets, puis il repartait avec un nouveau refrain.

Les poules picoraient dans la cour de la ferme avec

un décorum tout dominical. Parfois, une bouffée de vent égarée et d'humeur joyeuse errait au milieu d'elles et les ébouriffait à leur grande colère. Les porcs dormaient au soleil et poussaient de petits grognements de plaisir. Un écureuil d'un bond quitta le mur moussu et se blottit, aux écoutes, sur une branche de cytise. Puis il partit en riant tout seul. Gyp se mit à aboyer mais je la calmai : la robe noire de Lettie l'avait sans doute étonnée.

Nous entrâmes sans bruit dans la cuisine. Mme Saxton posait un poussin, enveloppé de flanelle, sur le foyer chaud pour le rappeler à la vie. Georges dormait, la tête sur la table; le père reposait sur le canapé, très à son aise et très beau; Emilie s'enfuit à notre arrivée, sans doute pour aller s'habiller.

« Il rentre si tard le soir, il va au Bélier, chuchota la mère en regardant Georges, et il se lève à cinq heures; il n'a pas assez de repos. »

Georges s'éveilla et nous sourit. Il était trop abasourdi pour parler. Sa poitrine s'appuyait encore à la table et ses bras étaient étendus, mais il leva la tête, regarda Lettie avec ses yeux éblouis et lui sourit. Ses cheveux étaient ébouriffés et son col déboutonné. Enfin, il se leva lentement, repoussa sa chaise à grand bruit et s'étira, les bras dressés vers le ciel.

« Oh! remarqua Georges en laissant retomber ses bras, je ne croyais pas que vous viendriez aujourd'hui.

– Je voulais venir vous voir; je n'en aurai plus guère l'occasion, dit Lettie en se détournant sans cependant cesser de le regarder.

– Non, sans doute », répondit Georges, et il se tut. Un silence tomba. La mère demanda des nouvelles de Leslie et parla jusqu'à ce qu'Emilie descendît, rougissante, souriante, heureuse.

« Vous venez vous promener? dit-elle; il y a deux ou trois nids de rouges-gorges et un nid de pinsons.

– J'aime mieux avoir la tête nue. » Et Lettie enleva

son chapeau et secoua ses cheveux. Mme Saxton l'obligea à prendre une longue écharpe de soie blanche; Emilie enveloppa aussi sa tête d'une écharpe de gaze qui l'embellit.

Georges nous accompagna, comme il était, sans veste, sans chapeau. Nous traversâmes le verger, le vieux pont, et arrivâmes aux pentes qui descendent vers l'étang, rive toute couverte d'orties avec çà et là quelques noisetiers. De vieilles casseroles se rouillaient dans l'herbe, et des débris de poteries grossières surgissaient parfois.

Nous aperçûmes une bouilloire enduite d'une couche épaisse de chaux. Emilie se pencha pour regarder et nous l'imitâmes. Les petits rouges-gorges ouvraient tant le bec que je craignais qu'ils ne pussent plus le refermer.

« Ils ressemblent à des enfants irlandais dans une chaumière », dit Emilie, qui avait le penchant familial pour les comparaisons romanesques.

Nous trouvâmes plus loin une boîte en fer-blanc qui faisait un lit propre et douillet où six œufs s'abritaient côte à côte.

« Qu'ils sont chauds, dit Lettie en les touchant; la mère n'est pas partie depuis longtemps. »

Georges essaya de mettre sa main dans la boîte, mais l'ouverture était trop étroite, les deux jeunes gens se regardèrent en souriant. Dans le verger, au pied de trois arbres étaient trois tas de morceaux de faïence multicolore.

« Regardez, dit Emilie, ce sont les maisons des enfants. Je ne sais comment s'y prend Mollie, mais elle obtient de Sam les plus jolis morceaux; c'est une enjôleuse. »

Georges et Lettie se regardèrent encore en souriant. Près de l'étang, sous une lumière éclatante, nous contemplâmes le blé en herbe qui cicatrisait le sein rouge de la colline. Les alouettes étaient dans le ciel parmi les rayons du soleil. Nous errions dans l'herbe.

Jaune, brillante, tremblante, sur le vert calme des graminées, l'écume des coucous couvrait le pré. Nos ombres traînaient sur les champs et notre passage étreignait le soleil sur les fleurs, dont le parfum mettait un frémissement dans l'air.

« Regardez les coucous : ils se tordent de rire », dit Emilie; elle rejeta sa tête en arrière et ses yeux sombres scintillaient sous la gaze. Lettie qui nous précédait, voltigeait à travers le pré dans ses voiles noirs; elle se courbait sur les fleurs, s'inclinait vers la terre, comme une Perséphone endeuillée à peine sortie des Enfers. Georges, non loin de là, cherchait quelque chose dans l'herbe. Il s'arrêta et resta immobile.

Lentement, d'un mouvement qui semblait inconscient, Lettie s'approcha du jeune homme, et, quand elle releva la tête, après avoir cueilli quelques fleurettes, elle rit, surprise de se trouver si près de Georges.

« Ah! s'écria-t-elle, je croyais que j'étais seule au monde, un monde splendide; c'était délicieux.

– Comme Eve dans un pré du Paradis terrestre, et l'ombre d'Adam sur l'herbe, dis-je.

– Non, pas d'Adam, affirma ma sœur, riant, les sourcils froncés.

– Comment pourrait-on désirer de l'or, me disait Emilie, quand on voit un champ de coucous. Regardez au pied de cette haie qui reçoit le soleil du sud : c'est un ruissellement de boutons d'or.

– Les juifs ne perdent jamais de vue le lucre impur », remarqua Lettie en riant; puis, se tournant vers Georges, elle ajouta : « Aimeriez-vous que nous soyons des créatures sauvages, comme les ramiers, les alouettes ou les vanneaux? N'aimeriez-vous pas voler, tournoyer, étinceler, faire du ciel le lieu de vos amours? » Elle soulevait ses paupières et sa voix vibrait. Le jeune fermier rougit et s'inclina vers le sol.

« Regardez, dit-il, un nid d'alouettes. »

Un cheval avait laissé la trace de son sabot dans la

terre molle; les alouettes avaient arrondi et aplani cette cuvette et y avaient déposé trois œufs bruns. Lettie s'assit et s'inclina vers le nid. Georges se pencha sur la jeune fille. Le vent courait sur les fleurs, regardait, à la dérobée, les petits boutons bruns et repartait d'un bond joyeux. Les grands nuages envoyaient leurs ombres en message aux coucous et tombaient en gouttes de pluie pour les caresser.

« Je voudrais, disait Lettie, je voudrais que nous soyons libres comme eux. Si nous pouvions mettre tout en lieu sûr, dans un petit coin de la terre, ne pourrions-nous être heureux comme les alouettes ?

– Pourquoi ? demanda Georges, pourquoi ne pouvons-nous être heureux ? Je ne le comprends pas.

– Oh ! c'est impossible, vous savez que c'est impossible. » Et elle le regarda d'un air farouche.

« Pourquoi ? répéta le jeune homme.

– Vous le savez aussi bien que moi », répondit-elle. Toute son âme le défiait. « Il faut tenir compte de tant de choses », ajouta-t-elle. Georges baissa la tête. La lutte l'effrayait : il ne pouvait se résoudre à sortir de sa torpeur, à décider du sort de Lettie. Ma sœur se détourna et partit en frappant les coucous de son pied. Georges ramassa les fleurs qu'elle avait laissées près du nid – elles gardaient encore la chaleur de ses mains – et la suivit. Elle alla au bout du champ, les longs pans de son écharpe flottaient devant elle. Puis elle se laissa ployer par le vent et Georges la rejoignit.

« Vous ne voulez pas vos fleurs ? demanda-t-il humblement.

– Non, merci; elles seraient mortes avant que je sois à la maison; jetez-les; vous êtes ridicule avec ce bouquet. »

Il obéit. Ils s'approchèrent de la haie. Un pommier sauvage fleurissait sur le ciel bleu.

« Attrapez-moi une branche de fleurs », ordonna Lettie, mais elle se ravisa brusquement : « Non, je peux y arriver », et se dressant sur la pointe des pieds, elle coupa plusieurs brindilles roses et blanches et les mit à son corsage.

« C'est joli, n'est-ce pas ? » Et elle éclata d'un rire ironique en montrant les fleurs. « Ces jolis pétales aux joues roses, aux étamines pareilles à des cheveux d'or, ces boutons qui sont des lèvres prometteuses... » Elle s'arrêta, regarda Georges, et un sourire étincela sur son visage. Puis elle montra l'ovaire sous la fleur. Résultat : des pommes sauvages.

Elle continuait à le regarder et à sourire. Georges garda le silence. Les deux jeunes gens arrivèrent devant la barrière du petit bois. Lettie grimpa au plus haut barreau, en se tenant à une branche de chêne. Elle permit à Georges de la poser à terre.

« Ah! vous aimez me montrer votre force, vous êtes un vrai Samson. » Elle se moquait, mais ses yeux invitaient Georges à la prendre dans ses bras.

Nous entrions dans le bosquet de peupliers noirs. Au milieu de la haie, s'élevait un orme; et ses myriades de fruits floconneux et verts parsemaient le ciel de points sombres.

« Regardez cet orme; remarqua Lettie, que de feuilles! Savez-vous pourquoi il est si prolifique?

– Non, répondit Georges d'une voix traînante.

– Il fait des provisions pour l'avenir, non, il est mourant, et il rassemble ses forces et charge ses branches des derniers fruits. Il sera mort l'année prochaine. Si vous êtes ici, vous le verrez. Regardez le lierre, le lierre suave et lisse qui enfonce ses doigts dans la gorge des arbres. Les arbres savent mourir, vous voyez, ils nous donnent une leçon. »

L'humeur fantasque de Lettie mettait Georges au supplice. Tout au fond d'elle bouillonnaient de confuses émotions; elle voulait les lui faire partager.

« Si nous étions des arbres chargés de lierre, au lieu

d'être de beaux êtres humains libres et actifs, nous unirions nos vies légères, n'est-ce pas ?

– Sans doute.

– Vous, par exemple, imaginez que vous fassiez le sacrifice de votre vie pour la prochaine génération – cela fait penser à Schopenhauer, n'est-ce pas ? Oui, le sacrifice de votre vie pour la prochaine génération, ou pour l'amour, ou pour je ne sais quoi. »

Georges ne répondit pas : la vivacité d'esprit de Lettie le déroutait. Ils passaient sous les peupliers qui balançaient au-dessus d'eux des chapelets de perles vertes. Une petite clairière s'ouvrait pleine de touffes de jacinthes sauvages. Lettie se pencha sur un ramier, qui gisait sur le sol, les ailes ouvertes. Elle le prit; ses yeux étaient gonflés et injectés de sang; elle toucha sa poitrine, ébouriffant ses plumes irisées qui perdaient leurs couleurs.

« Il s'est battu, dit Georges.

– Pourquoi, pour sa compagne ? demanda-t-elle, les yeux fixés sur le jeune homme.

– Je ne sais pas, répondit-il.

– Il est froid sous ses plumes ! Une colombe sauvage doit aimer qu'on se batte pour elle; elle doit aimer être conquise ainsi, lorsqu'elle aime le vainqueur. Ce serait un grand plaisir de les voir combattre, vous ne trouvez pas ? »

Elle le torturait.

« Ses serres sont ouvertes, il est tombé mort d'une branche d'arbre.

– Pauvre petit; il était blessé, et il a attendu la mort, après la victoire de l'autre. Comme la vie est cruelle, Georges, et l'amour est plus cruel que tout ! »

Pénétré par la douleur de sa voix triste et douce, Georges eut un rire amer.

« Enterrons-le et oublions l'amoureux vaincu. Faisons-lui une jolie tombe. »

Elle creusa un trou dans la terre sombre, et jeta une

poignée de jacinthes sur l'oiseau mort. Puis elle aplanit le sol et appuya ses mains blanches sur l'argile noire.

« Là, dit-elle en frappant ses mains pour faire tomber la terre, c'en est fait de lui. Venez. »

Georges la suivit, muet d'émotion.

Le petit bois s'ouvrait devant eux : les fougères sereines se déployaient, les jacinthes mêlaient leurs boucles bleues. Dans les espaces dégagés, des nébuleuses de myosotis fleurissaient sur un fond de violettes sombres, et les primevères étaient les planètes de cette nuit. Un léger parfum de reines des bois et de foin frais coupé parfumait l'air sous les branches. La saxifrage d'or formait des dessins sur le talus humide et brillait d'un éclat impur comme si son prêtre l'escargot l'avait peinte. Georges et Lettie écrasaient l'oseille des bois et brisaient les mousses soyeuses. Que leur importait les petites vies qu'ils foulaient aux pieds ?

De l'autre côté de la palissade du bois se dressait la colline, parsemée de vieux arbres épineux. Là, les petits lichens gris offraient des boules vermeilles que nous ne remarquions pas. Pourquoi leur aurions-nous accordé un regard, puisque nous ne faisions tomber les pommes rouges de l'arbre que pour les laisser pourrir ?

« Si j'étais un homme, dit Lettie, je m'en irais loin d'ici et je serais libre; comme je le voudrais ! »

Elle enleva son écharpe et la fit flotter dans la brise. L'escalade avait rougi son visage, ses boucles détachées par le vent brillaient et dansaient.

« Mais vous n'êtes pas un homme, répondit Georges en la regardant avec une timide amertume.

– C'est dommage, dit-elle en riant, je façonnerais mon destin, je n'agirais qu'à ma tête.

– N'est-ce pas ce que vous faites ?

– Oh ! la liberté m'est à charge quand je l'ai obtenue. Je n'ai qu'un désir : qu'on me l'enlève. »

Elle rejeta sa tête en arrière et regarda Georges de côté en riant à travers ses cheveux aux reflets d'or.

Ils arrivèrent aux chenils. Lettie s'assit sur la margelle de la grande auge de pierre; elle trempait ses mains dans l'eau, et les bougeait doucement comme des fleurs submergées dans le clair étang.

« J'aime me voir dans l'eau, dit-elle, pas sur l'eau, Narcisse, dans l'eau; je voudrais avoir un petit lac à moi et nager, les membres libres dans les flots.

– Vous nagez bien ? demanda-t-il.

– Assez.

– Je ferai assaut de vitesse avec vous dans votre petit lac. »

Puis elle leva la tête comme si une pensée soudaine lui traversait l'esprit. Dans la vallée, elle aperçut les toits rouges du moulin.

Ilion, Ilion
Fatalis, incestusque judex
Et mulier peregrina vertit
In pulverem...

« Que dites-vous ? demanda Georges.

– Rien.

– Cette auge est à moi », s'écria une voix aiguë comme un cri de vanneau. Nous tressaillîmes; un homme grand, à barbe brune, nous regardait sans s'approcher en s'agitant nerveusement.

« Vraiment ? dit Lettie, et avec un coin de son mouchoir elle essuya ses mains mouillées.

– Vous n'avez pas le droit de vous en servir », dit l'homme de la même voix flûtée comme un son de hautbois. Puis il tourna la tête et ses yeux gris pâle s'égarèrent dans la campagne; quand il eut repris courage, il s'éloigna de nous en s'abritant les yeux pour continuer son examen. Il fit quelques pas, tendit le cou, regarda dans la vallée, et fit encore quelques mètres dans une autre direction, le cou toujours tendu. Il rentra ensuite dans la maison.

« Il fait semblant d'attendre quelqu'un, dit Lettie, pour ne pas nous laisser croire qu'il n'est sorti que pour nous voir. »

Soudain, une femme parut sur le seuil de la porte.

« Vous attraperez le mal de Bright sur cette pierre humide », dit-elle à Lettie qui se leva en s'excusant.

« Je le sais bien, continua la femme à la voix de souris, c'est la maladie dont ma mère est morte.

– Vraiment, murmura Lettie, quel malheur.

– Oui, il faut être prudent. Vous habitez le moulin de Strelley ? demanda l'inconnue, qui semblait scandalisée par la tenue négligée de Georges. Et vous allez quitter le pays, n'est-ce pas ? »

Georges acquiesça.

« Ah ! que nous aimerions avoir des voisins; nous menons une vie de chien dans cette solitude. Vous connaissiez les gens qui habitaient ici ? »

Un oui bref fut la réponse.

« Quelle sale engeance ! Cette femme, quelle souillon ! Si vous aviez vu cette maison.

– Je l'ai vue, dit Lettie.

– Pouah ! Dans quel état ! mais entrez, entrez; vous verrez la différence. »

Georges et Lettie entrèrent par curiosité.

La cuisine en effet n'était plus la même. Elle était propre et étincelante; les cretonnes rouge vif qui recouvraient le canapé et les chaises lui donnaient un aspect intime et chaud. Malheureusement des petits tapis verts et jaunes et une profusion de fleurs en papier et en laine gâtaient l'ensemble. Il y avait trois jardinières pleines de fleurs de laine, et quatre éventails ornés de ruches vertes et jaunes, de roses, d'œillets, de lis et de coquelicots artificiels s'étalaient sur le mur; d'autres fleurs en papier remplissaient des vases, alors que le bois proche était tout fleuri.

« Oui, dit Lettie, ce n'est pas reconnaissable. »

La femme se rengorgea. L'homme à barbe noire

caché derrière le *Messager chrétien,* ces trompettes retentissantes, jeta un coup d'œil et disparut. La femme bondit sur la pipe qu'il avait posée au coin de la cheminée sur un morceau de journal et souffla sur une cendre imaginaire. Puis elle crut apercevoir un atome de poussière devant le feu.

« Là, cria-t-elle, je le savais; je ne peux le laisser une seconde; ce feu de bois me donne assez de mal et voilà qu'il tisonne tout le temps. »

La voix de souris monta derrière le journal : « J'ai seulement ajouté une bûche.

– Une bûche ! » répéta la ménagère sarcastique, et avec le tisonnier elle donna un grand coup dans le journal. « Tu oses dire des mensonges devant le monde... »

Georges et Lettie s'enfuirent. En jetant un dernier regard, Lettie vit la femme qui lavait le seuil derrière eux; elle se mit à rire. Georges tira sa montre; il était trois heures et demie.

« Vous êtes pressé ? demanda Lettie.

– Meg vient prendre le thé », répondit-il.

Elle se tut et ils continuèrent lentement leur chemin.

Lorsqu'ils furent arrivés au flanc de la colline, et purent voir le moulin et son étang, ma sœur déclara :

« Je ne descends pas avec vous, je rentre.

– Vous ne venez pas prendre le thé, s'écria Georges stupéfait, d'un ton de reproche, que dira-t-on à la maison ?

– Non, je ne viens pas, laissez-moi vous dire adieu – *jamque Vale.* Vous souvient-il d'Eurydice retournant aux Enfers ?

– Mais, bégaya-t-il, venez prendre le thé; que dirai-je ? Pourquoi refuser de venir ? »

Elle répondit par deux vers de Virgile. Alors, le désarroi de Georges lui fit pitié et elle lui donna le coup de grâce en disant d'une voix douce et tendre :

« Je ne veux pas faire de peine à Meg. »

Georges la regardait; le hâle seul colorait son visage; ses yeux, sombres et méfiants comme tous ceux de sa famille, s'étaient encore assombris; la douleur de l'irréparable les dilatait. Une compassion infinie serrait le cœur de Lettie. Elle avait envie de pleurer de tendresse et de pitié.

« Entrons un moment dans le bois », proposa-t-elle d'une voix basse et tremblante.

Il faisait chaud dans le bois. Le long des allées, les myosotis montaient à la hauteur du genou et se prolongeaient au loin avec le faible éclat de la voie lactée dans la nuit. Georges et Lettie abandonnèrent les sentiers où s'enchevêtraient les fleurs pour marcher dans les campanules; ils se frayèrent un chemin au milieu des corolles serrées et des fougères, et s'assirent sur un chêne abattu, derrière un rideau de noisetiers. Les jacinthes majestueuses se penchaient accablées par le poids de leur manteau violet, ou se dressaient pâles et droites comme des épis de blé. De lourdes abeilles se balançaient, maladroites et folles, sur les fleurs. La vue de tant de bleu les enivrait. Leur bourdonnement sonore et enjoué se détachait dans le grondement solennel du vent. La vue de leur orgie faisait du bien à l'âme. Une silène rose attrapa un rayon de soleil et flamboya. Un ormeau fit tomber sur les abeilles une averse de gaines couleur chair.

« Si nous étions des faunes et des hamadryades... » dit doucement Lettie en se tournant vers Georges pour adoucir sa douleur. Elle passa la main sur sa tête, ébouriffa ses cheveux et reprit :

« Si vous étiez un faune, je vous couronnerais de viornes, vous ressembleriez à Bacchus. » Elle laissa sa main sur les genoux du jeune homme et regarda le ciel. Le bleu du firmament paraissait pâle et vert en comparaison des flots violets qui déferlaient sous bois. Les nuages s'élevaient comme des tours sans qu'on pût deviner ce qui leur donnait tant de beauté et les balançait dans les vents. Les nuages passèrent et l'étang du ciel redevint limpide et clair.

« Voyez, dit Lettie, nous sommes dans un piège, voyez toutes ces branches avec des nœuds de boutons verts. Si nous étions libres dans le vent ?... Heureusement nous ne le sommes pas. » Elle se tourna vers Georges et lui donna sa main qu'il serra avec force : « Je suis contente que nous soyons emprisonnés; si nous étions libres dans le vent, ah ! »

Elle eut un petit rire étrange et fit un effort pour recouvrer sa respiration.

« Voyez, dit-elle, c'est un vrai palais : le tronc des frênes est aussi lisse qu'un bras de jeune fille. Voyez les colonnes des ormeaux ornées de nervures et d'entrelacs, et les flèches d'acier des hêtres qui s'élèvent pour soutenir un dais brodé au-dessus de nos têtes. Les fils du dais vibrent de musique pour nous, les petits oiseaux brodés chantent, les coudriers nous entourent de verts rameaux et le chèvrefeuille se penche pour nous verser son parfum; regardez la moisson des jacinthes bleues, elle mûrit pour nous. Ecoutez l'abeille qui chante dans les grandes orgues du vent; son chant de triomphe est pour nous. » Elle le regarda, les larmes aux yeux, et un petit sourire pensif et tremblant sur la bouche. Georges était très pâle et n'osait pas la regarder. Elle mit sa main dans la sienne et s'appuya à lui. Il contemplait, comme s'il eût été fasciné, une jeune grive qui sautillait en leur lançant de rapides coups d'œil.

« Les nuages reviennent, dit Lettie. Voyez le visage de ce nuage qui regarde le ciel. Ses lèvres s'ouvrent, il nous dit quelque chose, il s'enfuit, il est parti !... Allons, il faut que nous partions aussi.

– Non, cria Georges, ne partez pas, ne partez pas. »

Lettie puisa dans sa tendresse assez de force pour rester calme. Elle répondit d'une voix parfaite dans sa tristesse réprimée et sa résignation :

– Non, mon ami, non. Les fils de ma vie étaient

déroulés; ils flottaient comme les fils de la Vierge, et vous n'avez pas tendu la main pour les prendre et les mêler à l'écheveau de votre vie. Maintenant, un autre s'en est saisi; la trame de ma vie est tissée et je ne puis la mettre en lambeaux. Je ne suis pas assez forte. De plus, vous avez étroitement enlacé un autre fil aux fils de votre destin; pouvez-vous vous libérer?

– Oui, si vous me l'ordonnez. Dites-moi ce que je dois faire.

– Je ne puis; laissez-moi partir.

– Non, Lettie, supplia Georges atterré et humilié, non, Lettie, ne partez pas. Que ferai-je de ma vie? Personne ne peut vous aimer comme moi; que ferai-je de mon amour pour vous? Je le hais et je le crains parce qu'il est trop grand pour moi. »

Elle se tourna et l'embrassa avec reconnaissance. Il l'étreignit passionnément et lui donna un long baiser sur les lèvres. Elle était si lasse qu'elle attendit dans ses bras qu'il fût trop fatigué pour la retenir. Il tremblait déjà.

« Pauvre Meg », murmura-t-elle. Elle n'éprouva plus que de vagues sensations. Georges eut un mouvement de recul et ses bras relâchèrent leur étreinte. Lettie dénoua ses mains et se leva tout éblouie. Dans son découragement, il la laissa partir sans protester.

Le thé était servi depuis plus d'une demi-heure. Je me levai pour aller à la recherche de ma sœur et de mon ami. Georges était appuyé contre la barrière au bas de la colline. Son visage était exsangue et livide sous le hâle; il était hâve et défait comme s'il eût été malade pendant plusieurs semaines...

« Qu'y a-t-il? demandai-je; où est Lettie?

– Elle est rentrée, répondit-il, et le bruit de sa voix et le sens de ses paroles le firent soupirer.

– Pourquoi? » demandai-je, alarmé.

Il me regarda comme pour dire : « De quoi parlez-vous? Je ne puis écouter... »

« Pourquoi ? repris-je avec insistance.
– Je ne sais pas.
– On vous attend pour le thé », dis-je.

Il ne fit pas attention à mes paroles.

« Venez, répétai-je, Meg est là; on vous attend pour prendre le thé.
– Je ne veux pas. »

J'attendis un instant. Il eut de violentes nausées.

Fervens difficile bile tumet jecur, vae meum, pensai-je.

Quand son malaise eut passé, il s'éloigna de la lumière, tremblant et lugubre. Ses paupières se baissèrent lourdement sur ses yeux, il me regarda et sourit faiblement.

« Venez vous coucher dans le grenier, dis-je, je dirai que vous avez une crise de bile. »

Georges m'obéit, n'ayant pas l'énergie de me questionner; sa force avait disparu et son corps magnifique semblait ratatiné; il marchait avec peine. Je ne le regardai pas, car dans sa faiblesse il commençait à se sentir risible.

Nous pûmes entrer dans la grange sans qu'on nous vît. Je le regardai monter l'échelle du grenier. Puis j'allai avertir ses parents.

Je dis que Lettie avait promis d'aller prendre le thé à Highclose, et que Georges avait eu une crise de bile et flânait dans la grange en attendant d'être mieux; il avait été très souffrant. Nous prîmes le thé sans entrain et sans plaisir. Meg était pensive et gênée; le père lui faisait fête, mais la mère paraissait éprouver peu de sympathie pour elle.

« Je ne comprends pas, dit Mme Saxton, il n'a jamais rien, je ne l'ai jamais vu malade. Vous êtes sûr que ce n'est pas grave, Cyril ? C'est si extraordinaire, et juste le jour où Meg est là ! »

Vers six heures et demie, j'allais voir mon ami pour calmer les inquiétudes de sa mère et de sa promise. Je sifflai pour l'avertir de ma venue. Il dormait dans un coin sur un tas de foin. Il avait mis sa casquette sous sa tête pour se protéger du chatouillement de la paille et, couché en chien de fusil, dormait profondément. Il était très pâle, son visage portait encore l'empreinte du calme pathétique que laisse le chagrin. Comme il n'avait pas de veste, je craignis qu'il n'eût froid et je le couvris de deux sacs, avant de m'éloigner. Je ne voulus pas qu'on le dérangeât; j'aidai le père à soigner les vaches et les porcs.

Meg devait partir à sept heures et demie. Elle était si déçue que je lui dis : « Montez, je lui dirai que vous êtes allée le voir. »

Il avait rejeté les sacs; ses membres étaient étalés de toute leur longueur. Il paraissait de nouveau grand et viril. Sa bouche s'était détendue, ses traits avaient repris leur expression tranquille. On éprouvait en le voyant l'émotion qu'inspire tout être endormi dans une attitude d'abandon. Meg se pencha sur lui et le regarda, extasiée d'amour et de tendresse; elle mourait d'envie de le caresser. Alors, il s'étira et ses yeux s'ouvrirent. Ce brusque réveil fit frémir Meg. Georges sourit, à demi endormi, et murmura : « Bonsoir, Meg. » Et il s'éveilla tout à fait. Alors il se souvint, se détourna avec un grand soupir, cacha son visage et ne bougea plus.

« Venez, Meg, dis-je tout bas; il vaut mieux le laisser dormir.

– Je veux le couvrir », répondit la jeune fille. Elle prit le sac et le mit doucement sur ses épaules. Georges resta immobile et j'entraînai Meg.

LE POÈME DE L'AMITIÉ

Le printemps mentit à ses magnifiques promesses avant que les fleurs de mai fussent épanouies. Durant tout le mois bien-aimé, le vent nous assaillit du nord et du nord-est et apporta une pluie violente et lourde. Les arbres aux tendres bourgeons tremblaient et gémissaient; quand le vent était sec, les jeunes feuilles pendaient toutes flasques. L'herbe et le blé se gonflaient de sève, mais la lumière des pissenlits était éteinte, et qu'il semblait loin le temps où leur éclat éblouissant nous mettait la joie au cœur! Les jacinthes s'attardaient depuis des semaines, elles encadraient les champs d'une bordure violette pareille à une frange de deuil. Les silènes roses ne s'épanouissaient que pour pencher leur tête alourdie par la pluie; les boutons d'aubépine restaient clos et durs comme des perles et se recroquevillaient dans la verdure brillante; les myosotis, pauvres pléiades des bois, étaient déchiquetés. Souvent, à la fin du jour, le ciel s'ouvrait; des nuages majestueux planaient à l'horizon jusqu'à l'infini et, rayonnants, ils empruntaient aux lointains dorés l'éclat de l'ambre. Ils ne s'approchaient jamais; toujours à l'écart, ils jetaient un regard calme et majestueux à la terre frissonnante, puis s'attristaient et, craignant que leur splendeur pût se ternir, ils s'éloignaient et se perdaient dans l'espace. Parfois, au coucher du soleil, un grand bouclier se déployait de l'ouest au zénith, et la lumière s'accrochait à ses bords. Lorsque la voûte céleste se dégageait, il se brisait et se dispersait; le ciel était alors couleur de primevère, haut et pâle au-dessus de la lune de cristal. Les vaches se couchaient au milieu des genêts, accablées par le froid, tandis que la bécasse au long bec, qui voltigeait en formant de grands cercles, semblait emporter un serpent par le cou, et poussait des cris plus tragiques que les lamentations poignantes des vanneaux. Ces soirs étaient suivis de matins froids et gris.

Par un de ces matins, j'allai retrouver Georges dans la jachère. Son père était allé distribuer le lait, il était seul; en gravissant la colline, je le voyais debout dans la charrette; il répandait le fumier sur les champs nus et rouges; j'entendais sa voix qui, de temps en temps, lançait un ordre à la jument, et le grincement de la charrette qui s'ébranlait. Des étourneaux et d'élégants hochequeues passaient avec la rapidité de l'éclair, voltigeaient et sautillaient çà et là. Les vanneaux tournoyaient et criaient comme toujours entre les nuages bas et la terre, et quelques-uns couraient sur les sillons, trop gracieux et trop resplendissants pour le champ rude.

Je pris une fourche et j'éparpillai le fumier dans les creux; nous travaillâmes ainsi, séparés par un grand champ, mais très proches par le cœur. Je regardai Georges à travers le vol des vanneaux, tandis que les nuages bas glissaient furtivement sur nos têtes. A nos pieds, les troncs des peupliers du bosquet étaient d'un or chaud comme si le sang brillait sous l'écorce. Plus loin étincelait l'eau grise et plus bas encore les toits rouges.

Nethermere était à demi caché et lointain. Il n'y avait dans ce monde solitaire et gris que les vanneaux qui ponctuaient de cris le rythme de leur vol et Georges qui suivait en silence le rythme du travail. Le mouvement de la vie active retenait mon attention; chaque fois que je levais les yeux, je voyais les membres de mon ami se mouvoir; son corps se soulevait et s'abaissait en mesure et les vanneaux se soulevaient et s'abaissaient en lentes ondulations. Au bout d'un moment, quand la charrette fut vide, Georges prit une fourche et me rejoignit pour partager ma besogne.

La pluie se mit à tomber, le jeune fermier saisit un sac dans la charrette et nous nous blottîmes sous la haie touffue. Tout près l'un de l'autre, nous regardions la pluie former un grand rideau rayé de gris qui nous cachait la vallée; elle ruisselait sur le dos de la jument découragée; nous écoutions le sifflement des gouttes qui tombaient autour de nous et, pénétrés par le froid de la pluie, en silence nous nous serrions l'un contre l'autre. Georges fumait sa pipe et j'allumai une cigarette. La pluie continua; les petits cailloux et la terre rouge étincelaient dans cette grisaille. Nous restions assis et parfois nous échangions quelques mots. Ce fut alors que naquit l'amitié presque passionnée qui, quelques années plus tard, devait lentement s'user...

La pluie finie, nous remplîmes nos baquets de pommes de terre, nous parcourûmes les sillons mouillés en enfonçant les tubercules bourgeonnants dans la terre froide. Le terrain sablonneux se séchait vite. Vers midi, quand presque toutes les pommes de terre furent plantées, Georges me quitta; il alla chercher Bob à l'autre bout de la haie et l'attela au buttoir côte à côte avec la jument. La légère charrue formait un fin sillon et recouvrait les pommes de terre, des troupes d'oiseaux voltigeaient, se posaient, bondissaient derrière elle. Georges parlait aux chevaux; l'attelage descendit la colline, les deux bêtes hochaient leur museau étoilé de blanc et Georges ferme et lourd marchait derrière elles. Tous trois s'avançaient vers moi; un ordre et les chevaux se tournèrent gauchement, Georges se jeta sur la charrue et s'y appuya et la fit tourner en décrivant une grande courbe; le claquement d'un coup de fouet, et ils remontèrent la colline. Avec un grand bruissement d'ailes les oiseaux tourbillonnèrent et suivirent le nouveau sillon. Dételant les chevaux quand tout fut fini, nous descendîmes la colline humide pour aller déjeuner.

Je piétinais l'herbe trempée; les coucous fanés craquaient sous mes sabots; j'évitais les orchidées violettes, toutes rabougries mais magnifiques de couleur, et j'écrasais les pâles cardamines et les giroflées délavées. Près de mon pied j'aperçus je ne sais quoi de petit et de sombre qui bougeait vaguement. C'était un nid d'alouettes. Je vis les becs jaunes, les gros yeux à fleur de tête des deux petites alouettes et les pennes bleues de leurs ailes. Leurs dos bruns au fin duvet s'agitait sans cesse. Les deux oisillons étaient côte à côte, bec à bec et leurs petits corps palpitaient à l'unisson. Je les touchai doucement; leur chaleur était agréable au milieu de tant de froid et d'humidité. Je les contemplai avec curiosité tandis qu'un tourbillon de vent agitait les barbes du duvet. Lorsqu'un oisillon bougea son doux petit corps, je fus très ému, mais il se blottit de nouveau tout près de son frère. Au fond de mon cœur, je souhaitais un cœur pour m'y blottir, un ami qui me protégeât du froid et de l'humidité environnante. J'enviais ces petits prodiges, si joyeux bien qu'ils courussent le danger d'être écrasés. J'avais l'impression d'errer en quête du bonheur qu'ils avaient trouvé avant que la lumière pénétrât leur coquille. J'avais froid; les lilas du moulin étaient tristes et fanés. Je courus vers la ferme avec mes lourds sabots et mon cœur lourd d'un vague désir; le vent pâlissait les sycomores et poussait brusquement les pins maussades, les pins qui boudaient car leurs lutins aux ailes mouillées ne pouvaient s'envoler. Les marronniers bravement tenaient leurs blanches bougies dans les bobèches des branches, bien que le soleil ne vînt pas les allumer. Un cygne triste et glacé remontait l'eau, traînant ses pattes noires, faisant claquer ses grandes ailes creuses; il effrayait les poules d'eau et insultait les oies graves au cou noir. Que cherchais-je donc, et pourquoi ne trouvais-je rien qui pût rassasier mon cœur ?

A la fin de juin, le temps se remit au beau. On n'attendait que cela pour commencer la fenaison. Il n'y avait cette année à faucher que deux champs qui donneraient juste assez de fourrage pour aller jusqu'au printemps suivant. Comme j'étais en vacances, je décidai que j'offrirais mes services et que M. Saxton, Georges et moi nous rentrerions le foin sans avoir besoin d'autre aide.

Je me levai très tôt, le premier matin; le soleil paraissait à peine. La chanson provocante des coqs remplissait la vallée. Dans les creux, sur l'eau et sur l'herbe gonflée de suc, la brume de la nuit était encore blanche et épaisse. Je suivis le bord du pré; les panais sauvages, aussi grands que moi, écumaient au sommet de la haie et, près d'eux, l'aubépine fanée n'était plus qu'une vague rougeur. Les premiers oiseaux éveillés – je n'avais pas entendu l'alouette – allaient et venaient dans la mer écumante de la prairie; ils plongeaient sous les vagues de fleurs qui déferlaient très haut dans un coin, en ressortaient et, rapides comme la flèche, fuyaient l'oseille écarlate. Sous l'écume des fleurs se cachaient les astragales violets, les vesces jaunes, le rose des bétoines éparses, l'étoile flottante des marguerites. Le chèvrefeuille pesait sur les haies où les roses s'éveillaient pour prendre leur essor dans le jour.

Le matin argentait l'herbe du pré lointain et glissait en courbes brillantes autour des pierres du ruisseau; le matin courait dans mes veines, le matin chassait des profondeurs les poissons argentés, et je claquais des doigts pour les effrayer.

J'entendis l'aboiement de Trip et je courus à l'étang. La barque était arrêtée devant l'île, Georges sifflait derrière les buissons. Je l'appelai, il vint au bord de l'eau, à demi vêtu.

« Prenez une serviette, cria-t-il, et venez. »

J'étais de retour, au bout d'un instant. Mon Charon m'attendait, grelottant dans l'air froid. Un bon coup de rame nous poussa vers l'île. Je me hâtai de me dévêtir, car Georges était prêt à se baigner et Trip dansait autour de lui en aboyant; son maître sous ce nouvel aspect l'inquiétait.

« Il ne me reconnaît plus », dit Georges en riant, et il repoussa le chien avec son pied nu.

Trip revint d'un bond et sauta sur lui, le lécha à petits coups. Mon ami se mit à jouer avec le chien, bientôt ils roulaient tous deux sur le doux gazon, l'homme nu qui riait et le chien joyeux qui fourrait sa grosse tête sur le visage de son maître, le léchait, et, repoussé, revenait toujours à la charge pour mordiller les bras et les seins nus. Puis Georges étendu à terre, riant et haletant, attrapa Trip par les deux pattes de devant posées sur sa poitrine, tandis que le chien essoufflé cherchait à promener sa langue rapide sur la tête rejetée en arrière loin de son atteinte. Enfin Georges resta tranquille un moment, tandis que le chien se reposait aussi, son museau près du cou de son maître. J'appelai; Georges se leva d'un bond et plongea avec moi suivi de Trip.

L'étang était froid comme la glace et je restai un moment privé de mes sens. Puis je me mis à nager dans l'eau légère et je ne fus plus sensible qu'à la vigoureuse poésie de l'action. Georges faisait la planche en se moquant de moi; je me jetai sur lui, rapide comme la pensée. Le visage riant disparut, mon ami se retourna pour fuir, et je poursuivis la tête brune et le cou rouge. Trip, le misérable, me rejoignit en barbotant et m'arrêta; puis, ahuri par tant d'émotions, il se sauva vers la rive. Je ricanai en le voyant courir pour plonger et rejoindre péniblement Georges. Je gagnai du terrain;

Georges essaya de se débarrasser du chien et j'en profitai. Je l'atteignis et je posai ma main sur son épaule quand un rire retentit sur la rive. C'était Emilie.

Je lui lançai des poignées d'écume et d'eau. Elle rit et rougit. Puis elle s'enfuit parce que Trip la rejoignait et l'éclaboussait. Georges nageait en riant près de moi.

Nous nous regardions tout en nous frictionnant. Mon ami était bien proportionné et son corps était beau, malgré la lourdeur de ses membres. Il se moquait de moi. J'étais, disait-il, pareil aux personnages longs, maigres et laids d'Aubrey Beardsley. Je lui citai des exemples classiques de minceur et me déclarai plus parfait que lui dans sa corpulence; ma présomption l'amusa. Mais je dus céder et m'incliner devant lui et il prit une attitude indulgente et aimable. Je ris et je me soumis. Car il savait que j'admirais les belles formes pleines de son corps noble et blanc qui se détachait sur un fond de verdure. Il frottait son bras droit et ferme; il séchait ses cheveux et les faisait boucler; je regardais les jeux de muscles profonds de ses épaules et de son cou; l'histoire d'Annable me revenait à l'esprit.

Il vit que j'oubliais de me sécher et en riant il s'empara de moi et se mit à me frictionner vivement comme si j'étais un enfant ou plutôt une femme qui lui inspirât un amour sans crainte. Je m'abandonnai à ses mains et pour mieux me tenir il mit son bras autour de moi et me pressa contre lui, – la douceur du contact de nos corps nus était magnifique. Il étanchait en quelque sorte le désir vague et indéchiffrable de mon âme. Quand Georges m'eut réchauffé en me frictionnant, il me laissa aller et nous nous regardâmes avec des yeux encore pleins d'un rire silencieux; pendant quelques minutes, notre tendresse fut parfaite; jamais, depuis, je n'ai ressenti rien de semblable pour un homme ou pour une femme.

Nous descendîmes dans les champs; Georges alla

faucher l'îlot d'herbes qu'il avait laissé la veille au soir. Pour moi je devais aiguiser la faux, dégarnir le fond des haies, et avec un râteau écarter l'herbe de la faucheuse mécanique lorsqu'il ne resterait plus dans le pré qu'un triangle vert à abattre. Le parfum frais et moite du matin, la tranquillité volontaire de toute chose, des grands arbres bleuâtres, des fleurs candides et mouillées, des papillons confiants qui ouvraient et fermaient leurs ailes sur les herbes tombées, exprimaient la tendresse. Les chevaux marchaient avec une calme dignité et obéissaient aux ordres de Georges. Quand ils furent attelés à la faucheuse bien huilée, Georges regretta de troubler cette matinée parfaite; immobile, il contemplait la vallée.

« Je ne couperai plus ces foins », dit-il.

Et les herbes argentées, couchées à terre, lui renvoyèrent son regret, et le faible parfum des tilleuls était pensif. Ainsi cette partie du champ était fauchée, cette autre restait à faucher; puis ce serait fini. Cette année, les fleurs de sureau se déployaient sur les buissons aux coins du pré et les roses voletaient très haut au-dessus de la haie. Ces fleurs dans les herbes, nous les connaissions depuis des années et nous ne devions plus les revoir.

« Rien que pour la fenaison, la vie valait la peine d'être vécue... » dit Georges en me regardant.

Nous sentions la chaleur du soleil qui traversait la brume fraîche du matin.

« Vous voyez ce sycomore, reprit Georges, celui qui est si touffu derrière le grand saule? Mon père, un jour, cassa une de ses maîtresses branches parce qu'il voulait une belle canne; je me souviens de la peine que j'eus. Il montait si droit et ses feuilles étaient si harmonieusement disposées. Quand vous serez parti et que nous aurons quitté la ferme, il me semblera que ma branche maîtresse est cassée. Voyez l'arbre; cependant il grandit. Je crois que je grandirai plus vite. Je revois les tiges rouges des feuilles que mon père détachait du rameau. »

Il me sourit, assez fier de son discours. Puis il se jeta sur le siège de la faucheuse après s'être occupé des chevaux. Il leva la lame.

« Adieu », dit-il en me lançant un sourire bizarre.

La faucheuse s'ébranla. La lame tomba et l'herbe trembla et s'affaissa. Les pâquerettes frissonnèrent et les rangées splendides du cresson des prés tremblèrent contre la pimprenelle écarlate et tombèrent. La machine descendit le pré en chantant; elle laissait une trace verte et veloutée au milieu des herbes. Les fleurs dans l'herbe encore debout attendaient immobiles comme nous attendent les jours. Le soleil se prenait dans les flammes avides de l'oseille écarlate; les papillons s'éveillaient; le « hue » sonore de Georges résonnait à l'autre bout du champ. Puis l'équipage tourna et je ne vis plus que les oreilles agitées des chevaux et l'épaule blanche de mon ami; la faucheuse maintenant suivait le mur des hautes herbes qui s'élevaient sur la colline. Je m'assis sous l'orme pour aiguiser la faux. Georges allait et venait, regardant la chute de l'andain, lançant parfois un appel aux chevaux. Sa voix hâtait le réveil du matin. En travaillant, il nous arrivait d'oublier que nous étions si proches. Pourtant Mme Saxton disait :

« Georges est si content quand vous êtes dans le champ; la journée lui semble moins longue. »

Plus tard, la matinée devint chaude; le chèvrefeuille cessa de respirer; tous les autres parfums rôdaient dans l'air autour de nous; tout le champ était fauché; les campanules tremblantes d'angoisse étaient tombées; la touffe serrée des vesces pourpres s'était affaissée au milieu des herbes scintillant au soleil. Alors, dans la matinée chaude et vermeille, nous retournâmes le foin : nos fourches soulevaient l'herbe de la veille et ramenaient les fleurs fraîches qui s'y cachaient à la lumière du soleil où elles mouraient.

C'était alors que nous parlions du passé tout en rêvant à l'avenir. Le jour vieillissait et perdait son charme pensif; l'oubli s'emparait de nous; nous travaillions en chantant; parfois je récitais des vers à Georges ou bien je lui parlais de livres. Et pour tous deux la vie n'était qu'enchantement.

PASTORALES ET PIVOINES

Au repas de midi, M. Saxton annonça une nouvelle sensationnelle : Leslie avait organisé un goûter champêtre et demandait la permission d'amener ses invités dans les prés de Strelley. Ces champs étaient si beaux avec le ruisseau qui, sous l'abri des arbres, allait se jeter dans l'étang aux deux îlots verts... D'ailleurs, la femme du châtelain avait écrit un livre qui ajoutait aux prés et aux alentours du moulin un charme poétique. Les invités de Highclose désiraient vivement goûter dans ce site choisi.

Le père qui aimait la gaieté et la compagnie rayonnait. Georges demanda si les visiteurs seraient nombreux.

« Cinq ou six seulement; des dames qui sont venues pour le mariage. »

Georges lança d'abord quelques jurons énergiques, puis il tourna l'histoire en plaisanterie.

Mme Saxton espérait qu'on n'aurait pas recours à sa vaisselle, car elle n'avait pas deux tasses assorties, et le métal de ses cuillers ne pouvait passer pour de l'argent. Les enfants surexcités demandèrent congé pour l'après-midi; Emilie refusa fermement, ce qui souleva une discussion familiale.

Après le repas, nous allâmes retourner le foin dans les prés. Nos pensées ne se mêlaient pas et nous gardions le silence. Chaque fois que nous arrivions à l'extrémité du champ, nous nous arrêtions et nous regardions dans la direction du bois si personne ne venait.

« Les voici », s'écria Georges qui avait aperçu une lueur blanche dans le bois sombre.

Nous restâmes immobiles. Deux jeunes filles, l'une en mauve l'autre en blanc, un jeune homme avec deux jeunes filles vêtues de vert pâle et de blanc, et enfin un jeune homme et une jeune fille parurent au milieu des arbres.

« Les reconnaissez-vous ? demandai-je.

– Voici Marie Tempest, la jeune fille en blanc qui marche en avant, puis je vois Leslie et Lettie; je ne connais pas les autres. »

Georges attendit que les promeneurs eussent disparu derrière les talus près des ruisseaux, puis il planta sa fourche sur le sol et dit :

« Vous pouvez finir si vous voulez. Je vais faucher ce coin là-bas. »

Il me jeta un coup d'œil pour deviner ce que je pensais de lui. Je pensais qu'il craignait de se retrouver en face de Lettie et je souriais. Ce sentiment lui fit sans doute honte car, sans prononcer un mot, il se dirigea vers la faucheuse, serra sa culotte autour de sa taille et suspendit à sa hanche la courroie de la faux. J'entendis le grincement de la lame qu'il aiguisait. Puis il se rendit à l'extrémité du pré; ce coin était marécageux et la faucheuse mécanique ne pouvait y aller; Georges se mit à abattre l'herbe gonflée et les hautes reines-des-prés.

J'allai retrouver les promeneurs près de l'étang. Je saluai Louie Denis, jeune fille grande et gracieuse, aux airs penchés; elle portait une élégante toilette en linon mauve; je m'inclinai devant Agnès d'Arcy, droite et intelligente, qui, sans chapeau, protégeait avec une ombrelle sa tête aux magnifiques cheveux bruns; ensuite venait Hilda Seconde, svelte petite fille, délicieusement jolie; je saluai Marie et Lettie et je serrai la main de Leslie et de son ami Freddy Cresswell. Celui-ci devait être garçon d'honneur; il avait les épaules larges, le teint pâle, de beaux cheveux soyeux couleur de blé mûr; sa voix étrange et traînante semblait indiquer qu'il avait beaucoup souffert avant d'arriver à l'âge d'homme, cependant il gardait l'aspect d'un enfant spontané, aimable, et touchant. Comme la journée était très chaude les deux jeunes gens portaient des costumes de flanelle, et des cols mous, mais leur toilette trahissait un soin méticuleux. Instinctivement, j'essayai d'arranger mon pantalon dans ma ceinture, mais je sentis l'infériorité de M. Saxton bien qu'il fût grand et beau, car le travail avait courbé ses épaules et son pantalon était de travers.

« Que faut-il faire? demanda Marie; nous ne voulons pas vous déranger; au contraire, nous allons vous aider. Vous avez été si gentil de nous permettre de venir. »

M. Saxton eut un rire indulgent et sa voix mélodieuse et gaie charma les nouveaux venus.

« Eh bien, venez; Cyril n'a pas fané tout le foin. Je vais vous donner des fourches. »

Il choisit les fourches les plus légères du faisceau et les jeunes filles se mirent au travail en effleurant à peine les herbes; le père montra à Marie et à la charmante petite Hilda ce qu'il fallait faire, mais elles trouvèrent que c'était trop dur et travaillèrent à leur façon en riant de bon cœur à ses plaisanteries.

M. Saxton aimait les jeunes filles et il était si cordial qu'en sa présence elles s'épanouissaient, perdant toute timidité.

« Qu'elles sont espiègles! remarqua d'une voix traînante Cresswell qui venait de passer son examen de grec et de latin. Cette sacrée herbe est assez sèche pour que nous nous roulions dessus. »

Il fit un oreiller de foin que Louie Denis s'appropria; elle commença par arranger sa belle robe ajustée, sans ceinture, puis étendit gracieusement ses bras voilés de dentelle. Lettie portait aussi une robe blanche très collante qui révélait ses formes jusqu'aux hanches, elle s'assit à la place que Leslie lui avait préparée, et Mlle d'Arcy accepta à regret le tas de foin que je lui offrais.

Un petit sourire tordit la belle bouche de Cresswell.

« C'est une folle petite pastorale, dit-il, elle aurait plu au vieux Théocrite, n'est-ce pas, mademoiselle Denis ?

– Ne me parlez pas de ces vieilles gens, je n'ose même pas prononcer leurs noms ! Qu'auraient-ils dit de nous ? »

Il rit en clignant ses yeux bleus.

« Le vieux Daphnis – il montra Leslie –, entamerait un concours de chants avec moi, Damœtas; nous célébrerions les mérites de nos bergères; commence, Daphnis, chante Amaryllis, je veux dire Naïs. Zut, on risque toujours de se tromper de nymphe ! »

Et le jeune homme s'assit sur le bord de la jupe de Louie Denis.

« Allons, vas-y, Daphnis; parle-nous du miel, du fromage blanc ou des pommes précoces qui seront mûres dans huit jours !

– Les pommes que vous m'avez montrées sont si petites et si vertes qu'elles ne seront jamais mûres dans huit jours, interrompit Louie Denis. Pouah ! qu'elles sont acides ! »

Cresswell lui jeta un sourire étrange.

« Eh bien, vous ne chantez pas ?... Celle que j'aime n'est pas blanche, ses cheveux ne sont pas blonds comme le miel qui coule au soleil, celle que j'aime est brune et douce et mûre pour les lèvres de l'amour... Continuez, Tempest. Allez-y, vieux berger ! Qui accorde son pipeau ? Oh ! ce garçon qui aiguise une faux... Cela donne mal au dos de le voir travailler. Allez l'arrêter, quelqu'un.

– Oui, allons le chercher, dit Mlle d'Arcy, je suis sûre qu'il ne connaît pas son bonheur pastoral, allons le chercher.

– Il serait contrarié qu'on dérange son travail, Agnès; d'ailleurs tout bonheur s'ignore lui-même », protesta Lettie.

Agnès d'Arcy hésita, puis des yeux m'invita à l'accompagner.

« Mon Dieu, dit-elle avec une petite grimace, Freddy est si idiot et Louie Denis ressemble à une guêpe sur de la mélasse. J'avais envie de rire et cependant j'étais irritée. Vous devez vous sentir tout-puissant quand vous fauchez comme le père Temps ? Allons voir ! Nous dirons que nous voulons ces digitales qu'il va couper et ces clochettes. Je suppose que vous pouvez cesser votre travail. »

Georges ne nous voyait pas approcher, je l'appelai et il rougit en voyant la grande et fière jeune fille.

« Monsieur Saxton; mademoiselle d'Arcy », dis-je.

Il lui tendit la main. Aussitôt il devint ironique, car il avait vu sa grosse main rude et enflammée par la faux qui serrait celle de la jeune fille.

« Nous vous admirions de loin, dit Agnès d'Arcy, et c'est si gênant d'entendre faire la cour à une autre, n'est-ce pas ? Epargnez pour nous ces digitales; qu'elles sont belles; comme des soldats barbares rangés le long de la haie; ne les coupez pas, et ces campanules et ces clochettes. Elles filent le parfait amour. Je n'aime pas les idylles, et vous ? Oh ! vous ne savez pas comme vous êtes pastoral, mais je crois que vous ignorez l'amour idyllique !... » Elle se mit à rire. « Le petit Dieu stupide ne voltige pas dans les prés ? Trouvez-vous le temps de jouer avec Amaryllis à l'ombre ? Quel dommage qu'on ait chassé Phyllis des champs ! »

Georges continua son travail en riant. La jeune fille souriait aussi et pensait qu'elle avait fait sur lui une grande impression. Elle tendit la main d'un geste dramatique et me regarda quand la faux broya les reines-des-prés.

« Que c'est beau, s'écria-t-elle, l'inévitable destin, c'est beau ! »

Nous nous promenâmes en cueillant des fleurs et en causant jusqu'à l'heure du thé. Un domestique apporta le panier du goûter et les jeunes filles étendirent la nappe sous un grand saule. Lettie prit la bouilloire d'argent et alla la remplir à la petite source qui coulait goutte à goutte. Des géraniums et des asters se penchaient sur l'auge de pierre qu'ils ornaient de leur grâce, et de longs brins d'herbe ondoyaient dans l'eau. Georges, qui avait fini son travail et voulait rentrer pour prendre le thé, passa devant la source. Lettie jouait avec l'eau, la puisait avec une petite tasse pour remplir la bouilloire et regardait les glissades des scarabées d'eau, et les taches que faisait leur ombre en passant sur la vase au fond de l'auge.

Elle se retourna en entendant un pas et sourit timidement. Ils craignaient tous deux de se revoir.

« C'est l'heure du thé, dit-il.

– Oui; il est déjà fait, mais il faut un peu plus d'eau chaude.

– Oh ! je préfère rentrer, déclara Georges.

– Non, répondit-elle, c'est impossible, nous allons prendre le thé ensemble, il y a des fruits, je sais que vous avez bon appétit; votre père va venir.

– Non ! répondit-il avec humeur, je ne veux pas prendre le thé avec tout ce monde, je ne veux pas. Regardez-moi. »

Il tendit ses mains enflammées et grossières.

Lettie eut un mouvement de recul.

« Qu'importe, vous serez l'élément réaliste. »

Georges eut un rire ironique.

« Venez, supplia-t-elle.

– Je boirai volontiers, si vous le permettez », dit le jeune fermier qui se laissait fléchir.

Elle se leva en rougissant et lui offrit sa jolie petite tasse.

« Je vous demande pardon, dit-elle.

– Non, non », murmura Georges, en refusant la tasse qu'elle lui tendait; il s'allongea, mit sa bouche dans l'eau et but avidement. Lettie suivait tous ses mouvements. Tout essoufflé il se leva, essuya sa bouche sans regarder la jeune fille. Puis il se lava les mains, et raclant le fond de l'auge, en ramena une poignée de vase où se débattaient de petites bêtes grises.

« Ça a besoin d'être nettoyé, dit-il.

– Oui, répondit Lettie frissonnante; vous viendrez bientôt ? » ajouta-t-elle en prenant la bouilloire d'argent.

Au bout d'un moment, il se leva et la suivit à regret. Il était nerveux et irritable.

Les jeunes filles étaient assises sur des bottes de foin, les jeunes gens s'empressaient autour d'elles et le domestique servait tout le monde.

Georges était placé entre Lettie et Hilda. Ma sœur lui tendit une petite tasse fragile comme une coquille d'œuf et pleine de thé; il n'avait pas soif; il la posa par terre près de lui. Elle lui fit passer des tartines beurrées et des raisins, des pêches et des fraises entassés sur un beau plateau de chêne sculpté. Elle regarda un moment ses gros doigts mal lavés manier gauchement les fruits, puis elle détourna la tête. Tout le temps du goûter joyeux, tandis que la conversation pétillait et bouillonnait au-dessus des tasses de thé, elle évita ses yeux. Cependant, parfois quelqu'un disait : « Monsieur Saxton, un peu de gâteau ? » ou : « Goûtez cette pêche, monsieur Saxton, je suis sûre qu'elle sera mûre à point ! » d'une voix dont l'amabilité même marquait la différence qui existait entre Georges et les autres jeunes gens; alors Lettie était forcée de le regarder manger, répondait par monosyllables, et riait d'un rire contraint, et elle ne pouvait cacher son irritation. Bien qu'elle maintînt une conversation frivole et gaie, tous sentaient une note discordante et nous ne nous attardâmes pas autour des tasses de thé.

Georges, dit-on après, joua le rôle de rabat-joie.

Lettie était violemment contrariée. La présence du jeune fermier lui était insupportable. Elle le souhaitait à mille lieues. Il écoutait les vulgarités affectées que Cresswell mêlait à une fantaisie étincelante et riait d'un rire gêné.

Il se leva le premier en disant qu'il allait traire les vaches.

« Oh ! allons-y, allons-y ! Puis-je venir vous voir traire les vaches ? » demanda Hilda.

Et une vive rougeur couvrit ses traits délicats et exquis, car elle était très timide.

« Non, riposta Freddy, la puanteur du bœuf vivant n'est pas saine, je vous avertis; restez là !

– Je n'ai jamais pu supporter les vaches, excepté ces vaches d'Ecosse toutes pelucheuses, qu'on voit dans les tableaux... déclara Louie Denis avec un petit sourire ironique.

– Oh ! dit en riant Agnès d'Arcy, elles sentent mauvais aussi », et elle pinça ses lèvres et eut le petit éclat de rire suppliant qui lui était habituel.

Hilda les regardait en rougissant.

« Venez, Lettie, proposa Leslie avec bonne humeur, je sais que vous aimez la ferme, venez. »

Et tous suivirent Georges.

Tandis qu'ils longeaient l'étang, un cygne et sa nichée floconneuse voguaient près d'eux avec leurs petites pattes qui faisaient floc floc dans l'eau; les amours ! comme disait Marie.

La voix de Georges s'éleva :

« Bully, Bully, criait-il d'un ton irrité au fond du jardin. Sors de là, petit idiot, veux-tu sortir de là !

– Il s'est échappé ? » dit en riant Hilda, ravie.

Et nous nous hâtâmes de descendre au jardin.

Là, dans l'ombre verte, entre les grands groseilliers, les lourdes pivoines écarlates, magnifiques, se dressaient le long de l'allée. Les boules rouges se balançaient et se penchaient voluptueusement, et sous le poids de leur pourpre elles s'affaissaient sur l'herbe, courbées par la pluie secrète et par leur splendeur. L'allée était jonchée de leurs pétales de soie rouge. Les grandes fleurs étalaient en grande pompe leurs robes écarlates comme des cardinaux au milieu des buissons verts. Nous pénétrions dans un monde nouveau, plein de délices. Lettie se pencha et prit dans ses deux mains une grosse fleur soyeuse tombée à terre; Georges descendait l'allée; le veau brun, les jambes écartées, marchait derrière lui, et, le cou tendu, le museau en l'air, suçait avec ardeur le doigt du jeune fermier.

Devant l'attitude abandonnée des jeunes filles qui se courbaient extasiées sur les pivoines, une douleur soudaine s'empara de Georges. Il s'approcha suivi à contrecœur du veau et dit :

« Les pivoines sont belles cette année, n'est-ce pas ? »

Lettie restait agenouillée, une fleur rouge dans les mains; à la dérobée elle regardait le veau qui, levant son museau brillant, mâchonnait entre ses mâchoires gluantes le doigt séduisant et semblait se demander d'un air troublé s'il éprouvait vraiment quelque satisfaction. Marie, Hilda et Leslie riaient; mais Georges, après avoir regardé Lettie agenouillée pensivement devant les fleurs, fit sortir l'animal du jardin et le renvoya dans la cour avec une claque sur la croupe.

Puis il revint en essuyant son doigt mouillé à sa culotte. Il s'approcha de Lettie et elle sentit plutôt qu'elle ne vit l'extraordinaire blancheur de ce doigt au milieu des autres. Elle frotta le sien à sa robe par sympathie.

« Ces fleurs sont délicieuses, s'écria de nouveau Marie, j'ai envie de les embrasser.

– Oh ! oui, approuva Hilda.

– Elles ressemblent à un roman de d'Annunzio, à un roman d'une tristesse passionnée », dit Lettie d'une voix ironique; elle parlait parce qu'il fallait dire quelque chose, par désir de cacher ses sentiments tout en les exprimant.

« Elles font le sujet d'une histoire », annonçai-je.

A grands cris les jeunes filles réclamèrent la légende.

« Je vous en prie, racontez-nous! supplia l'irrésistible Hilda.

– Je la tiens d'Emilie; elle prétend que c'est une légende, mais je crois que ce n'est qu'un conte.

« Les pivoines furent apportées du château, voici bien des années, par le jeune homme qui possédait le moulin. Il était brun et fort et la fille du château, qui était pâle, fragile et jeune, l'aimait. Quand il allait tailler le buis du parc, elle voltigeait autour de lui, en robe blanche, lui racontait de vieux contes, par bribes, comme un roitelet qui chante, et il croyait être ensorcelé par une fée. Il la contemplait et un jour, comme elle s'approchait de lui, les yeux noyés de larmes par l'histoire qu'elle racontait, il la prit dans ses bras, l'embrassa et ne voulut pas la lâcher. Ils se rencontraient dans le petit bois. Elle arrivait, les bras chargés de fleurs, car elle tenait à son rôle de fée. Un matin elle vint de bonne heure dans la brume. Il chassait. Elle voulait le surprendre comme une fée. Ses mains étaient pleines de pivoines. Tandis qu'elle marchait derrière les arbres, il la tua d'un coup de fusil sans le savoir. Elle chancela et s'affaissa à l'endroit même de leurs rendez-vous. Son amant la trouva là toute blanche au milieu des pivoines rouges. Il crut qu'elle parlait aux fleurs et attendit. Puis il se pencha sur elle et s'aperçut que les fleurs étaient pleines de sang. C'est lui qui sema ces pivoines dans ce jardin. »

La pitié agrandissait les yeux des jeunes filles; Hilda se détourna pour cacher ses larmes.

« C'est une belle fin, dit Lettie à mi-voix, les yeux baissés.

– Ce n'est qu'un conte », dit Leslie pour consoler les jeunes filles.

Georges attendait que Lettie le regardât. Elle leva enfin les yeux vers lui. Puis ils se détournèrent en tremblant. Marie demanda quelques pivoines.

« Donnez-m'en quelques-unes, je raconterai l'histoire aux autres, c'est si triste; pauvre garçon! cela fait pitié; c'est si cruel. Et Lettie qui dit que l'histoire finit bien! »

Georges coupa les fleurs avec son grand couteau de poche et Marie les prit tendrement, attendrie par leur histoire. Puis ils sortirent du jardin et Georges se dirigea vers l'étable.

« Adieu pour le moment, dit Lettie craignant de rester près de lui.

– Adieu, répondit-il en riant.

– Merci beaucoup pour les fleurs et pour l'histoire, elle était magnifique, dit Marie, mais si triste! »

Puis elles s'éloignèrent et nous restâmes seuls.

Plus tard, quand tout le monde fut couché au moulin, nous restâmes assis, Georges et moi, de chaque côté de l'âtre; nous fumions sans parler beaucoup. Il faisait le total de ses déceptions, et de temps en temps il exprimait une de ses pensées.

« Blench a passé la charrue dans le champ de blé, disait-il, les lapins ont tout rongé, et on parle d'idylle tout en mangeant des pêches dans notre pré! »

Un silence tomba, la pendule palpitait lourdement; dehors un oiseau sauvage appela et se tut; les cendres bruissaient doucement dans l'âtre.

« Lettie trouve que cette histoire finissait bien, mais à quoi sert la mort, à quoi cela sert-il? » Il se tourna vers les cendres de l'âtre et médita.

Dehors, dans les branches, un animal sauvage poussa un petit cri de douleur.

« Au diable, ce bruit, dis-je en tressaillant, et je regardai aussi le feu gris.

– C'est une fouine ou une martre. Elle crie depuis presque une semaine. J'ai tiré dans les arbres plusieurs fois. Elles étaient deux; l'une d'elles est partie. »

Sans cesse, dans le silence lourd et glacial, de l'ombre montait le cri lamentable parmi les arbres.

« Lettie me détestait cet après-midi, déclara Georges, et je la détestais. »

Minuit sonnait, apportant des pensées nostalgiques.

« Ce n'est pas la peine, dis-je, allez-vous coucher, dans quelques heures, ce sera le matin. »

TROISIÈME PARTIE

LES DÉBUTS D'UNE VIE NOUVELLE

COMME je l'ai dit, Lettie se maria avant que Leslie eût surmonté les dernières langueurs de la maladie. Les nouveaux époux étaient en France depuis cinq jours et l'atmosphère de la maison semblait encore étrange et anormale. Bien que le cours de la vie demeurât le même, tout nous donnait le sentiment d'une perte et d'un changement. Le long voyage dans la maison paisible était fini; nous avions traversé la mer brillante de notre jeunesse et déjà Lettie avait mis pied à terre et se dirigeait vers une destination inconnue, sur un sol étranger. Il était temps de partir, de quitter la vallée de Nethermere dont les bois et les eaux avaient distillé leur essence dans nos veines. Nous étions les enfants de la vallée de Nethermere, petite patrie dont le langage et le sang n'appartenaient qu'à nous, et nous ne pouvions envisager sans douleur la séparation et l'exil.

« Il faut que je parte maintenant, disait Georges; il est dans ma nature d'hésiter devant l'action, cependant, je crains par-dessus tout ce lent écroulement qui me libère. Il faut que je m'arrache. »

C'était pendant l'accalmie qui sépare la fenaison de la moisson; un matin d'août gris et calme, nous tirions le foin détaché au pied de la meule; mes mains étaient pleines d'ampoules et j'attendais que la pluie nous obligeât à rentrer. Elle tomba enfin et nous nous réfugiâmes dans la grange. Nous grimpâmes l'échelle du fenil encombré d'instruments agricoles et d'outils de menuiserie. Assis sur les copeaux qui couvraient le banc, devant la haute fenêtre sous le pignon, nous contemplions les ruisseaux, les bois, les étangs. La cime des arbres était toute proche; nous nous sentions le centre des eaux et des bois qui se déployaient dans la vallée grise de pluie.

« Dans quelques années, dis-je, ce pays nous aura oubliés. »

Georges me regarda avec ses yeux sombres et m'adressa un sourire affectueux et incrédule :

« Le Bélier est aussi loin de Strelley que Londres, plus loin encore, remarquai-je.

– Cela vous ennuie que j'y aille ? demanda Georges avec un calme sourire.

– Qu'importe, vous serez au nord, moi à l'est et Lettie au sud. Lettie est partie, je pars dans sept semaines. Et vous ?

– Il faut que je parte avant vous, dit-il d'un ton décidé. J'ai peur de rester seul, sans occupation. Je ne veux pas partir le dernier, avoua-t-il avec un sourire confus.

– Et vous irez à Meg ? » demandai-je.

Il mettait en lambeaux les copeaux soyeux, et par bribes, en paroles maladroites, me révélait autant qu'il le pouvait ses sentiments :

« Je ne peux pas dire que je l'aime. Je ne sais pas. Vous voyez je comptais sur Lettie. »

Il me regarda timidement et continua à déchiqueter les copeaux.

« Les châteaux en Espagne doivent reposer sur quelque chose, les miens reposaient sur Lettie. Je suis comme beaucoup de gens, je ne sais comment façonner ma vie. J'entasse les briques au petit bonheur, et si l'édifice dégringole à la fin, tant pis. Vous et Lettie, vous m'avez ouvert les yeux et maintenant je reste désemparé. Je pense que le mariage me forcera à travailler à la maison de la vie, et me fournira le dessin d'un ouvrage complet et définitif. Il faut que je me marie ou que je perde mon chemin. Parmi les femmes que je connais, deux seulement m'ont fait penser au mariage, et Lettie est partie. J'aime autant Meg, en tant qu'il est question d'amour. Peut-être même l'idée que c'est elle que j'épouserai me réjouit davantage. J'aurais toujours été inférieur à Lettie, et le meilleur dans l'amour c'est d'être le premier au monde pour quelqu'un. Meg est douce et aimable. Je ne tremble pas devant elle; sa présence console et réconforte. Je caresse ses cheveux, je la câline et elle me regarde avec confiance et adoration; notre amour est sans imperfection, rien ne trouble sa sérénité. »

Trois semaines plus tard, j'étais étendu sur une chaise longue au milieu de la pelouse, sous le soleil d'août, lorsque des roues grincèrent sur le sable de l'allée. C'était Georges qui venait me demander d'assister à son mariage. Il arrêta la charrette anglaise devant la porte et me rejoignit sur la pelouse. Il portait une veste, des culottes et des guêtres comme s'il allait au marché aux bestiaux.

« Vous êtes prêt ? » demanda-t-il en souriant.

Ses yeux assombris par la nervosité avaient cette expression vulnérable si particulière aux Saxton dans leurs moments d'émotion.

« Vous êtes en avance, répondis-je, il n'est que neuf heures et demie.

– Ce n'est pas un jour à être en retard, riposta-t-il gaiement, voyez comme le soleil brille. Venez, vous êtes un garçon d'honneur peu fringant. Je m'attendais à vous trouver sur des charbons ardents. Allons, levez-vous. Voyez : un oiseau m'a souhaité bonne chance ! »

Il me montra une tache blanche sur son épaule.

Je me levai nonchalamment.

« Bien, dis-je, allons boire un peu de whisky pour affermir votre chance. »

Nous quittâmes le soleil parfumé pour entrer dans la maison sombre. Les pièces étaient calmes et vides, mais le frais silence accepta aussitôt la gaieté de notre entrée chaude de soleil. La douceur du matin d'été flottait invisible dans la pièce obscure, comme les joyeux fantômes d'un conte bleu. Nous sentions danser le soleil doré en nos veines tandis que nous buvions le pâle liquide.

« A votre bonheur; je vous envie aujourd'hui. »

Les dents de Georges étaient blanches et ses yeux étincelèrent comme une eau sombre quand il sourit.

« Voici mon cadeau de mariage. »

Je plaçai les quatre grandes aquarelles sur le mur devant lui. Elles représentaient les eaux et les champs du moulin, la pluie grise et le crépuscule, une matinée ensoleillée qui versait des flots d'or dans la brume et le repos d'un midi d'été sur l'étang. L'enchantement des jours passés revint enivrer Georges, et il frémit en voyant la miraculeuse beauté de la vie qui l'unissait si intimement à la trame magique des années. Il comprit la splendeur des jours qui l'avaient entraîné dans leur cortège.

« C'était le bon temps, Cyril », dit-il avec une surprise joyeuse.

Nous nous éloignâmes dans la fraîcheur du bois et sur la route inondée de soleil; les chaumières de Greymede mettaient dans l'ombre la couleur des roses, et offraient au soleil le parfum des œillets, le bleu des bleuets et des pieds-d'alouette. Nous gravîmes rapidement la longue colline endormie, puis notre équipage descendit le long des fermes où les poules se promenaient avec les coqs roux dans le verger, où les canards pareils à de petits nuages blancs s'ébattaient dans l'étang sous les frênes.

« J'ai recommandé à Meg de toujours se tenir prête,

dit Georges, mais elle ne sait pas que c'est aujourd'hui. Je ne voulais pas que tout le cabaret soit au courant. »

La jument monta la petite hauteur escarpée qui portait à son sommet l'auberge du Bélier. Dans le silence, tandis que le cheval s'arrêtait, nous entendîmes le bourdonnement d'une chanson monter du jardin. Sans descendre de la charrette anglaise nous regardâmes de l'autre côté de la cour pavée, où des bouquets de grands lis sortaient des buissons. Derrière la bordure de fleurs, Meg se penchait sur les groseilliers. Elle nous aperçut et descendit l'allée, une jatte de groseilles sur la hanche. Elle portait une fraîche robe de toile et un tablier blanc. Ses lourds cheveux noirs reflétaient le soleil, et son visage vermeil rayonnait de rire.

« Ah ! par exemple, s'écria-t-elle, essayant de ne pas montrer qu'elle devinait ce qui amenait Georges, quelle idée de venir à cette heure-ci ! »

Ses yeux, ses charmants yeux noirs comme du jais, francs et limpides, nous regardaient avec curiosité comme des yeux de rouge-gorge. Ils étaient si différents de ceux des Saxton ! Plus sombres, mais moins grands et moins fixes, ils ne trahissaient ni hésitation, ni crainte de blessure; la douleur ou une timide extase ne les dilataient jamais.

« Etes-vous prête ? demanda Georges en souriant.

– Pourquoi ? interrogea Meg toute confuse.

– Pour m'accompagner au bureau d'état civil; j'ai la dispense de bans.

– Mais j'allais faire le pudding, cria-t-elle pour dissuader Georges.

– On le fera sans vous; mettez votre chapeau.

– Mais je viens de cueillir les groseilles ! Regardez ! »

Elle nous montra les fruits et les égratignures qui couvraient ses bras et ses mains.

« Quel dommage », dit Georges en se penchant pour caresser le bras de la jeune fille.

Elle recula en souriant, rouge de joie. Le parfum des lis blancs arrivait jusqu'à moi.

« Vous plaisantez, n'est-ce pas ? » demanda Meg en levant son visage rond et lisse comme une griotte.

Pour toute réponse, il déplia la dispense.

Elle la lut et se détourna confuse, en disant :

« Bien; je vais me préparer... Venez prévenir grand-mère.

– Il le faut ? demanda-t-il sans entrain.

– Oui, venez le lui dire », insista Meg.

Il descendit. Je préférai rester dehors. Meg m'apporta un verre de bière.

« Ce ne sera pas long, s'excusa-t-elle, je n'ai qu'à passer une autre robe. »

J'entendis Georges monter lourdement l'escalier et entrer dans la chambre où la grand-mère était couchée.

« Quoi, c'est toi, mon garçon; que fais-tu ici ce matin ? demanda-t-elle.

– Eh bien, tante, comment ça va ? dit Georges.

– Mal, mon garçon, mal. Il n'y en a pas pour longtemps avant qu'on m'emporte, les pieds devant.

– Allons, il ne faut pas parler ainsi ! Je vais à Nottingham; je veux que Meg m'accompagne.

– Pourquoi ? demanda aigrement la vieille femme.

– Je veux l'épouser, répondit Georges.

– Quoi ? Que dis-tu ? Et la dispense, et la bague et tout le reste ?

– J'ai pris mes précautions.

– Quel numéro ! En voilà une façon d'acheter chat en poche ! Ce n'est pas chic, ça, tu sais... Qu'est-ce que cela veut dire ?

– Vous savez que je veux épouser Meg, qu'importe le jour ? Je ne veux pas qu'on en parle au cabaret.

– Tu es bien difficile ! Et pourquoi n'en parlerait-on pas au cabaret ? Tu n'épouses pas une négresse, tu n'as pas besoin d'avoir peur; je n'aurais jamais pensé ça de toi ! Et pourquoi cette hâte tout à coup ?

– Il n'y a pas de hâte.

– Pas de hâte, répondit la vieille dame violemment sarcastique. Tu n'as jamais été si pressé de ta vie ! Meg n'ira pas avec toi aujourd'hui. »

Georges eut lui aussi un rire sarcastique. La vieille dame était en colère. Elle l'accabla d'injures et déclara qu'elle ne reverrait plus Meg et ne lui laisserait pas un sou si elle se mariait ce jour-là.

« Comme il vous plaira », répondit Georges, très irrité aussi.

Meg arriva en courant.

« Enlève ce chapeau, enlève ce chapeau. Tu ne sortiras pas avec lui aujourd'hui, à moins que ce ne soit en cachette. Il te prend pour une vache ou un cochon pour venir te chercher quand ça lui plaît. Enlève ce chapeau, je te dis. »

La vieille femme était furieuse et résolue.

« Mais, grand-mère... » commença Meg.

Le lit craqua, car la malade essayait de se lever.

« Enlève ce chapeau avant que je te l'arrache, cria-t-elle.

– Ne bougez pas, grand-mère, vous vous ferez du mal, vous le savez bien.

– Vous venez, Meg ? demanda brusquement Georges.

– Non, cria la vieille.

– Venez-vous, Meg ? » répéta Georges furieux.

Meg se mit à pleurer. J'imagine qu'elle regardait Georges à travers ses larmes. Puis j'entendis un cri poussé par la vieille et un bruit de pas chancelants.

« Si tu pars, ma fille, tu n'entreras plus dans cette maison. Tu veux faire la dame. Ne te hasarde pas à revenir, ma fille. »

Les cris devenaient de plus en plus forts. Georges parut sur le seuil, tenant Meg par le bras. Elle pleurait sans grand chagrin. Son chapeau garni de grosses roses de soie tombait sur ses yeux. Elle portait une robe de toile blanche. Ils montèrent. Je donnai les rênes à Georges et je me glissai sur le siège de derrière. La vieille femme nous entendit par la fenêtre ouverte et cria tandis que nous nous éloignions :

« Que je ne te revoie jamais devant mes yeux, ingrate, garce ! Tu t'en repentiras, ma fille, tu t'en repentiras, mais ne reviens pas. »

Les cris s'éteignirent enfin. Georges renfrogné grommelait. Meg pleura un petit moment. Nous allions à vive allure sous les hêtres du cimetière qui ombrageaient la route. Meg, ayant redressé son chapeau, courba sa tête contre le vent, trop occupée de sa toilette pour continuer à pleurer. Nous contournâmes le marais et gravîmes la colline escarpée. Puis la jument ralentit son pas; Meg qui avait eu le loisir de se remettre s'écria d'un ton plaintif :

« Oh ! je n'ai qu'un gant ! »

Elle regarda le gant dépareillé qui était sur ses genoux et chercha dans ses jupes.

« J'ai dû le laisser dans ma chambre », dit-elle tristement.

Georges se mit à rire et oublia sa colère.

« Tant pis ! vous vous en passerez. »

En entendant ces mots, Meg se souvint et versa de nouvelles larmes.

« Non, dit-il, ne vous tracassez pas pour la vieille. Ça lui passera demain, et en tout cas tant pis pour elle. Polly la soignera.

– Mais elle sera malheureuse, gémit Meg.

– C'est sa faute; ne vous faites pas de chagrin... »

Il jeta un coup d'œil pour s'assurer que personne ne le voyait, mit le bras autour de la taille de Meg et embrassa la jeune fille en disant d'un ton câlin :

« Ça lui aura passé demain. Nous irons la voir et elle sera bien contente. Nous lui pardonnerons, pauvre vieille grand-mère. Elle pourra nous gronder demain autant qu'elle le voudra. C'est dur d'être clouée dans un lit comme cela. Mais aujourd'hui nous appartient, n'est-ce pas ? Aujourd'hui, nous appartient et vous n'en êtes pas fâchée, n'est-ce pas ?

– Mais je n'ai pas de gants et je suis sûre que je suis toute décoiffée... Je ne croyais pas qu'elle s'emporterait comme cela. »

Georges rit, amusé.

« Oui, dit-il, elle était dans une colère ! Nous achèterons des gants dès que nous serons à Nottingham.

– Je n'ai pas un sou, riposta Meg.

– Je suis riche, s'écria Georges en riant. Oh ! passez cela à votre doigt. »

Il lui essaya l'anneau de mariage; ils étaient gais et ils parlaient à voix basse, lui tendre et caressant, elle un peu plaintive. La jument marchait à sa guise et le chapeau de Meg fut déplacé de nouveau par une branche d'orme. Le blé flottait dans les champs comme une toile d'or clouée aux quatre coins et agitée par le vent. Parfois, nous passions devant des chaumières où les lis rouges s'élevaient comme des feux de joie et où les hautes dauphinelles bondissaient comme une fumée bleue. Parfois, nous sentions l'odeur que le soleil dégage des blés mûrs, ou bien celle qui flotte sous l'ombre des feuilles, ou encore le parfum étourdissant des meules nouvelles. Puis notre attelage cahotait sur les durs cailloux de Cinderhill et bondissait au pied de l'énorme mine qui, tout incrustée de cendres, sentait le soufre et jetait dans le jour de lents feux rouges. Nous atteignîmes le sommet de la côte, la ville devant nous s'entassait haute et indistincte sur la grande colline. Je cherchai la tour carrée de la vieille école et l'orgueilleux clocher de Saint-André. Sur la ville planait un lourd nuage, dais sale qui cachait le ciel bleu.

Nous descendîmes entre les champs souillés de Basford, où les gazomètres bouffis ressemblaient à des champignons. Près de l'entrée de la rue, Meg se leva vivement, tira le bras de Georges et cria :

« Oh ! Regardez, le pauvre petit ! »

Sur la chaussée, deux petits garçons pleuraient, le visage levé vers les cieux inattentifs, et devant eux, sens dessus dessous, gisait un bébé attaché dans une chaise haute. Le vieux siège s'était effondré tandis que les enfants lui faisaient descendre le trottoir. Il était tombé en arrière et ils ne pouvaient le redresser. Le petit, attaché par des courroies, la tête en bas, à son chariot rustique, courait le risque d'étouffer. Meg d'un bond sauta de voiture et dégagea l'enfant. Les deux garçonnets se mirent à hurler. Meg s'agenouilla sur la route et prit sur ses genoux le bébé dont les petits pieds se balançaient sur sa jupe. Elle consola le pauvre gosse trempé de larmes, le serra sur son cœur, l'embrassa et le berça, oubliant tout dans sa pitié. Quand le trio enfantin se tut et que les sanglots des deux petits garçons s'apaisèrent, Meg se calma aussi. Elle parlait tendrement au bébé, essuyait ses petites joues mouillées avec son mouchoir, consolant, embrassant, choyant le bambin stupéfait, lissant ses mèches mouillées sous le bonnet de coton, remettant en ordre sa petite douillette. C'était un joli bébé, avec des touffes de blonds cheveux soyeux et de grands yeux bleus.

« Est-ce une fille ? demandai-je à l'un des petits; quel âge a-t-elle ?

– Je ne sais pas, répondit-il intimidé, nous ne l'avons que depuis trois semaines.

– Quoi, ce n'est pas votre sœur ?

– Non, ma mère la garde. »

Ils paraissaient peu disposés aux confidences.

« Pauvre petit agneau », cria Meg, et dans un nouvel élan de pitié elle étreignit le bébé sur son cœur d'une main, tandis que de l'autre elle serrait les jolis pieds chaussés de pantoufles. Elle restait ainsi, transpercée de pitié, à genoux, courbée sur le petit. Enfin elle leva la tête et dit d'une voix tremblante d'émotion :

« Mais vous l'aimez, n'est-ce pas ?

– Oui, oui. Mais il faut que nous nous occupions d'elle, répondit l'enfant tout confus.

– Oui, dit Meg, mais sûrement vous ne vous y refusez pas! Pauvrette, elle est si petite, vous ne vous plaignez pas de vous en occuper un peu? »

Les enfants ne répondirent pas.

« Oh! pauvre petit agneau, pauvre petit agneau », murmura Meg penchée sur le tout petit, blâmant avec amertume les enfants et l'humanité tout entière.

J'appris à l'un des petits à ouvrir et à fermer la maudite chaise. Meg y assit à regret le malheureux bébé et l'attacha doucement avec les courroies.

« Où est sa sucette? » demanda un des enfants d'une voix étouffée et timide. La petite fille se mit à pleurer. Meg se pencha sur elle. La sucette fut trouvée dans le ruisseau, essuyée à la veste du petit garçon et enfoncée dans la bouche du bébé. Meg lâcha la petite main qui s'accrochait à son doigt et monta dans la charrette anglaise en disant aux enfants :

« Soignez-la bien; pauvre petit enfant sans mère! Dieu voit ce que vous lui faites! Occupez-vous bien d'elle... »

Ils restèrent tout honteux. Georges donna le signal du départ à la jument et nous nous éloignâmes en lançant des sous aux enfants. Je regardai le groupe qui devenait tout petit au loin.

« Quel malheur! dit Meg la voix pleine de larmes; une si jolie petite fille!

– Oui, répondit doucement Georges, on voit de tout en ville. »

Meg n'écoutait pas ces paroles, mais dans son cœur de femme, songeait au bébé abandonné et condamnait le méchant monde. Lui, tout ému de tendresse protectrice, la regardait avec des yeux pleins de douceur; mais il était un peu vexé qu'elle parût ne pas l'entendre et s'absorbât dans de farouches pensées. Il consacra toute son attention à la jument et ils restèrent séparés jusqu'à ce que le bruit de la ville éveillât Meg. La jument, effrayée par les tramways électriques, se cabra en apercevant une locomotive. Meg s'épouvanta et se cramponna à Georges. Elle se rassura lorsque, ayant dépassé le cimetière au blanc peuple de tombes, nous nous trouvâmes dans une rue tranquille.

Mais quand nous fûmes descendus, et que nous eûmes confié le cheval à un flâneur, sa confusion et sa timidité ne connurent plus de bornes. Georges saisit le bras de Meg et, en riant, l'entraîna vers les marches du bureau d'état civil. Elle se laissait guider par lui; elle était toute confuse, et il la prit sous sa protection.

Quand ils sortirent au bout d'un moment, Meg se mit à bavarder, rougissante et animée. Georges était très calme et semblait retenir son souffle.

« Comme ce petit homme était drôle; ai-je fait ce qu'il fallait? Je ne savais pas ce que je faisais. Je suis sûre qu'ils se moquaient de moi; vous, vous le croyez, n'est-ce pas? Oh! regardez ma robe, quelle horreur! Qu'ont-ils dû penser? » Le bébé avait légèrement sali sa jupe.

La voiture gravit la longue colline. Lorsque nous débouchâmes dans Mansfield Road entre deux rangées de boutiques, Georges reprit son entrain.

« Où allons-nous? Où nous menez-vous? demanda Meg.

– Profitons de notre journée », répondit-il en souriant, et il lança à la jument un léger coup de fouet.

Les nouveaux mariés se sentaient tous deux en pleine aventure. Georges laissa sa voiture à l'Aigle et nous allâmes acheter les gants de Meg. Il lui offrit aussi une grande écharpe de dentelle pour donner plus d'élégance à sa toilette. Puis il déclara que l'heure du déjeuner avait sonné.

« Nous irons à l'hôtel », dit-il.

Ses yeux se dilataient et Meg frémit, à la fois craintive et ravie. Ni l'un ni l'autre n'avait jamais franchi la porte d'un hôtel. Elle avait vraiment peur. Elle le supplia d'aller dans une crémerie ou dans un café. Il fut inflexible; une idée obsédait son esprit : faire une chose qu'il craignait un peu. Sa passion, et c'était presque de l'ivresse, était de jouer avec la vie. La ville l'effrayait. Tout ce qui lui était étranger lui faisait peur, et tout lui était étranger, sauf la vallée de Nethermere. Il franchit pompeusement le Rubicon et pénétra au cœur de l'inconnu. Nous allâmes à l'hôtel Victoria, le plus imposant qu'il pût trouver, et nous déjeunâmes à la carte. Georges et Meg étaient comme deux enfants effrayés mais charmés de l'aventure. Mon ami n'osait pas cependant donner des ordres. Il n'osait pas s'adresser aux garçons. Je m'en chargeai, et il me contemplait, occupé à s'instruire, s'étonnant que ce fût si facile et si délicieux. Je donnais des conseils tout bas à Meg et à Georges à travers la table et ils rougissaient et riaient nerveusement. Je ne pourrais dire si ce repas leur fut agréable. Meg sûrement n'y trouvait aucun plaisir, malgré la présence de Georges. Mais les sentiments de mon ami étaient incertains; sa vanité, sa gaucherie le torturaient, mais il sentait aussi l'ivresse de l'aventure, comme un homme qui a vécu dans une petite île et met pour la première fois le pied sur un vaste continent. C'était le premier pas, dans une nouvelle vie; il y songeait avec délices en buvant son cognac. Cependant, il était nerveux. Il ne pouvait s'empêcher de sentir qu'il n'était pas sur ses terres.

« Où irons-nous cet après-midi ? » demanda-t-il.

Plusieurs projets furent ébauchés, mais Meg se prononça pour Colwick.

« Prenons le bateau pour Colwick. Il y aura des divertissements cet après-midi. Ce sera charmant. »

Quelques minutes plus tard, un autocar nous emportait vers Trent-Bridge. C'était l'heure du déjeuner et la foule sortait des boutiques et des magasins, et se hâtait sur les trottoirs ensoleillés. Des tentes répandaient leur ombre devant les boutiques, et dans l'ombre affluaient les promeneurs vêtus de costumes d'été aux teintes vives. Notre autocar s'arrêta sur la place du marché; l'odeur des oranges, des petits abricots et des poires, qui formaient des piles aux couleurs chaudes sur les éventaires, montait jusqu'à nous. Nous traversâmes ensuite des rues obscures coupées d'étangs de soleil. Sur son haut rocher, le château se dressait dans la clarté éblouissante. La fontaine était ombragée par l'éclat vert des tilleuls qui entouraient l'hospice.

Il y avait beaucoup de monde à Trent. Nous restâmes un moment sur le pont pour contempler la rivière étincelante qui allait se jeter en dansant dans la mer, tandis que les légers bateaux de plaisance dormaient sur ses rives. Nous nous embarquâmes sur le petit vaisseau à vapeur, en prenant un billet d'aller et retour. Après une longue attente, nous commençâmes, au milieu d'une grande animation, cette traversée d'un kilomètre. Deux banjos résonnaient je ne sais où, et les passagers fredonnaient et chantaient à l'unisson. Quelques bateaux barbotaient dans l'eau. Bientôt, des prés entourés de grandes haies d'épines s'étendirent à notre droite, tandis que le rocher rouge se dressait à gauche couvert de la verdure sombre de l'été.

Nous débarquâmes à Colwick Park. C'était de bonne heure et nous étions presque seuls. Des lanternes vénitiennes, éteintes, étaient accrochées aux arbres. L'herbe était usée jusqu'à la trame. Nous nous promenâmes dans les avenues et dans les petites clairières du parc, jusqu'au champ de courses qui étendait son gazon uni et ses blanches barrières sinueuses qui se perdaient au loin. Meg et Georges s'assirent, à l'ombre, un moment, tandis que j'errais aux alentours. Puis les gens commencèrent à arriver. Le parc devint bruyant et même tumultueux. Nous écoutâmes un concert public donné par des pierrots. C'était vulgaire et ennuyeux et me rappelait Cowes et Yarmouth. Je retrouvais les mêmes visages aux cils trop accusés, le même tintement d'un piano faux, le même rythme sautillant, les mêmes chœurs, les mêmes inconvenances. Meg s'amusait. La vulgarité lui échappait. Elle riait et chantait les refrains, audacieuse sans être hardie. Elle était très contente.

« Oh ! c'est le tour de Ben à présent; qu'il me plaît ! Il a un clignement d'œil si malicieux; regardez Joe qui essaie d'être drôle ! qu'il est bête ! »

Elle se mit à rire, la tête sur l'épaule de Georges. Il vit un moment le côté amusant des choses, et joignit son rire au sien. Nous prîmes le thé dans la véranda verte du château en ruine; Meg fredonnait sans cesse et Georges, rayonnant quand elle le regardait, chantait avec elle à mi-voix. Il n'était pas gêné à Colwick; là, il reprenait son air supérieur et insouciant. C'était aussi un nouvel aspect de la vie. Il n'éprouvait plus ni hésitation ni nervosité, il protégeait les autres. Meg et lui s'amusaient beaucoup.

De retour à Nottingham, elle le supplia de ne pas aller à l'hôtel comme il l'avait proposé, et il céda volontiers. Ils allèrent au château. Du haut du grand rocher, dans la fraîcheur du soir, nous contemplions le soleil, qui s'abaissait sur les bancs de sable où la ville esclave s'étendait et finissait, tandis que la rivière et les champs se prolongeaient au loin. Les salles du musée contenaient une belle collection de tableaux d'Arthur Melville. Meg les trouva ridicules. J'essayais d'expliquer, mais elle fut manifestement ennuyée, et Georges montrait peu d'enthousiasme. Dehors, un orchestre militaire jouait. Meg désirait s'en approcher. Les gens de la ville dansaient sur l'herbe. Elle voulait les rejoindre, mais ne savait pas danser. Ils restèrent donc assis à regarder. Nous devions aller au théâtre le soir. On jouait *Carmen.* Nous prîmes des fauteuils de balcon, comme des grands-ducs en tournée, fis-je remarquer à Georges. Le plaisir de l'aventure dilata encore ses yeux tandis qu'il riait. Au théâtre, au milieu des spectateurs en tenue de soirée, il redevint enfantin et craintif. Il avait toujours l'air d'accomplir un acte défendu et d'en être effrayé et cependant charmé, comme un enfant qui fait l'école buissonnière. Et c'était bien pour faire l'école buissonnière qu'il avait quitté ce jour-là ses domaines de Nethermere.

Carmen fascina Meg et Georges. La vie insouciante et joyeuse du Midi les remplit de stupeur. La libre aisance avec laquelle Carmen incarnait son rôle leur suggéra des idées de liberté. Ils ne pouvaient détourner leurs yeux de la scène. Pendant les entractes, ils se tenaient les mains, se regardaient les yeux grands ouverts, et riaient avec animation en parlant de la pièce. Le théâtre déferlait et grondait comme un coquillage à voix rauque. Puis la musique éclatait comme un orage et résonnait à leurs pieds. Sur la scène, l'orage de la vie, suivant le rythme de la musique, se précipitait vers la tragédie et la mort inutile. Des sentiments violents et tumultueux ébranlaient les deux jeunes gens. Quand le rideau tomba, ils se levèrent étourdis et bouleversés; Meg avait les larmes aux yeux et le cœur de Georges battait étrangement fort.

Tous deux étaient perdus dans un tumulte d'émotions confuses. Le grondement de la passion et de la vie emplissait leurs oreilles, leurs yeux étaient aveuglés par une brume de larmes; ce rire brûlant qui donne une douleur réelle les faisait frémir. Ils se hâtèrent de retourner à l'Aigle, Meg se cramponnait à Georges et courait en pressant son écharpe de dentelle sur sa robe blanche, comme un papillon blanc effarouché, voletant dans la nuit. Nous n'échangeâmes que quelques rares paroles tandis qu'on attelait le cheval et qu'on allumait les lanternes. Dans la petite pièce enfumée, Georges avala plusieurs whiskys, et Meg but une gorgée dans son verre, debout, prête à partir. Il mit dans sa poche de grands morceaux de pain et de fromage pour manger en route. Ses pensées semblaient maintenant d'une vivacité inaccoutumée, et il donnait des ordres avec concision et d'un ton tranchant. Il prit une autre couverture pour couvrir Meg. Nous n'avions plus qu'à partir.

« Qui conduit ? » demandai-je.

Il me regarda, et sourit.

« Vous », répondit-il.

Meg, semblable à une flamme blanche, impatiente, attendait sous la lueur des lanternes. Il l'enveloppa dans la couverture sombre qui éteignit son éclat.

BOUFFÉES DE VENT DANS LES VOILES

L'ÉTÉ s'épanouit dans toute sa splendeur pour assister à nos adieux à la vallée de Nethermere; au printemps, les branches inaccessibles des cerisiers avaient été chargées de fruits rouges et dorés. Maintenant, d'énormes potirons, étalés au fond du jardin, jetaient leurs tentacules sur les rives de l'étang. Sur l'espalier, les rondes prunes écarlates se serraient et tombaient, sans dommage, dans les feuilles de rhubarbe. La moisson était abondante. Les blés étaient forts comme des bambous; et leurs épis se penchaient lourdement comme des chevelures alourdies de gouttes d'or. Georges partageait son temps entre le moulin et le Bélier. La grand-mère avait reçu les nouveaux époux avec des reproches qui cachaient une grande joie. Meg était rentrée en grâce, et Georges allait coucher tous les soirs à l'auberge. Il était radieux et presque exubérant. Sa nouvelle vie l'intéressait, il y trouvait un vif plaisir. Mon ami me parlait souvent de Meg dont la drôlerie et la naïveté le charmaient. Il se réjouissait d'avoir une demeure stable, un foyer, une belle femme qui l'adorait. D'ailleurs, le cabaret lui offrait un spectacle tout nouveau. Il ne s'ennuyait plus. S'il voulait de la société, il entrait dans la salle; s'il préférait le calme, il s'asseyait près de Meg; c'était un plaisir d'être avec elle, tant elle était douce, affectueuse et amusante. Georges riait de son ignorance et de ses idées comiques, de ses tournures de phrases bizarres. Elle prenait pour lui parler un langage enfantin, se perchait sur les genoux de son mari, lui tirait la moustache et trouvait de petits défauts imaginaires à ses traits pour le plaisir de les contempler. Georges se prétendait si heureux qu'il croyait rêver. Meg était un morceau de roi. Et il riait de se rappeler que ce mariage lui avait inspiré peu d'enthousiasme. Une petite ombre passait bien dans ses yeux, mais il se remettait à rire et me racontait une des petites idées étranges de sa femme. Elle n'avait aucune instruction; c'était si drôle, disait Georges. Je le regardai. Je me souvins de sa supériorité de jadis qui irritait tant Emilie. Il ne manquait pas de fatuité. Son indulgence amusée pour sa femme me déplut.

Le jour du battage, je travaillais pour la dernière fois au moulin et je remarquai alors le changement de mon ami. Les Saxton avaient toujours gardé une orgueilleuse réserve. Autrefois, le jour de battage, la famille s'installait dans la salle et on engageait une servante pour servir les hommes qui avaient apporté la machine. Cette fois Georges me dit :

« Déjeunons dans la cuisine avec les hommes, Cyril. Ils sont épatants. C'est amusant de se mêler à eux. Ils connaissent la vie et j'aime à les entendre. Ils sont si francs et si brusques. C'est une véritable étude de mœurs. »

Le fermier était assis au haut bout de la table. Les sept hommes entrèrent, tout intimidés, et prirent place. Ils ne parlèrent pas beaucoup d'abord. Ils avaient des types très divers; certains étaient petits, jeunes, sournois; d'autres difformes, grossiers, le regard déplaisant, les paupières molles. L'un d'eux était surnommé le Perroquet, parce qu'il avait un nez crochu et avançait la tête en parlant. Son visage était pâle et bouffi, sa vue très basse.

Georges prenait des airs protecteurs que les hommes

acceptaient. Il les taquinait et faisait remarquer qu'il n'épargnait pas la bière. Il les invitait à tendre leurs assiettes, ordonnait à la servante d'apporter du pain, et faisait l'hôte d'une fête de mendiants. Le Perroquet mangeait très lentement.

« Eh bien, papa, dit Georges, ça ne marche pas ? Ce sont les dents qui manquent ?

– Il y a si lontemps que je roule. Elles sont toutes tombées. Je me débrouille avec mes gencives comme un bébé.

– Quel âge avez-vous, papa ? » demanda Georges.

Le Perroquet leva vers lui ses yeux lourds et ironiques et répondit :

« Soixante-quatre ans, si ça vous intéresse.

– A cet âge, ça doit être dur, pour vous, continua le jeune homme, d'aller de côté et d'autre avec la batteuse et de dormir dehors ? Il me semble que vous auriez besoin d'un peu de confortable.

– Que voulez-vous dire ? demanda lentement le Perroquet.

– Que vous n'avez pas su tirer parti de votre vie.

– Oh ! je suis content de mon sort; je mourrai le ventre plein.

– Vous avez mis de côté ?

– Non, répondit le vieux, j'ai tout dépensé. Et j'ai tout ce que je désire. Mais je plaindrai les anges quand le Seigneur me placera devant eux pour lire dans mon cœur comme dans un livre. Le ciel ressemblera à l'enfer, alors !

– Vous êtes un philosophe dans votre genre, remarqua Georges en riant.

– Et vous, répliqua le vieux, vous vous croyez très sage. Mais votre sagesse partira avec vos dents. Le temps vous apprendra à vous taire. »

Le vieux alla se mettre au travail.

« Il en sait long, le vieux Perroquet, dit Georges, plus qu'il n'en dira jamais. »

Je me mis à rire.

« On sent en l'écoutant qu'on a beaucoup à apprendre de la vie », continua-t-il, en regardant pensivement la paille poussiéreuse dans la machine.

La moisson finie, le père commença à vider la ferme. Les bêtes furent emmenées au Bélier. Georges reprenait la laiterie et devait cultiver assez de terre pour nourrir neuf ou dix vaches. Jusqu'au printemps cependant, M. Saxton continua à vendre le lait et à cultiver les champs pour augmenter leur valeur. Georges distribuait un peu de lait dans les alentours de l'auberge, préparait ses terres pour l'été, et servait au cabaret. Emilie fut la première à quitter définitivement le moulin. Elle entrait dans une école de Nottingham et peu de temps après Mollie, sa plus jeune sœur, l'y rejoignit. En octobre j'allai à Londres. Leslie et Lettie étaient installés à Brentwood dans le Yorkshire. Nous souffrions de notre exil. Mais tous les liens n'étaient pas rompus, le temps seul pouvait les couper. Noël nous ramena tous à Nethermere, et nous nous hâtâmes de nous revoir. Chacun de nous avait légèrement changé. Lettie était plus brillante, plus impérieuse et très gaie; Emilie, calme, contrainte, paraissait plus heureuse qu'autrefois; Leslie montrait plus de jovialité; en même temps il était plus réservé et plus grave; Georges, bien portant et heureux, était content de lui; la joie de ma mère à notre retour nous fit monter les larmes aux yeux.

Nous dînâmes un soir à Highclose avec les Tempest. Le repas fut morne et nous prîmes congé avant dix heures. Lettie avait changé de souliers et enfilé un beau manteau d'un bleu vert. L'étang glacé rayonnait mystérieusement sous le clair de lune, et faisait entendre des craquements et des gémissements indistincts. Très haut, dans le ciel, et toute petite, la lune brillait comme une fiole remplie d'une lumière liquide. Le silence de la nuit n'était troublé que par les clameurs obsédantes de la glace et le rire clair de Lettie.

Une silhouette se détacha dans l'avenue du bois. L'herbe était grise de chaque côté, les aubépines balayaient le sol de leurs barbes noires et hérissées, les pins étaient droits comme des soldats. Le promeneur s'approcha; son ombre courait à ses pieds. Je reconnus Georges bien que son visage fût caché par la casquette et que son col fût relevé. Lettie marchait la première avec son mari. Quand Georges passa, elle dit d'une voix claire :

« Bonne année. »

Il se retourna et se mit à rire.

« Je croyais que vous ne me reconnaîtriez pas, dit-il.

– Quoi, c'est vous, Georges, cria Lettie, très surprise, que c'est drôle! Comment allez-vous ? »

Elle sortir sa main blanche de ses draperies. Il la prit en répondant :

« Je vais très bien, et vous ? »

Malgré la banalité de ces mots, sa voix était intime et amicale.

« Comme vous voyez, répondit-elle en riant, piquée par l'attitude du jeune homme; mais où allez-vous ?

– Je rentre, répondit-il d'une voix qui voulait dire : « Avez-vous oublié que je suis marié ? »

– Oh! c'est vrai, cria Lettie, vous êtes le patron du Bélier. Il faudra que vous me racontiez tout cela. Puis-je lui demander de venir passer une heure à la maison, mère? C'est la veille du Jour de l'An, vous savez.

– Ce ne sera pas la première fois, répondit ma mère en riant.

– Mme Saxton ne vous grondera pas de rentrer si tard ? demanda Lettie à Georges.

– Meg ? Elle ne surveille pas mes allées et venues.

– Non ? reprit Lettie en riant, elle a tort. Il faut dresser les maris. Je connais un tas de bons préceptes, mais je les applique rarement. Leslie, le lacet de mon soulier est dénoué. »

Leslie s'agenouilla aux pieds de sa femme. Lettie rejeta son capuchon en arrière et ses bijoux étincelèrent au clair de lune. Son visage avec sa blancheur et ses ombres était séduisant, et la magie secrète de ses yeux, presque invisibles, faisait frémir Georges. Elle lui sourit tandis que son mari s'agenouillait devant elle. Puis, comme ils se dirigeaient tous les trois vers le bois, d'un geste éloquent elle entrouvrit ses fourrures, et sa gorge rayonna sous la clarté de la lune. Elle riait et bavardait et secouait ses draperies soyeuses qui répandaient un parfum exquis dans l'air glacé. Quand nous atteignîmes la maison, elle laissa tomber ses fourrures et, toute froufroutante, entra dans le salon. La lampe était baissée et répandait une faible lueur jaune devant la fenêtre. Lettie, debout entre le feu et la clarté obscure de la lampe, était grande et éclatante. Elle se tourna en riant vers les deux hommes, fit glisser son manteau bleu paon sur son épaule blanche, et le jeta sur le bras d'un fauteuil. Elle posa la main sur l'étoffe d'un bleu vif qui faisait ressortir la couleur orange de sa robe.

Ma sœur avait conscience de sa beauté, elle se rengorgeait et riait de son triomphe. Puis elle porta les mains à ses cheveux et arrangea délicatement sa coiffure en face des deux hommes. Enfin, avec un dernier petit rire, elle alla lentement monter la mèche de la lampe et la lumière dissipa le pouvoir magique de la pièce. Lettie s'était beaucoup développée depuis six mois. Elle avait découvert le charme extraordinaire de son corps de femme. Penchée, le bras tendu vers la lampe dont elle arrangeait la mèche d'un doigt mystérieux, elle semblait exécuter une figure de danse; le nimbe de ses cheveux cachait la lumière, son sein était baigné d'une clarté merveilleuse. Sa douce main tendue remuait le sang comme le chuchotement de mots étranges, et, lorsqu'elle touchait un livre, le cœur cherchait en silence la signification de son geste.

« Voulez-vous enlever mes souliers, chéri ? » demanda-t-elle en tombant sur les coussins du fauteuil. Leslie s'agenouilla de nouveau à ses pieds et elle pencha la tête pour le contempler.

« J'ai un tout petit peu froid », dit-elle plaintivement en lui tendant son pied qui semblait d'or dans le bas de soie jaune. Il le prit dans ses mains et le caressa :

« Comme il est froid, remarqua Leslie.

– Oh ! mon chéri », cria Lettie avec une douceur soudaine, et elle se pencha pour toucher sa joue.

« Est-ce amusant d'être patron à l'enseigne du Bélier ? » demanda-t-elle avec enjouement à Georges.

Un abîme semblait les séparer maintenant que cet homme en habit était agenouillé devant Lettie et la chaussait de souliers dorés.

« Assez, répondit-il; les clients disent des choses si drôles, sapristi ! J'en entends des histoires.

– Dites-les-nous, supplia-t-elle.

– Oh ! je ne peux pas, je n'ai aucun talent de conteur, et d'ailleurs même en ce cas...

– Mais je veux entendre, insista-t-elle, ce que disent les clients de l'auberge du Bélier. Ce n'est pas racontable ?

– Absolument pas, répondit Georges.

– Quel dommage ! c'est affreux d'être une femme, Leslie : nous ne saurons jamais ce que disent les hommes au cabaret, tandis que vous lisez dans vos romans tout ce qu'une femme a jamais dit. C'est une honte ! Georges, vous êtes un misérable, vous devriez tout me raconter... Je vous envie !

– Que m'enviez-vous ? demanda-t-il en riant toujours des caprices de Lettie.

– Votre cabaret, la façon dont vous voyez la vie, ou plutôt dont vous l'entendez.

– Mais votre expérience de la vie est beaucoup plus vaste que la mienne, répliqua-t-il.

– Moi, je ne vois que l'extérieur, la politesse ou la mauvaise éducation; la politesse, c'est l'homme, surtout devant une femme. Vous verrez cela plus tard.

– Quand donc? demanda Georges, flatté et intéressé.

– Quand vous aurez gagné la fortune dont vous parliez », répondit-elle.

Georges fut transporté de joie en voyant que Lettie n'avait pas oublié ses paroles.

« Même alors, répondit-il avec scepticisme, je resterai pour tout le monde le patron de l'auberge du Bélier. »

Il la regarda, et attendit qu'elle refît flotter ses espoirs comme des ballons aux vives couleurs.

« Un aubergiste riche vaut un pair, reprit Lettie; l'argent fait l'homme. Je vous donne dix ans. Au bout de ce délai, vous nous inviterez dans votre demeure seigneuriale, par exemple, le château d'Eberwich, et nous viendrons dans nos plus beaux atours. »

Assise dans ses coussins, elle lui souriait. Elle était à la fois ironique et sincère. Georges lui sourit et ses yeux sombres brillaient d'espoir, de plaisir et d'orgueil.

« Comment va Meg? demanda Lettie; est-elle toujours aussi charmante ou l'avez-vous gâtée?

– Oh! elle est toujours charmante, répondit-il, nous sommes terriblement amoureux l'un de l'autre.

– C'est très bien, les hommes sont délicieux, ajouta-t-elle en souriant.

– Cette opinion me fait plaisir », dit Georges en riant.

Ils effleurèrent gaiement mille sujets. Lettie parla de Paris, de tableaux, de musique, et Georges s'émerveillait de sa culture et de sa facilité. Il se leva enfin pour partir.

« Pas avant d'avoir mangé un biscuit et bu à mon

bonheur », s'écria Lettie, et rassemblant sa robe autour d'elle comme une flamme obscure, elle sortit en courant de la pièce. Nous bûmes du champagne en échangeant des souhaits de bonne année.

« A la Vita Nuova, dit Lettie, et nous bûmes en souriant.

– Ecoutez, dit Georges, les sirènes. »

Nous fîmes silence. Un faible bruit résonnait au loin. C'était minuit. Lettie prit un châle et ouvrit la porte. Le bois, la glace, les grises collines indistinctes s'étendaient sous la lumière de la lune. Mais au-delà de la vallée, vers le Derbyshire et vers Nottingham, de tous côtés les sirènes lointaines des mines et des forges chantaient aux limites de la nuit – comme autant de voix étranges de jeunes coqs qui éclatent sur tous les tons – pour nous avertir que l'aube de la nouvelle année se levait.

PREMIÈRES PAGES DE PLUSIEURS ROMANS

Leslie avait beaucoup changé depuis son mariage. Il avait perdu son assurance. Il ne se prononçait plus de façon énergique et définitive sur chaque sujet; il ne cherchait plus à dominer ses compagnons comme jadis. J'étais surpris de le voir si courtois et si attentif pour Georges. Il allait et venait sans bruit dans la pièce, tandis que Lettie babillait, et montrait dans son attitude une réserve, une douceur et une grâce nouvelles. C'était charmant de lui voir offrir des cigarettes à Georges ou, avec un tact parfait, demander d'un regard s'il devait remplir le verre de l'invité et le placer doucement à portée de sa main.

A l'égard de Lettie, il était d'une courtoisie attentive et discrète qui ne se démentait jamais.

Vers la fin de mes vacances, il dut se rendre à Londres pour affaires, et nous décidâmes de faire ensemble le voyage. Nous devions quitter Woodside vers huit heures du matin. Lettie et lui faisaient chambre à part. Je ne croyais pas qu'elle se lèverait pour déjeuner avec nous; mais à sept heures un quart, comme Rébecca servait le café, elle descendit. Elle portait un peignoir bleu et sa coiffure était parfaite, comme de coutume.

« Ma chérie, vous n'auriez pas dû vous lever si tôt, dit Leslie en l'embrassant.

– Bien sûr que si, répondit-elle, en tirant les lourds

rideaux pour regarder la neige où l'obscurité se flétrissait sous la lumière du jour. Je ne voulais pas vous laisser partir par ce froid sans veiller à ce que vous déjeuniez bien. Je crois qu'il dégèle. La neige sur les rhododendrons semble molle et prête à tomber. Ah! nous pouvons éloigner la tristesse du matin pendant une heure encore. »

Elle regarda la pendule.

« Juste une heure », ajouta-t-elle.

Leslie se tourna vers sa femme dans un élan de tendresse. Elle sourit et s'assit devant la cafetière. Nous nous mîmes à table.

« Je crois que je rentrerai ce soir », dit-il à voix basse, d'un ton presque suppliant.

Elle regarda couler le café, avant de répondre. Puis l'urne de cuivre pivota; Lettie leva la tête, et tendit la tasse à Leslie.

« Ce serait stupide, Leslie », dit-elle calmement.

Il prit la tasse, la remercia et pencha son visage sur la vapeur odorante.

« Je peux facilement prendre le train de 7 h 15 à Saint-Pancras, répondit-il sans lever les yeux.

– C'est assez sucré, Cyril? » demanda Lettie en remuant son café.

Elle ajouta :

« C'est ridicule, Leslie! Vous prendrez le train de 7 h 15 et vous manquerez la correspondance à Nottingham. On ne peut y envoyer l'auto à cause des routes. De plus, il est absurde de s'éreinter à rentrer dans le froid et le gâchis du dégel quand on peut tranquillement rester à Londres.

– En tout cas, je pourrai prendre le train de 10 h 30 à Lawton Hill.

– Mais ce n'est pas la peine, répliqua-t-elle, ce n'est pas la peine que vous rentriez ce soir. C'est absurde. Pensez comme vous serez mal. Je ne veux pas que vous traîniez lamentablement jusqu'à minuit, je ne le veux pas. Vous seriez trop malheureux. Restez à Londres et passez une bonne soirée avec Cyril. »

Leslie, la tête penchée sur son assiette, ne répondit pas. Son obstination l'irrita légèrement.

« Je vais vous faire votre programme, dit-elle : allez voir une féerie. Oui, *L'Oiseau bleu* de Maeterlinck. Je suis sûre qu'on le joue quelque part. Qui sait si Rébecca a déchiré le journal d'hier? Veux-tu sonner, Cyril? »

Rébecca vint, et on trouva le journal. Lettie lut la chronique théâtrale avec entrain, et organisa pour nous une délicieuse soirée. Leslie l'écoutait en silence.

Le moment du départ venu, Lettie nous accompagna dans le vestibule, pour être sûre que nous nous couvrions bien. Leslie avait peu parlé, Lettie savait qu'il était profondément blessé; mais elle était calme et nous choya gaiement.

« Au revoir, chéri, dit-elle lorsque Leslie l'embrassa en silence, vous vous seriez tellement ennuyé dans le train. Vous passerez une bonne soirée; je le sais. J'irai vous attendre demain. Au revoir, au revoir. »

Il descendit les marches, et monta en auto sans la regarder. Lettie attendait sur le seuil de la porte. Dans le matin grisâtre, le brillant ciel bleu et le soleil de mars semblaient se réfugier sur sa robe et sa magnifique chevelure. Leslie ne la regarda pas, tandis que nous contournions les grands rhododendrons chargés de neige, mais au dernier moment il se souleva, pris d'une brusque panique, pour lui faire signe. Les buissons la cachèrent presque aussitôt et il retomba tristement sur son siège.

« Au revoir, cria-t-elle joyeusement et tendrement comme un merle.

– Au revoir, répondis-je.

– Au revoir, chérie », cria Leslie dans un élan de tendresse et de pardon.

L'auto descendit prudemment le blanc chemin détrempé, sous les arbres.

Je souffrais vivement d'être exilé de Nethermere. Pendant des semaines j'errais dans des rues de banlieue, hanté par le désir d'un coin de Nethermere. Je parcourais les rues désertes où le soir les réverbères se dressaient, tout seuls, dans leur clarté jaune parmi les arbres dépouillés; là, j'avais l'impression d'être dans le sentier sombre et humide entre le bois et le ruisseau. Le souvenir de la petite pente qui descendait du moulin s'emparait de moi, et, dans la banlieue de Londres je marchais, perdu dans l'atmosphère d'un petit coin humide de la vallée de Nethermere. Une voix étrange se levait dans mon cœur et réclamait le sentier de la colline; je sentais que le bois m'attendait, m'appelait et je demandais à grands cris le bois, bien que des kilomètres s'étendissent entre nous. Depuis que j'avais quitté la vallée natale, aucun chagrin ne m'effrayait. Les collines de Nethermere servaient jadis de murs à ma demeure, le ciel de Nethermere était le toit qui protégeait ma tête. J'avais l'impression que je pouvais lever la main au plafond de la vallée et toucher mon ciel bien-aimé; ses nuages familiers venaient me visiter, ses étoiles, nées en même temps que moi, m'étaient fidèles, le soleil était mon père. Mais maintenant les cieux qui s'étendaient au-dessus de ma tête étaient étrangers, et Orion passait sans me voir, lui, qui, chaque soir, venait sur les bois et me consacrait des heures magiques. Quel jour maintenant recule les limites de ma demeure, quelle nuit m'ouvre son immensité et m'envoie la compagnie de ses étoiles? Une ville ne connaît pas la nuit. Comment puis-je me perdre dans la magnifique forêt des ténèbres, alors que la nuit n'a que de rares ombres dispersées entre des lumières stériles.

Je guettais la naissance des bourgeons sur les amandiers bruns; j'entendais les merles et je voyais les étourneaux turbulents; il y avait dans les rues des monceaux de violettes et on me tendait des perce-neige dont les lèvres blanches et muettes formaient un bouquet; mais ces fleurs restaient muettes pour moi. J'attendais anxieusement des lettres. Emilie m'écrivait souvent :

« Ne trouvez-vous pas délicieux, presque enivrant, d'être si libre? Pour moi, c'est merveilleux. Parmi les siens, on ne peut vivre sa vie. Il faut lutter pour garder un peu de soi-même. Il est si dur de se tenir à l'écart d'une mère, et cependant elle n'est que blessée et insultée si on lui ouvre son cœur. C'est un soulagement de n'avoir à plaire à personne, d'agir à son gré; mère et moi, nous avons beaucoup souffert en cherchant à préserver notre ancienne tendresse. Cependant elle ne voulait pas me laisser partir. Quand je rentre le soir et que je pense que je n'ai rien à dire à personne, ni rien à faire pour personne, que ma soirée m'appartient, je suis au comble de la joie.

« J'ai commencé un roman. »

Un peu plus tard, elle écrivit :

« Quand viendrez-vous me voir? Je ne puis envisager un printemps sans vous. Les trains sont les seules choses palpitantes ici; il y en a un qui passe à quelques mètres de l'école. Tout le jour j'attends les grands express qui vont vers le sud. Comme ils ont de la chance de s'élancer vers le soleil! Les corbeaux sont très intéressants. Ils battent des ailes tout le temps que nous sommes dans la cour. Les chemins de fer et les corbeaux font le charme de ma vie à Brayford. L'autre jour j'ai vu des quantités de corbeaux passer deux par deux. Vous souvient-il de ce qu'on dit chez nous : Un pour le chagrin. Très souvent un oiseau solitaire se perche sur les fils télégraphiques. Je le hais quand je le regarde. Je crois que le symbole de ma vie devrait être : un corbeau. »

Et de nouveau, un peu plus tard :

« Je suis allée passer la journée de dimanche chez nous. C'est délicieux d'être fêtée, de se voir un personnage important et dorloté. C'est une nouveauté pour moi.

« Les perce-neige sont en fleur dans l'herbe du jardin; un vrai tapis. J'imaginais que vous viendriez les voir au soleil du dimanche. Votre absence semble impossible. Les aconits sortent le long des haies. Je me suis agenouillée pour les embrasser. Je me suis réjouie de partir, de respirer l'air libre de la vie, mais j'avais l'impression de ne pouvoir m'éloigner des aconits. Je vous en envoie quelques-uns; ne sont-ils pas trop fanés ?

« Maintenant que je suis dans mon appartement, j'ai le sentiment inaccoutumé d'être contente de rester ici un peu plus longtemps, pas longtemps, pas plus d'une année. Mais un petit moment de joie me suffit. »

Au début de mars, je reçus une lettre de M. Saxton.

« Vous ne nous verrez plus dans la vieille maison. Nous partons dans quinze jours. Tout est déjà dispersé. Georges a pris Bob et Fleur. J'ai vendu trois vaches, Stafford, Julia et Anna. Tout est vide. Je n'aime pas passer devant la laiterie, et le piétinement des chevaux nous manque la nuit. Mais je serai content quand nous serons vraiment partis. Je sens que nous avons croupi ici. Je sens que je décline et que je prends des idées stupides et étroites. Ce départ, ce sera un nouveau bail avec la vie. Mais je me demande comment nous serons là-bas. Mme Saxton est très tourmentée. Mais au pis aller nous pourrons revenir. Rester ici c'est croupir et mourir de faim. Je regrette que Georges ne nous accompagne pas, je ne croyais pas qu'il prendrait goût au cabaret, mais il paraît content. Il est venu dimanche avec Meg. Mme Saxton dit qu'il prend le genre du cabaret. Il est certainement plus gai et parle davantage. Meg et lui ont l'air heureux, je m'en réjouis. Il a une bonne clientèle pour le lait et sans doute il réussira. Il est très prudent, au fond; il ne perdra jamais beaucoup, s'il gagne peu. Sam et David sont très bons amis. Je suis content d'avoir pris ce petit. Nous parlons souvent de vous. Nous serions très tristes sans l'agitation de la vente. Mme Saxton espère que vous n'abandonnerez pas Georges. Elle se tracasse pour lui et craint qu'il ne réussisse pas. J'espère qu'il sera prudent. Mais je serai content de savoir que vous restez amis. Mme Saxton vous écrira à ce sujet. »

Georges ne m'avait pas encore écrit. Je cessai bientôt d'attendre une lettre de lui. J'en reçus une cependant, peu de temps après celle de son père.

« Mon cher Cyril,

« Pardonnez-moi de ne pas vous avoir écrit plus tôt, je ne suis pas toujours libre de m'asseoir pour vous écrire. Si je ne puis le faire quand j'en ai envie, c'est fini. Et il m'arrive souvent d'en avoir envie dans les champs quand il est impossible d'écrire. Hier soir, je me suis assis dans la cuisine et je n'ai plus rien trouvé à vous dire. Tout le jour à Greymede, en ensemençant les jachères derrière l'église, j'avais pensé à vous et je vous aurais écrit si j'avais eu ce qu'il fallait. Mais le soir je n'ai pas pu.

« Excusez-moi de ne pas vous avoir remercié des livres dans ma dernière lettre. Je ne les ai pas lus tous les deux, mais j'ai presque fini Evelyn Innes. Ce livre m'ennuie un peu. Je ne lis pas beaucoup maintenant. Je n'en ai pas souvent le loisir, on m'appelle au café, il y a quelque chose à faire, ou bien Meg m'empêche. Elle n'aime pas que je lise le soir, elle veut que je lui parle et j'obéis.

« Il est sept heures et demie; j'irai tout à l'heure causer avec Harry Jackson, au sujet d'un jeune cheval qu'il veut me vendre. Ses fonds sont en baisse et le cheval est épatant. Mais malgré tout je n'y tiens pas beaucoup. J'ai eu envie de vous écrire. Sans aucune raison, je me sens malheureux et triste. Je gagne pas mal d'argent et j'ai tout ce que je veux. Mais pendant que je labourais et que je semais l'avoine dans les champs, au flanc de la colline, derrière l'église de Greymede, je sentais que cela m'était égal de réussir ou non. C'est très drôle. La semaine dernière j'ai fait cinq livres de bénéfice net, et cependant je suis inquiet et mécontent. Je désire autre chose sans savoir quoi. Quelquefois je me demande où je vais. Hier je regardais de grands nuages blancs, dispersés, que le vent frais poussait dans le ciel. Ils semblaient aller quelque part. Je me demandais où le vent les poussait. Je ne tiens à rien. Pouvez-vous me dire ce que je désire au fond? Je déplore votre absence; si vous étiez ici je ne serais pas ainsi. Mais j'éprouve rarement une telle impression, en général je suis content et occupé.

« Ah! Harry Jackson vient me chercher. Je finirai ma lettre en revenant.

« Je suis de retour, j'ai acheté le cheval, mais il faut que je vous quitte. Je ne puis vous raconter. J'ai eu une petite querelle avec Meg. Oh, je passe du mauvais temps! Mais je ne puis vous raconter ce soir, il est tard, je suis fatigué et j'ai mal à la tête. Une autre fois peut-être.

« Georges SAXTON. »

Le printemps vint courageusement à Londres, et la ville se remplit de magie. Je n'avais jamais connu la magnificence du soir avant de voir les lampes électriques se remplir de lumière et rouler comme des bulles d'or dans le crépuscule violet des rues. Partout, le soir, les lampes emplissent la ville de magie : leur huile lumineuse et flottante verse des taches d'or sur la noirceur mouvante de la rivière; les lampes brillantes entourent la caverne de Bridge Station comme de rondes abeilles étincelantes qui vont et viennent autour de la ruche noire; dans la banlieue les lampes luisent comme des citrons dans les arbres. Je commençais à aimer la ville.

Le matin, j'aimais à me mêler au cortège qui remplissait la rue; je regardais les visages, le regard soudain des yeux sombres; la causerie épanouissait les lèvres des femmes qui passaient; sous les vestes, les épaules des hommes avaient de subtils mouvements et la chaude nudité des cous brillait dans la rue. J'aimais la ville, les gestes des hommes et des femmes, le flot doux et fascinant de leurs membres, l'éclat soudain des yeux et des lèvres. Sur les visages de la rue, mon attention errait comme une abeille ivre qui grimpe sur les fleurs bleues.

Je m'enivrais du nectar étrange que je buvais dans les yeux des passants.

J'oubliai que le temps n'arrête jamais le vol de ses ailes brillantes et silencieuses, jusqu'au jour où je vis l'aubépine écarlate se pavaner au bord des routes; les bourgeons des tilleuls luisaient comme des gouttes de vin au soleil, et leurs enveloppes, aussi jolies que des pédiculaires en fleurs, jonchaient les ruisseaux; les branches d'amandier rose et argent s'enchevêtraient sur le ciel bleu. Les lilas fleurissaient, et dans le calme pensif de la banlieue, le soir, flottait leur délicieuse odeur de goudron; le rêve s'éveillait en souriant.

Au milieu de cette joie, étrangement, arrivèrent de tristes nouvelles. Alice m'écrivait à la fin du mois de mai :

« Mon cher Cyril, préparez-vous. Meg a eu deux jumeaux hier. J'allais prendre de ses nouvelles cet après-midi, sans rien savoir, et j'ai trouvé une paire de gosses dans le nid et la vieille Stainwright qui faisait le grand manitou. J'ai failli m'évanouir. Mon vieux, je ne savais s'il fallait rire ou pleurer en voyant ces deux petites têtes rondes comme deux pommes de mélèze joue à joue sur un rameau. L'un a une abondante chevelure noire; la tête de l'autre est à peine éclairée par un duvet roux comme la lueur d'une flambée. J'en suis restée bouche bée. Sans savoir pourquoi, j'ai versé quelques larmes.

« La vieille grand-mère en perd la tête. Elle rit et parle dans la chambre voisine, heureuse comme une reine; si vous l'aviez entendue quand on lui a montré les moutards! Ce sont deux garçons. Elle en a fait un chahut, la pauvre vieille. Je crois que sa tête se détraque un peu. Elle s'imagine que les petits sont à elle. Elle a voulu qu'on les couche près d'elle sur l'oreiller pour pouvoir les toucher avec son visage. J'ai encore versé quelques larmes, Cyril. Je crois que je radote aussi. Mais elle a repris ses esprits et elle a raconté ce qu'elle dirait à Georges à son retour, d'horribles choses, Cyril, qui m'ont fait terriblement rougir.

« Georges ignorait tous ces événements. Il était allé à Bingham pour acheter des chevaux, je crois. Il a la manie d'acheter des chevaux. Il a fait la connaissance des fils de Mayhew. Le père était maquignon, vous le savez. Vous vous rappelez qu'il est mort après avoir fait faillite, voici trois ans. Fred et Duncan prétendent continuer l'affaire. Ils ne quittent pas le Bélier et Georges sort avec eux. Cela ne me fait pas plaisir : ce sont des noceurs assez vulgaires et pauvres.

« J'ai attendu Georges. Il est arrivé vers cinq heures et demie. Meg était très inquiète et demandait à chaque instant où il était. Que je sois pendue si jamais je me tourmente et me mange le foie pour un homme! La vieille grand-mère a entendu la charrette et, sans lui donner le temps de descendre, elle a crié :

« – Georges, mon garçon, grouille-toi, viens vite, il
« y en a deux, il y en a deux; et elle éclata d'un rire affreux.

« – Bonsoir grand-mère, pourquoi criez-vous? » dit-il.

« Et au bruit de sa voix Meg se tourna vers moi et me dit d'une voix lamentable :

« – Il était avec les Mayhew.

« – Tu as des jumeaux, deux d'un seul coup; mon « garçon », cria la vieille femme.

« Et vous savez comme ses cris sont aigus. Elle effraya le cheval et Georges jura d'une façon épouvantable. Puis Bill vint tenir la bête et Georges monta. Meg se fit toute petite quand elle entendit son pas traînant dans l'escalier; elle était toute pâle. Il entra, il sentait l'eau-de-vie et les chevaux. Qu'un homme ivre est odieux ! Il restait près du lit à grimacer comme un idiot et disait d'une voix pâteuse :

« – Tu t'es bien dépêchée, Meg. Et comment vas-tu « maintenant ?

« – Très bien, dit Meg.

« – Et les jumeaux, demande-t-il, où sont-ils ? »

« Meg jeta un coup d'œil sur le berceau; Georges fit le tour en se tenant au lit. Il n'avait pas même embrassé sa femme. En voyant les jumeaux endormis, les poings serrés, il rit comme si c'était drôle, et dit :

« – Deux, parfait, il y en a un qui est roux ! Où est la « fille, Meg ?

« – Ce sont deux garçons », répondit Meg timidement.

« Il se détourna et ses yeux devinrent tout petits.

« – Qu'ils aillent au diable », cria-t-il.

« Il avait l'air d'un démon. Cher Cyril, je ne me doutais pas que notre Georges pouvait être ainsi. Je croyais qu'il ne pouvait ressembler qu'à un chien fidèle ou à un cerf blessé. Mais il était diabolique. Il regardait les pauvres petits jumeaux et grognait; le pauvre petit roux se mit à pleurer. La mère Stainwright repoussa Georges de sa grosse carcasse et se pencha sur le bébé en disant :

« – Qu'est-ce qu'on te fait, mon joli, qu'est-ce qu'on « te fait ? »

« Georges grogna plus que jamais et s'en alla; il titubait et heurta la table de toilette où toutes les porcelaines s'entrechoquèrent.

« – Quel scandale! » s'écria la mère Stainwright, et Meg se mit à pleurer.

« Cyril, elle sanglotait à fendre l'âme. J'avais envie de le tuer.

« La vieille grand-mère se mit à parler à Georges, et il se moqua d'elle. Le rire d'un homme ivre est odieux. Cela me fait bouillir le sang. Cette vieille grand-mère est un fléau, elle donne toujours raison à Georges. Elle est méchante et vulgaire. »

J'allai à Woodside au début de septembre. Emilie était installée au Bélier. Tant de changements faisaient un effet étrange. Nethermere même avait changé. Nethermere n'était plus un petit monde complet et merveilleux dont le charme nous retenait. C'était une petite vallée insignifiante, perdue dans la vaste terre. L'arbre qui se penchait sur l'eau avec une grâce si romantique me parut ridicule quand je revins après une absence d'un an. Les vieux symboles étaient banals et stupides.

Un matin, j'allai avec Emilie au moulin de Strelley. La maison était occupée par un agriculteur et sa femme qui venait du nord. L'homme était grand, maigre et silencieux; il semblait avoir une parenté mystérieuse avec les rats. La femme, petite et affairée, ressemblait à une poule hérissée, retournée à l'état sauvage. Emilie déjà était venue les voir; elle nous invita donc à entrer dans la cuisine et nous avança des chaises. La grande pièce était nue comme une cellule. Une petite table était échouée près de la cheminée et quelques chaises s'alignaient contre le mur. Puis un désert de pavés se perdait dans l'ombre. Près des fenêtres, cinq cages pleines de canaris étaient suspendues, et les petits mouvements vifs des oiseaux rendaient la désolation de la salle plus étrange. Les oiseaux chantaient, nous étions abasourdis car la petite femme parlait écossais et elle avait un bec-de-lièvre. Elle se leva et courut aux cages en criant elle-même comme un oiseau sauvage et menaça d'un plumeau les canaris qui gazouillaient.

« Taisez-vous, taisez-vous, cria-t-elle en secouant son mince corps de sorcière, petits diables, petits sots, petits sots »; et elle agita le plumeau jusqu'à ce que les oiseaux se fussent calmés. Puis elle nous apporta des scones délicieuses et de la gelée de pomme. Elle nous pressait de manger et nous donnait de petits coups de coude.

« Vous ne les aimez pas? Mangez alors, mangez. Allons, Emilie, un peu plus. Mais ne le dites pas à Tom, ne le dites pas à Tom, quand il viendra. »

Elle secoua la tête et fit entendre son rire aigu et étrange.

Quand l'heure du départ fut venue, elle sortit avec nous. Sa courte jupe noire était presque en haillons. Elle courait autour de nous comme une poule, et parlait d'une voix aiguë et inintelligible. Je ne pouvais croire que le destin du moulin pensif était dans ses mains. Je ne reconnaissais plus le moulin de Strelley. La femme se tourna brusquement et, surprenant le sourire que j'adressais à Emilie, elle eut son rire strident et étrange et dit avec une œillade :

« Emilie, c'est votre bon ami, c'est votre bon ami, Emilie! Vous ne me l'aviez pas dit. »

Et elle éclata de rire.

Une vive rougeur couvrit nos joues. Elle s'approcha de nous, au bord du ravin de l'écluse, en criant :

« Vous êtes venue ici le soir, Emilie, n'est-il pas vrai? »

Et elle rit encore. Elle leva la main.

« Ah! regardez. »

Une touffe de gui s'épanouissait au-dessus de notre tête.

« Regardez; regardez. Combien de baisers par soirée, Emilie ? Des baisers toute l'année ! Des baisers, la nuit, dans un coin solitaire. »

Puis elle baissa la voix et parla d'une voix basse et pathétique. Elle nous offrit encore des scones, de la gelée et des gâteaux d'avoine et nous partîmes.

Sur la route, près du ruisseau, Emilie leva vers moi des yeux où se mêlaient la honte et le rire. Je remarquai le petit mouvement de ses lèvres, et, bientôt je me trouvai en train de l'embrasser en riant avec l'égarement de la nouvelle propriétaire du moulin.

LA VIE DE FAMILLE AU BÉLIER

GEORGES était très désireux de me recevoir chez lui. Comme le Bélier n'avait le droit de rester ouvert que six jours par semaine, j'allai y prendre le thé le dimanche après-midi. Le temps était chaud, calme, ensoleillé; je passai par Greymede. Quelques amoureux flânaient sous les châtaigniers, ou traversaient la route pour aller dans les champs qui, après la fenaison, restaient unis comme un tapis.

En montant le sentier pavé qui menait à la cuisine de l'auberge, j'entendis le choc du moule à gâteaux, la porte du four se ferma brusquement, et Meg dit d'une voix grognon :

« Non, ne le prenez pas, Emilie! Petit méchant. Que son père le tienne... »

Un des bébés pleurait.

J'entrai. Meg, rouge, les vêtements en désordre, enveloppée d'un grand tablier blanc, fermait le four. Emilie, vêtue d'une robe beige, tirait le bébé roux de son berceau. Georges, assis dans le petit fauteuil, fumait d'un air maussade.

« Excusez-moi de ne pas vous serrer la main, dit Meg contrariée; je suis pleine de farine... Asseyez-vous donc, je vous en prie... » Et elle sortit en courant.

Emilie se détourna du bébé qui pleurait, et me jeta ce sourire intime des femmes qui dit : « Vous le voyez, je suis occupée pour le moment, mais je garde mon cœur pour vous... »

Georges se leva, et m'offrit le fauteuil; c'était le plus grand honneur qu'il pouvait me faire! Il me demanda ce que je voulais boire et, comme je refusais tout, il s'assit lourdement sur le canapé, le front plissé, et se creusant vainement la tête pour trouver un sujet de conversation.

La pièce était grande et confortable : des chaises cannées, un dressoir à boules de verre, un placard vitré perché sur une étagère dans un coin, et l'inévitable canapé, dont le douillet matelas et les coussins étaient couverts de cretonne, la meublaient.

Un relent de victuailles et de boissons flottait dans la pièce : bière, soupçon d'eau-de-vie, et bacon. Teenie, la servante maussade et brune, entra, l'autre bébé sur les bras, et Meg lui demanda, de la buanderie, si l'enfant dormait. La jeune mère était évidemment dans un état pénible d'agitation et de trouble.

« Non, répondit Teenie; il n'a pas sommeil, aujourd'hui !...

– Garnissez le feu, regardez le four et habillez le petit », répliqua aigrement Meg.

Teenie plaça le bébé brun dans le second berceau; immédiatement il se mit à crier, ou plutôt à hurler, en guise de protestation. Georges alla à lui, et ramassa un lapin de peluche qu'il agita devant le petit :

« Là, regarde la bébête... Prends ton joli lapin; entends comme il crie... »

Le bébé écouta un moment, puis jugea la consolation insuffisante et se remit à crier. Georges jeta le jouet et prit son fils en jurant intérieurement. Il le fit sauter sur ses genoux.

« Qu'est-ce que tu as? Qu'est-ce que tu as ?... Jouons " à cheval sur mon papa " ... »

Mais le bébé connaissait les sentiments de son père à son égard, et il continuait à pleurer.

« Dépêchez-vous, Teenie! dit Georges à la servante qui tisonnait le feu.

Emilie promenait l'enfant confié à ses soins et me souriait; je goûtais un plaisir particulier à prendre pour moi les doux termes de tendresse qu'elle versait sur les lèvres du bébé.

Georges tendit son enfant à la bonne, et me dit avec une patience sarcastique :

« Voulez-vous venir au jardin ? »

Je le suivis dans la cour ensoleillée; nous prîmes l'allée bordée de buissons. Mon ami alluma sa pipe; il flânait, comme un homme qui se sent sur ses terres, à l'abri des lois et des conventions.

« Vous savez, dit-il, c'est une fichue ménagère !... »

Je me mis à rire, et remarquai que les arbres étaient chargés de prunes.

« Oui, reprit-il sans entendre mes paroles, elle devait envoyer Teenie promener les gosses cet après-midi, et s'habiller de bonne heure. Mais non, elle a bavardé avec Emilie, et dès que les petits se sont réveillés, elle s'est mise à faire des gâteaux !...

– Elle était contente de causer tranquillement sans être dérangée, répondis-je.

– Elle savait pourtant bien que vous veniez, mais elle ne sait rien prévoir !...

– Cela ne fait rien ! dis-je.

– Le dimanche est le seul jour où nous goûtons un peu de paix, elle pourrait s'arranger au moins pour que les enfants soient tranquilles !

– C'est sans doute aussi le seul jour où Meg peut s'offrir un moment de bavardage, répondis-je.

– Nous n'avons jamais une minute de liberté ! Teenie couche ici maintenant, elle mange dans la cuisine avec nous, Oswald aussi... Je n'ai jamais une minute d'intimité; il n'y a pas un coin tranquille où je puisse m'asseoir ! Les gosses dans la journée, les gosses la nuit, et les domestiques, et les clients !... Que je voudrais pouvoir partir!... Je me débarrasserais volontiers du cabaret, mais Meg s'y oppose!...

– Que feriez-vous donc?

– J'aimerais reprendre une ferme; on ne peut s'occuper de culture ici, il y a toujours quelque besogne; un voyageur à servir, les brasseurs à visiter, un cheval à examiner; on gâche sa vie! Si j'avais des terres et que je les cultive en paix...

– Vous vous rendez malheureux à plaisir... observai-je.

– Peut-être, accorda-t-il pensivement comme jadis. Peut-être... en tout cas, je n'ai pas besoin de me tourmenter, car je sens que je ne retournerai jamais à la terre...

– Cela veut dire qu'au fond du cœur, vous n'en avez pas l'intention! dis-je en riant...

– Peut-être... Tout de même, je fais d'assez bonnes affaires, mais pas au cabaret; je ne peux pas oublier qu'il est à Meg. Venez voir l'écurie; j'ai deux chevaux et une jument, de bonnes bêtes. Je suis allé à Melton Mowbray avec Tom Mayhew; il s'y entend, il sait acheter... Mais c'est un sacré paresseux, trop paresseux pour aimer le commerce. »

Georges s'animait... Pendant que nous visitions les écuries, Emilie nous rejoignit; elle portait le bébé qui était vêtu d'une robe de soie neuve. Elle s'avança, et ses yeux sombres me sourirent.

« Voyez comme il est sage... N'est-ce pas qu'il est joli? » Elle offrait le bébé à mes regards; je lui jetai un coup d'œil, mais je ne sentis que la chaleur de la joue d'Emilie et le parfum de ses cheveux!...

« A qui ressemble-t-il? » demandai-je; et je vis mon image reflétée dans les yeux de la jeune fille. J'avais posé cette question au hasard : les yeux d'Emilie avaient un langage qui faisait battre mon cœur. Cependant, elle répondit :

« A personne, bien entendu ! Mais il sera comme père, ne trouvez-vous pas ? »

Cette interrogation ramena mes yeux sur les siens ; nous échangeâmes de nouveau cet étrange regard d'intelligence qui faisait rougir Emilie et me coupait le souffle...

« Oui... des yeux bleus comme ceux de votre père... Pas comme les vôtres !... »

Ses regards me jetèrent encore des messages passionnés.

« C'est vrai, répondit-elle très doucement, et je crois qu'il aura la gaieté de père... Ni l'un ni l'autre n'ont nos yeux, n'est-ce pas ?

– Non, répondis-je, envahi par un flot de tendresse, ils sont moins vulnérables... Quand on a des yeux aussi vulnérables on est nerveux et irascible. Mais vous avez voilé la sensibilité des vôtres, n'est-ce pas ? Ils étaient comme la vie toute nue, comme le protoplasma nu, et sans défense... »

Elle se mit à rire ; à ce souvenir pénible, ses yeux se dilatèrent comme jadis, et je sentis, avec le frisson de jadis, que son âme implorait en tremblant ma pitié...

« Et les miens sont comme cela ? » demanda Georges qui nous avait rejoints. Il s'aperçut sans doute de mon trouble tandis que j'essayais de m'adapter à sa présence ; une ombre légère, un chagrin ténu passa sur son visage.

« Oui, répondis-je, oui, mais moins... Vous ne vous êtes jamais aussi complètement trahi, vous êtes plus prudent, mais également sans défense !

– Ai-je changé ? demanda-t-il avec une tranquille ironie, car il savait que je ne m'intéressais pas à lui.

– Oui, vous êtes plus prudent, vous restez dans l'ombre... Mais Emilie s'est voilée et peut marcher dans la foule au pas qui lui convient. »

Je dus faire un effort pour ne pas tendre mes lèvres au baiser de la jeune fille, quand elle leva vers moi son regard exprimant une dignité et une tendresse féminines. Puis, je me souvins, et je dis :

« Mais vous me meniez aux écuries, Georges ! Venez voir les chevaux, Emilie.

– Oui, je les admire tant ! » répondit-elle.

Nous flattions ainsi les goûts de Georges; il parlait à ses chevaux, et caressait leurs membres avec sa main. Les animaux lustrés et remuants l'intéressaient plus que toute autre chose. Il laissa éclater son enthousiasme en parlant d'eux. C'était sa nouvelle marotte. Les bêtes étaient paisibles, et cependant répondaient à son amour; il était leur maître et leur propriétaire, cette pensée lui donnait un vrai plaisir.

Mais le bébé se fâcha de nouveau. Emilie chercha ma sympathie.

« C'est un petit vagabond, dit-elle, il veut toujours marcher. Peut-être n'aime-t-il pas l'odeur de l'écurie ?... ajouta-t-elle, les sourcils froncés et avec un rire. Ce n'est pas bien agréable, n'est-ce pas ? »

J'en convins, et je sortis avec elle, en laissant Georges dans l'écurie. Nous flanâmes tous deux dans le jardin; elle s'obstinait à parler au bébé et à me parler de lui, et je finis par souhaiter l'enfant à tous les diables !... Cela la fit rire, et elle continua à me provoquer. Les roses trémières rougissaient en haut des tiges; les abeilles couvertes de pâles débris de pollen hésitaient un moment au seuil des calices, puis y plongeaient en bourdonnant. Emilie éleva le bébé vers les fleurs, tout en lui parlant d'un ton caressant. L'enfant cherchait à atteindre les corolles aux couleurs vives; le soleil luisait sur ses cheveux lisses, et ses yeux bleus tout étonnés suivaient les abeilles. Puis, il jeta de petits cris et agita ses mains semblables aux boutons froissés des roses trémières.

Meg nous appela; le thé était servi. Elle portait une robe bleue, brodée de soie beige; elle était très belle, bien que coiffée à la hâte.

« Quoi ? Vous avez gardé cet enfant tout le temps !... s'écria-t-elle en voyant Emilie. Où est son père ?

– Je ne sais pas, nous l'avons laissé dans l'écurie, n'est-ce pas, Cyril ? Mais je suis contente de le garder, Meg, je l'aime tant, répondit Emilie.

– Oh ! oui, il est toujours dans l'écurie... Il sent le cheval, je le lui dis souvent ! Il n'aime pas ses enfants... Viens, mon chéri, viens avec ta maman... »

Elle prit le bébé, l'embrassa, le câlina en exagérant les manifestations de sa tendresse. Un jeune homme rasé de près, aux gros bras nus, traversa la cour.

« Allez dire à Georges que le thé est prêt, lui dit Meg.

– Où est-il ? demanda Oswald, le robuste jeune homme qui s'occupait de la ferme.

– Vous savez bien où le trouver ! » répliqua Meg avec cette liberté insouciante qui humiliait son mari.

Georges arriva en courant.

« Le thé est déjà servi ? demanda-t-il.

– C'est bien étonnant que tu ne le réclames pas depuis une heure, dit Meg.

– C'est bien étonnant que tu te sois habillée si vite ! répliqua-t-il.

– Vraiment ? répondit-elle. Ce n'est pas grâce à ton aide, en tout cas... Où est Teenie ? »

La petite bonne, raide, brune et maussade, entra.

« Pouvez-vous vous charger d'Alphy pendant que nous prenons le thé ? » demanda Meg.

Teenie accepta, et alla s'asseoir avec les deux bébés sur un banc au bout de la cour. Nous prîmes place à la table.

Le goûter était somptueux. On nous offrit des gâteaux chauds, deux ou trois sortes de gâteaux froids, des abricots au sirop, des gelées, du homard en conserve, et d'autres friandises, confitures, crème, rhum...

« Je ne sais pas trop ce que valent ces gâteaux, dit Meg, je les ai faits si vite !... On ne fait plus rien de bien quand on a des enfants, et surtout deux!... Je n'ai même pas le temps de me coiffer convenablement, regardez!... » Elle porta les mains à sa tête, et je ne pus m'empêcher de remarquer ses ongles, sales et mal tenus.

Nous prenions gaiement le thé, quand un des bébés se mit à pleurer. Teenie se pencha sur lui en fredonnant d'une voix rude. Je la regardai par la fenêtre; je pensais à la jeune fille du conte de Tchekhov, qui étrangle son nourrisson, et j'espérais que la servante n'en arriverait pas à cette extrémité. L'autre enfant joignit sa jeune voix au chœur. Teenie alors se leva, et se promena dans la cour, en essayant maladroitement de consoler les jumeaux.

« C'est drôle, chaque fois que quelqu'un vient, ils sont de mauvaise humeur, remarqua Meg, frémissante.

– Ils sont toujours comme ça! affirma Georges, mais quand nous avons une visite, tu es bien forcée de le remarquer!

– Ce n'est pas vrai! cria Meg avec une colère soudaine, n'est-ce pas Emilie? Il faut toujours qu'il grogne! Ils ont été sages comme des images ce matin, et hier aussi! Ils n'ont pas poussé un cri! Mais leur père voudrait qu'ils soient muets comme des carpes, il voudrait les enfermer dans une boîte aussitôt qu'ils font le moindre bruit!...

– Je n'ai rien dit de semblable! protesta Georges,

– Si!... riposta-t-elle, si, ou alors, que te faut-il?... »

Dehors, les bébés continuaient à pleurer.

« Apportez-moi Alphy, cria Meg, obéissant à son sentiment maternel.

– Oh! protesta Georges, Oswald pourrait bien le promener!

– Naturellement, dit Meg avec amertume, tu le confierais bien au premier venu, pourvu qu'il soit loin de toi! Je me demande pourquoi tu as eu des enfants!... »

Georges grommela quelques paroles inintelligibles, où je distinguai le mot « aujourd'hui ».

« Viens... » dit Meg. Dans un élan de tendresse, elle prit le bébé roux et le serra sur son sein. « Qu'est-ce que c'est, qu'est-ce que c'est, mon joli?... Calme-toi, chéri, calme-toi. »

Le bébé ne se calma pas. Meg se leva et berça l'enfant dans ses bras. Nous essayâmes de continuer notre repas, mais c'était difficile et gênant.

« Il a peut-être faim, dit Meg, je vais essayer... »

Elle se détourna et lui donna le sein. Dès qu'il fut tranquille, elle se rajusta de son mieux et reprit sa place; nous avions fini, et nous attendîmes tandis qu'elle mangeait à son tour. Ce repas à bâtons rompus nous rendit, par réflexe, plus cérémonieux, Emilie et moi. Nous étions d'une prévenance raffinée et d'une politesse excessive. Avec des paroles élégantes et précieuses, nous entamâmes une discussion sur Strauss et Debussy. Bien entendu, un tel sujet creusa un fossé entre nous et nos hôtes, mais c'était le seul moyen que nous trouvions pour dissimuler notre embarras. Georges, renfrogné, nous écoutait; Meg était indifférente. Sa maternité la rendait invincible, elle mangeait avec calme, regardait son bébé, et méprisait les bavards que nous étions. En sa qualité de mère elle était à l'abri de tout, elle commandait et sa parole faisait loi. Georges, en tant que père, était le premier serviteur... Père indifférent, elle l'humiliait et contrecarrait ses désirs.

Emilie et moi, nous n'étions que des intrus, et nous le sentions. Après le thé, nous montâmes nous laver les mains. La grand-mère avait eu une seconde attaque de paralysie; elle restait inerte, presque hébétée. Son gros corps étalé sur le lit me parut horrible et son visage, dont les muscles étaient relâchés et tordus, ressemblait à une caricature cruelle. Elle me dit quelques mots d'une voix pâteuse, Georges lui offrit de la frictionner; elle tourna lentement vers lui ses vieux yeux.

« Ma jambe, ma jambe un peu », dit-elle de son étrange voix gutturale. Il enleva sa veste, et glissant sa main sous les draps, frictionna un moment la jambe de la pauvre vieille. Elle le regarda, puis sans qu'elle eût tourné la tête il disparut de son champ de vision, et elle resta les yeux fixés dans le vide.

« Là, demanda-t-il, ça va mieux, mère ?

– Oui, un peu mieux, répondit-elle lentement.

– Tu veux boire ?... » dit-il, souhaitant la soigner de son mieux avant de partir. Il lui présenta une tasse; à grand-peine elle avala quelques gorgées.

« Cette vieille femme doit être un gros ennui pour vous », remarquai-je quand nous fûmes dans la pièce à côté. Georges s'assit sur le grand lit blanc et eut un rire bref.

« Nous y sommes habitués, nous n'y faisons plus attention... Pauvre vieille grand-mère !...

– Mais elle doit changer votre vie, même à votre insu, dis-je.

– Elle a tant de caractère, répondit mon ami d'un air rêveur, elle semble me comprendre. C'était pour moi une amie véritable, avant cette attaque... En général, je ne la vois pas, vous comprenez. Mais quelquefois, tout de même, oui, c'est empoisonnant ! »

Il eut un sourire étrange.

« Cette présence enlève toute joie à la vie, ajouta-t-il avec une horrible ironie, c'est le squelette qu'on cache dans une armoire ! »

Les cloches se mirent à sonner; l'église grise s'élevait sur une hauteur au milieu des champs, comme un vieux cerf tourné vers l'auberge; les cinq cloches commencèrent à jouer, et leur son vint battre à la vitre.

« Je déteste le dimanche, dit Georges d'un ton d'inquiétude.

– Parce que vous n'avez rien à faire ? demandai-je.

– Je ne sais pas... Je ne veux pas aller à l'église, et ce bruit de cloches me gêne...

– Que faites-vous, en général ?

– Je m'ennuie !... J'ai passé les deux derniers dimanches chez les Mayhew; Meg a été furieuse ! Elle dit que c'est le seul jour où nous pouvons causer ou sortir ensemble. Mais si je reste avec elle, que puis-je faire ? Et si nous sortons, ce n'est que pour une demi-heure. Je déteste le dimanche... C'est un jour assommant !... »

Quand nous descendîmes, la table était débarrassée, et Meg baignait le bébé brun. Elle était parfaite ainsi, elle maniait l'enfant nu avec une douceur qui l'embellissait; elle s'agenouillait près de lui avec dignité; ses bras, son sein et sa gorge étaient doux et noblement arrondis. Elle penchait la tête avec une grâce de madone, ses gestes étaient précis et exquis comme une vieille chanson chantée par un artiste. Sa voix, qui jouait autour des membres du bébé et les caressait, était limpide comme l'eau, douce comme le vin au soleil, chargée de délices...

Nous la regardions humblement, de loin, en l'admirant...

Emilie enviait la félicité de Meg. Elle demanda la permission de baigner le second bébé, et Meg daigna la lui accorder.

« Si vous voulez, mais... votre robe ? »

Emilie, ravie, déshabilla le bébé aux cheveux pareils à des pétales de crocus. Ses doigts tremblaient de plaisir en dénouant les petits rubans.

Je n'ai pas oublié sa joie muette lorsqu'elle prit l'enfant après lui avoir enlevé sa petite chemise, et qu'elle sentit son doux corps blanc. Baignée d'une clarté qui environnait aussi l'enfant, elle me laissait à l'écart. Une minute auparavant, elle était auprès de moi, ses yeux cherchaient mon regard et son esprit s'attachait au mien; maintenant j'étais seul, négligé, oublié, chassé de l'atmosphère rayonnante qui entourait la femme et le bébé.

« Ah ! ah ! » dit-elle d'une voix grave en plaçant son

visage sur la petite poitrine rebondie comme celle d'une fille, satinée, chaude, merveilleuse... Elle l'embrassait et le touchait, hésitait, buvant la douceur du bébé, la douceur de sa petite bouche rieuse, de ses baisers humides, de ses membres potelés, de ses petites épaules qui s'arrondissaient si gracieusement jusqu'aux bras et à la poitrine, du doux petit cou caché sous le menton; elle goûtait délicieusement, avec ses lèvres et ses joues, l'exquise douceur et la tendre vie de ce corps d'enfant satiné et chaud.

La femme est toujours prête à refuser l'amour physique; elle livre sa douce beauté à l'homme avec tant de patience et de regret; elle aime en lui son cou, sa tête, ses joues; elle les caresse pour découvrir l'âme qui s'y cache, mais recule devant ses membres passionnés et son corps... C'était avec un peu de perplexité, de colère et d'amertume que je voyais Emilie s'extasier devant la petite personne innocente du bébé.

« Je n'ai jamais donné à Meg le plaisir qu'elle trouve dans les gosses », dit amèrement Georges.

L'enfant, riant et gazouillant, accrocha ses mains dans les cheveux d'Emilie, dénoua les brunes torsades... La jeune fille protestait et essayait de détacher les petits poings qui serraient si fort. Elle sortit le bébé de l'eau, et le sécha en le frictionnant doucement; il se débattait et criait. Elle fit de ses fins cheveux une auréole d'or, elle joua avec ses petits orteils ronds semblables à de tout petits champignons roses, et quand elle n'osa plus le garder, elle lui mit sa flanelle, sa chemise de nuit et le tendit à Meg.

Avant de le porter au lit, Meg lui donna le sein. La petite bouche du bébé encerclait le mamelon, le visage du bébé se pressait sur la poitrine maternelle. Ses doigts erraient sur le beau globe blanc veiné de bleu. Meg regardait l'enfant avec tendresse, passionnément. Emilie, les mains jointes, se penchait sur lui. Les deux femmes le trouvaient exquis.

Quand les jumeaux furent endormis j'allai les voir sur la pointe des pieds. Ils étaient couchés joue contre joue dans le berceau, près du grand lit blanc, et leur respiration légère et qui ne suivait pas le même rythme se devinait à peine. Qu'ils étaient frêles et émouvants, avec leurs petits poings fermés... Il me souvint des deux alouettes...

De la chambre à côté monta la lourde respiration de la vieille femme. Meg alla la voir. En passant, j'aperçus le gros corps étendu dans le lit, et je pensai au Toine, de Guy de Maupassant, qui servait de couveuse...

MOTIF DOMINANT DE SOUFFRANCE

La vieille femme vécut encore un an, puis s'éteignit. Georges cessa de m'écrire, et je n'eus plus de ses nouvelles qu'indirectement. Son intimité avec les Mayhew se resserrait chaque jour. Après la faillite du vieux Mayhew, les fils étaient restés dans la grande maison sombre, non loin de la route qui allait de Nottingham à Eberwich. La mère avait légué cette maison à la fille aînée; Maud Mayhew, séparée de son mari, dirigeait le ménage de ses frères. C'était une femme grande et grosse, aux pommettes saillantes; ses cheveux noirs et huileux étaient enroulés sur ses oreilles. Tom Mayhew était aussi un bel homme, brun et rouge, aux yeux vifs et insolents.

La maison des Mayhew se nommait *Les Houx*; c'était un bâtiment solide, de vieille brique rouge, qui se dressait à cinquante mètres de la grande route d'Eberwich. Une pelouse négligée, entourée de houx très hauts, la séparait de cette grande route. La maison semblait emprisonnée par les houx hérissés. Lorsqu'on franchissait le portail, on se trouvait devant le côté nu de la maison et les écuries. Dans ses bons jours, le vieux Mayhew avait possédé plus de trente chevaux... Maintenant, l'herbe poussait entre les briques, et les portes délavées étaient fermées, sauf deux ou trois qui s'ouvraient pour les chevaux de Georges.

Les *Houx* devinrent une sorte de club pour les mécontents de la région; la grande salle à manger était lugubre et mal meublée, le salon était un désert, mais la petite antichambre était assez confortable avec ses chaises cannées, ses lourds rideaux et son grand buffet. Là, Georges et les Mayhew se réunissaient deux ou trois fois par semaine avec leurs amis. Ils parlaient de chevaux et se moquaient de l'autorité des femmes. Georges fournissait l'eau-de-vie, et ils jouaient timidement aux cartes. Ces réunions de célibataires étaient une source de contrariété pour les épouses des hommes mariés qui y assistaient...

« Il est insupportable quand il est allé chez ces Mayhew! disait Meg. Je suis sûre qu'ils ne font que dire du mal de nous! »

Maud Mayhew n'assistait pas à ces réunions. Son mariage avait été malheureux, et elle était réservée et silencieuse. Les femmes d'Eberwich la regardaient passer dans la rue le matin, un panier au bras, et elles se réjouissaient un peu de son malheur parce qu'elle était trop orgueilleuse pour accepter des consolations. Cependant, elles la plaignaient au fond du cœur et ne la calomniaient jamais. Georges la voyait souvent, mais elle était très froide envers les amis de son frère, et il la craignait un peu.

Il avait maintenant la possibilité de faire le commerce des chevaux. En mourant, la grand-mère lui avait laissé sept cents livres. Meg héritait de l'auberge, des deux maisons bâties à Newerton, et des actions de la brasserie, qui s'élevaient presque à mille livres. Georges et Meg se sentirent riches.

Cette fortune, cependant ne fit que les séparer. Georges prenait soin de ne pas toucher aux biens de Meg. Au cours d'une querelle, la jeune femme avait déclaré que son argent n'était pas pour les Mayhew. Aussi, Georges la forçait-il à examiner les comptes et à recevoir ce qui lui revenait. C'était une humiliation pour son âme de femme à la fois généreuse et cruelle.

Après la mort de la grand-mère, à Noël, un autre fils naquit. Georges et sa femme redevinrent très bons amis.

Au mois de mars suivant, j'appris que mon ami devait venir à Londres avec Tom Mayhew. Je lui écrivis pour l'inviter à loger chez moi. Ce fut Meg qui répondit : mon invitation lui faisait grand plaisir, car elle craignait la compagnie de Mayhew pour son mari; Georges paraissait beaucoup mieux depuis quelque temps. Elle était sûre que la société qu'il rencontrait aux *Houx* ne lui valait rien.

Georges accepta de descendre chez moi. Je lui écrivis que Lettie et Leslie étaient à Londres et que nous dînerions un soir chez eux. J'allai l'attendre à King's Cross.

Mayhew était un bel homme, bien bâti; Georges et lui attiraient les regards; ils portaient tous deux des culottes et des guêtres, mais mon ami avait l'air d'un fermier, tandis que Mayhew avait la vantardise d'un garçon d'écurie. Nous formions un trio impossible!... Mayhew rit et plaisanta grossièrement, puis il devint, en quelques instants, inquiet et agité. Ma présence le gênait; j'étais, dit-il plus tard à Georges, sérieux comme un pape. Pour moi, je me plaisais à regarder sa beauté un peu vulgaire – le tabac avait noirci ses dents... –, à écouter sa conversation insipide, mais je ne pouvais trouver rien à répondre. Georges servait d'intermédiaire. Il était prudent, et presque respectueux quand il s'adressait à moi; envers Mayhew, il se montrait insouciant, et son attitude était teintée de mépris.

Quand le fils du maquignon nous eut quittés pour aller chez de vieux amis de son père, nous fûmes contents. Incertaine, ombrageuse, vacillante, la flamme de notre ancienne intimité se remit à brûler, comme la flamme fragile de l'alcool. Blottis côte à côte, dans les mêmes flammes bleues, nous découvrions et nous contemplions le spectacle de la vie que la ville nous révélait magnifiquement. Nous riions de la tyrannie des vieilles illusions, nous méprisions le cortège fané des ans passés, et nous raillions le grand pèlerinage des illusions de jadis qui passaient dans les lointains brumeux... N'étions-nous pas au milieu de la vie moderne, étourdissante, avec sa confusion de bannières et de couleurs, avec ses sons entremêlés?... Au milieu du cri perçant des jouets de la vitesse moderne jaillissant comme un âpre embrun, du grondement de l'humanité qui cherche son pain, se détachaient la rapidité des chansons, le triomphe de la joie de vivre, les hautbois rauques de la privation, les tambours tremblants de la tragédie, et l'éternel grincement des deux cordes graves du désespoir...

Nous regardions les taxis qui couraient, le museau baissé, dans la rue, les landaus balancés et la majesté lourde des omnibus. Dans le parc vert et silencieux comme une grotte, l'océan de la vie déferlait. Une jeune fille aux cheveux flottants descendait au galop l'allée, un homme brun, qui riait en montrant ses dents blanches, galopait plus lourdement à son côté... Puis, un escadron de gardes entra dans le parc; les soldats, droits, étincelants d'argent, de blanc et de rouge, passèrent près de nous, et nous ne pûmes réprimer un frémissement en voyant les muscles de leurs cuisses blanches répondre au mouvement des chevaux et leurs joues, et leurs mentons suivre avec un orgueil viril le rythme de la marche.

Au coin de Marble Arch, un petit socialiste jetait feu et flammes... Le flot ardent des mots coulait sur les vieilles blessures que m'ont faites les misères éternelles du pauvre, et je tressaillis.

Le soir, après le théâtre, nous vîmes les vagabonds dormir, alignés sous le pont de Waterloo, la tête contre le mur, les pieds sur les pavés, tas noirs et ébouriffés au pied du mur... Tous les visages étaient couverts, sauf deux : celui d'un petit homme maigre et pâle et le visage brutal d'une femme. Sur l'obscurité de ces deux visages, la lumière passagère des tramways flottait comme le reflet d'un rêve...

Il pleuvait. Hors de la voûte, sur un banc, dans l'obscurité et la pluie, une femme dormait. L'eau ruisselait sur elle et pendait lourdement au bout de ses cheveux défaits. Ses mains étaient cachées sous sa jaquette; elle glissa en dormant, tressaillit, et une de ses mains tomba de son sein; Georges me saisit le bras.

« Donnez-lui quelque chose », murmura-t-il, affolé. Je pris un florin dans ma poche, et faisant appel à tout mon courage, je le glissai dans les doigts de la pauvresse. Sa main était douce et chaude, repliée par le sommeil. La femme se réveilla en sursaut, je détournai mon visage de peur qu'elle ne regardât dans mes yeux, et, plein de honte et de douleur, je courus rejoindre Georges.

Nous marchions rapidement sous les platanes. Les voitures brillantes grandissaient au loin sur le pont de Westminster, une lueur plus faible et jaune les suivait sur l'eau. La lumière éclaboussait les rues humides de gouttes d'or, et sur la profonde noirceur de la rivière, les réverbères jetaient des balafres jaunes et mouvantes.

Lettie et Leslie habitaient à Hampstead, chez un ami des Tempest, l'un des plus gros actionnaires de la Société Tempest, Wharton and Cie. Les Raphaël menaient grand train, et Lettie se trouvait mieux chez eux qu'à l'hôtel, car elle avait amené son bébé, âgé de dix mois, et une nurse.

Je fus invité à dîner avec Georges, le vendredi soir. Une poétesse écossaise et un musicien irlandais, auteur de chansons et de rhapsodies, étaient également conviés. Lettie, en deuil d'une tante de Leslie, portait une robe de dentelle noire. Cette sombre toilette la vieillissait, mais elle avait peu changé. Un observateur subtil aurait remarqué que sa bouche s'était durcie, et qu'une désillusion flottait dans ses yeux... Cependant, surexcitée et exubérante, elle lançait des paroles spirituelles, des remarques vives et brillantes. Dans le monde, elle était admirable ! Les autres invités formaient pour ainsi dire l'orchestre qui l'accompagnait...

Georges se montrait fort réservé, adressait quelques mots à Mme Raphaël, et le reste du temps, il écoutait en silence.

« Vraiment, disait Lettie, tout m'est indifférent ! Qu'importe d'avoir pour dessert des raisins, des poires ou de l'ananas ?...

– En êtes-vous arrivée là de votre dîner ? chanta la poétesse écossaise, de sa voix plaintive et musicale.

– Créer ! c'est la seule chose qui donne du plaisir, – c'est-à-dire un peu de satisfaction !... » continua Lettie avec un sourire, en se tournant vers les deux artistes.

« Vous écrivez des vers ? demanda Georges à Lettie.

– Moi !... Mon Dieu, non ! J'ai essayé de faire un *limerick* pour un concours, mais en vain ! Je n'ai pas réussi ! Savez-vous que j'ai un fils ? Un merveilleux petit bonhomme, voilà mon œuvre ! Je suis une mère étonnante, n'est-ce pas, Leslie ?

– Trop dévouée, répondit-il.

– Là ! s'écria-t-elle triomphante, quand j'aurai à déclarer ma profession, j'écrirai : « Mère... » J'espère que mes affaires prospéreront ! » ajouta-t-elle avec un sourire.

Lettie affichait une ironie un peu brutale, mais elle était au fond absolument sincère. Elle avait atteint ce moment de la vie où tout semble insipide et insignifiant; elle s'était donc décidée à se résigner, à s'oublier, à donner aux autres tout ce qu'elle avait en elle, et à vivre dans la vie d'autrui. Cette abnégation est la ressource de la femme pour échapper aux responsabilités de son développement. Comme une religieuse, elle se couvre le visage d'un voile pour montrer que la femme n'existe plus; elle est la servante de Dieu, d'un homme, de ses enfants, ou peut-être d'une idée! Servante, elle n'est plus responsable d'elle-même, et échappe ainsi à la terreur et à la solitude. Servir lui paraît léger et facile; se charger entièrement de diriger son existence est terrible; c'est la forme la plus insupportable de l'isolement et la plus lourde des responsabilités. Ainsi, Lettie se prêtait aux caprices de son mari, mais ne lui cédait pas son indépendance, au contraire, elle se chargeait des devoirs de Leslie, et il le lui rendait en tendresse. Elle avait décidé maintenant de renoncer à elle-même pour se consacrer à ses enfants. Quand ceux-ci seraient grands, ils la rejetteraient inconsciemment à son amertume et à son abandon, ou la chériraient tendrement en s'irritant parfois de son amour.

Georges écoutait sans rien dire la conversation rapide et légère; c'était pour lui comme un froissement inutile de papiers ou de feuillets de livres. Vers la fin de la soirée, Lettie chanta des passages de Debussy et de Strauss. Cette musique parut à Georges dépourvue de sens et ennuyeuse; il s'irritait de voir Lettie perdre ainsi son temps.

« Aimez-vous ces chansons? demanda-t-elle, avec une insouciance affectée.

– Pas du tout, répliqua brutalement Georges.

– Non? s'écria-t-elle avec un sourire; rien pourtant n'est plus merveilleux... » et elle lui expliqua Debussy avec force termes techniques. Il ne pouvait répondre; il garda le silence, la flèche enfoncée dans son cœur...

Ma sœur demanda à Georges des nouvelles de Meg, des enfants, de ses affaires à Eberwich, mais cet intérêt était superficiel, et bien qu'en apparence elle fût simple et amicale, elle maintenait entre eux une grande distance.

Nous partîmes, avant onze heures. Dans la voiture, tandis que nous descendions la colline, Georges s'écria brusquement :

« Vous savez, elle me rend fou !... »

Il fronçait les sourcils et regardait par la portière.

« Qui donc ? Lettie ?... Pourquoi ? » demandai-je.

Il resta un moment sans répondre.

« Elle est si artificielle, elle fait bouillir mon sang ! Je la déteste !

– Pourquoi ? demandai-je doucement.

– Je ne sais pas... J'ai l'impression qu'elle m'a insulté... Elle ment, n'est-ce pas ?

– Je n'ai pas remarqué, dis-je. Mais je savais que Georges parlait de la façon dont Lettie comprenait maintenant la vie.

– Jamais je n'ai été dans une telle fureur, reprit mon ami. Je me demande pourquoi !... Je plains Leslie, le pauvre diable !

– Et si vous étiez vous-même le mari de Lettie ?

– Nous aurions vécu comme chien et chat ! J'aime mille fois mieux la compagnie de Meg... maintenant ! » ajouta-t-il d'un ton significatif. Il regardait les lampes, les gens et les maisons sombres défiler devant lui.

« Allons boire quelque chose ! proposai-je, en pensant que le va-et-vient de Frascati le distrairait.

– Un petit verre de cognac me suffit », répondit Georges.

Nous nous assîmes dans le restaurant pour écouter les airs de danse, et regarder les allées et venues. J'aime à m'asseoir près des roses trémières pour contempler le peuple des abeilles qui se balancent et hésitent près des fleurs sauvages, puis s'élancent bourdonnantes dans les calices frémissants. Mais combien est plus passionnant le spectacle d'hommes et de femmes qui enchevêtrent les mailles complexes de leurs pensées ! Combien sont plus attirants la grâce subtile et le mystère des beaux corps mouvants !...

Immobile, je contemplais la salle; Georges m'imitait, mais il buvait de nombreux verres de cognac...

« Tout ce monde est amusant à voir, dis-je.

– Oh! la vie est idiote, et sans but... Regardez ces gens! » répondit Georges d'un ton de mépris. Je levai les yeux sur lui avec un peu de surprise et de rancune. Son visage était maussade, hébété, sans joie, et tout le cognac qu'il avait bu augmentait sa mauvaise humeur...

« Nous partons?... » dis-je. Je craignais qu'il ne s'enivrât...

« Oui, dans une seconde... » Il vida son verre, et se leva. Bien qu'il eût bu beaucoup, il ne chancelait pas, mais son expression était désagréable; jamais je n'avais vu ses yeux si petits et si brillants... Nous prîmes un omnibus pour Victoria. Georges se balançait sur son siège, sans mot dire.

Pendant que notre véhicule franchissait le fleuve, nous contemplions les lumières lointaines qui, pareilles à un cercle de diamants, rayaient l'eau noire de fils brillants. Georges, les paupières lourdes, semblait se refuser à déchiffrer le poème inintelligible de Londres. La ville était trop grande pour lui; il ne pouvait comprendre sa poésie immense et stupéfiante; il ne sentait que ses dissonances. Il craignait la vaste cité incompréhensible et la crudité de ses contrastes le blessait.

« Qu'avez-vous?... demandai-je, en suivant le trottoir silencieux de Nordwood.

– Rien, répondit-il, rien... » Et je cessai de l'importuner. Nous occupions une grande chambre à deux lits, qui donnait sur la colline et sur les bois lointains du Kent. Georges restait morose et silencieux. J'apportai un siphon, un carafon d'eau-de-vie, et nous commençâmes à nous dévêtir.

Quand il eut enfilé son pyjama, il sembla hésiter...

« Avez-vous soif? demanda-t-il, voulez-vous boire? »

Je refusai. Georges s'approcha de la table et j'entendis le bref sifflement du siphon. Il vida son verre d'un trait, puis tourna le commutateur. Dans l'obscurité soudaine, je vis son ombre pâle devant la fenêtre. Les rideaux n'étaient pas baissés, et le regard des étoiles pénétrait dans la pièce. Georges contempla la nuit où flottait l'étincelle de quelques lampes, comme des barques de pêche sur la mer.

« Vous ne vous couchez pas ? demandai-je.

– Je n'ai pas sommeil... Dormez ! répondit-il, ennuyé d'avoir à parler.

– Prenez donc la robe de chambre qui est là-bas, et allumez... »

Sans répondre, il chercha à tâtons le vêtement dans l'obscurité, puis il me demanda la permission de fumer. Je regardai son visage penché sur le briquet, tandis qu'il allumait sa cigarette. Il était encore beau, dans cette lueur rouge, mais ses traits s'étaient épaissis. Malgré la pitié qu'il m'inspirait, je ne pouvais aller à lui pour le consoler. Dans l'obscurité, le bout de sa cigarette voltigeait près de ses lèvres, comme un insecte rouge et méchant. Les timides étoiles paraissaient très lointaines. Parfois, une petite flamme éclairait les joues de Georges, puis je ne voyais plus que l'abeille rouge foncé...

Je m'endormis, sans doute... Un bruit m'éveilla en sursaut. Georges jurait entre ses dents.

« Qu'y a-t-il ? demandai-je.

– J'ai fait tomber quelque chose... L'étui à cigarettes, ou je ne sais quoi !... répondit-il, d'un ton d'excuse.

– Vous ne vous couchez donc pas ?

– Si, tout de suite... »

Il traversa la chambre, en se heurtant aux meubles, et se jeta lourdement sur son lit.

« Qu'avez-vous ? demandai-je.

– Je ne sais pas, répondit-il; ce sont des accès qui me prennent parfois, lorsque aucune action ne me tente, aucun lieu ne m'attire, aucune compagnie ne me plaît... On se sent alors si seul, Cyril !... C'est une sensation terrible, un vide, une oppression, les ténèbres pèsent sur vous; on n'est plus rien qu'un petit point brillant au milieu des ténèbres qui vous accablent !...

– Grand Dieu ! m'écriai-je en me soulevant sur mon lit, comme vous souffrez. »

Il eut un rire léger :

« Ce n'est rien, fit-il, c'est l'agitation de Londres, et cette pauvresse sur le banc; je me demande où elle passe la nuit, cette malheureuse... et puis, Lettie !... J'ai perdu l'équilibre. Vraiment, j'ai gâché ma vie... J'aurais pu faire mieux !

– Quoi ? demandai-je.

– Je ne sais pas, répondit-il lentement... J'aurais pu être poète, par exemple, j'aurais pu être comme Burns ! Je ne sais pas ! Je rirai demain de cette pensée, mais je suis né une génération trop tôt. Il me manque quelque chose; je suis comme le blé qui pousse sous la pluie : l'épi est lourd, mais vide ! J'avais besoin de quelque chose qui me rende cruel. C'est pour cela que je voulais Lettie, sans doute... Mais je dis des bêtises; pourquoi me faites-vous parler, pourquoi m'écoutez-vous ? »

J'allai à lui, en disant :

« Ne parlez pas, dormez ! Demain matin, votre tristesse sera dissipée. »

Je m'assis sur son lit, et je pris sa main; il s'apaisa.

« Je ne suis qu'un gosse, après tout, Cyril ! dit-il au bout d'un moment.

– Nous sommes tous des enfants », répondis-je, tenant encore sa main. Il s'endormit bientôt.

A mon réveil, le soleil riait dans la chambre avec le jeune matin. Le grand ciel bleu brillait contre la fenêtre, et les oiseaux s'appelaient dans le jardin et se moquaient de la vie.

J'étais content d'avoir ouvert les yeux; je restai un moment couché, contemplant le matin comme une mer bleue où j'allais plonger.

Puis, mes yeux se posèrent sur la petite table, près du canapé; l'étui à cigarettes de Georges y brillait. J'aperçus le carafon de cognac, et je sursautai : Georges avait bu les trois quarts de la liqueur pendant mon sommeil. Je ne pouvais en croire mes regards... Je me penchai pour chercher l'objet dont la chute m'avait éveillé la nuit : c'était un verre, épais et lourd, qui était tombé sans se briser; le tapis n'était ni taché ni mouillé.

Georges dormait encore, la respiration paisible; son visage était aussi inexpressif qu'un masque... L'argile pâle et inerte de ses traits semblait s'être déformée; il était hâve, laid; des sillons d'inutile douleur creusaient ses joues. Je désirais l'éveiller, afin que la vie revînt animer ces traits immobiles et flasques... Je ne pouvais croire que son charme et sa beauté se fussent ainsi retirés de son visage morne et affaissé.

Georges ouvrit lentement les yeux; il se détourna, ramena les draps sur ses épaules comme pour se cacher de moi. Bien qu'il me tournât le dos, je savais qu'il ne dormait pas. Il attendait, souffrant une amère humiliation, que la vie revînt se glisser dans son corps... Sa vitalité n'était pas encore assez grande pour animer ses muscles, et rendre l'expression à son visage; il se sentait incapable de répondre à mon défi...

VUE DE LA TERRE PROMISE

QUAND son fils aîné eut trois ans, Lettie revint habiter Eberwich. Le vieux M. Tempest mourut subitement, et Leslie hérita de Highclose. Il était très occupé. Ses affaires l'obligeaient à voyager fréquemment en Allemagne ou dans l'Angleterre du Sud. Chez lui, il se montrait plein d'égards pour sa femme et ses deux enfants. Il avait pris goût à la politique. Malgré ses occupations, il était devenu conseiller municipal et comptait parmi les membres les plus importants du parti conservateur. Il aimait prononcer des discours dans des banquets, recevoir des hommes politiques à Highclose, présider des réunions et parler en public. On lisait souvent son nom dans les journaux. En sa qualité de propriétaire de mines, il parlait avec autorité de toutes les questions de salaire et de travail.

Chez lui, Leslie était doux et paisible. Il traitait sa femme avec respect, jouait avec ses enfants et tyrannisait les domestiques. Ceux-ci, cependant, l'aimaient, tandis qu'ils détestaient Lettie qui était exigeante et parlait peu. Leslie jurait et tempêtait mais, derrière son dos, les serviteurs souriaient. Ma sœur donnait des ordres et faisait peu de reproches, mais ils la quittaient en maugréant. Leslie adorait sa femme quand il avait le temps, et quand ses affaires l'absorbaient, l'oubliait sans remords.

Lettie était inconséquente et capricieuse. Parfois elle m'écrivait des lettres passionnées, elle disait qu'elle n'avait dans sa vie que vide et ennui.

« J'espère avoir un autre enfant au printemps prochain, écrivait-elle, c'est le seul événement qui puisse me tirer de ma torpeur. Je gaspille ma passion et mon énergie en soins domestiques. »

Quand je lui conseillais de choisir quelque besogne qui pût satisfaire son âme, elle répondait avec indifférence.

Plus tard, elle m'écrivit :

« Tu m'accuses de contradictions, tu as raison. Quand je t'ai écrit ces lamentations, j'étais dans un état d'esprit qui s'est dissipé. En général, j'accepte le temps comme il vient, puis une contrariété quelconque me met hors de moi, alors je suis folle, je broie du noir, comme je dis à Leslie. »

Ainsi que la plupart des femmes, elle semblait prendre plaisir à sa petite existence renfermée, qui s'écoulait à la lumière artificielle, au milieu de moelleuses tentures. De temps en temps seulement, entendant souffler au-dehors le vent de la vie, elle appelait à grands cris l'orage noir et violent. Elle ouvrait la porte, et poussait des clameurs dans le tumulte des éléments déchaînés, mais sa prudence féminine l'empêchait de franchir le seuil.

Georges réussissait dans son commerce de chevaux.

Chaque matin, une file de splendides chevaux passaient majestueusement dans les chemins tranquilles d'Eberwich, conduits par le domestique de Georges, ou par Tom Mayhew; dans la lumière limpide et fraîche. Georges les suivait à cheval, et deux poulains dansaient devant lui.

Quand je revins de France, cinq ans après son voyage à Londres, je le trouvai installé aux *Houx*. Il avait loué la maison et s'y était établi avec sa famille. Oswald dirigeait l'auberge du Bélier. Un après-midi, je me rendis à la grande maison, mais Georges était sorti. Sa famille me surprit. Les deux jumeaux étaient de grands garçons de six ans. Deux autres garçons étaient nés après eux, et Meg nourrissait une belle petite fille d'environ un an. Cette enfant était évidemment la reine de la maison. Meg, qui avait beaucoup grossi, la gâtait outrageusement.

« Comment va Georges ? demandai-je.

– Très bien, répondit-elle, il est toujours occupé; le socialisme, et tout le reste ne lui laissent pas un moment de loisir. »

En effet, depuis son séjour à Londres, Georges s'était consacré entièrement à la cause des opprimés. Je vis une reproduction du *Mammon* de Watt, sur les murs du salon; et les œuvres de Blatchford, Masterman et Chiozza Money, sur une petite table. Les socialistes du pays se réunissaient tous les jeudis aux *Houx*. Ces âmes ardentes ne plaisaient pas à Meg.

« Ce n'est pas mon genre, disait-elle, ils sont trop nerveux et trop présomptueux. Ils trouvent tout le monde stupide, sauf eux. Ils ont une qualité cependant; ils ne boivent pas, ça c'est une bénédiction.

– Pourquoi ? dis-je; avez-vous des ennuis de ce côté ? »

Elle baissa la voix et prit un ton mystérieux, qui attira l'attention des petits garçons.

« Je peux bien vous le dire, puisque vous êtes comme un frère pour Georges, dit-elle, il buvait terriblement. Toujours de l'alcool, surtout du cognac. Vous n'imaginez pas l'état dans lequel il est après boire. Quelquefois, il parle tout le temps, ou il rit sans cesse, ou encore il grogne. Il rentrait souvent ivre. »

La voix de Meg devint lugubre.

« Vous ne pouvez imaginer ce que c'est, Cyril, c'est comme si on avait devant soi Satan ou un tigre menaçant. Personne ne sait ce que j'ai souffert avec lui. »

Les enfants écoutaient, les yeux grands ouverts et les lèvres pâles.

« Mais il est mieux maintenant, dis-je.

– Oh ! oui, depuis que Gertie est là ! »

Elle regarda tendrement le bébé qu'elle tenait.

« Il est beaucoup mieux maintenant. Il désirait tant une fille, il l'adore; n'est-ce pas, chérie, que tu es la fifille de ton papa, et celle de ta maman aussi, n'est-ce pas ? »

Le bébé se détourna avec une timidité soudaine, s'accrocha au cou de sa mère et posa sa joue contre la sienne. Les yeux sombres de la mère et les grands yeux noisette de l'enfant me regardaient avec sérénité. Toutes deux étaient calmes et triomphantes. Devant la sécurité de leur tendresse, je me sentis seul et inutile. Une femme qui tient son enfant dans ses bras est une tour, une belle tour inexpugnable qui peut donner la mort.

Je promis à Meg de revenir voir Georges. Le surlendemain soir, je demandai à Lettie de me prêter la charrette anglaise, pour aller aux *Houx*. Leslie faisait une tournée politique et ma sœur était nerveuse. Elle proposa de m'accompgner. Elle avait déjà fait deux visites à Meg depuis que les Saxton habitaient la nouvelle maison.

Nous partîmes vers six heures. La soirée était obscure. Lettie voulut passer par Selsby. A sept heures, nous franchissions le portail des *Houx*. La bonne nous annonça que Meg était dans la chambre des enfants; Georges, dans la salle à manger, endormait le bébé.

« Très bien, dis-je, nous irons le trouver, ne vous dérangez pas. »

Dès le vestibule carré et obscur, nous entendîmes le bruit d'un rocking-chair, balancé en cadence, au rythme d'une des chansons que nous chantions au moulin de Strelley. A la voix forte de l'homme se mêlait le murmure léger de l'enfant qui accompagnait drôlement la berceuse de son père. Georges éleva la voix et nous ne pûmes nous empêcher de sourire. Le bébé chanta plus haut aussi et, dans sa chanson, résonnait un rire moqueur. Georges à son tour éclata de rire et il s'écria d'un ton joyeux :

« La méchante, méchante fille! vite à Croquemitaine! tout de suite. »

L'enfant poussait de petits cris moqueurs et insolents.

« Viens maman, cria Georges, viens donner ta fifille à Croquemitaine. »

Le bébé rit encore mais sa voix était suppliante. Nous entrâmes. Georges sembla très surpris de nous voir. Il était assis sur une grande chaise à bascule près du feu, en manches de chemise. La petite fille, vêtue d'une petite robe de nuit, était sur les genoux de son père; elle fixait sur nous ses grands yeux; ses cheveux tombaient en désordre sur son front, et formaient un petit nuage couleur bronzée sur ses oreilles. Georges secoua la tête comme si la touffe de doux cheveux châtains le chatouillait. Il nous sourit en disant :

« Vous voyez, je suis occupé. »

Puis il se pencha vers la petite tête, blottie sous son menton, souffla sur le nuage lumineux des cheveux, et frotta ses lèvres et sa moustache sur le petit cou blanc, si chaud et si mystérieux! Le bébé leva les épaules et recula un peu; un rire muet gonfla son cou.

« Elle est intimidée, dit Georges; allons, petite friponne, vois la dame et le monsieur. C'est un vrai hibou, elle ne veut pas se coucher, n'est-ce pas, petit hibou ? »

La pièce était chaude; le feu rougeoyait dans la cheminée. Un lourd lustre de bronze, noir et lugubre, jetait une vague clarté. On avait gardé le mobilier sombre et maigre des Mayhew. Georges paraissait grand et beau; la soie sombre et luisante de son gilet dessinait ses côtés, et ses bras ronds et forts remplissaient les manches blanches.

Soudain le bébé leva la tête et nous fixa, en fourrant dans sa bouche la sucette épinglée à son bavoir. Les manches fanées de la chemise de nuit rose étaient étroites pour les petits poignets potelés.

« Elle a sommeil, observa Lettie.

– Viens, dit Georges en la couchant sur sa poitrine pour qu'elle pût s'endormir, je te donne à Croquemitaine. »

Mais la coquine se mit à crier. Elle se raidit, se libéra et parvint à s'asseoir. Elle nous regardait solennellement, la sucette dans la bouche, et tordait l'oreille de son père qui fit une grimace de douleur.

« Ses ongles sont pointus », dit-il en souriant.

Nous échangeâmes des nouvelles, comme des amis qui ne se sont pas vus depuis longtemps. La petite fille fixait sur nous ses yeux fatigués, semblables à des yeux de hibou. Bientôt ses paupières s'appesantirent, et sa tête retomba sur le bras de son père.

« Elle dort », murmura Lettie.

Aussitôt, les yeux sombres s'ouvrirent. Nous échangeâmes un regard et continuâmes notre conversation à voix basse. Au bout d'un instant, l'enfant dormait profondément.

Quelques minutes plus tard, Meg descendit. Elle nous accueillit avec des chuchotements de surprise et prit l'enfant endormie dans les bras de Georges. Nous causâmes un moment quand Meg eut couché le bébé. Georges avait un ton nouveau d'assurance et d'autorité. Sa situation était maintenant établie; il habitait une grande maison; trois hommes travaillaient sous ses ordres. De plus, il avait cessé d'estimer les charmes conventionnels d'une situation sociale, le faste et le raffinement; la vie des gens riches lui paraissait inutile et idiote. Il s'emportait ardemment contre les heureux de ce monde, qui refusent le droit de vivre à la multitude. Il s'adressait tout particulièrement à Lettie.

« Oui, dit ma sœur, j'ai lu Wells, Shaw et même Niel

Lyons et un Danois, Querido, je crois ? Mais que puis-je faire ? Je crois que les riches souffrent autant que les pauvres. Que puis-je faire ? C'est une question de vie; il faut que la race humaine puisse se développer. La société et ses règles ne nous ont pas été imposées par des Napoléons successifs : c'est la seule chose qui permette aux hommes de vivre ensemble.

– Bah ! s'écria Georges, c'est surtout le fruit de la lâcheté.

– La pauvreté ne se guérit pas plus que la tuberculose.

– On peut prendre des mesures, répondit-il avec mépris.

– Nous pouvons tous aller dans un sanatorium et vivre tristes et découragés en attendant la mort, dit-elle, mais la vie est pleine de beauté malgré tout.

– Elle est surtout pleine de souffrance », riposta-t-il.

Cependant, elle l'avait ébranlé. Elle gardait sur lui une influence surprenante. Et s'il mettait tant de passion, de chaleur, de rudesse dans ses paroles, c'est qu'il craignait que Lettie ne menaçât tout ce qui faisait l'intérêt de sa vie. Elle fut piquée du ton méprisant de Georges. Cependant elle ne pouvait se désintéresser de lui. Une force irrésistible la poussait presque malgré elle à intervenir dans sa vie. Elle l'invita à dîner à Highclose. Il était maintenant très présentable. Ses affaires l'avaient mis en rapport avec des gens distingués, et il savait se tenir à table et au salon.

En m'écrivant Lettie me parlait quelquefois de lui :

« Georges Saxton est venu dîner hier. Leslie et lui se sont battus comme des chiens au sujet de la nationalisation des industries. Leslie n'est pas de force à se mesurer avec Georges et, au fond du cœur, notre ami en est terriblement fier. C'est très amusant. Bien entendu, je rétablis l'équilibre et je soutiens la dignité de mon mari. Au moment décisif, quand Georges va brandir son épée ensanglantée et que Leslie saigne de rage, je m'avance et je pique au cœur l'adversaire victorieux avec une petite question satirique ou ésotérique, je relève Leslie et je dis que la vérité resplendit dans son sang, et voilà! Puis j'arrête pour la millième fois le chant de victoire de Leslie et j'en appelle encore une fois à Georges; je ne discute jamais avec lui, il s'emporte si facilement! J'évoque les aspects merveilleux, tristes et beaux du visage de la vie qu'il ne sait pas voir ou que le socialisme change en grimace et le tour est joué! Je suis un type dans le genre de Machiavel, mais ce que je dis est très vrai. »

Elle écrivit plus tard :

« Nous revenions en auto de Derby dimanche matin, quand au sommet de la colline, une foule compacte nous arrêta. Je me penche à la portière, et que vois-je? Georges pérorant sur les droits des mères. Je demandai à Leslie d'arrêter pour écouter. La place du marché était pleine de monde. Georges nous vit et jeta feu et flamme. Leslie s'enflamma aussi, et j'eus beau m'accrocher à sa veste, il sauta à terre et entama une discussion. Je dois dire, à ma grande humiliation, qu'il s'est rendu ridicule. Autour de lui, tout le monde se moquait et murmurait. Leslie n'est pas très aimé dans le pays, parce qu'il est partisan des machines qui font le travail des hommes. Notre ami, Georges, fut donc chaleureusement applaudi. Il nous montra du doigt, fit de si grands gestes, et cria tant que je me ratatinai, en tremblant, dans mon coin. Je ne puis comprendre pourquoi ma présence le rend fou. Georges a remporté un triomphe ce matin-là, mais, quand je le revis, quelques jours après, il paraissait très gêné et beaucoup moins confiant. »

Un an plus tard, Lettie m'écrivit sur le même sujet :

« Je me suis bien amusée. J'ai assisté deux ou trois fois aux réunions socialistes des *Houx*. Leslie ne le sait pas. C'est très drôle. Bien entendu, j'ai beaucoup de sympathie pour les socialistes, mais il m'est impossible de ne voir qu'une chose à la fois. La vie ressemble à un homme grand et beau, jeune et plein de vigueur, mais velu, barbare, les mains dures et sales, noires de crasse. Je sais que ses mains sont très laides, que le dessin de sa bouche manque de fermeté, que ses membres sont velus et brutaux, mais ses yeux sont profonds et très beaux. C'est ce que je dis à Georges.

« Ces hommes sont d'une gravité attristante. Mais ils sont si didactiques, ils pérorent tant, ils ont une telle assurance et des idées si étroites, qu'ils me font rire. Georges rit aussi. Nous nous moquons tous d'une fille à lunettes et à cheveux raides qui a souffert en prison pour la cause des femmes; que j'ai honte quand je vois mon insigne de la Ligue des femmes ! Au fond, Cyril, je ne m'intéresse à rien, excepté à moi. Je suis la seule chose qui compte dans la vie, moi et les enfants. »

Peu à peu, le zèle de Georges se refroidit. Le socialisme l'ennuyait sans rassasier son cœur. Il commença par se moquer de ses compagnons. Puis les contorsions et les grandes phrases du leader du mouvement lui firent prendre la cause en horreur. Enfin, les réunions des *Houx* cessèrent, et il rompit avec ses amis. Il se mit à spéculer. Une manufacture de bas, nouvellement installée, accroissait l'activité d'Eberwich. Georges avait acheté une terre, sans grande valeur, au bout de la rue du village. Il proposa d'y bâtir des magasins et la revendit avec un gros bénéfice.

Il jouissait maintenant d'une belle aisance. J'appris par Meg qu'il ne buvait presque plus, mais qu'il était toujours dehors, et qu'elle ne le voyait pour ainsi dire pas. Elle eût préféré, pour sa part, plus d'intimité, et moins de fortune. Georges se plaignait de la mesquinerie de sa femme et de son manque de compréhension.

« Je ne puis recevoir personne, disait-il, Meg prend un ton si cavalier ! J'ai invité un soir les Curtiss d'Everley Hall. Nous avons été mal à l'aise tout le temps. Meg prononçait à peine une parole : Oui et Non, et : Hum, hum. Ils ne reviendront pas. »

Meg, de son côté, disait :

« Je ne peux pas supporter ces gens qui se croient les premiers moutardiers du pape. Dès qu'ils se mettent à minauder, je deviens muette comme une carpe. »

Ainsi, leurs natures s'opposaient l'une à l'autre. Georges essaya de se faire une place à Eberwich. Mais il n'appartenait à aucune classe de la société. Meg visitait et recevait les femmes des petits boutiquiers et des aubergistes : c'était son milieu.

Georges déclarait non sans raison que ces femmes étaient bruyantes, vulgaires, mesquines. Mais Meg tint bon. Elle faisait des visites quand cela lui plaisait et recevait chaque fois que son mari s'absentait. Georges se créa quelques relations : le docteur Francis; M. Cartridge, le vétérinaire; Toby Heswall, le fils du brasseur; les Curtiss. Mais il n'en tirait pas grand agrément. Georges était un homme d'intérieur. Il ne se sentait à l'aise que chez lui. Comme Meg ne l'accompagnait jamais, et que chaque tentative de recevoir aux *Houx* le remplissait de honte et d'humiliation, il renonça à vouloir se faire une place dans la société, et resta isolé aux *Houx*.

Son amitié avec Lettie s'était maintenue malgré tous les obstacles. Leslie n'osait montrer ouvertement sa jalousie; il craignait le mépris blessant de sa femme. Georges allait à Highclose environ tous les quinze jours. Lettie n'entrait jamais aux *Houx*, car Meg lui montrait un visage hostile.

Meg se plaignait amèrement de son mari. Il s'abrutissait à boire; il était égoïste jusqu'à la moelle des os, il ne se souciait ni de sa femme, ni de ses enfants, et ne pensait qu'à lui.

Je me trouvais à Woodside pour l'anniversaire de Lettie. Elle avait alors trente et un ans et Georges trente-cinq ans. Lettie avait permis à son mari d'oublier cette fête. Leslie était plongé dans la politique et voulait obtenir un siège au Parlement aux prochaines élections. Il passait la plus grande partie de son temps dans les clubs, en compagnie d'hommes influents. Lettie l'encourageait. Elle était ainsi plus libre. Elle laissa donc son mari oublier son anniversaire, tandis que, pour une raison inconnue, elle s'arrangeait pour faire connaître à Georges l'importance de cette date. Nous étions tous les deux invités à dîner.

Georges arriva à sept heures. Une allégresse étrange emplissait la maison, bien qu'il n'y eût aucun signe apparent de fête. Lettie portait un fourreau de gaze violette sur un satin souple plus clair, de la teinte des violettes de Parme. Des pierres d'un bleu-vert brillaient sur la blancheur de son sein, et ses cheveux lumineux étaient retenus par un ruban de même couleur. L'effet était saisissant. Elle le savait et paraissait surexcitée. Une flamme sombre s'alluma dans le regard de Georges. Lettie était debout quand il entra; elle lui tendit la main, très droite; ses yeux étincelaient comme deux pennons bleus.

« Merci », dit-elle doucement, en lui serrant la main.

Il ne put répondre et s'assit, la tête penchée; puis il lui jeta un regard incertain. Elle se sourit à elle-même.

Les enfants entrèrent. Leurs longues robes de chambre en soie bleue leur donnaient l'air d'enfants de chœur. Le petit garçon surtout semblait prêt à allumer les cierges d'une église enfantine au paradis. Grand, mince et blond, il avait une belle tête ronde et des traits calmes. Les deux enfants étaient si purs qu'ils paraissaient transparents. On ne pouvait rien voir de plus frais et de plus blanc. La petite fille, gaie et bouclée, était une petite chatte de six ans. Elle jouait avec les bijoux verts de sa mère et babillait gentiment; son frère restait immobile, enfant de chœur mince et silencieux en robe bleu pâle. Sa patience et sa pureté me frappaient. Quand la petite bondit dans les bras de

Georges, l'enfant posa timidement la main sur les genoux de Lettie et regarda sa toilette avec admiration.

« Que ces pierres vertes sont jolies, mère ! dit-il.

– Oui. » Lettie souleva le collier qui retomba sur son sein en formant un étrange dessin. « Elles me plaisent beaucoup.

– Vous allez chanter, mère ?

– Peut-être, pourquoi ? demanda Lettie en souriant.

– Parce que vous chantez toujours quand M. Saxton est là. »

Il baissa la tête, et caressa timidement la robe de Lettie.

« Vraiment, et tu entends ?

– A peine, répondit-il, un peu, comme un chant lointain qui se perd dans l'ombre. »

Il hésitait, timide comme le sont les petits garçons. Lettie caressa les cheveux blonds et lisses.

« Chantez avant que nous montions, mère », demanda-t-il tout confus.

Elle l'embrassa.

« Tu chanteras avec moi, dit-elle, qu'allons-nous chanter ? »

Elle jouait par cœur. Son fils était à côté d'elle, tandis que Lucie, la petite souris, assise dans les jupes de sa mère, appuyait tour à tour les escarpins de satin de Lettie sur les pédales. La mère et l'enfant se mirent à chanter.

Le petit garçon avait une voix de soprano, pure et claire comme le vol des hirondelles le matin. La lumière brillait sur ses lèvres. Sous le piano, la petite fille riait. Lettie souriait en chantant.

Puis les deux petits nous embrassèrent avec un doux « Bonsoir » et s'envolèrent. Lucie montra de nouveau sa tête bouclée. On voyait la manchette blanche de la nurse qui tenait le bras de l'enfant.

« Vous viendrez nous embrasser, maman », supplia la friponne.

La mère consentit en riant.

Après le départ des enfants, Georges et Lettie se sourirent. Quand le sourire mourut sur leurs lèvres, ils baissèrent tristement les yeux, et jusqu'au dîner restèrent immobiles et mélancoliques. Au dessert, Lettie choisit gaiement le bonbon qu'elle porterait aux enfants. Quand elle redescendit, elle fuma une cigarette en buvant son café. Georges n'aimait pas la voir fumer, cependant il s'anima; cette preuve de témérité lui plaisait.

« Vous souvenez-vous de ma soirée à Woodside, voici dix ans ? demanda Lettie en prenant la petite salière romaine de jade vert qui lui servait de cendrier.

– Mon Dieu ! dix ans ! s'écria Georges avec amertume, il me semble qu'il y a cent ans.

– Oui et non, répondit Lettie en souriant. Si je me souviens seulement de ce jour et de la joie que j'éprouvais, il me semble que c'était hier. Si je pense à tous les jours qui m'en séparent, il me semble qu'un siècle s'est écoulé.

– Si je me regarde, reprit Georges, je pense que je suis un autre homme.

– Vous avez changé, convint tristement Lettie, vous avez beaucoup changé, mais vous n'êtes pas un autre homme. Je retrouve souvent l'ancienne expression de vos yeux et je pense : Il est toujours le même. »

Ils s'embarquèrent sur la barque des souvenirs mélancoliques et remontèrent le canal terni de leur passé.

« Le pire, dit-il, c'est mon insouciance, mon mépris de tout. Je respectais tout autrefois. Je croyais en tout, vous le savez.

– Je le sais, dit-elle en souriant, vous étiez si humble, trop humble, à mon avis. Pour vous, un symbole religieux se cachait en toute chose. Est-ce différent maintenant ?

– Vous me connaissez bien, répondit Georges en riant; maintenant je ne crois plus qu'en moi.

– Il vous faut vivre pour votre femme et vos enfants, déclara fermement Lettie.

– Meg et les enfants ont largement ce qu'il leur faut. Je ne suis pas indispensable.

– Si, protesta Lettie, peut-être matériellement : mais on ne peut se passer de père et de mari.

– Je crois, reprit-il, que le mariage est un duel plutôt qu'un duo. Le vainqueur fait de l'autre son captif, son esclave, son serviteur, tout ce que vous voulez. C'est plus ou moins cela.

– Eh bien ? demanda Lettie.

– Eh bien, répondit-il, Meg n'est pas comme vous. Elle m'aime et me tuerait plutôt que de me rendre ma liberté.

– Oh ! non, s'écria Lettie avec énergie.

– Vous n'en savez rien. Dans ce duel du mariage, Meg est plus forte que moi. La victoire revient presque toujours à la femme; elle a les enfants de son côté. Je ne puis donner à Meg ce qu'elle veut de moi : mon âme et ma pensée; pas plus que vous ne pourriez embrasser un étranger. Je sens que je suis vaincu; peu m'importe !

– Allons, dit Lettie, vous devenez morbide. Je vais vous chanter quelque chose, cela vous égaiera. »

Elle chanta du Wagner. C'est la musique de la résignation et du désespoir. Lettie n'y avait pas songé. Georges réfléchissait en écoutant. La musique activait ses pensées et éclairait sa méditation. Lorsqu'elle eut chanté *L'Etoile d'Eve* de Tannhäuser, Lettie alla à lui.

« Pourquoi êtes-vous si triste ce soir, puisque c'est mon anniversaire ? demanda-t-elle plaintivement.

– Je vous ennuie, répondit-il, excusez-moi.

– Qu'avez-vous ? dit ma sœur, en se laissant tomber sur le petit divan près de lui.

– Rien, vous êtes très belle.

– Là, j'avais envie que vous me le disiez ! Il faut que vous soyez très gai, puisque je suis si élégante ce soir.

– Je le sais, répondit Georges. Mais, demain semble amoureux de moi. Je ne puis échapper à ses bras maigres.

– Pourquoi ? dit-elle, les bras de demain ne sont pas maigres. Ils sont blancs comme les miens. »

Elle leva les bras et les regarda en souriant.

« Comment le savez-vous ?

– J'en suis sûre », répondit-elle d'un ton léger.

Il eut un rire bref et sceptique.

« Non, dit-il, c'est venu quand les enfants nous ont embrassés.

– Quoi ?

– Les bras maigres de demain autour de mon cou, et ces bras blancs autour du vôtre », répondit-il avec un sourire étrange. Lettie prit sa main et la serra.

« Méchant enfant », dit-elle.

Il rit douloureusement sans pouvoir la regarder.

« Voyez-vous, dit-il, et sa voix était basse et altérée, j'avais besoin de vous pour éclairer ma route. Vous serez bientôt de nouveau la seule lumière.

– Quelle est l'autre ? demanda-t-elle.

– Ma petite fille. »

Il s'arrêta, puis reprit :

« Je ne pourrais pas supporter l'obscurité et la solitude complète.

– Ne parlez pas ainsi, protesta Lettie, il ne faut pas. »

Elle posa la main sur la tête de Georges et caressa ses cheveux ébouriffés.

« Vos cheveux sont épais comme autrefois », dit-elle.

Il ne répondit pas; son front était baissé. Ma sœur se leva; prenant un peigne d'ambre dans ses cheveux, elle se pencha sur lui et, avec le peigne transparent et ses doigts blancs, elle se mit à le coiffer.

« Je crois que je vais vous faire une raie », dit-elle doucement.

Son ton enjoué le fit rire. Lettie arrangeait les mèches du bout du doigt.

« Je n'étais pour vous qu'un peu de chaleur dont vous pouvez vous passer, dit-il, suivant toujours la même pensée. Mais vous êtes pour moi la lumière, sans vous tout est sombre, sans but. C'est terrible d'errer sans but. »

Elle avait fini de lisser ses cheveux. Elle se redressa.

« Là, dit-elle, vous êtes très beau. Les ailes de corbeaux sont hérissées en comparaison de votre chevelure. »

Il n'entendit pas ces paroles.

« Regardez-vous dans la glace », ordonna Lettie d'un ton de doux reproche.

Du bout des doigts, elle l'obligea à lever le menton; leurs regards se croisèrent; Lettie souriait, les lèvres de Georges souriaient aussi, mais la douleur assombrissait ses yeux.

« Nous ne pouvons continuer ainsi, Lettie, dit-il doucement.

– Pourquoi pas ? répondit-elle.

– C'est impossible, je ne puis pas, Lettie.

– N'y pensez plus, répondit-elle, n'y pensez plus.

– Lettie, il faut que je me défende contre la solitude.

– Chut ! dit-elle, chut ! Il y a les enfants. Ne dites rien, ne prenez pas cet air tragique. Regardez la belle raie que j'ai tracée dans vos cheveux. Levez-vous ! Dites-moi si cette coiffure vous convient.

– C'est inutile, Lettie, protesta Georges, nous ne pouvons continuer ainsi.

– Oh ! allons, allons, allons, s'écria-t-elle. Nous ne parlons pas de cela, regardons la belle raie que je viens de faire; vos cheveux ressemblent aux ailes déployées d'un oiseau. »

Elle le regarda avec un sourire enjoué, puis ferma les yeux d'un air suppliant.

Georges se leva, reprit haleine et redressa ses épaules.

« Non », dit-il.

Et au son de sa voix, Lettie pâlit et se raidit aussi.

« Non, répéta-t-il, c'est impossible. Je l'ai senti quand Fred est entré. Il faut choisir. »

Un sourire de souffrance contracta ses lèvres.

« Etes-vous sûr que tout doit finir entre nous ? » demanda-t-elle, rebelle et même fâchée. Elle tordait les bijoux azur sur son sein et en faisait pénétrer les pointes dans sa chair. Le ton de cette dernière question brisa l'enchantement où les gestes de Lettie plongeaient Georges.

« Absolument sûr », dit-il enfin, d'une voix ironique.

Lettie inclina la tête en signe d'assentiment. Georges, avec un effort, retint les paroles qu'il allait prononcer, son visage se contracta. Puis il se détourna et sortit sans bruit. Lettie ne lui accorda pas un regard, et demeura à la même place. Bientôt les roues de la charrette anglaise grincèrent sur le sable, et les sabots résonnèrent sur la route glacée; alors elle se laissa tomber sur le canapé, et le sein appuyé aux coussins, regarda fixement le mur.

LA PENTE ESCARPÉE

Leslie et les conservateurs remportèrent la victoire aux élections qui eurent lieu environ un an après mon dernier séjour à Highclose. Dans l'intervalle, les Tempest avaient eu un flot ininterrompu de visiteurs. Lettie m'écrivait de temps en temps qu'elle était occupée, qu'elle s'amusait ou qu'elle s'ennuyait. Elle m'apprit que Georges avait soutenu avec ardeur un candidat du parti travailliste; depuis très longtemps, elle ne l'avait vu que dans la rue.

Quand j'allai à Eberwich, au mois de mars suivant, je trouvai plusieurs personnes chez ma sœur. Elle protégeait un jeune écrivain, qui pour se donner un genre imitait le David Copperfield de Dickens. Ses cheveux étaient bouclés, il portait une cravate romantique; il jouait l'homme impulsif, mais en réalité il savait aussi bien calculer qu'un agent de change. Lettie se plaisait à lui servir de mère. Les autres invités – une musicienne remarquable et un homme d'un certain âge, qui vivait parmi les artistes sans l'être lui-même – furent intéressants un moment.

De notre fantaisie et de notre esprit, nous faisions de légères bulles qui flottaient autour de nous, le soir... Je me levais le matin plein de dégoût à l'idée de ces bulles.

J'errai autour de Nethermere qui m'avait oublié. Les

jonquilles, près du hangar du canot, continuaient leur rire d'or, bavardaient en branlant la tête, sans jamais s'arrêter pour remarquer ma présence. Leur image jaune, mêlée aux ombres grises des saules, tremblait dans l'eau, légèrement, et elles se contaient des histoires de fantômes dans l'obscurité. J'étais comme un enfant délaissé par ses compagnons de jeu. Le vent courait sur l'étang de Nethermere; des ombres bleues et étincelantes effleuraient l'eau impatiente.

Sur la rive, les oiseaux sauvages battaient des ailes; indignés, les vanneaux criaient; des cygnes blancs levaient leurs plumes brillantes et, pareils à de grands lis d'eau, s'élançaient avec insolence vers moi...

Je cherchais quelque être qui me reconnût. Je me disais que les dryades m'attendaient à la lisière du bois. Mais, à mon approche, elles reculèrent, et, me jetant un regard pensif, elles se perdirent dans l'ombre de la forêt comme de pâles fleurs. J'étais un étranger, un intrus. Les oiseaux riaient en me voyant. Les pinsons passaient comme des éclairs, et un rouge-gorge cria, d'une voix rude : « Hé, là-bas, qui êtes-vous ?... » La fougère se flétrissait sous les arbres, brisée et hérissée par les rafales du long hiver.

Les arbres capturaient le vent dans le réseau de leurs rameaux, et le jeune vent du matin se lamentait de sa captivité. Les feuilles de chêne et la fougère que je foulais poussaient un dernier cri et retombaient dans l'oubli. En haut, résonnait un immense et jeune sanglot, à mes pieds, un sifflement faible comme un dernier soupir... Entre ces deux sons de détresse, se trouvaient l'éclosion joyeuse des boutons, les anémones, et le vol des oiseaux. Moi, qui errais seul, je sentais tout, l'angoisse de la fougère vaincue, l'impétuosité des oiseaux, le sanglot du jeune vent arrêté dans sa course, et le plaisir tremblant des boutons qui s'ouvraient. J'étais seul à entendre toutes les harmonies du bois...

J'en avais fini avec la vallée de Nethermere. La vallée de Nethermere m'avait oublié depuis des années, alors que je croyais qu'elle conservait tendrement mon souvenir !...

Je suivis la route jusqu'à Eberwich. Les cloches de l'église sonnaient bruyamment, accompagnées par la tapageuse insouciance des ruisseaux, des oiseaux, et des chélidoines joyeuses.

Quelques personnes se rendaient gaiement à l'église. Des mineurs flânaient en groupe, marchant sans but tant qu'ils n'étaient pas parvenus à un cabaret suffisamment lointain.

J'arrivai aux *Houx*. La maison était mieux tenue qu'autrefois. La cour, cependant, et les écuries paraissaient abandonnées. Je demandai Georges à la servante.

« Le maître n'est pas encore levé... » dit-elle, avec un hochement de tête significatif, et en souriant; j'attendis un moment.

« Mais il a sonné pour demander une bouteille de bière, voici dix minutes, et je crois (elle appuya sur ce mot avec une ironie méprisante) qu'il descendra bientôt ! »

Je demandai Meg.

« Oh ! Madame est à l'église, avec les enfants... Mais Mlle Saxton est là...

– Emilie ! » m'écriai-je.

La bonne sourit.

« Elle est dans le salon; elle est occupée, mais si je lui dis...

– Oui ! » insistai-je, sûr qu'Emilie me recevrait.

Ma bien-aimée de jadis était assise sur une chaise basse, près du feu; un homme, debout près d'elle, tirait sa moustache. Emilie et moi nous retrouvâmes, en nous voyant, le plaisir des vieux jours...

« Je ne puis croire que c'est vous ! » dit-elle, en me lançant un de ses regards intimes d'autrefois.

Elle avait beaucoup changé, elle était très belle, mais elle avait maintenant l'assurance qui lui manquait jadis, et une superbe indifférence.

« Laissez-moi vous présenter M. Renshaw, Cyril !... Tom, vous m'avez souvent entendu parler de Cyril !... J'épouse Tom dans trois semaines, ajouta-t-elle, en riant.

– Diable ! » m'écriai-je, involontairement.

Tom était un bel homme blond, au hâle délicat; son maintien montrait qu'il avait été soldat; il penchait la tête et tortillait sa moustache avec gêne. Son rire était frais et charmant.

« Pourquoi ne me l'avez-vous pas dit ? ajoutai-je.

– Pourquoi ne me l'avez-vous pas demandé ? répliqua-t-elle, les sourcils arqués.

– Monsieur Renshaw, dis-je, vous m'avez évincé d'une façon déloyale !

– Vous m'en voyez très fâché ! » fit-il, en tordant sa moustache, puis sa plaisanterie le fit rire aux éclats.

« Vous ne me plaignez pas ? » demandai-je à Tom Renshaw.

Il fixa sur moi ses yeux bleus brillants, naïvement interrogateurs, charmants et méditatifs; il ne savait que dire, ni quelle attitude adopter.

« Beaucoup ! » répondit-il, avec un nouvel éclat de rire.

Il avait vingt-neuf ans; après avoir été soldat en Chine pendant cinq ans, il travaillait dans la ferme de son père à Papplewick, le village où Emilie était maîtresse d'école. Il était chez lui depuis dix-huit mois. Tom me plut par ses manières et sa belle démarche; il me parut très loyal; il n'avait jamais l'idée de questionner ou d'analyser; il se contentait des apparences.

Il considérait Emilie comme un être plus sage, plus noble, plus près de Dieu qu'il ne l'était : « J'ai mille ans de plus que lui ! me dit-elle en riant, tout comme vous avez des siècles de plus que moi !

– Et vous l'aimez pour sa jeunesse ? demandai-je.

– Oui, répondit-elle, et aussi parce qu'il est extraordinairement intelligent et doux.

– Et moi, je n'étais pas doux, n'est-ce pas ? repris-je.

– Non ! Inquiet et impérieux comme le vent ! » Et, en prononçant ces mots, l'ancienne terreur fit, pour la dernière fois, frissonner Emilie.

« Où est Georges ?

– Au lit, répondit-elle, d'un ton bref; il se remet d'une de ses débauches !... Si j'étais Meg, je n'habiterais plus avec lui.

– Il est si méchant que cela ? demandai-je.

– Méchant ! répondit-elle : il est répugnant, et je suis sûre qu'il est même dangereux ! A la place de Meg, je le ferais entrer dans une maison de santé.

– Il faudrait le persuader de faire une cure de désintoxication, dit Tom qui venait de rentrer; il a de terribles accès ! Il se tue, il me fait beaucoup de peine !

– C'est si méprisable, ajouta Emilie, de devenir l'esclave d'une passion qui abêtit... Quel spectacle pour ses enfants, et quelle honte pour sa femme !

– Pauvre garçon ! S'il ne peut se retenir, tant pis !... remarqua Tom, mais moi je trouve qu'un homme devrait avoir plus d'énergie. »

Nous entendîmes un bruit lourd dans la chambre au-dessus de nous.

« Il se lève, dit Emilie; il faut que j'aille voir s'il veut déjeuner... » Cependant, elle attendit. Bientôt, la porte s'ouvrit, et Georges, la main sur la poignée, jeta un regard dans le salon.

« Il me semblait bien que j'entendais trois voix », dit-il, comme un homme délivré d'une crainte... Son gilet s'ouvrait sur sa chemise de laine, il n'avait ni veste, ni pantoufles. Ses cheveux, sa moustache étaient en désordre, son visage pâle et abruti de sommeil, ses yeux tout petits... Il se détourna pour fuir nos regards, qui le blessaient comme une lumière trop vive. Sa main, que je serrai, était flasque et froide.

« Comment se fait-il que vous soyez ici, Cyril ? interrogea-t-il avec un faible sourire.

– Veux-tu déjeuner ? lui demanda froidement Emilie.

– Oui, s'il y a quelque chose pour moi, répondit-il.

– Le déjeuner t'a assez attendu ! »

Il se dirigea lourdement vers la salle à manger. Emilie sonna la bonne, et je suivis Georges, laissant les fiancés dans le salon. Mon ami errait dans la pièce, et cherchait quelque chose derrière les chaises et dans tous les coins.

« Je me demande où diable sont mes pantoufles ! » murmura-t-il en guise d'explication. Il continua ses recherches. Je remarquai qu'il ne sonna pas pour demander qu'on l'aidât. Puis, il alla se chauffer les mains. Tandis qu'il tisonnait le feu qui brûlait lentement, la bonne entra avec un plateau. Georges posa le tisonnier. Il regardait la flamme sans paraître remarquer que la servante étalait son repas sur un coin de la table.

« Il y a des éperlans frits, dit-elle, en voulez-vous ?

– Oui, répondit-il; vous avez apporté le vinaigre ? »

Sans répondre, elle prit la burette dans le buffet, et la posa sur la table. Avant de refermer la porte, elle se retourna pour dire :

« Vous ferez bien de manger pendant que c'est chaud !... »

Georges, sans entendre, continua à regarder le feu.

« Comment allez-vous ? me demanda-t-il.

– Moi, très bien, et vous ?...

– Comme vous le voyez ! répliqua-t-il, en tournant la tête avec un petit geste ironique.

– Je suis bien peiné de le voir... »

Les coudes sur les genoux, il donnait d'un doigt, sur le dos de sa main, des petits coups monotones et égaux comme des battements de cœur.

« Vous ne déjeunez pas ? » insistai-je.

La pendule, à ce moment, sonna bruyamment midi. Il la regarda, avec une irritation réprimée.

« Si, si », me répondit Georges quand la pendule eut fini de sonner.

Il se leva lourdement, et alla à la table. En se servant, il répandit du thé sur la nappe, et contempla longuement la tache, sans penser à manger. Il versa du vinaigre, à flots, sur le poisson chaud, et entama son déjeuner avec une indifférence qui faisait de ce repas un vilain spectacle. De temps en temps, il s'arrêtait pour essuyer sa moustache, ou ramasser un morceau de poisson tombé sur son genou.

« Vous ne vous êtes pas marié, je suppose? me demanda-t-il durant une de ces pauses.

– Non, pas encore, mais il faudra bientôt que j'y songe.

– Restez donc comme vous êtes, bien tranquille, ça vaut mieux », affirma mon ami, avec amertume.

Quelques insants après, la bonne entra avec une lettre.

« Elle est arrivée ce matin », dit-elle en la posant près de lui sur la table.

Il la regarda, et remarqua :

« Vous ne m'avez pas donné de cuiller pour la confiture !...

– Non, dit-elle, je pensais que vous n'en aviez pas besoin, vous ne vous en servez jamais.

– Et savez-vous où sont mes pantoufles ?

– Sans doute à leur place habituelle. » Elle alla regarder dans le coin. « Mlle Gertie a dû les mettre quelque part, je vais vous en chercher d'autres... »

Georges lut deux fois sa lettre, puis la remit dans l'enveloppe, tranquillement, sans changer d'expression.

Mais il se leva de table quand la servante eut apporté la cuiller et les pantoufles, bien qu'il n'eût mangé que quelques bouchées.

A midi et demi, une impérieuse voix de femme résonna dans la maison; Meg parut sur le seuil de la porte. Elle s'arrêta en me voyant, renifla, jeta un coup d'œil sur la table, et s'écria avec effusion :

« Par exemple!... Cyril!... Je ne m'attendais pas à vous voir ce matin! Comment allez-vous? »

Elle écouta ma réponse, puis immédiatement se tourna vers Georges et dit :

« Cyril te voit dans un bel état!... Tu as fini? Si tu as déjeuné, Kate enlèvera le plateau. Il y a ici une odeur écœurante. Tu as fini?... »

Il vida sa tasse de thé sans répondre, et la repoussa du dos de la main; Meg sonna, et après avoir enlevé ses gants, se mit à préparer le plateau, repoussant les débris de poisson et d'arêtes au milieu de l'assiette, avec la fourchette, à petits coups dégoûtés. Son attitude exprimait la rancune et l'indignation; la bonne entra.

« Débarrassez la table, Kate, et ouvrez la fenêtre... Avez-vous ouvert la fenêtre de la chambre?

– Pas encore... » Elle jeta un regard à Georges, comme pour dire qu'il venait de se lever.

« Allez-y dès que vous aurez emporté le plateau, ordonna Meg.

– N'ouvrez pas cette fenêtre! dit Georges, hargneux; il fait assez froid comme ça...

– Mets une veste, si tu es gelé, répondit Meg avec mépris; il fait assez chaud pour ceux qui ont du sang dans les veines. Vous n'avez pas froid, n'est-ce pas, Cyril?...

– Eh, eh, il fait assez frais, ce matin! répondis-je prudemment.

– Bien sûr, mais l'air n'est pas froid du tout; et cette pièce a vraiment besoin d'être aérée! »

La bonne, cependant, plia la nappe et sortit sans s'approcher des fenêtres...

Meg avait grossi, on sentait qu'elle possédait une inébranlable confiance en soi. Autoritaire, aimable, calme, elle portait une belle robe vert foncé et une toque garnie de superbes plumes d'autruche. Elle allait et venait dans la pièce, et semblait tout dominer, surtout son mari, qui restait assis, ébouriffé et triste, son gilet ouvert sur sa chemise.

Une petite fille entra, la démarche orgueilleuse et maniérée. Son visage était beau, mais trop hautain pour un visage d'enfant. Elle avait un manteau blanc; son chapeau, sa fourrure et son manchon étaient en hermine. Ses longs cheveux bouclés tombaient sur ses épaules.

« Papa finit seulement de déjeuner? s'écria-t-elle d'un ton de reproche.

– Oui!... » répondit Meg.

La petite fille regarda son père avec un blâme enfantin.

« Et nous sommes allées à l'église, et nous allons nous mettre à table... » dit-elle, en retirant ses petits gants blancs. Georges la regardait avec un amusement ironique.

« Tiens! dit Meg, en voyant la lettre ouverte près du coude de son mari, qui a écrit?... »

Georges avait oublié la lettre; il prit l'enveloppe, la plia et la mit dans la poche de son gilet.

« William Housley, répondit-il.

– Ah!... Et que dit-il?... »

Georges tourna ses yeux sombres vers sa femme.

« Rien...

– Hum, ricana Meg, c'est drôle d'écrire une lettre quand on n'a rien à dire!...

– Je pense, dit l'enfant de son ton de supériorité insolente, qu'il demande de l'argent, et papa ne veut pas que nous le sachions.

– C'est sûrement ça! dit Meg, en riant de la perspicacité de l'enfant.

– Vous êtes très méchant, père! affirma Gertie, en se détournant avec dédain.

– C'est le curé qui t'apprend ça? demanda Georges, avec un peu d'amusement au milieu de son amertume.

– Non! répliqua la petite, et si vous voulez savoir ce qu'il dit, vous n'avez qu'à aller l'écouter vous-même. Ceux qui vont à l'église sont gentils, Dieu les aime », ajouta-t-elle avec un coup d'œil à sa mère, en se rengorgeant fièrement.

Je me levai pour prendre congé. Georges et Meg voulurent me retenir.

« Oh! oui, restez à dîner! » supplia l'enfant, qui venait d'enlever son chapeau et lissait ses boucles emmêlées. Elle me le demanda plusieurs fois avec insistance.

« Pourquoi? demandai-je.

– Vous causerez avec nous cet après-midi, et papa ne sera pas désagréable », répondit-elle plaintivement, en enfonçant les doigts dans les touffes noires de son manchon d'hermine.

Meg s'approcha de sa fille avec un petit geste de compassion.

« Mais j'ai promis à une dame de rentrer pour déjeuner, dis-je. Il faut que je tienne ma promesse! Vous avez d'autres visiteurs, vous savez!

– Oh! oui, gémit l'enfant, ils ne quittent pas le salon, et papa ne s'occupe pas d'eux!

– Allons donc!... dis-je.

– En tout cas, il est aussi désagréable quand tante Emilie est là, il est avec elle comme avec les autres!

– Tu vois, elle te peint tel que tu es! » dit brutalement Meg en se tournant vers son mari.

Je dis adieu; Georges me fit l'honneur de m'accompagner jusqu'à la porte.

Malgré mon émotion sincère, nous ne pouvions trouver un mot à nous dire... Quand, enfin, je pris sa main en lui murmurant « au revoir... » il ne détourna pas son regard du mien, pour la première fois depuis mon arrivée. Ses yeux exprimaient une tristesse infinie; ils se dérobèrent aussitôt, dans un paroxysme de honte...

UN COUP D'ŒIL SUR LES MARÉCAGES DU LÉTHÉ

A PARTIR de ce moment, Georges ne cessa de décliner. J'allai le voir deux ans plus tard; il n'était pas chez lui. Meg me dit, en pleurant, qu'il ne s'occupait plus de ses affaires et qu'il buvait plus que jamais. La boisson le rendait pareil à une brute; à jeun, il était insupportable. Il gâchait sa santé, ainsi que la vie de sa femme et de ses enfants. Meg était grosse et rouge, des larmes amères remplissaient ses yeux. Elle me demanda d'user de mon influence sur lui; il était au Bélier. Dans ses mauvais jours, il allait à l'auberge et y restait parfois une semaine, avec Oswald. L'accès passé, il revenait aux *Houx*.

« Cependant, dit Meg, il vomit tous les matins et presque après chaque repas... »

Près de nous, pelotonné dans un grand fauteuil, se trouvait le dernier-né de Meg; c'était un petit garçon, sensible, un peu gâté, de sept à huit ans, à la bouche mobile, aux yeux sombres et craintifs. Il regardait sa mère, levait ses épaules, et changeait de position quand son cœur était trop gros. Sa mère lui inspirait une violente pitié enfantine, et il ressentait pour son père, auteur de tous les malheurs de la famille, une haine furieuse.

Je me rendis au Bélier; Georges était à moitié ivre. Je

retournai à Highclose, le cœur lourd. A la surprise générale, Lettie avait eu un enfant quelques mois avant mon arrivée. Le bébé avait sept ans de moins que sa plus jeune sœur; Lettie était absorbée par ses devoirs maternels.

J'allai lui parler de Georges; le bébé, sage et tranquille, était sur ses genoux. Elle m'écouta tristement, mais les mouvements du petit accaparaient son attention. Comme je lui décrivais l'attitude des enfants de Georges envers leur père et leur mère, elle s'écria :

« Vois comme il regarde tes lunettes qui étincellent quand tu te tournes! Regarde!... »

Mais j'étais fatigué des bébés!... Mes amis étaient tous mariés et m'imposaient leur progéniture; c'était une pluie de bébés! Je désirais vivement trouver un lieu où ils seraient démodés, proscrits, où les jeunes mères arrogantes et inaccessibles ne seraient plus qu'un lointain souvenir. Le cœur de Lettie ne battait que pour répondre au battement léger du sang de son fils...

Un jour, je me rappelai brusquement que c'était l'anniversaire de Georges. Je revenais de France, et le train m'emportait à Charing Cross. Le souvenir de mon ami pesait lourdement sur mon cœur, et je ne pouvais me défendre d'une impression de découragement. J'attribuai cette tristesse à la fatigue du voyage, et j'essayai de la secouer.

Le soleil du soir brillait sur le chaume des champs; je me demandais :

« Qu'ai-je donc? Je n'ai pas reçu de mauvaises nouvelles, pourquoi mon cœur est-il si lourd? »

Je fus surpris, en arrivant à mon appartement de New-Maldon, de ne trouver qu'une épaisse lettre d'Alice... Je reconnus son écriture lourde et ramassée, et je compris les nouvelles que m'apportait cette lettre...

Alice avait épousé un jeune homme pour lequel elle

nourrissait, jadis, une antipathie particulière; le pauvre garçon avait eu des ennuis, et le blâme des gens vertueux l'entourait comme un nuage de moucherons, les soirs d'été... Alice s'élança aussitôt pour repousser d'aussi vulgaires ennemis, et après lui avoir rendu un tel service, elle sentit qu'elle ne pouvait faire moins que de l'épouser... Ils vivaient largement. Le jeune homme travaillait dans les bureaux d'une fonderie du Derbyshire. Alice habitait un sale petit trou, dans la vallée, à un kilomètre et demi d'Eberwich, non loin du travail de son mari. Elle n'avait ni enfant, ni amis. Quelques jeunes femmes composaient ses relations. Epouse d'un employé supérieur, elle devait garder sa dignité parmi les ouvriers. Environ une fois par an, elle m'écrivait une lettre malicieuse, qui faisait ma joie.

Ce ne fut qu'après le souper que je cherchai dans cette lettre une ressource contre ma tristesse.

« ... Mon cher Cyril, je bouillonne et j'ai envie de hurler plutôt que d'écrire!... Oh! Cyril, pourquoi vous, ou Georges Saxton, ne m'avez-vous pas épousée?... Je suis dégoûtée de la vie! La vue seule de Percival Charles suffit à arrêter une pendule... Oh! Cyril! Il vit en costume des dimanches, et ses manchettes ont trois pouces! Il couche avec!... Non, il se roule dans les bibles avant de se coucher. Je sens les coins en cuivre de toutes ses bibles familiales s'enfoncer dans mes côtes quand je dors à son côté! J'ai envie de pleurer de colère, mais je me borne à mettre un chapeau noir, et je trotte à l'église avec lui, comme un agneau. Oh! Cyril, rien n'arrive... Rien ne m'est arrivé, depuis tant d'années... J'en mourrai! Quand je vois Percival Charles dîner après avoir récité la bénédicité, j'ai l'impression que je ne pourrai jamais manger une bouchée à sa table...

« Dans une heure, je l'entendrai arriver en toute hâte – les prières aiguisent son appétit – et son premier regard sera pour la table. Mais je ne suis pas juste pour lui, c'est un bon garçon, il n'est que trop parfait pour mon goût...

« C'est Georges Saxton qui a mis cette poudre de Seltz dans mon cacao conjugal!... Cyril, il faut que je vous raconte quelque chose; voici quinze ans que notre Georges a épousé Meg. Quand je compte les années et que je pense à l'avenir, j'ai envie de crier... Mais voici mon histoire :

« Vous souvient-il de ses yeux de chien fidèle, de cerf blessé, de douce gazelle? Cyril, l'eau-de-vie brûle en eux! J'étais allée à Eberwich mercredi après-midi afin d'acheter une livre de friture pour le dîner du jeudi de Percival Charles. Je suivais le petit chemin, qui, vous le savez, passe derrière les *Houx*, c'est le plus court. Je crus entendre une querelle dans l'enclos, près des écuries; j'approchai, tenant le panier d'une main, neuf pence de l'autre, grave comme l'épouse d'un diacre. Je ne compris pas tout d'abord : notre Georges était là, vêtu d'une culotte et de guêtres, comme jadis; il brandissait un fouet, et hurlait. « Vas-y, mon vieux, pensai-je, ce soir tu seras aphone... » Mais, Cyril, j'avais parlé trop tôt. Ventre à terre arriva dans l'enclos un cheval long et nerveux; ses oreilles étaient couchées, à son cou s'accrochait Wilfred, le petit garçon qui est si pâle; il était blanc comme un linge, et criait : « Maman, « maman... » Je pensai que c'était bien mal à Georges d'apprendre à l'enfant à faire le jockey. Le cheval Bonny Boy arriva en bondissant comme la spirale d'un batteur à œufs. Alors je vis notre Georges s'élancer en criant, arracher presque sa moustache, et fouetter le cheval. L'animal courut comme une flamme dans la paraffine bouillante. Le gosse hurla; Georges bondissait derrière lui, chancelant, jurant et criant : « Pol- « tron! Cochon!... » Le cheval de course, grand et efflanqué, galopait comme s'il avait pris le mors aux dents. J'étais étourdie... Alors, Meg arriva en courant, avec ses deux fils aînés; tous poussaient des cris. Elle s'élança vers Georges, mais il leva son fouet comme un diable. Elle n'osait pas approcher, cependant, elle bondit vers lui et le frappa de ses deux poings. Il agitait toujours son fouet, et le cheval allait ventre à terre. Meg s'élança sur l'animal; Georges se mit à courir, il titubait en brandissant son fouet. Je me précipitai sur lui, je le frappai avec mon panier. Enfin le gosse tomba, et Meg s'élança pour le ramasser, des hommes arrivèrent... Georges tremblait de tous ses membres, vous ne l'auriez pas reconnu, Cyril! Il était fou, démoniaque... J'ai l'impression que je vais éclater et me disperser comme une fusée quand j'y pense. Je porte un grand bleu au bras, j'ai perdu l'argent de Percival Charles et la belle serviette blanche de mon panier. Mon mari m'a fait la tête jeudi parce que je lui ai servi des côtelettes de mouton, et qu'il les déteste! Oh! Cyril, je voudrais être un casoar et vivre sur les rives de Tombouctou. En voyant Meg pleurer sur le petit garçon (grâce au Ciel il n'était pas blessé!) j'ai souhaité la mort de Georges... Je la souhaite encore maintenant, je voudrais que nous n'ayons plus que son souvenir. Je n'étais pas allée aux *Houx* depuis longtemps; je ne puis supporter le genre de Meg... Je me demande comment cela finira!

« J'entends Percival Charles qui dit : « Bonsoir et que « Dieu vous bénisse », et le souper n'est pas prêt!... »

Dès que je le pus, j'allai à Eberwich. Les souvenirs des anciens jours vinrent m'assaillir, et mon cœur désira ardemment retrouver les compagnons de jadis. J'appris aux *Houx* que Georges avait eu une crise de delirium tremens, et qu'on l'avait envoyé à Papplewick, en pleine campagne, chez Emilie. J'empruntai une bicyclette pour faire ce trajet de neuf kilomètres. L'été avait été pluvieux, et les récoltes étaient en retard. A la fin de septembre, le feuillage demeurait épais et lourd, les gerbes de blé se dressaient tristement. Je passais sous la douceur tranquille de cette matinée d'automne. La brume bleue se repliait au pied des haies; les ormes, le long des murs indistincts du matin, se perdaient au loin, et dans les châtaigniers tremblaient quelques feuilles jaunes, semblables à des fleurs brillantes. Sous la voûte des arbres, près de l'église, où – le dernier soir de sa vie – le garde m'avait raconté son histoire, je sentis l'odeur des feuilles pourries. Je suivais, en silence, mon chemin dans les sentiers. L'herbe froide se penchait sous le poids des gouttes de rosée pareilles à des perles; les toiles d'araignée de l'automne s'étendaient comme sur un métier. Des oiseaux bruns passaient par troupes, devant moi comme des feuilles sèches. La sirène lointaine de la mine me dit qu'il était onze heures et demie, et que les hommes et les enfants, assis dans l'ombre étroite des mines, cassaient la croûte, tandis que des souris semblables à des ombres venaient chercher les miettes, et que les enfants riaient de leurs bouches rouges cerclées de noir, quand les courageuses petites bêtes les regardaient, à la lueur indistincte des lampes. Les cornouilles se dressaient gaiement au sommet des haies. Les baies rouges et vertes des convolvulus et de la bryone pendaient aux branches dorées; les mûres tombaient sans qu'on les ramassât. J'allai lentement; les plantes mouraient autour de moi, les baies offraient leurs lourdes bouches rouges et languissaient après les oiseaux et les hommes emprisonnés sous terre; les oiseaux bruns bondissaient dans les haies.

La ferme de Swineshed, où habitaient les Renshaw, se dressait seule au milieu des champs, invisible de la route. Le chemin qui y menait était profond, le soleil n'y pénétrait pas. A droite, à travers la haie, j'apercevais les champs de blé où les meules se dressaient comme les petits bateaux à voile jaune d'une flotte dispersée. La partie supérieure du champ était débarrassée. J'entendis grincer un chariot, des voix d'hommes retentirent, et je vis la lourde charge de gerbes s'ébranler, penchée, balancée, et se diriger vers la cour de la ferme.

Le sentier déboucha dans un champ coupé ras. Sur ce terrain vide, la ferme s'élevait, avec ses bâtiments, comme un amas de vieux vaisseaux peints au milieu d'une mer tranquille. Des poules blanches se promenaient prudemment dans la tiède clarté coupée d'ombres. J'appuyai ma bicyclette contre les portes grises et moussues de la vieille remise. La maison se recueillait dans le silence. J'hésitais à frapper à la porte ouverte... Emilie sortit. Elle était toujours d'une magnifique beauté, et elle avait maintenant la majesté d'une femme robuste, grosse de six mois.

Elle poussa un cri de surprise, et je la suivis dans la cuisine, apercevant au passage, dans l'office, les casseroles étincelantes et les cuviers de bois blanc. La cuisine était une grande pièce basse, qui depuis des années était le centre de la vie familiale. Les grandes poutres du plafond se courbaient avec grâce, la cheminée était cachée par un rideau vert foncé, et sous son haut manteau se trouvait une étagère à portée de la main; c'était la place des pipes. Plusieurs générations d'hommes paisibles et de femmes fécondes avaient vécu dans cette pièce, et chacune avait apporté une amélioration : une chaise bien placée, une patère, un tabouret, un coussin, une étoffe attrayante sur le canapé, un rayon de livres... Ce foyer si calme et si simple avait été adapté par les générations aux grands corps des hommes qui l'habitaient et à la tranquille imagination des femmes. Il avait une individualité : c'était la demeure chaude, aimable et sereine des Renshaw. Ses teintes brunes, ses ombres, son bien-être formaient un cadre qui convenait à Emilie. En m'asseyant sur le canapé, sous la fenêtre, je me sentis rejeté par cette bonne demeure. Et un sentiment de fragilité, de fugacité, m'oppressa...

Emilie, dans sa beauté épanouie, était là chez elle. Il

est rare maintenant de sentir qu'une parenté, un étroit lien du sang, existent entre une pièce et ses habitants. Emilie avait enfin trouvé sa place, elle avait échappé aux tortures de la vie moderne, si étrangement compliquée. Elle faisait une tarte, et la farine blanchissait ses bras bruns. Elle repoussait du coude les cheveux qui chatouillaient son visage, et me regardait avec un plaisir tranquille, tout en remuant la pâte dans une terrine jaune. J'étais immobile et soumis devant elle.

« Etes-vous heureuse ?... demandai-je.

– Très heureuse, répondit-elle; et vous ?... Non ?... Vous paraissez fatigué.

– Si, répondis-je, je suis assez heureux, je vis ma vie...

– N'est-ce pas ennuyeux ? » demanda-t-elle avec pitié.

Je dus lui raconter tout ce que je faisais. Elle s'émerveillait, mais ses yeux continuaient à exprimer le doute et la compassion.

« Vous avez Georges ici ? dis-je.

– Oui; il est dans un triste état, mais il va un peu mieux.

– Et sa crise de delirium tremens ?

– Oh ! il allait déjà mieux quand il est arrivé; il s'imagine parfois que l'accès va recommencer, et il est terrifié. Quelle horrible chose ! Et c'est sa faute... Tom est très bon pour lui.

– Quelle est sa maladie ? demandai-je.

– Je ne sais pas », répondit-elle, en allant au four pour tourner un pâté qui y cuisait. Elle porta sa main à son front, et repoussa ses cheveux, en laissant une trace de farine sur son nez. Elle resta un moment agenouillée devant le feu; elle songeait.

« Il était en très mauvaise santé quand il est arrivé, il ne pouvait rien manger, et vomissait tous les matins. Je crois que c'est le foie : tous les ivrognes finissent comme cela. »

Elle essuyait de grosses prunes noires, et les mettait dans le plat.

« Une cirrhose du foie ? » demandai-je. Emilie fit un signe affirmatif.

« Il est encore au lit ?

– Oui, répondit-elle. S'il se levait et s'occupait un peu, il se remettrait, je lui dis toujours; mais il reste couché.

– Et à quelle heure se lèvera-t-il ? insistai-je.

– Je ne sais pas... Il descendra peut-être pour le thé. Vous voulez le voir, vous êtes venu pour cela, n'est-ce pas ? »

Elle sourit avec un peu d'ironie, et ajouta : « C'est toujours celui que vous avez préféré de nous tous ! Venez donc le voir... »

Je la suivis, nous montâmes l'escalier. Il aboutissait à une chambre vide, dont le parquet résonnait sous nos pas. Emilie ouvrit une porte. Georges était au lit; il leva vers nous des yeux craintifs.

« Voici Cyril qui vient te voir, dit Emilie, je l'ai fait monter, ne sachant pas à quelle heure tu te lèverais. »

Un petit sourire de soulagement parut sur le visage de Georges, et il me tendit la main. Les draps en désordre montaient jusqu'à son menton. Son visage était décoloré, boursouflé, son nez grossi.

« Comment te sens-tu, ce matin ? demanda Emilie, touchée de pitié chaque fois qu'elle s'approchait de son frère malade.

– Très bien, répondit-il, désireux de se débarrasser de nous.

– Essaie donc de te lever un peu, il fait une belle matinée douce et chaude », dit-elle gentiment. Il ne répondit pas, et elle descendit.

Je regardai la froide pièce, blanchie à la chaux; le plafond voûté s'abaissait pour rejoindre les murs. La chambre était pauvrement meublée et dépourvue de tout ornement. Les peaux de vaches et de chevaux qui couvraient le parquet étaient la seule note de couleur, tout le reste était blanc, gris ou brun. D'un côté, le toit s'inclinait tant que la fenêtre était plus basse que mes genoux et touchait presque le plancher; de l'autre côté s'ouvrait une fenêtre plus grande, à hauteur de la poitrine. On apercevait les toits entassés et rouges des étables, et le ciel. Des plaques de lichen orange brillaient sur le toit. Plus loin s'étendait le champ de blé; les hommes, rapetissés par la distance, chargeaient les gerbes sur une charrette.

« Vous vous remettrez aux travaux de la ferme, n'est-ce pas ? » demandai-je en me tournant vers le lit. Georges sourit.

« Je ne sais pas... répondit-il, tristement.

– Préférez-vous que je descende ?

– Non, je suis content de vous voir ! dit mon ami avec la même gêne.

– Je reviens de France !

– Ah ! répliqua-t-il avec indifférence.

– Je suis bien peiné de vous trouver malade... »

Il fixait le mur opposé; j'allai me pencher à la fenêtre. Au bout d'un moment, je me forçai à dire d'un ton dégagé :

« Ne voulez-vous pas vous lever et sortir un peu ?

– Il le faut bien ! » répondit-il, et il sembla rassembler toutes ses forces pour se lever.

Quand il se débarrassa de son pyjama pour se laver, je me détournai : ses bras étaient maigres, il avait pris du ventre; il était voûté et laid. Je me rappelai le matin où nous nagions dans l'étang, je me rappelai qu'il était encore dans la force de l'âge. Je regardais ses mains faibles et bleuies tandis qu'il se lavait laborieusement. Le savon glissa de ses doigts et tomba à grand bruit dans le broc; nous tressaillîmes tous deux. Georges s'appuya à la table pour se soutenir, puis il continua sa toilette lente et pénible. En se peignant, il se regarda dans la glace. La honte assombrissait ses yeux.

Les hommes sortaient de l'office quand nous descendîmes. Le repas fumait sur la table. Je serrai la main de Tom Renshaw, et la dure main gauche de son père. Puis, on me présenta Arthur Renshaw, jeune homme de vingt ans, grand et timide. Je fis un signe de tête au domestique Jim et à sa femme Annie; nous nous assîmes.

« Eh bien, comment ça va, aujourd'hui? » demanda cordialement le vieillard à Georges. Ne recevant aucune réponse, il continua :

« Tu devrais venir nous aider à rentrer le blé, cela te ferait du bien!

– Vous prendrez bien un morceau de mouton, n'est-ce pas? » demanda Tom, en tapant le rôti avec son couteau à découper. Georges secoua la tête.

« Il est bien tendre... dit doucement le mari d'Emilie.

– Non, merci! répondit Georges.

– Donnez-lui-en un peu, donnez-lui-en un peu, cria le vieux, ça lui fera du bien, c'est ce qu'il lui faut, un peu de nourriture fortifiante.

– Ce n'est pas la peine, si son estomac n'en veut pas », dit Tom d'un ton de doux reproche, comme s'il parlait d'un enfant.

Arthur versa de la bière dans le verre de Georges, sans dire un mot. Les deux jeunes gens l'entouraient de sollicitude et d'égards.

« Donnez-lui au moins une cuillerée de navets, persista le vieux. Je ne peux pas manger tant que son assiette est vide!... »

On remplit une assiette de navets et de sauce à l'oignon. Georges prit sa fourchette et avala quelques bouchées. Les hommes mangeaient beaucoup et avec entrain; leur satisfaction lui faisait mal au cœur.

Enfin, le vieillard posa la cuiller à dessert qu'il employait à la place d'un couteau et d'une fourchette. Il regarda de nouveau l'assiette de Georges, et s'écria :

« Il n'a rien mangé, rien !... Ce n'est pas comme cela qu'on se guérit !... »

Georges gardait un silence hébété. Avant de nous servir la tarte, Emilie donna à son frère du lait caillé et des prunes, plaçant la cuiller devant lui comme devant un enfant. Pour la récompenser de sa charité, Tom la regarda avec amour et lui caressa la main quand elle passa.

Après dîner, Georges dit en s'efforçant de prendre un ton indifférent :

« Vous n'offrez pas un verre de whisky à Cyril ? »

Il leva furtivement les yeux, partagé entre la honte et l'espoir.

Un silence tomba dans la pièce.

« Oui, dit doucement le vieux, il faut lui en donner une goutte.

– Oui », ajouta aussi Tom, suppliant et soumis...

Tous les hommes eurent un léger mouvement de recul, et attendirent le verdict de la femme.

« Je ne crois pas, dit-elle d'une voix claire, que Cyril en ait envie...

– Cela m'est égal », répondis-je, en me sentant rougir. Je n'avais pas le courage d'enfreindre ouvertement la volonté d'Emilie. Le vieillard lui-même n'avait pas ce courage !... Il y eut un moment d'attente. Au bout de quelques minutes, tandis que nous suffoquions de honte, la jeune femme alla dans une autre pièce. Nous entendîmes un bruit de clef, elle rapporta une bouteille qui contenait à peine une demi-pinte de liqueur, et cinq petits verres.

« Tu n'as pas besoin de m'en donner, dit le vieux, je suis pas fier, j'en veux pas !...

– Moi non plus, dit Arthur.

– Et toi, Tom ? demanda Emilie.

– As-tu envie que j'en prenne ? riposta Tom en souriant.

– Non, répondit-elle vivement, avec l'exemple que

j'ai devant les yeux je voudrais que personne ne boive... Mais si Cyril en prend un verre, tu peux l'imiter... »

Tom était content de sa femme; elle nous donna deux verres pleins à déborder.

« Assez, assez, protesta Tom, donne celui-ci à Georges, pas tant à moi... Deux doigts, deux de tes doigts, tu sais... » Mais elle lui donna le verre. Quand Georges fut servi, il ne resta qu'une goutte dans la bouteille.

Emilie regarda froidement l'ivrogne qui versait dans son verre cette dernière goutte. Je causai un instant avec Georges, tandis que les hommes fumaient. De sa tristesse hébétée il était passé à une loquacité idiote.

« Avez-vous vu ma famille dernièrement ? demanda-t-il. Oui ?... Les enfants ne sont pas mal élevés, n'est-ce pas ? Mais ces petits diables sont mous, mous... C'est l'éducation de leur mère, elle les a rendus trop mous. Moi, je n'avais pas voix au chapitre; je les aurais élevés différemment, vous savez ! »

Tom jeta un coup d'œil à Emilie, et remarquant sa colère et son mépris, lui proposa de l'accompagner jusqu'aux meules. L'homme, grand, aux épaules carrées, se penchait avec déférence et tendresse vers sa femme, qui marchait calmement à son côté. Elle était la maîtresse de maison pleine d'assurance et de tranquillité. Il était, lui, le mari joyeux, et son premier serviteur...

Georges parlait de lui. S'il n'avait été devant moi, je n'aurais pu croire que ces paroles sortaient de sa bouche. Sa déchéance était lamentable. Stupide, vulgaire, il blâmait les autres et se vantait bêtement. Le vieux se leva en disant :

« Allons, c'est l'heure d'aller travailler... » Les hommes sortirent.

Georges continua son monologue idiot et discordant; il ponctuait son discours de grands gestes de la tête et des mains. Tandis que nous contournions les bâtiments pour aller dans les champs, il débitait toujours les mêmes vantardises et les mêmes calomnies. J'étais fatigué et écœuré de le voir si vil et si méprisable.

Sur le champ vide, les perdrix couraient; nous marchions lentement dans la brume de septembre. Georges avait les jambes faibles. Fatigué, il cessa de parler. Nous nous appuyâmes un moment à une barrière, dans le bref éclat de l'après-midi, et il retomba dans sa torpeur. Il ne voyait pas les perdrix brunes et pressées, il ne partagea pas avec moi la poignée de mûres et regarda sans admiration la bryone cueillie dans les haies, et les grosses grappes de fruits rouges et verts.

« C'est du poison ! » dit-il.

Comme un arbre prêt à tomber, mou, pâle, pourri, gluant de fungus, il s'appuyait à la barrière et l'après-midi passait devant lui, avec un flot de doux soleil, sans le toucher.

Dans la cour les trophées splendides de l'été, le blé et l'herbe formaient des tas or et gris. Le blé brillait autour de la meule. Le chariot chargé grinçait sur la pente, se balançait comme un navire à l'ancre, et effleurait la meule avec un crissement aigu.

Tom grimpa à l'échelle, et se détacha un moment contre le ciel dans l'éclat et le parfum du blé d'or; il fit un signe à sa femme qui passait à l'ombre de la maison. Alors, Arthur leva les gerbes vers la meule, et les deux hommes travaillèrent avec un rythme parfait; leurs manches blanches et leurs têtes sombres brillaient sur le doux ciel et sur le blé. Le silence n'était troublé que par les grincements du chariot. Parfois, les dents des fourches étincelaient; Tom, maintenant perché en haut du chariot, posa à son frère une question sur la meule. Sa voix était sonore et mélodieuse.

Je me tournai vers Georges, qui regardait aussi, et je lui dis :

« Vous devriez être comme ces hommes !...

– Ça va », cria Tom, debout sur la haute meule comme sur la proue d'un navire.

Georges regardait, et son visage lentement reprenait son expression. Il tourna vers moi ses yeux sombres, animés par l'horreur et le désespoir.

« Bientôt, je ne serai plus à charge à personne », s'écria-t-il.

Sa crainte et son désespoir me faisaient mal. Je me maudis de l'avoir fait sortir de sa torpeur.

« Vos forces reviendront... » dis-je.

Il contempla encore les beaux mouvements des hommes qui faisaient la meule.

« Je ne pourrais charger dix gerbes ! remarqua-t-il.

– Vous le pourrez dans un mois ou deux ! »

Il continua à regarder. Tom, debout sur l'échelle, descendait de la meule.

« Plus tôt je disparaîtrai, mieux cela vaudra !... » répéta Georges.

Quand nous rentrâmes pour le thé, Tom remarqua son abattement. Les hommes, gênés, parlaient à voix basse. Emilie servait son frère avec une sollicitude anxieuse. Un malaise nous étreignait, – nous nous sentions si loin de cet homme qui, assis au milieu de nous, était isolé et sombre comme un condamné.

TABLE

PREMIÈRE PARTIE

DEUXIÈME PARTIE

TROISIÈME PARTIE

« Composition réalisée en ordinateur par IOTA »

IMPRIMÉ EN FRANCE PAR BRODARD ET TAUPIN
7, bd Romain-Rolland - Montrouge - Usine de La Flèche.
LIBRAIRIE GÉNÉRALE FRANÇAISE - 14, rue de l'Ancienne-Comédie - Paris.
ISBN : 2 - 253 - 03296 - 4

42/3033/0